PAUL C. JAEGER
99 LICHTJAHRE

Bibliografische Information der Deutschen Nationalbibliothek
Die Deutsche Nationalbibliothek verzeichnet diese
Publikation in der Deutschen Nationalbibliografie;
detaillierte bibliografische Daten sind im Internet über
http://dnb.d-nb.de
abrufbar

Text und Umschlag: Paul C. Jaeger

Umschlaggestaltung unter Verwendung eines Fotos des Helix Nebels aufgenommen durch das Hubble Teleskop 2003 und zur Verfügung gestellt auf
Wikimedia Commons durch NASA, NOAO, ESA und STScI!

Herstellung und Verlag:
Books on Demand GmbH Norderstedt
ISBN 9783734750922

Dieses Buch ist ein fiktionales Werk, Handlung, Orte und Personen sind frei erfunden, jegliche Ähnlichkeit mit lebenden oder verstorbenen Personen wäre rein zufällig.

Im Roman erwähnte Songs:

S.23   Scott McKenzie: If You're Going to San Francisco
S.28   Miguel Ríos: Song of Joy
S.70   Walker Brothers: The Sun Ain't Gonna Shine Anymore
S.159   Beach Boys: Little Deuce Coupe
S.176   Bart Howard: Fly Me to the Moon
S.180   Neil Young: Heart Of Gold
S.181   Little Richard: Long Tall Sally

Maße & Entfernungen

Lichtgeschwindigkeit   C   299.792 km/s

Lichtsekunde   Ls   299.792 km
Lichtminute   Lm   17,99 Mio. km
Lichtstunde   Lh   1,08 Mrd. km
Lichtjahr   LJ   9.460,5 Mrd. km   = 63.240 AE

Astronomische Einheit AE   149.597.870 km (Ø)
Parsec   pc   31.000 Mrd. km   = 3,262 LJ
Kiloparsec   kpc 31.000.000 Mrd. km = 3.262 LJ
                       = 1.000 pc
Megaparsec   Mpc 1.000 kpc = 1 Miopc = 3,262 Mio. LJ

Sonnensystem

Erde – Mond   384.400 km
Erde – Sonne   149.597.870 km (Ø)
                       = Astronomische Einheit (AE)
                       = 8,32 Lichtminuten
Erde – Jupiter   4 AE
Erde – Saturn   8 AE
Erde – Uranus   18 AE
Erde – Neptun   min. 29 AE
Erde – Pluto   30 – 50 AE

Nachbarschaft

Erde – Proxima Centauri   39.900 Milliarden Kilometer
                           = 266.000 AE
                           = 4,2 LJ

Erde – Zentrum der Galaxis   26.000 Lichtjahre

Durchmesser der Galaxis   100.000 Lichtjahre

Kleine Magellansche Wolke   160.000 Lichtjahre (nächste Galaxie)

Andromedanebel   2.000.000 Lichtjahre

1

Der dämliche Braunbär war plötzlich da. Ich hatte ihn nicht gesehen und nicht gehört. Er musste über die östliche Uferböschung gekommen sein. Mein Zelt stand auf der westlichen Seite. Da lag auch der Peacemaker. Ich aber hockte hier nackt im kristallklaren Wasser des Flusses bei vierzig Zentimeter Wassertiefe.

Eigentlich wollte ich mich doch nur mal eben waschen. Das eiskalte Nass hatte mich auch schon hellwach gemacht, besser, als jeder noch so starke Morgenkaffee es schaffen konnte – und jetzt war ich viel wacher, als ich es überhaupt sein wollte.

Gerade heute Morgen war mir aufgegangen, dass der Fluss, der klare Himmel, der Geruch des kleinen Holzfeuers und natürlich das Bewusstsein, genügend weit weg zu sein von der Schule, mir etwas lange verloren Geglaubtes zurückgegeben hatten. Und ich grübelte darüber nach, ob ich nicht tatsächlich einfach hierbleiben sollte. Das war auch mein erster Gedanke gewesen, als ich gehört hatte, dass ein Freund meines Vaters mit seiner DC-6 nach Alaska, Kanada und Nordamerika fliegen würde, um die alte Maschine auf Flugschauen zu präsentieren.

Ich würde zwar in Anchorage abgesetzt, aber in Thunder Bay wieder abgeholt werden, hieß es, und musste „nur" am Ende selber sehen, wie ich nach Thunder Bay gelangte. Als ich herausfand, dass ein Ticket von Anchorage nach Thunder Bay mich gut 700 Euro kosten konnte, hatte ich mich längst festgelegt. Das wollte ich durchziehen! Und im Hinterkopf lauerte schon die Idee, gar nicht nach Deutschland zurückkehren. Ich hatte schließlich jede Menge Watkins/Brown gelesen und Nehberg und Heinrich Harrer. Und mit Siebtklässlern vor Jahren das Buch „Ein Winter am Indian Creek". Ich stellte mir vor, dass auch ich es schaffen konnte, hier den Winter zu überstehen, vorausgesetzt, ich hätte genügend Lebensmittel und eine Art Hütte. Die Einsamkeit schreckte mich gar nicht, sie war kostbar und erstrebenswert. Precious!

Und jetzt musste dieser blöde Braunbär über mich stolpern?

Mindestens 80 Meter trennten mich von der Waffe. Da hätte ich sie auch gleich zu Hause lassen können. Mein Vater hatte mir den überarbeiteten Colt, einen Peacemaker „Bernhard", geliehen, den er selber von einem verstorbenen Großonkel, eben mit dem Namen Bernhard, geerbt hatte. Das Mordsgerät des Waffennarren war mit einem verlängerten Lauf ausgestattet, damit sich die verstärkte Treibladung besser entfalten konnte, und besaß einen seitlich abgedeckten Hahn, der nirgendwo hängenbleiben und vor allem beim Fall auf den Boden keinen Schuss auslösen konnte.

Es existierte sogar ein Schaft, mit welchem das Ding zum Gewehr wurde. Den hatte ich nicht mitgenommen. Viel zu unhandlich.

Andere Nachteile: Der Hahn konnte kaum vorgespannt werden, wenn man sich nicht die Fingernägel abbrechen wollte. Der Lauf machte ein Tragen der Waffe am Gürtel schwierig, wenn nicht unmöglich. Und der Rückstoß! Als ob jemand mit einem Hammer zuschlug!

Aber es blieb die einzige Waffe, die ich mir als angestellter Teilzeitlehrer leisten konnte, also hatte ich nicht auf die Stimmen gehört, die meinten, ein Peacemaker sei zu schwach für einen Bären. Da müsse man schon einen glücklichen Treffer landen. Andere höhnten, dass man mit dieser getunten Riesenkanone wohl eher auf Elefantenjagd gehen sollte. Mit Tränengas sei ich besser bedient. Letzteres nahm ich leider nicht ernst.

Mir war auch ganz egal, wer Recht hatte, ich saß da im Wasser und die Waffe war nicht greifbar. Wie dämlich darf man eigentlich sein? Ich hatte mich, nach einer Woche ohne Bärensichtung, sicher gefühlt. Der Bär war einfach nicht eingeplant. Bären sollten sich ja auch laut Drehbuch vor Menschen fürchten und eher auf Distanz gehen, wenn man alles richtig machte, soll heißen, man ließ keine Essensreste herumliegen, hatte keine Süßigkeiten dabei oder wenn, dann mehrfach verschlossen und in Vakuumdosen verpackt.

Dieser Bär hier suchte die Konfrontation. Vielleicht dachte er, dass ich keinen schönen Anblick bot, ein übergewichtiger, blasser nackter Mann von Mitte Fünfzig. Er machte einen Schritt auf mich zu und ich wurde im Bewusstsein, dass er sowieso schneller rennen konnte als ich, für eine Sekunde ein Opfer meiner Probleme. Ich blieb stehen und dachte: „Na los, du scheiß Bär, wahrscheinlich hat die Schulleitung dich geschickt. Dann wars das eben."

Aber dann erfasste mich eine Art Panik, wie ich sie noch nie gespürt hatte. Ich schnappte nach Luft, warf mich herum und rannte los wie ein Olympiateilnehmer, als ob unter meinen bloßen Füßen eine Wiese läge und keine unregelmäßigen Flusskiesel. Zwar stolperte ich dreimal, verknackste mir aber wundersamerweise nicht die Knöchel. Am Ufer warf ich mich mit einer Art verunglückten Rolle hinter die erste Reihe der bizarren Felsformationen, die sich hier hintereinander staffelten. Bizarr deswegen, weil diese Reihen von Blöcken aussahen wie pittoreske Panoramen der Alpen, nur halt im Maßstab von Madurodam. Die einzelnen Felsen wirkten wie verkleinerte Modelle der Eiger Nordwand. Obendrauf aber Moos, Gras und kleine Bäumchen.

Meine gut 125 Kilo bewirkten, dass ich mit der Hüfte hart über den Fels schrammte. Ich stöhnte wegen der Schmerzen und aus Verzweiflung und ahnte, dass mein Fluchtplan etwa so viel wert war wie die Papiere der Lehman Brothers.

Die Zwischenräume der Felsen waren aufgefüllt mit Sand, Steinen und vertrockneten Ästen, niedlichen, winzigen Blümchen und zauberhaft verwuselten Bonsais aus Fichten und Birken, die wenig Platz und Nahrung fanden. Nirgendwo Vertiefungen, Höhlen, Nischen, nichts, wo sich mehr als ein Kätzchen verstecken konnte.

Vor Angst fast wahnsinnig, rutschte ich aus, knallte gegen einen Felsen, stemmte mich hoch und kam mir vor wie in einem dieser Alpträume mit Zeitdehnung. Man schwimmt in einem zähen Medium und kommt nicht voran. Das Platschen des Bären war in rhythmisches Knirschen übergegangen, also musste er dicht hinter mir sein und ich stellte mir vor, dass er bei seiner Größe über diese Felsenreihen laufen konnte wie über eine Treppe!
Als ich den nächsten Brocken von der Größe eines Autos überwand und in eine Art Miniaturtal hinunterrollte, möglicherweise ein trockener Seitenarm des Flusses, schlug die Angst zu wie eine Axt. Ich sah mich zerfleischt und sterbend am Boden und mir brach der Schweiß aus, ich schrie um Hilfe und meine Muskeln verkrampften sich und waren nicht mehr zu gebrauchen. Ich taumelte nur noch weiter und warf mich hinter eine große schwarze Kugel, auf der deutlich geschrieben stand:
„KEINE ANGST!"
Aha.
Ich wurde also verrückt!

War ja klar. Hatte ja so kommen müssen. Nur Sorgen, nur Trouble! Spätfolgen von Stress und Ausbrennen.

Komischerweise ließ die Panik nun nach und ich dachte, das gehöre halt dazu. Dann wurde mir klar, dass der Bär mich längst haben müsste. Er war aber nicht zu sehen, schob seine Schnauze nicht gerade über die Felsenbarriere. Wo war er geblieben?

Mit einem Seitenblick auf die komische Kugel richtete ich mich auf und lugte über die Felsen. Der Bär verschwand gerade auf der anderen Seite flussaufwärts über die Böschung.

Meine Angst ebbte ab, nur mein Atem ging noch stoßweise. Größere Anstrengungen war ich nicht gewohnt.

Und die Kugel? Stand da wirklich „keine Angst"? Nein:
„GEHT ES DIR
NUN BESSER?",
war in zwei Zeilen untereinander zu lesen.
Während ich noch glotzte, verblasste die Schrift und es erschien: „FREUND!"
Ich sah mich um. Sprang auf einen der Felsen, aber da war niemand. Wer spielte mir diesen merkwürdigen Streich?
Nicht, dass dieser Streich unwillkommen war, denn mir war schon klar, dass der Jemand, der die Kugel kontrollierte, auch irgendwie den Bären vertrieben hatte.
Von hier aus konnte ich die schwarze Kugel nicht mehr sehen, also kletterte ich zurück, um erneut die Meldung „KEINE ANGST" auf der Oberfläche zu sehen.
Hier musste jemand versteckt sein, um das Ding zu steuern. Also schrie ich: „Danke fürs Bärenvertreiben! Wer bist du, komm raus!"
Aber es regte sich nichts und ich begann zu überlegen, WIE der Unbekannte denn den Bären vertrieben hatte. Mit Steinwürfen? Da erschien auf der Kugel: „Schrei nicht so!" Und dann: „Hier bin ich doch! Ich heiße Garragant."
Ich starrte den etwa einen Meter großen grauschwarzen Ball an und mir fielen kleine Auswüchse oberhalb und unterhalb seines Äquators auf, wirkten wie kleine Tentakel.
„Ich heiße Garragant!" Und: „Wie heißt du?", blinkte es nochmals in Rosa.
Ich begann hysterisch zu lachen.

Nach einer Weile erlosch die langsam pulsierende Frage und es erschien: „Du heißt Paul. Hallo Paul!"

Das Lachen blieb mir im Halse stecken. Ich lebte hier weitab der Zivilisation, in tausenden Quadratkilometern Umkreis gab es niemanden, der mich kannte. Auf diesem ganzen Kontinent kannten mich nur zwei Leute, ein ehemaliger Schulkamerad in Boston und eine ehemalige Schülerin irgendwo in Kanada! Genau deswegen war ich ja hier! Woher konnte die Kugel meinen Namen wissen?

Ich dachte an entsprechende Zaubervorführungen und erinnerte mich, wie das normalerweise gedeichselt wurde. Klar, die Kugel hatte einen Taschenspielertrick vollführt. Sofort sprang ich auf, um zu meinen Sachen zurückzulaufen, denn da stöberte jemand offensichtlich in meinen Papieren!

„Nein!", blinkte es auf der Kugel und ich zuckte heftig zusammen, denn das „Nein!" hatte ich gleichzeitig deutlich in meinem Kopf gehört. „Das ist kein Trick. Ich bin das, was du ein Alien nennst. Ich bitte um deine Hilfe, denn ich bin hier gestrandet."

Und bevor ich es aussprechen konnte, kam die Antwort auf meine nächste Frage: „Ich bin schon jahrelang hier und habe Kisuaheli, Italienisch, Englisch, Walisisch, Portugiesisch und viele andere Sprachen gelernt. Sprachen sind wunderbar! Dieser Planet ist wunderbar. Die Regenwälder, die Meere, das Guggenheim Museum, Lucky Luke Comics, das Great Barrier Reef, die Wüsten, Salzseen, Autorennen, antike Flugzeuge, Rembrandt, Bergmassive, Leonardo Di Caprio – ich bin so froh, dass ich ..."

„Äh, du meinst Leonardo da Vinci!"

„Wer ist das denn? Haha, kleiner Scherz! Also, dass ich das alles sehen konnte, bevor ihr es mit Umweltverschmutzung, Erderwärmung, Anschlägen und Kriegen kaputtmacht." Grüne, blaue, gelbe Wellen liefen abwechselnd mit einem tiefen Purpur über die Kugeloberfläche und wurden dann von einem Pastellrosa ersetzt.

„Vor ein paar Wochen sah ich hier noch Nordlichter. Was für eine Vorführung! Ich bin schlichtweg fasziniert, hypnotisiert, überwältigt!"

Mit offenem Mund starrte ich diese Quark labernde Kugel an. Die Situation war schon verrückt genug, vielleicht hatte ich was Falsches gegessen, vielleicht war ein Halluzinogen unter meine Blutdrucktabletten geraten. Vielleicht waren die Preiselbeeren, die ich gegessen hatte, gar keine Preiselbeeren gewesen ...

Ich konnte nicht mit einem Alien reden, das gar nicht redete! Und Aliens, wenn es sie denn gäbe, würden die Erde vielleicht ausbeuten wollen, aber sie doch nicht ästhetisch finden. Da gab es doch ganz andere Lebensräume in den Weiten des Weltalls, wo diese Wesen herkamen, Biotope, die für sie viel passender waren.

„Passend! Passend!", tönte es in meinem Kopf. „Ich pfeife auf passend! Meine bedauernswerte Spezies ist schon eine Million Jahre lang zivilisiert. Wir haben unsere Planeten umgestaltet, so dass es keine Jahreszeiten gibt, keine krassen Temperaturschwankungen, keine Stürme über Wohngebieten, keine feindlichen Tiere. Wir sind gegenüber unseren Vorfahren missgestaltet: Ich kann mich doch kaum noch allein bewegen, seit undenklichen Zeiten übernimmt die Technik das für uns! Das ist doch eine Schande! Hier habe ich meinen Anzug verloren und schon bin ich gestrandet, nur 15 Kilometer von meinem Schiff entfernt! Ich glaube kaum, dass ich es aus eigener Kraft erreichen kann. Ich hoffe auf deine Hilfe!"

„Hm", knurrte ich, „apropos Anzug. Ich muss mir was anziehen." Es waren vielleicht 15 Grad.

„Du frierst", stellte die Kugel fest. „Natürlich musst du deine Kleidung holen. Aber bitte komm wieder!"

Ich nickte nur und kletterte vorsichtig über den Felsen vor mir und schaute mich um. Prompt tönte es etwas leiser in meinem Kopf: „Der Bär ist fort, er kommt erst nach Stunden zurück, wenn überhaupt."

Als ich den Fluss überquerte, hörte ich Garragant immer leiser salbadern, dass er sich wundere, dass der Bär trotz Angstschock zurückgekehrt sei … und plötzlich herrschte Ruhe.

Ich sprang in meine Hosen, warf mir das Hemd über und fummelte an den Sandalen herum. Dann rannte ich mehr oder weniger zum Lager, das völlig unberührt aussah, öffnete die Alukiste und schnappte mir den Peacemaker. Geladen? Ja, geladen. Eine Patrone unter dem Hammer. Ich atmete tief durch.

Und ging zurück.

Kleine weiße Wolken wanderten über den blauen Himmel, ein leichter Wind zupfte an meinem Hemd und der Stoff rieb auf meinen Schürfwunden. Ich hätte sie wohl zuerst mit Salbe behandeln und verbinden sollen.

Als ich über den großen Felsen kletterte, dachte ich: „Da wird keine sprechende Kugel sein. Kann ja gar nicht. Völlig unmöglich! Stressfolgen. Wahnvorstellungen. Brauche noch viel mehr Urlaub. Paar hundert

Jahre am besten."

Aber sie war da und „sagte" telepathisch: „Danke, dass du zurückgekommen bist!"

Ich setzte mich auf den Rand des Findlings und ließ die Beine baumeln, der Revolver zeigte beiläufig auf die Kugel, die sich rosa, tiefrot, braun, grün und dann wieder blaugrau verfärbte.

„Es ist hunderttausende von Jahren her, dass auf jemanden meiner Spezies mit solch einer Waffe gezielt worden ist. Revolver. Schönes Stück. Patronen mit Nitrozellulose-Chemie, nehme ich an. Heftiger Rückstoß. Ich habe aber keine Angst. Du bist ein friedfertiger Zeitgenosse, Paul. Ich beneide dich! Ich wünschte, ich könnte so einen Revolver bedienen." Die Kugel wackelte mit ein paar kleinen Tentakeln. „Du kannst natürlich auch sagen, ich hätte zu viele Western gesehen."

„Western!", sagte ich. „Du schaust Western?"

„Ja, John Wayne, Henry Fonda ..."

„Yul Brunner ...", ergänzte ich.

„Charles Bronson ..."

„Clint Eastwood ..."

„Ja, wusstest du", plauderte die Kugel, „dass Wyatt Earp kein Held war, sondern ein Schlächter?"

„Wieso DAS denn?"

„Na ja, nicht jeder der Clantons und McLaurys hatte bei der Schießerei im Ok-Corral überhaupt eine Waffe dabei. Die wollten sich doch gar nicht duellieren. Schon gar nicht mit Earp und Doc Holiday. Das war also reiner Mord und niemand hat dafür geradestehen müssen. Im Gegenteil, man drehte dann auch noch ‚High Noon'!"

Ich zuckte die Schultern. „Erklär mal lieber, wie du hierher kommst!"

Die Kugel schwieg einen Moment lang. „Du drückst dich ungenau aus. Du willst wissen, wie ich in diese missliche Situation gekommen bin und du hast in der Panik wieder vergessen, wie ich heiße: Garragant. Tja: Ich bin etwas anders als die anderen! Auch bei euch gibt es Abenteurer, bei uns gibts das praktisch gar nicht mehr. Das ist auch der Grund, so sehe ich das jedenfalls, warum wir aussterben. Wir hatten ganze Arme von Spiralnebeln besiedelt, wir waren so zahlreich, mir fallen die richtigen Worte für die entsprechenden Zahlen in deiner Sprache nicht ein. Jetzt sind wir nur noch etwa 800 Milliarden, grob geschätzt."

„Grob geschätzt", echote ich, „800 Milliarden?"

„Ja, das sagte ich gerade."

„Und du meinst, ihr sterbt aus?!"

„Ja natürlich! Wir leben zwar sehr lange, pflanzen uns aber kaum noch fort und führen völlig sichere, unendlich langweilige Leben, die sich seit einer halben Million Jahren nicht mehr verändert haben. Alles ist furchtbar einfach und nichts kostet Kraft, ein Wink mit einem Finger – ja, ja, ich meine Tentakel, sicher – bewegt ganze Planeten. Aber wenn wir unsere Anzüge nicht hätten, wären wir selbst in unserer geschützten, gezähmten Umgebung kaum noch lebensfähig. Das regt mich auf. Das geht doch nicht! Das muss sich ändern! Ich wollte mir beweisen, dass ich so wie ein Mensch, ja, so wie du, im Fluss einen Fisch fangen kann. Einen kleinen wenigstens. Mein Traum, ohne Anzug Holz sammeln, ein Feuer anzünden, einen Fisch grillen und verzehren. Leben wie meine Vorfahren vor undenklichen Zeiten."

„Oder wie wir Primitiven.", warf ich ein.

„Nein. Das ist keine primitive Lebensweise. Ich bin zu der Überzeugung gekommen, dass unsere künstlich hergestellten Nahrungsmittel primitiv sind, in dem Sinne, dass sie nicht echt sind und es viel zu einfach ist, daranzukommen, per Knopfdruck nämlich. Es gibt keine Herausforderungen mehr, es gibt keine Aufgaben und es gibt keine …"

„Soll das heißen, ihr arbeitet nicht?"

„Das erledigen seit Ewigkeiten Roboter. Wir haben z.B. schon die ersten von uns besiedelten Planeten mit Robotsatelliten umgeben, welche reflektierende Flügel ein- und ausklappen können. Nach Bedarf können wir den Planeten kühlen durch Abschattung von Sonnenlicht, bzw. erwärmen durch Spiegeln von Licht. Nebenbei sammeln die Satelliten Energie. Anfangs wurde noch eine Armee von Technikern zur Wartung und Steuerung benötigt, zweihundert Jahre später … kein einziger mehr. Roboter überwachen den gewaltigen Satellitenpark. Roboter erstatten in meinem Heimatsystem einem Rat von neun Individuen alle paar Jahre Bericht und das wars. Diese neun, die zusammen regieren, werden gewählt und sie haben die einzige Arbeit, die es überhaupt gibt. Eine Zeit lang war diese Position im Rat sehr begehrt, doch mittlerweile will kaum noch jemand regieren. Vor allem, weil man sich auch mit Kontakten zu anderen Systemen abgeben muss. Die neun müssen für Reisen und Konferenzen bereitstehen. So sind in den letzten 20.000 Jahren vierzig Sonnensysteme mit 72 Planeten rückabgewickelt worden."

„Rückabgewickelt?"

„Ja, die paar hundert letzten Einwohner mussten auf andere Systeme verteilt werden. Schau, wir sind eigentlich sehr sozial, meine Artgenossen benötigen mindestens Gemeinschaften mit einer Größe von etwa 2000 Individuen. Die hocken normalerweise ganz schön eng aufeinander, dann fühlen sie sich wohl – nur ich mag das nicht so sehr. Obwohl, manchmal … Nun gut, es gibt Stimmen, dass all dies, dass die gesamte Administration von Robotern übernommen werden

soll und das ist fatal, das ist der Anfang vom Ende!
Ich denke, wir müssen wieder Dinge selber tun, wir müssen auch mal
Dinge tun, die schwierig sind, die schief gehen können. Und das habe
ich doch klasse hinbekommen: In sträflicher Selbstüberschätzung
hatte ich den Anzug am Ufer abgelegt und bin ins Wasser gewatet ...“
Ich runzelte nur die Stirn, Garragant hielt inne und demonstrierte, was
für ihn Gehen war: Er erhob sich auf einige zentimeterlange Tentakel
und kroch mehr oder weniger über die Steine.
„Ja, so siehts aus, jetzt verstehst du, dass ich dich beneide. Leider
musste ich feststellen, dass ich die Fische nicht halten konnte, wenn
ich sie gefangen hatte. Wir können unsere Tentakel verformen, aber
es geht nicht schnell genug. Also bräuchte ich genau das, was ihr
Menschen auch benutzt, eine Angelleine! Jedenfalls hatte ich nicht
aufgepasst und der Bär war plötzlich da, er spielte zuerst mit dem
Anzug am Ufer, möglicherweise roch er den Whisky, den ich gerade
getrunken hatte ...“
Ich dachte: „Whisky?“, aber Garragant hielt nur einen Moment inne,
pulsierte zwei Sekunden in Cyanblau und Violett und fuhr dann fort:
„Ich projizierte Furcht und das blöde Vieh warf den Anzug mit einer
Kopfbewegung in den Fluss. Weg war er. Ich möchte mir gar nicht
ausmalen, wie weit er schon getrieben sein mag. Ich war jedenfalls
außerstande, dem Strom weit genug zu folgen. Genau genommen
habe ich nach hundert Metern aufgegeben.“
„Und der Bär?“, fragte ich nach.
„Der kam näher, schnupperte an mir und wollte mit der Tatze zuschlagen, als ich heftige Panik projizierte. Er machte auf den Hinterbeinen
kehrt und galoppierte davon. Ich bin schon erstaunt, zu sehen, dass
er noch mal wiedergekommen ist. Ich muss nun 15 Kilometer nach
Nordosten, aber ich schaffe es nicht mal aus diesem Flusstal heraus!“
Ich sah, was er meinte: Im Glauben, er könne in diesem Miniseitental
langsam auf ein höheres topografisches Niveau aufsteigen, hatte er
sich in eine Sackgasse aus großen Felsen manövriert, bad luck!
„Freund! Paul!“ Er pulsierte rot und orange wie eine Diskobeleuchtung
bei einem Schmusesong. „Würdest du versuchen, mir den Anzug zu-
rückzubringen? Er legt sich zu einer Scheibe zusammen, du würdest
also eine silbrige Scheibe von fünf Zentimetern Dicke und einem Meter Durchmesser suchen. Sie schwimmt, solange Energie da ist, auf
dem Wasser. Energie müsste noch für ein paar hundert Jahre vorhanden sein. Würdest du mir diesen Gefallen tun?“
„Ja, klar!“ Ich erhob mich, verstaute den Colt in dem Holster, das ich
so in meine Weste genäht hatte, dass der Griff fast auf Höhe meiner
Brust war. Trotzdem stieß die Mündung beim Sitzen auf den Boden!

„Bis dann!" Ich marschierte Richtung Süden los, weil der Fluss dorthin floss, und kam nach ein paar Metern zur Besinnung. Es war Morgen, ich hatte noch nicht gefrühstückt! Also kehrte ich um, rief Garragant zu, ich würde erst mal mein Lager abbauen und die Sachen zu ihm schaffen, er könne sie dann gegen Bären beschützen.
Das sei doch eine Ehrensache für ihn. Er würde mein Hab und Gut mit seinem Leben verteidigen, meinte er.
Er muss wohl tatsächlich zu viele und die falschen Filme geschaut haben.

3

Drei Kilometer flussabwärts begann ich mich zu fragen, wieso der „Anzug" nicht längst hier irgendwo an das ausgedehnte kieselige Ufer gespült worden war. Der muntere kleine Strom hatte im Schnitt nur etwa zehn Meter Breite, er quetschte sich auch durch einige enge Stellen, fiel mal einen halben Meter und gab Wasseramseln Gelegenheit, ihre Tauchkünste zu zeigen, floss quirlig und weißschäumend weiter und suppte am Ufer sachte über Milliarden Tonnen Kiesel. Ein Elch kam zum Trinken, etwa 60 Meter weiter unten, und ich blieb stehen, bis er weitergezogen war.

Die Sonne stieg zum Zenit, es wurde noch zwei Grad wärmer, aber ein sachter Wind wehte das Flussbett herunter. Bis auf die Tatsache, dass Jeans und Hemd immer unangenehmer auf den Schürfwunden rieben, war es einfach ein wunderschöner Tag und ich stand da und konnte nicht glauben, was ich hier tat. Ich versuchte einem Alien in Form einer großen Kugel zu helfen und seinen „Anzug" wiederzufinden? Ich war drauf und dran nochmal zurückzugehen und erneut nachzusehen, ob ich nicht doch einer Halluzination unterlegen war. So etwas konnte mir doch nicht passieren. So etwas passierte einfach nicht. Niemandem! Besonders nicht mir!

Der Elch wanderte gemächlich weiter den Fluss hinunter und als er außer Sicht war, hakte ich meine Blechtasse von meiner Weste los und schöpfte etwas Wasser. Trank. Und natürlich war das Wasser wie immer einfach großartig.

Ich muss gestehen, irgendwie liebte ich den Fluss einfach. Für mich war dieses Wasser hier in Alaska besser als jeder Wein!

Kein Witz!

Es war so frisch und weich und rein, dass ich es gleich literweise saufen konnte, es schmeckte, wie das Leben selbst schmecken sollte und nicht wie das nitratbelastete Wasser aus den Wasserhähnen in Deutschland, wo Natur, Städte, Landwirtschaft und Politik einen Kampf austrugen, den Natur und Menschen schon lange verloren hatten.

Das gechlorte Zeug voller Kalk, PCP, Blei, Quecksilber in meinem Heimatkaff mitten im Ruhrgebiet war mir immer als ungenießbar vorgekommen, seit mein Vater mit uns mal irgendeine Mittelgebirgsquelle erwandert hatte. Ich weiß nicht mehr, welche. Aber ich weiß noch, dass ich ziemlich fertig gewesen war. Warum muss der Mann auch mit kleinen Kindern kilometerweit durch Wald und Flur rennen? Ganz ohne Verpflegung im Übrigen. Planung war nicht so sein Ding. Aber als ich meine Hände unter das Rohr hielt, das da wie zufällig aus der Böschung ragte, wie ein illegaler Abfluss in unserer Siedlung, und misstrauisch etwas davon trank, war ich versöhnt mit der Welt, mit all den nutzlosen Kilometern, die wir gewandert waren und mit der Natur, denn sie hielt zu meinem Erstaunen wirklich Geschenke für uns bereit.

Das war neben der Einsamkeit der zweite Grund, weshalb ich hierhergekommen war. Hier schmeckte die Preiselbeere nach Preiselbeere und nicht nach künstlichen Aromen, die Luft war sauber und roch nicht nach Abgasen. Wasser und Luft schmeckten süß! Schmeckten wie LEBENS – mittel.

Und hier, wo ich definitiv niemanden treffen will, wo ich einfach nur meine Ruhe haben will, finde ich ein Alien, das ausgerechnet auch auf unberührte Natur steht – und auf Autorennen, Western und Comics?! Nee, also wirklich!

Gut, ich war immer der Meinung gewesen, dass Aliens existieren. Klar, bei der Größe des Weltalls und der Zahl der Sonnen bleibt das nicht aus. 70 Trilliarden Sonnen soll es im Universum geben. Das sind 22 Nullen hinter der 7!

Wissenschaftler gehen davon aus, dass ungefähr 10% der Sonnen auch Planeten aufweisen, das wären 7 Trilliarden. Gehen wir mal nur von vorsichtigen 3 Trilliarden Planeten aus und schätzen, dass nur jedes 1000ste Planetensystem erdähnliche Planeten besitzt und wiederum nur auf jedem 1000sten davon Leben entstanden ist und intelligentes Leben wieder nur auf jedem 1000sten, dann wären das immer noch 3 Milliarden Kulturen, die den Weltraum bevölkern müssten!

Die allerdings wären so weit im All verstreut, dass man mit ziemlicher Sicherheit nie etwas von ihnen hören würde, geschweige denn sehen, denn da gibt es immer noch das Problem der unvorstellbaren Entfernungen und der unbarmherzigen Einsteinschen Gesetze. Das isoliert natürlich die Kulturen voneinander.

Als 16jähriger hatte ich das mal für unsere Milchstraße durchgerechnet, ich las ja viel Science Fiction und das interessierte mich doch sehr: Bei 200 Milliarden Sternen kam ich in unserer heimischen Galaxis nach meiner privaten, sehr viel vorsichtigeren Rechnung auf nur zwei Kulturen. Und das wären halt unsere eigene und EINE andere, wahrscheinlich in einem anderen Spiralarm, so viele Lichtjahre entfernt, dass ein Kontakt unmöglich wäre!

Arthur C. Clarke hatte das in einem wunderbaren Buch schon vor über einem halben Jahrhundert sehr schön dargestellt. Bei Entfernungen von im Schnitt 100 bis 1000 Lichtjahren können wir nicht einmal mit Radiowellen die Kommunikation aufnehmen, weil Botschaft und Antwort eben hundert oder sogar tausend Jahre unterwegs wären. Die sendenden und empfangenden Gesellschaften wären ja nicht mehr die gleichen. Das kann man nun mal nicht mit dem Telefonat mit Oma in Bottrop vergleichen. Oder halt: Mit Uroma Matta, ich hatte sie mit vier Jahren noch kennengelernt, kann man eben nicht mehr telefonieren ...

Die Überlegungen halfen mir nicht gerade, ich hatte ein Gefühl extremer Unwahrscheinlichkeit, ein Gefühl, dass die Realität nicht real sei.

Kam noch dazu, dass ich anscheinend wieder mal was zu erledigen hatte, was nicht ging – so wie Schüler unterrichten, die nichts lernen, sondern nur cool sein wollten. Der Anzug tauchte nämlich einfach nicht auf. Er hätte längst irgendwo angespült am Ufer liegen müssen, aufgehalten von irgendwelchem Gezweig, aber nein, das Ding war auch nach drei Kilometern Wanderung nicht zu finden!

Das erinnerte mich an eine Erfahrung, die ich in meiner Kindheit hatte machen müssen, als mein Vater von mir verlangt hatte, dass ich einen Bollerwagen voller kaputter Backsteine einen Kilometer weit von zuhause aus Richtung Kleingarten schiebe. Dort sollte ich ihn in die Furchen des ausgefahrenen Weges, der über einen Damm führte, kippen. Und zwar so, dass sich die Steine gleichmäßig verteilten und in den Furchen verschwanden.

Ich war ein schmächtiges Kerlchen und der Bollerwagen schwer. Zwar kam ich noch ganz glücklich auf dem zerfahrenen Damm an, aber als ich mit einer Art Drehbewegung den Wagen umkippen wollte, brachen einfach die Speichen des linken Rades weg und die Felge klappte im 90 Grad Winkel um. Daran war dann auch nichts mehr zu ändern.

Ich stand allein da rum, dreihundert Meter vor dem Kleingarten, dreißig Meter von den nächsten Wohnhäusern entfernt und wusste nicht, was ich tun sollte. Es kam auch niemand zur Hilfe. Also verteilte ich von Hand die Steine möglichst gleichmäßig, so dass niemand meckern konnte, denn ich wusste schon genau, dass das eigentlich verboten war, illegales Müllabkippen war das nun mal. Auch, wenn mein Vater darauf beharrte, dass wir ja den Weg reparieren wollten.

Zögerlich wanderte ich ohne Karre nach Hause, erklärte meinem Vater, was passiert war und musste mir eine endlose Wut-Tirade anhören, dass man das ja auch so nicht mache, man könne nicht einfach bei solch einem Gewicht auf dem Wagen ihn seitlich verdrehen, klar, dass dann die Räder brachen. Auf meinen Einwurf, dass die aber schon ganz schön verrostet gewesen seien, wurde er noch böser, das seien die Räder von seinem ersten und einzigen Moped gewesen, die hielten schon noch was aus.

Er hatte noch andere Aufträge für mich gehabt, so hatte er mich als Siebenjährigen losgeschickt, damit ich für die Kaninchen Löwenzahn sammele. Löwenzahn konnte ich nur erkennen, wenn er eine Blüte oder die Pusteblume aufwies. Dummerweise war beides in den Wiesen – übrigens auf der anderen Seite des Dammes, wo ich später den Bollerwagen verschrotten sollte, kaum zu finden.
Schließlich sammelte ich irgendwas an Blütenpflanzen und Gras und das war genau falsch, war nicht gut genug für die dämlichen Kaninchen.
Wieso fielen mir jetzt diese blöden, längst vergangenen Episoden ein? Die aufgeschrammte Hüfte brannte. Ich brauchte etwas zu essen.

Das Gehen war mühselig, weil ich kilometerweit über die Steine am Ufer balancieren musste. Plötzlich wusste ich, wo ich den Anzug finden würde und ich stöhnte erneut. Noch drei Kilometer weiter gab es einen Biberdamm, der den Fluss staute. Da würde das Ding hängen, da konnte es nicht weiter. Drei Kilometer!

Eine gute Stunde später sah ich den Biberdamm ein paar hundert Meter weiter vor mir liegen und den Anzug sah ich auch. Zwei Typen in bunten Hosen und Hemden warfen sich das Ding wie ein riesiges Frisbee über den gestauten See hinweg zu. Die silbrige Scheibe segelte majestätisch und präzise und jeder Wurf wurde gefangen. Ich schrie: „Hey!" und winkte. Keine Reaktion. Am Damm gurgelte und gluckerte das Wasser, vor mir lagen noch drei kleinere Stromschnellen und hinter dem Damm, soweit ich mich erinnerte, nochmal zwei. Das Wasser machte so viel Lärm, dass sie mich nicht hörten!

Ich zog den Revolver und schoss in die Luft. Das hörten sie, drehten sich zu mir um – und wetzten los, am Damm vorbei, sprangen eine Böschung hinunter und waren außer Sicht. „Shit!"
Ich rannte nun auch, wenn man das Rennen nennen konnte. Der See bedeckte die steinigen Ufer des Flusses und man musste durch kniehohe Vegetation hetzen, die nach den Füßen angelte und einen permanent zu Fall zu bringen versuchte. Nach kaum einer Minute blieb ich japsend stehen. Da unten tauchte ein Jeep auf, der mit viel zu hoher Geschwindigkeit über das Ufer holperte und dann hinter der nächsten Biegung verschwand. Und mit ihm der Anzug.

Auf dem Rückweg überlegte ich, dass ich wieder mal versagt hatte. Typisch. Ich konnte ja nicht mal einem Alien den Anzug wiederbeschaffen. Vielleicht hätte ich auf den Jeep schießen sollen. Also natürlich nur auf die Reifen! Was sonst? Aber mit dieser Kanone und ihrem gewaltigen Rückschlag hätte ich wer weiß was treffen können und einen Mord wollte ich nicht unter meine Heldentaten einreihen.

In allererster Linie hätte ich gar nicht schießen sollen. Dann wären die auch nicht weggerannt.
Ich würde Garragant eine gereinigte Version erzählen, überlegte ich, dann wurde mir klar, dass das sinnlos war. Wie peinlich! Er las ja Gedanken. Auch das noch!

4

Garragant blieb gelassen. „Na gut, der Anzug ist futsch. Die können nichts damit anfangen. Was für ein Trauerspiel! Aber was tun wir jetzt? Hilfst du mir auf dem Rückweg zu meinem Schiff?"
„Klar", sagte ich, ohne zu ahnen, was ich mir damit antat.

Zunächst war ein verspätetes Mittagessen angesagt. Ich machte mir ein paar dicke Brote aus Dosenschinken, Mayo, Senf und Dosenbrot. Garragant bekam etwas von dem Schinken ab. Was tat er? Er setzte sich drauf!
„Wir stammen von Meeresbewohnern ab, die ein wenig euren Seesternen ähneln."
Ach so! Na, jeder isst, wie ihm der Mund gewachsen ist!
Ich hab noch so'n Spruch: Der Mund isst schneller als das Auge! Der ist von mir. Gut was? Nein? Na egal. Die Schüler haben auch nichts damit anfangen können.

Während ich das entsetzlich trockene Brot kaute – Mayo half da auch nicht viel – grübelte ich, wie man Garragant problemlos durch das unwegsame Terrain befördern konnte.

Problemlos ging schon mal gar nicht. Die einzige Möglichkeit blieb eine Art Trage, die ich ziehen konnte. Gut, statt hier irgendwelche Äste mühsam mit meinem kleinen Beil abzuhacken, würde ich einfach die Zeltstangen nehmen. Nein, Quark, die waren zu dünn. Also doch ein paar Stangen schneiden.

Nach ein paar Minuten des Herumhackens auf einem Birkenschössling zog ich den Revolver und schoss eine Kugel durch das Stämmchen, hängte mich einmal dran und krach, hatte ich eine Tragstange. Aus zwei solchen Stämmen, den Zeltstangen als Querverbindung, dem Zelt, der Iso-Matte, den Zeltschnüren und einer Rolle Klebeband bastelte ich eine klobige Trage zusammen, die alleine schon gefühlte 50 kg wog.
„Du hast ein Raumschiff? Setzt du mich hinterher in der Nähe der Zivilisation ab? Dann zerschneide ich jetzt auch den Rucksack!"
„Sicher. Alles, was du willst. Du bekommst deine Ausrüstung auch ersetzt, gar kein Problem! Und zwar in besserer Qualität, als dein Planet es könnte! Das ist ein Versprechen!"
„Hm", machte ich. Konnte man ihm trauen? Wer konnte schon wissen, was so ein Alien vorhatte, wenn es erstmal gerettet war – vielleicht

wollte es auch seinen Aufenthalt auf unserem kleinen Planeten geheim halten und ...

„Paul! Freund!", tönte es in meinem Kopf und tiefpurpurne Bänder bewegten sich wie Schatten über Garragants Gestalt. „Wie kannst du
nur so etwas denken?"

„Das ist ganz leicht, wenn man ein Mensch ist", beschied ich ihm.
„Ich kann ja nicht in deinem Kopf hineingucken, du aber sehr wohl in
meinen."

„Sei versichert ..."

„Ich bin überversichert. Jaaa, jaa, schon gut, schon gut!" Ich nahm
mein Messer und schnippelte den teuren Rucksack so zurecht, dass
ich die Gurte als Geschirr für die Trage nutzen konnte.

Dann kam der Augenblick der Wahrheit: Garragant wanderte in aller Gemütsruhe auf die Trage, ließ sich in der Mitte nieder, ich warf
die Reste der Zeltplane über ihn, wurstelte die Enden zusammen und
knotete sie an der vorderen Querstange mit der Nylonkordel fest, die
im Tunnelzug meiner Jacke gesteckt hatte. Jetzt konnte er nicht von
der Trage runterrollen. Außerdem saß er in einer Art Mulde. Er hing
so tief durch, dass er sicher ein paar Stöße von größeren Felsbrocken
abbekommen würde. Das ließ sich nicht ändern. Garragant versicherte, er sei ziemlich robust gebaut. Robuster als ein Mensch jedenfalls.

Also los!

5

Die ersten Meter klappten ganz gut. „So einfach ist das", dachte ich.
Und so kann man sich irren!

Nach kaum 60 Sekunden begann ich zu spüren, dass Garragant zu
schwer war. Die Stangen schlugen und hüpften in meinen Händen.
Ich hatte Zerrungen in den Armen, kaum dass wir losgewandert waren. Meine schweißnassen Hände rutschen von den Enden der Stangen ab und ich fluchte laut.

„Geht es doch nicht?", fragte Garragant besorgt.

„Mach dir keine Sorgen", keuchte ich, „ich fang ja gerade erst an." Und
mit einem gewaltigen Adrenalinschub – man konnte als Mensch so einer Bowlingkugel von Alien doch keine Niederlage eingestehen – zerrte
ich die Trage am Ufer entlang bis zur Biegung des Flusses. Dann brach
ich zusammen. Mein Herz raste, die Gurte hatten mir die Schlüssel-

beinknochen zerquetscht, meine Beine waren weich wie Pudding, das kannte ich so nicht. Ich hätte in den letzten Jahren halt mehr Sport machen müssen, wurde mir jetzt klar.

Es war sehr wahrscheinlich, dass ich Garragant nicht zu seinem Raumschiff bringen konnte. Scheiße hoch 10!

Schwarzenegger hätte das gekonnt. Ich aber nicht mit meinen 30 Kilo Übergewicht. Mit knapp 100 Kilo hatte ich mich immer noch sehr gut gefühlt. Ich hatte rennen können wie Nurmi, Radsprints wie Armstrong hinlegen können und alle meine guten Sachen hatten mir gepasst. Das war lange her, da musste ich wieder hin zurück.
„Paul! Es gibt noch andre Möglichkeiten. Du musst bedenken, dass du Mitte 50 bist und zu dick!"
„Hier gibts nur einen Dicken und der ist nicht dick", zitierte ich Obelix und begann hysterisch zu kichern.
Nach einem Moment stimmte Garragant mit ein: „Der war gut!", und er machte so eine Art glucksendes Geräusch in meinem Kopf, man kann es nicht richtig wiedergeben.
„Nein, pass auf, ich muss mich nur ein bisschen ausruhen, dann gehts richtig los", japste ich.
„HÖR MIR MAL ZU! Du hast einfach zu viel Übergewicht! Was habe ich davon, wenn du ein paar Kilometer weiter einen Herzinfarkt be-kommst? Gar nichts, dann steh ich ganz schön beschissen da. Also hör dir jetzt bitte die Alternativen an!" Die Farben flackerten aufgeregt auf dem Torso des Alien.
„Übergewicht? Guck dich doch selber an, du … du Kugel!"
Und nach drei Sekunden fing ich wieder an zu lachen, Garragant lach-te mit und plötzlich überflutete mich eine Art warmes Gefühl von Fröh-lichkeit, Freude und Freundschaft. Gleichzeitig roch ich Honig und die Liedzeile „If you are going to San Francisco" dingelte in meinen Oh-ren. Die Landschaft leuchtete in phantasmagorischen Farben, so als habe man die Farbregler am Fernseher zu weit aufgedreht.
Langsam ließen diese Effekte nach.
„Was war DAS denn?"
„Das ist das, was wir nun mal können: Andere an unseren Gefühlen teilhaben lassen! Und es freut und beruhigt mich, wenn dir das ge-fallen hat. Im Grunde kann ich nicht verstehen, wie ihr als Nichtte-lepathen miteinander klarkommt. Aber genau genommen tut ihr das ja auch nicht. Sieh dir nur die Zahl der Verbrechen, der Morde, der Kriege auf eurer Erde an!"

„Ach, und ihr habt keine Verbrechen?"

„Na ja, doch. Die Verbrecher sind diejenigen, die ihre Gedanken und Gefühle besonders gut kontrollieren und abschirmen können. Das kann aber nicht jeder."

Ich dachte nur: „Aber genügend."

Garragant widersprach: „Nicht mal genügend, dass sich eine literarische Form wie euer Kriminalroman bei uns entwickeln konnte."

„Wie? Keine Weterings und Guliks?"

„Keine Leonards und Blocks."

„Keine Highsmith´ und Hammetts?"

„Auch keine Chandlers und Latimers."

„Tja", sagte ich, „wie langweilig. Hör mal, du hast eben was von Alternativen gesagt?"

„Eine Möglichkeit wäre, dass du allein zum Schiff gehst und mit ihm sprichst."

„Mit wem?"

„Mit dem SCHIFF!"

„Mit dem SCHIFF?"

„Ja!"

„Ja wie?"

Pause. Dann sagte Garragant: „Also, ich hab ja schon von Kommunikationsproblemen mit euch Menschen gehört, aber das ist das erste Mal, dass ich es selber erlebe."

„Hmm, Tschuldigung, also, äh, ich spreche mit dem Schiff! Gut! Ich suche es, gehe hin und sage, „Hallo Schiff! Schön dich zu sehen, weißt du, dein Herrchen wartet auf dich. Der gute alte Garragant sitzt da am Ufer des Flusses fest, hilf uns doch mal!"

„Jaja, ganz richtig, du hast schon verstanden. Nur, äh, gibt es zwei Probleme: Das Schiff ist unsichtbar, äh, du wirst es nicht so leicht finden."

„Och, entzückend. Und das zweite Problem?"

„Es darf nicht mit dir reden."

Ich sah Garragant nur an, dann holte ich Luft: „Und du erzählst mir was von Kommunikationsproblemen?" Ich schüttelte den Kopf.

Garragant erklärte, dass das Schiff einen Computer besitze oder vielmehr: Das Schiff SEI ein Computer, denn er sei wie viele seiner Funktionen in das Metall, in das Konstruktionsmaterial des Schiffes integriert. Und das Schiff dürfe eigentlich gar nicht mit mir reden. Aber da es schon Ewigkeiten keine Notfälle, keine Ausnahmesituationen mehr gegeben habe, wusste Garragant einfach nicht, wie der Computer reagieren würde. Eigentlich müsste er sich wundern, dass Garragant so lange Funkstille gehalten habe. Er hatte ihn nicht um Musik gebeten, nicht um Unterhaltung, nicht um Daten, um die Lieferung von Geräten, Nahrung, Feuermaterial …

Eigentlich wäre zu erwarten gewesen, dass er Garragant nun aktiv suchte. Der Schiffs-Computer war ja nicht dumm. Allerdings hatte Garragant das Schiff noch nicht lange. Erst neulich, vor 50 Jahren etwa, habe er diese Größenklasse gewählt, weil er etwas mehr Platz brauchte, na, ich würde ja sehen, wofür. Und er machte mich durchaus neugierig: Etwas von der Freude, die er beim Gedanken an sein Schiff verspürte, schwappte auch auf mich über und erzeugte wieder dieses kurzzeitige Hochgefühl in mir.
„Also macht es eigentlich keinen Sinn, das Schiff aufzusuchen, es reagiert doch sowieso nicht auf mich."
„Ja, das einzige, was mir dazu einfällt", meinte Garragant, „ist, dass du ihm sozusagen als Kennung seine Produktionsnummer sagst, es ist 206 044 129 302 2."
„Was?"
Garragant wiederholte die Zahl. Ich musste sie aufschreiben, ich kann mir keine Zahlen merken. Mit meinem Minikugelschreiber notierte ich die Produktionsnummer auf meinem Unterarm. Dann zeigte ich sie Garragant, der bestätigte, sie sei richtig.
„Und wie finde ich nun das unsichtbare Schiff?"
Papier wollte er haben, ich kramte meinen kleinen Skizzenblock aus der Plastiktüte, in der nun alles provisorisch verstaut war. Als Bildhauer bin ich an Steinen, Felsformationen und bizarren Baumstrünken interessiert. Nach Jahren der Untätigkeit hatte ich nun tatsächlich zwei Zeichnungen angefertigt – die ich klasse fand. Außerdem hatte ich drei Wurzeln so beschnitzt, dass sie kleinen Dämonen glichen: Unheimliche verdrehte Wesen, böse Gesichter zeigend. Wer die entsprechenden Personen kennt, sieht sehr genau, wem diese Gesichter gehören! Garragant kroch über den Block, einen Tentakel um meinen Kuli gewickelt und brauchte sage und schreibe eine halbe Stunde, um eine Karte zu zeichnen.

Die allerdings war ausgezeichnet. Detailliert, genau, wie aus dem Drucker. Naja, fast.
Und er erklärte, dass ich am besten sieben Kilometer flussaufwärts am Ufer zurücklegen sollte, dort stand ein kleiner verbrannter Baum, dann sollte ich drei enge Schleifen des Flusses queren und mich

anschließend nach Osten schlagen. 13 mühselige Kilometer ging es durch die Tundra, dabei gab es nur zwei kleinere Felsformationen zu überklettern oder zu umgehen. Er hatte aus dem Gedächtnis sogar die höchsten und tiefsten Stellen eingezeichnet, eine paar kleinere Wäldchen und einen Bachlauf und das alles, nachdem er nur einmal über diese Gegend gedasselt war.

„Gut", sagte ich, „morgen gehts weiter. Das schaffe ich heute nicht mehr."

Und ich begann die Trage auseinanderzunehmen und mit dem Rest Klebeband so etwas wie ein Zelt herzustellen, das wenigstens eine Nacht überstand.

Ich hatte nicht genügend Klebeband, das Zelt war die reine Katastrophe und ich entschied, dass ich mit Schlafsack und Isomatte ausreichend bedient war. Den Moskitostoff würde ich mir einfach über den Kopf ziehen.

Jetzt hatte ich schon wieder Hunger. Schmacht genau genommen. Also: Feuerholz sammeln!

Garragant überredete mich, ihm meine Angelleine zu leihen. Die nahm er mit einem Tentakel, drehte sich, griff sie mit weiteren seiner wurmartigen Greiforgane und drehte sich immer weiter, bis die Leine zweimal um ihn drum gewickelt war. Dann spazierte er auf seine schneckenhafte Art in den Fluss hinein und drehte sich rückläufig, bis die 10 Meter Leine mitsamt Haken in der Strömung verschwunden waren. Er selbst stand bis fast zur Hälfte im Wasser, das eine niedliche Bugwelle um ihn herum erzeugte.

Ich heizte mit Brennpaste ein Feuer an, stellte mein Topfset drauf, um mir gleich zwei Trockengerichte aufzukochen. Wozu jetzt noch sparen? Ich löffelte das erste, eine Art Chili con carne, und sah Garragant zu. Schließlich rief ich: „Ist dir das nicht zu kalt?" Ich wäre mittlerweile unterkühlt gewesen. Er antwortete, dass er sich da anpassen könne.

Ich zuckte die Schultern und verputzte mein zweites Gericht, eine serbische Bohnensuppe. Als ich fast fertig war, „rief" Garragant, er habe einen Fisch gefangen. Langsam kam er heran und ich sah, dass er die Leine ganz um sich gewickelt hatte und seine Beute zappelte vor seinem „Bauch". Eine Forelle.

„Ich habe es tatsächlich geschafft!" Seine Stimme „klang" stolz, gera-
dezu glücklich.
„Con-gra-tu-la-tions!", sagte ich salbungsvoll.
„Du verstehst das nicht", analysierte er meinen mangelnden Enthusi-
asmus. „Ich bin der erste Xozorrudhu seit Ewigkeiten, der sich seine
Nahrung selber besorgt hat. Das ist ein Grund stolz zu sein!"
„Und nun willst du ihn essen", stellte ich fest.
„Ja, aber er muss natürlich gegrillt werden, wie du es machen würdest."
„Ach so", sagte ich und als nichts weiter von ihm kam, dämmerte es
mir: „Soll ich das für dich erledigen?"
„Das wäre nett!"
Unwillkürlich dachte ich: „Und ich muss ihn auch für den großen au-
ßerirdischen Helden töten."
„Du hast recht. Das sollte ich schon selber erledigen. Aber ohne mei-
nen Anzug kann ich das nicht."
„Du solltest nicht immer in meinen Kopf reingucken, der gehört mir!",
dachte ich
„Ja, ja, stimmt, das sind Jahrtausende alte Gewohnheiten, sorry, ich
werde es mir abgewöhnen. Aber darf ich dich bitten, den Fisch zuzu-
bereiten? Die Messer, die du benutzt, sind für mich zu groß."
Woher wusste er, welche Messer ich benutzte? Er hatte doch schon
wieder in meinen Kopf geguckt …

„So, der sieht ja ganz appetitlich aus", und ich wollte ihm seine gegrill-
te Beute hinlegen, da meinte er, er wolle mit mir teilen.
Viel gabs da nicht zu teilen. „Na gut, aber ich nehme nur einen Bissen,
ich will nur wissen, wie's schmeckt."
Mit der Gabel pickte ich etwas aus der Seite und legte dann den Fisch
vor ihn hin und er krabbelte drüber.
Ich kaute mein Stückchen lieber ganz konventionell, schmeckte ganz gut.
Genau richtig gepfeffert, gesalzen und braun gegrillt. Fehlte nur noch ein
Schälchen heiße Butter oder etwas Remoulade und vielleicht ein Stück
Toast mit Pilzen und Zwiebeln … Zuhause habe ich sogar ein spezielles
Grillöl für Fisch angesetzt, auf ausgesuchten Pfeffersorten, auf Tellicherry-
und Langpfeffer, getrockneten Pilzen und Kräutern. Das kommt natürlich
noch besser!

Garragant jedoch begann begeistert zu jubeln, wie toll das schmecke,
so dass die irreale Szenerie mir plötzlich vorkam wie Bios Kochstudio.
Dann erwähnt er, dass seine Frau und seine zwei Söhne das mal
erleben sollten und ich ließ mir erklären, dass die erst 20 waren und

sehr verspielt.

„Kenn ich von mir selber", knurrte ich.

Und mit seiner Frau war er erst seit 430 Jahren zusammen, das verflixte fünfhundertste Jahr lag noch vor ihnen.

Nach fünf Minuten war der Fisch weg, komplett mit Kopf und Schwanzflosse. „Jetzt noch ein Bier oder einen Whisky hinterher", meinte Garragant, „das wäre zünftig!"

„Zünftig", wiederholte ich. Ein aufgeblasener Fußball von Alien, der mir was von „zünftig" verklickerte. Wem sollte ich das je erzählen, das glaubte doch keiner.

„Whisky habe ich für medizinische Zwecke." Die Flasche steckte auch in meinem Schlafsack, in dem ich jetzt die wichtigsten Reste meiner Ausrüstung verstaut hatte. Ich hielt sie hoch: halbvoll.

Wie gibt man einem kugelförmigen Alien einen Drink aus?

Nimm einen Blechteller, räum ein paar Steinchen weg, drück den Teller flach in den Boden und gieße etwas Whisky hinein!

Garragant sagte: „Danke, Freund!", und kroch mit einer Begeisterung über den Teller, die psychisch fühlbar war. Regenbogenartige Wellen überliefen seinen Körper in verschiedene Richtungen.

Ich ertappte mich dabei, leise „Come sing a song of joy and love and understanding" zu singen, unterbrach mich selber, hob die Flasche und rief: „Auf Alaska!"

„AUF DICH, PAUL!", rief Garragant und auf seinem „Äquator" erschien kurz das Wort Paul.

Ich machte: „Hm", nahm einen kräftigen Schluck und verstaute die Flasche wieder im Schlafsack.

Es blieb lange hell, wurde auch nicht richtig Nacht, trotzdem sammelte ich Holz für ein großes Feuer, angedenk der Gefährlichkeit von Bären, Wölfen, ja sogar Dachse sollen schon Menschen angegriffen haben.

Als das Feuer prasselte, Äste wie Granaten explodierten und rote Funken in den indigofarbenen Himmel stiegen, rückte Garragant näher an das Feuer heran.

„Du wirst dich verbrennen", warnte ich.

„Nein, sicher nicht. Ich bin ein wenig robuster gebaut als du, meine Haut kann größere Belastungen aushalten als deine. Ich kann auch größere Druckunterschiede ertragen. Das hat schon seine Gründe."

Und er erklärte mir, dass fortgeschrittene Technologie es ermöglichte, intelligente Nanoroboter im Körper wichtige Arbeiten verrichten zu lassen: Zellen reparieren, Knorpelstrukturen wieder aufbauen, Drüsen anregen, Unverdauliches verdauen. Seine Rasse war ohnehin schon langlebig gewesen, aber mit diesen Mitteln lebten sie Jahrtausende und völlig ohne Infektionen und andere Krankheiten. Ein Prozent seines Körpers bestand genau genommen aus Nanomaterial.

Und dann meinte er: „Du kannst das auch haben.“

Ich sah ihn nur an, ohne zu begreifen, was er da gesagt hatte. Die Sonne war hinter den Bergen verschwunden und es lag ein sanftes Abendlicht über der Landschaft. Die dem Feuer zugewandte Kugelhälfte schimmerte in Orange und Rot und die abgewandte Hälfte lag in tief dunkelblauem Schatten. Die Farbwellen auf Garragants Körper waren mal sichtbar, mal nicht, veränderten ihren Charakter ja nach Beleuchtung.

Schließlich fragte ich: „Wie meinst du das?“

„Nun, ganz einfach, für Menschen gibt es das auch. An Bord meines Schiffes trinkst du ein paar Gläser Nanoflüssigkeit und das wärs.“

„Wie könnt ihr so etwas für Menschen haben, das muss doch erforscht, angepasst, getestet werden!“

„Wir waren schon vor Jahrtausenden auf deinem Planeten, damals hat jemand sein Schiff beauftragt, herauszufinden, ob Menschen sich auch für diese Technologie eignen. Es hat Untersuchungen und Experimente an höheren Affen gegeben und schließlich war die Nanotechnologie theoretisch angepasst an den homo sapiens, es musste nur noch getestet werden. Dazu nahm das Schiff nachts einen durchschnittlichen Bewohner des Vorderen Orients auf. Er wurde betäubt und nach zwei Tagen wieder abgesetzt. Das Experiment war natürlich erfolgreich – du kennst sogar seinen Namen.“

„Ich kenne …?“ Ich schüttelte den Kopf.

„Methusalem!“

„You‘re joking!“

„Nein, nein, im Ernst. Er hat hunderte von Jahren gelebt, ist dann aber bei einer großen Überschwemmung des Zweistromlandes, wahrscheinlich dem Vorbild der sogenannten Sintflut, umgekommen.“

Ich schüttelte immer noch den Kopf. Dann fiel mir ein: „Ha! Und ihr habt ihn natürlich die ganze Zeit beobachtet?“

„Natürlich nicht. Er hatte einen Sender implantiert bekommen, der wichtige Körper- und Umgebungsdaten an einen Satelliten weiterleitete.“

„Ihr habt das also einmal am Menschen getestet und braucht ein weiteres Versuchskaninchen.“

Garragant war empört. „Unfug! Außerdem, wenn du mit dem Ergebnis nicht zufrieden bist, kann man die Partikel so programmieren, dass sie

den Körper wieder verlassen, sie werden einfach ausgeschieden und das wars. Der Verjüngungseffekt wird noch ein paar Jahre anhalten und dann bist du wieder da, wo du vorher warst, gesundheitlich gesehen.
Die ersten Infektionen könnten allerdings heftiger ausfallen als gewohnt, weil dein Immunsystem vorher massiv vom Nano unterstützt worden ist."
„Na, ich weiß nicht", sagte ich und überlegte, ob ich mich damit wohl in die fröhliche Runde von Jekyll, Hide und Frankenstein einreihen würde …
„Egal", meinte Garragant, „du musst dich ja nicht jetzt entscheiden, lass dir Zeit! Sag ma, wie wärs, solln wa nichn Whisky plattmachn?"
Ja, jetzt konnte ich auch gut einen brauchen.

Nach einer Viertelstunde hatten wir den Whisky geschafft. Ich leerte den Schlafsack, kroch hinein und sah wie immer zu, dass ich den Peacemaker griffbereit hatte. Er kam in eine der Innentaschen, die ich in den Schlafsack genäht hatte. Dann sah ich in den schwarzblauen, etwas diesigen Himmel: „Schade, dass man nur die paar Sterne sehen kann. Du könntest mir sonst zeigen, woher du kommst."
„Falsche Halbkugel", erklärte Garragant.

Später in der Nacht wachte ich auf, das Feuer war weitgehend heruntergebrannt, ich hörte ein Geräusch, ein Fiepen, dann eine Art Rasseln und schließlich so etwas wie ein Klappern. Es klang nicht bedrohlich, aber ich lag wach und rätselte, was es sein konnte, dann kam ich drauf: Garragant schnarchte.
Kopfschüttelnd drehte ich mich um. Und sowas nennt sich Alien.

7

Der Weg durch die arktische Tundra erschien mir beschwerlicher denn je! Vorher hatte ich das als normal hingenommen, das Übersteigen von Grünzeug, das ich nicht kannte, das Umgehen von Baumgrüppchen, das Schliddern über kieselige Ablagerungen entlang eines Flusses, das Stolpern durch ein heideartiges Terrain – aber ich hatte es ja auch nie eilig gehabt.

Atemlos stolperte ich immer weiter vom Fluss weg, umging nach Karte ein paar kleinere Anhöhen und steuerte auf den Berg zu, der östlich lag und partout nicht größer werden wollte.

Nach einigen Kilometern kurze Rast. Auf einem länglichen bootsähnlichen Steinklotz sitzend aß ich in Ruhe die letzten Schokoladenriegel, dreifach mit Unterdruck verschweißt, bearproof. Hier war ich schon aus dem Flusstal heraus und konnte etwas weiter schauen. Die Hügelketten ringsum und die hohen weißen Bergrücken dahinter erstreckten sich zu beiden Seiten in dunstige Fernen und boten ein schlichtweg gewaltiges Panorama. Kaum vorstellbar, dass es dahinter noch etwas anderes gab. Ich trank das Wasser, das ich in einer Plastikflasche vom Fluss mitgebracht hatte, und stiefelte weiter. Bald musste der verdammte Berghang auftauchen und damit auch das Schiff.

Das heißt, Garragant hatte mich lachend gewarnt, nicht gegen die Hülle zu laufen, man sehe sie ja nicht. Aber ich bin ja nicht blöd. Ich hatte ihn gefragt, was für eine Form das Schiff denn habe.
Kugelförmig natürlich!

Ich wischte mir immer wieder mit dem Ärmel den Schweiß aus den Augen und als das Terrain endlich begann, anzusteigen, sah ich mich bei jedem Schritt gründlich um. Zehn Minuten später zahlte sich das aus: Da lag mit verdrehtem Hals eine Krähe, wenig später fand ich einen kleinen Singvogel.

Ich blickte hoch: Da war nur der Himmel mit ein paar Wölkchen. Aber ich war nun sicher, da stand das getarnte Schiff vor mir, weder für meine noch für Vogelaugen sichtbar. Die armen Viecher dasselten dagegen und …

Garragant hatte mir die unwahrscheinlichen Daten seines Schiffes mitgeteilt. Die Hülle hatte einen Durchmesser von schlappen 400 Metern. Mehr nicht.

Niedlich!

Ich kletterte über ein paar Felsen und ging mit nach oben erhobener Hand weiter und Bingo! Meine Hand schlug über meinem Kopf gegen hartes Metall. Mitten in der Luft. Wo nichts war.

Dafür, dass ich das irgendwie erwartet hatte, war ich doch ganz schön geschockt. Garragant, die lustige Kugel, war eins. Die Demonstration der unglaublichen Technik seiner Zivilisation war was anderes.

Nun hämmerte ich mit der Faust gegen die Wandung des Schiffes und schrie: „Hey, du Blechdings aus einer anderen Welt! Dein Meister ist in Gefahr! Garragant schickt mich. Du musst ihn retten. Hörst du mich?"
Dann fiel mir ein: „Ach so: Deine Nummer ist 206 044 129 302 2."
Keine Antwort.
„Du blöder, sturer Computer!", schrie ich erbost. „Was ist los, musst du dein Windows mal updaten?"
Keine Antwort.
Hier war es unangenehm zugig, ich zog mich aus dem Strömungsbereich um das Schiff zurück, 20 Meter etwa reichten. Dann schrie ich: „Verdammt noch mal. Ich hab Garragant geholfen und meine Nahrung mit ihm geteilt. Ich bin kilometerweit gelatscht für ihn. Ich habe Hunger und Durst!"
Das Schiff hatte nicht nur Vorräte gebunkert, es war auch in der Lage, alles Mögliche in kürzester Zeit zu synthetisieren. Ob ich eine Currywurst haben wollte oder ein Goldnugget, das Schiff schuf beides einfach aus reiner Energie – oder wandelte Materie um. „Ich glaubs erst, wenn ich's sehe!", hatte ich Garragant erklärt.
„Ich hätte gern einen Hamburger und eine Cola. Und jetzt tu mal was für Garragant!" Das Schiff reagierte wie so manche meiner Schüler mit völliger Passivität, mit Befehlsverweigerung. Manche grinsten einen sogar unverschämt an, wenn man ihnen sagte „Du musst doch noch weitere sieben von zehn Aufgaben auf dem Blatt ausarbeiten, du kannst jetzt nicht Blümchen malen, die anderen sind gleich fertig!" Nun, wenigstens grinste das Schiff nicht, obwohl – ich konnte es ja nicht sehen ... Plötzlich, vielleicht weil ich wieder an Schule gedacht hatte, schrie ich wirklich wütend: „Was ist, sind deine Batterien leer? Weißt du was, ich werde gleich richtig sauer, dann kannst du was erleben. Ich werde dir Feuer unter dem Arsch machen!"
Ich holte mein Feuerzeug aus dem Uhrtäschchen der Jeans, knipste es an, funktionierte. „Und jetzt sammele ich Holz", verkündete ich. Aber hinter mir lachte Garragant, ich zuckte zusammen, da saß er doch gemütlich in der Luft, in einer halbkugelförmigen Gondel, bedeckt mit einem silbrigen Überzug: „Und was soll das bringen, Freund Paul? Bitte! Das Schiff hält sogar eure Atombomben aus. Du kannst damit notfalls durch die oberen Schichten einer Sonne fliegen", und er lachte wieder.
„Das hast du wunderbar hingekriegt, Freund Paul. Du hattest das Schiff noch gar nicht berührt, da hat es auch schon die Rettungskapsel ausgesandt."
„Ja, verdammt!", sagte ich ärgerlich, „Und warum redet das dumme

Ding dann nicht mit mir?"

„Ja, Schiff, warum redest du nicht mit ihm?", fragte Garragant.

„Anweisungen", kam die dumpfe Antwort.

„Was für Anweisungen? Von mir bestimmt nicht."

„Vom Vorbesitzer. Keine Kommunikation mit anderen Lebensformen, nur mit galaktischen Mitgliedern mit Unbedenklichkeitszertifikat nach Formular c20034f und Gesundheitsprüfung nach Standard MQ-555."

„Widerrufen! Begrüße Paul, meinen Retter!"

„Hallo, Paul", sagte die Stimme etwas zu gelangweilt für meinen Geschmack.

„Schiff, kann man dich mal sehen?"

„Gegen Norm TTE-838, keine unverdeckten Operationen auf Planeten ohne Unbedenklichkeitszertifikat nach …"

„Hm, ja, gut, gut", sagte Garragant und er klang etwas genervt. „Zeig dich für eine Sekunde!"

Lautlos erschien über mir eine gewaltige, vollkommen regelmäßige, silbrig spiegelnde Kugel, die den Himmel verdeckte, um sofort wieder zu verschwinden. Mir schauderte.

„Aber du wolltest das Schiff doch sehen?", wunderte sich Garragant.

„Ja, danke auch. Aber so etwas ist man als primitiver Homo sap sap nicht gewohnt. Dein Schiff ist einfach zu groß, zu perfekt." Ich sah noch immer die in gewisser Weise perfekt verzerrte Landschaft auf der unendlich glatten Kugeloberfläche vor mir. „So etwas könnten wir nicht herstellen. In der Natur gibt es auch keine perfekten Kugeln. Ein Apfel ist rund, weißt du. Angenehm rund. Ein Busen, ein Po, ich wills jetzt nicht ausschmücken, ja?! Japanische Shoguns haben sich vor Jahrhunderten schon damit beschäftigt als meditative Arbeit Raku Schälchen zu töpfern und zu brennen. Da ist die künstlerische Asymmetrie, die Ausgewogenheit, das Wichtigste. Dein Schiff besitzt nur Perfektion, unmenschliche Perfektion."

„Tja", meinte Garragant. „Und das Interessanteste hab ich dir noch gar nicht gezeigt!"

8

Mitten in der Landschaft öffnete sich vor mir eine Art spiegelndes Gewölbe, Garragant sauste mit der Kapsel hinein und rief: „Komm!" Ich lief hinterher, eine Rampe aus geriffeltem Metall hinauf und folgte ihm durch eine riesige kreisrunde Öffnung … verblüfft stand ich auf einer sandigen Straße, die von alten Holzhäusern gesäumt wurde. Schräg gegenüber lautete das Schild über dem Eingang „Saloon". Aber ich war doch definitiv ins Raumschiff gelaufen! What the heck?

Ich drehte mich um und sah die Tundra verschwinden, zwei Torhälften schlossen sich und da war nur noch ein großes Scheunentor, Teil einer frisch errichteten Holzscheune. Das helle Holz roch nach Harz.

Es gab noch weitere Gebäude: Krämer, Hufschmied, Bank, mehrere Wohnhäuser. Menschen wie aus einem Cowboyfilm gingen zielstrebig umher. In der Ferne bewaldete Hügel, dahinter verschwommen Berge. Anscheinend stand ich auf der Straße einer alten Westernstadt.

„Vorsicht!", schrie Garragant und ich hörte Hufgetrappel. Hastig sprang ich zurück an die Scheunenwand. Ein Reiter galoppierte vorbei und aus der Stadt heraus. Ein paar Leute bestiegen eine Kutsche, die losfuhr und dem Reiter folgte.

Garragant war schon auf die andere Straßenseite gewechselt, wo er auf der Veranda des Saloons wartete.
Ich lief hinüber.
„Was ist DAS denn hier?"
„Tombstone."
„Tombstone", echote ich.
„Ich mag das einfach! Es ist ja auch nur der Eingangsbereich. Das Schiff hat hier außen Lagerplatz ohne Ende, diese Installation musste einfach sein. Meiner Frau und meinen Söhnen gefällt das übrigens auch." Er war nun stilecht gekleidet. An seinem silbrigen „Anzug" hing eine Art menschlicher Arm, darunter ein Colt in einem Holster, an der Brust ein Sheriffstern.
Ich schüttelte betäubt den Kopf.
„Ein bisschen Spaß muss sein, Paul. Das weißt du genauso gut wie ich, wenn nicht besser."
Spaß, was hatte das mit Spaß zu tun, wenn er als Einzelperson so viel Macht und Möglichkeiten hatte, dass er seine eigene Filmstadt hier in einem Raumschiff anlegen konnte. Als „Eingangsbereich"!
„Zum Henker, das ist doch das Problem meiner ganzen Rasse: Sie können keinen Spaß mehr haben und sie können nicht mehr sinnvoll arbeiten."
Garragant wollte jetzt in den Saloon, ich hielt ihn auf: „Warte, der Reiter da ist jetzt fast einen Kilometer weit weg, ich stehe aber in einer Kugel. Da geht es nicht immer einfach geradeaus weiter."

„Ach, Paul, so was könntet sogar ihr schon mit digitaler Technik herstellen, der Übergang ist natürlich ein kleines Problem, er passiert
hinter dem Gebüsch dort", und er zeigte auf eine Ulme, um die herum
kleinere Sträucher wuchsen. „Aber es ist dumm, über die technische
Seite nachzudenken. Es macht die Illusion kaputt. Komm jetzt bitte!
Ich habe Hunger."
Hatte ich auch, aber ich sagte: „Deine Farben haben mir übrigens
besser gefallen als diese metallische Anzugoberfläche."
„Oh, elementare Höflichkeit, sorry", brabbelte er und zack, suppten die
gewohnten Farbmuster über die silbrige Hülle, im Moment waren es
rote, gelbe, blaue Streifen, die sich mit hellgelben, rosa und hellblauen
in raschester Folge abwechselten. Garragant schillerte förmlich. Das
hätte mir schon zu denken geben sollen!

Ich drückte mich durch die Klapp-Türchen, schaffte es, nicht über
Garragant zu stolpern, und dachte nur, dass ich das ja hätte erwarten
können: Karten spielende Cowboys, jemand, der auf einem verstimm-
ten Piano Ragtime spielte, an der Bar herumlungernde Figuren, ein
Barkeeper, der mit einem schmuddeligen Lappen Gläser polierte, Reihen von Flaschen vor einem gewaltigen Spiegel.
Erst später kam ich dazu, darüber nachzudenken, dass dieser Raum
nur wenige und recht kleine Fenster hatte. Der Saloon hätte eine fins-
tere Höhle sein müssen trotz der Sonne, die draußen die Straße
durchbriet. Dennoch leuchtete hier drin alles in hellem Ocker und
warmen Ledertönen, wie in einem klassischen Western. Die Gläser
blinkten, die Flüssigkeiten darin schimmerten und der Satinstoff des
Kleides des Barmädchens glänzte speckig. Sie kam raschelnd auf
Garragant zu und rief: „Da bist du ja, Garry! Liebst du mich noch?"
Garry? Echt komisch!
„Na sicher, Mary-Baby. Lass uns nach hinten gehen!" Ich musste la-
chen, aber das Lachen blieb mir im Halse stecken, als an einem der
Pokertische drei Männer aufstanden und der vorderste sagte: „Nicht
so hastig, Sheriff! Mary gehört mir."
„Hab ich dich nicht der Stadt verwiesen, McMillan?", sagte Garragant
ruhig.
Die Männer lachten.
„Muss ich dich schon wieder rausbefördern?"
„Du und welche Armee?", fragte McMillan und zog den Revolver.
Garragant zog ebenfalls, zugegebenermaßen blitzschnell, aber als er
auf McMillan abdrückte, klickte es nur. Ein lautes Geräusch im plötzlich
totenstillen Saloon.

McMillan lachte laut auf, legte auf Garragant an und schoss. Garragant aber war ausgewichen und blitzschnell unter einen Tisch gesaust, unter den er nicht ganz drunterpasste. Nun bewegte sich der Tisch in komischen Bögen und Haken durch das Lokal. McMillan und die beiden anderen folgten den Bewegungen mit ihren Waffen und plötzlich feuerten alle drei auf die Tischplatte. Ich zog den Peacemaker und ballerte in die Luft. „Schluss jetzt! Waffen weg!", brüllte ich.
Aber sie legten auf mich an. Ich schoss, ohne groß zu zielen, auf McMillan, weil man immer erst den Anführer ausschalten soll, und warf mich zur Seite über einen Tisch, der dabei halb umstürzte. Wie Jackie Chan rutschte ich über die gekippte Platte, kam in der Hocke auf und feuerte auf den zweiten, der Kugeln in den Tisch pumpte und nun laut aufschrie. Ich dachte nur: „Scheiße! Scheiße! Scheiße!" Noch nie hatte ich auf Menschen geschossen und ich wollte auch nicht auf Menschen schießen, ich war doch Pazifist! Oder nicht?
Der letzte ließ die Flaschen auf der Bar hinter mir zerplatzen und Whisky und Glas regneten auf mich herab. Er zielte tiefer und eine Kugel pfiff über meinen Kopf. Ich stieß den Stuhl neben mir nach links, hechtete nach rechts und versuchte ihn noch im Sprung zu erwischen. Dann kam ich hart auf den Holzdielen auf und mir blieb vor Schmerz die Luft weg. Halbbetäubt versuchte ich mich aufzurichten, aber ich war zu langsam. Wenn noch einer von den Angreifern stand, war ich gleich Geschichte. Da wurde mir klar, was ich wollte. Auf jeden Fall nicht sterben. Ich wollte nach Deutschland zurück und meine Skulpturen bauen. In die Schule würde ich nicht zurückgehen, Ich würde fristlos kündigen. Wenn ich hier überlebte. Ich hatte den Peacemaker noch in der Hand und rollte mich auf den Rücken und hob ihn, so dass ich auf das, was in mein Blickfeld kam, schießen konnte. Aber wer da kam, war Garragant.
„Paul, du bist ein Held! Du hast mich gerettet! Schon wieder! Hast drei ganz alleine erwischt!" Er reichte mir seine rechte Hand und zog mich hoch, indem er auf fast zwei Meter Höhe aufstieg.
Ich ließ mich auf einen Stuhl fallen und sah grausigerweise die Leichen der Angreifer aufgefächert vor mir liegen. Und merkte, dass da irgendwas nicht stimmte. Aber was?
„Das ist irgendwie komisch!", sagte ich.
„Ach, sieh da nicht hin! Das haben die verdient. Du gehörst zu den ganz Großen! Man wird sich von dir erzählen, wie über Wyatt Earp und…"
Ich richtete den Peacemaker auf Garragant: „Da ist ja gar kein Blut."
Er lachte: „Du weißt doch, dass ich vor dem Ding keine Angst habe.

Außerdem habe ich meinen Anzug an …", er verstummte.

Ich sprang auf und schrie: „Waas?"

Garragant sagte nichts. Aber er hatte mir ja erzählt, dass der Anzug ihn völlig unangreifbar machte. Nicht mal eine Kanonenkugel oder ein Laser konnten das Material durchdringen.

Ich sah mir die „Leichen" genauer an. Der Peacemaker hatte Löcher in die Körper gerissen und in die hintere Wand des Saloons, wo nun Sonnenlicht durchschimmerte.

„Du bist ja richtig sauer!", stellte Garragant fest, bevor ich etwas sagen konnte. „Hat das keinen Spaß gemacht?"

„Spaß?", brüllte ich, so laut ich konnte, und die Rippen auf meiner rechten Seite brachten sich in Erinnerung. „Spaß? Ich hab mir fast in die Hose gemacht! Ich bin nicht für Gewalt. Ich will keine Menschen erschießen und auch keine Roboter. Abgesehen davon bin ich feige! Ich gehe jedem Konflikt so lange aus dem Weg, wie nur eben möglich! Ich habe Angst vor Schülern und bin nicht mal in der Lage, noch vor eine Schulklasse zu treten und du? Du verwickelst mich in eine Schießerei in einem Saloon?"

„Du bist feige? Haha!"

„Ja!", schrie ich. „Seit ich als Kind ein paar Mal was auf die Nase bekommen habe, bin ich feige!" Und ich sackte auf meinem Stuhl zusammen und begann hysterisch zu schluchzen.

„Paul", sagte die Stimme Garragants in meinem Kopf. „Sieh dich doch um! Du hättest mir bei einem echten Angriff tatsächlich das Leben gerettet. Sieh der Tatsache einfach mal ins Auge! Und denk auch dran, wie cool du damit fertig geworden bist, hier draußen in Alaska ein Alien zu treffen. Wie kannst du von dir sagen, du seiest feige. Ich verstehe dich nicht! Barkeeper, zwei Whisky. Jones, weiterspielen!"

Ein cooler, langsamer Ragtime setzte ein und schon standen zwei Whisky vor uns. Ich holte tief Luft, versuchte mich etwas zu beruhigen und trank das kleine Glas aus. Dann sah ich es erstaunt an. „Das ist aber kein einfacher Whisky!"

„Das ist so ziemlich der leckerste, den ich finden konnte. Chivas Royal Salute, kostet etwa 180 Euro pro Flasche. Das heißt, mich kostet er natürlich nichts."

„Davon hätte ich gerne eine Kiste", brummte ich.

„So viel du willst! Du bist immer noch sauer. Jetzt lass dir bitte erklären, dass ich das nur zum Teil als Spaß inszeniert habe. Jedesmal, wenn ich hier reinkomme, muss ich dem Sinn nach das Gleiche sagen und die drei Männer erschießen …"

„Roboter!", sagte ich.

„Roboter erschießen, sonst kommt hier keiner durch. Käme ich in Begleitung und sagte das Falsche, würde die Person von den Robotern unschädlich gemacht werden. Ich hab für dich nur das Drehbuch etwas, äh, geändert.“
„Ich lasse am besten die Flasche hier stehen“, meinte der Barkeeper und zog sich zurück. Ich griff nach dem edlen kobaltblauen Glaskunstwerk und schenkte Garragant ein, der sich das Zeug an irgendeiner Stelle in den Anzug goss. Dann nahm ich selber direkt aus der Flasche einen großen Zug. Langsam ging es mir besser.
„Du hättest es mir sagen können“, stellte ich fest.
„Aber das hätte doch den Spaß an der Sache völlig verdorben!“
Ich machte mir nicht die Mühe laut auszusprechen, was ich dachte. Aber Garragant antwortete: „Gut, ich versprechs: Keine Überraschungen mehr.“
Der Whisky rumorte im Magen und ich fragte: „Gibt es hier auch was zu essen?“
„Wenn du unbedingt willst, klar, kein Problem. Ich würde mich aber lieber nach New York runterbeamen und in Martins Grill essen.“
„Beamen? RUNTER-beamen?“
„Wir sind mittlerweile in der Umlaufbahn.“
„Das glaub ich nicht!“
„Schiff, Rundumsicht!“
Viele Gegenstände rundum und sämtliche Wände lösten sich auf, wurden ersetzt durch Dunkelheit und plötzlich erschien unter mir blauschimmernd wie ein gewaltiger künstlerisch gestalteter Porzellanteller die Erde. Ich schrie auf und klammerte mich an den Tisch, der vor mir stand. Ich hatte ein grässliches Gefühl von Vertigo und es nützte gar nichts, dass ich mir sagte, dass ich nicht fiel. Ich war ja gar nicht schwerelos! Und die „Roboterleichen“ lagen immer noch wie zuvor auf dem nun durchsichtigen Boden. Mir war kotzübel. Ich stöhnte, kniff die Augen zusammen und stellte mir den Raum so vor, wie er vorher ausgesehen hatte.
„Höhenangst? Tut mir leid. Rundumsicht Ende! Bist du sicher, dass deine Rasse raumfahrttauglich ist und schon den Mond besucht hat?“
„Witzig“, stöhnte ich, öffnete vorsichtig die Augen und atmete auf.
„Also, Martins Grill?“
„Ich denke, Beamen geht gar nicht, weil abgesehen von der Datenmenge die Heisenbergsche Unschärferelation dagegen spricht.“
„Die Datenmenge – hm, sind doch nur ein paar Septillionen Bits! Aber diese Details sind nicht mein Fachgebiet. Weißt du, wenn man erst mal Materie synthetisieren kann, ist es zum Versenden auch nicht

weit." Beamen hin oder her, der Vorgang war mir schon bei Star Trek unheimlich vorgekommen. Nach wochenlanger Einsamkeit hatte ich auch keine Lust auf ein Luxusrestaurant. Ich wollte jetzt erst recht keine Leute sehen! „Äh, du kannst dir ja die Speisen von Martins auch herstellen lassen, oder?"

„Klar, aber ich mag die Atmosphäre, die kennen mich da, ich gehe in einer projizierten Verkleidung und wir bekommen für eintausend Dollar das Separee. Na komm!"

Ich schüttelte den Kopf. „Und da gibts dann so tolle Sachen wie Hummerschwanzpuddingbraten mit Gänsestopfleberkruste!"

„Klingt gut, aber ich glaube nein! So was hat er wohl nicht, hör mal, Martin ist wirklich superb, kaum einer macht so tolle gefüllte Braten und die Aufläufe erst, also, da könnt ich mich reinsetzen!"

„Ich weiß!", sagte ich. „Aber eine gute Pommesbude würde es auch tun."

„Ach komm, wenn man das Beste haben kann, reicht das Zweitbeste einfach nicht mehr."

„Eigentlich müsste ich erst duschen."

Er bewegte sich schon Richtung Hinterausgang, wo ich ein Loch in die Wand geballert hatte, wandte sich aber nach rechts und öffnete die Tür zur Damentoilette. „Willst du erst duschen oder erst essen?"

„Essen. Und stopp! Ich kann mich mit den zerlumpten Sachen nicht auf die Straße wagen."

„In New York schon, aber warte!" Er schnarrte einen Befehl, den ich nicht verstand, und 40 Sekunden später reichte der Barkeeper ihm einen kleinen Gegenstand.

„Hier", Garragant gab mir das Ding, das sich als Anstecknadel entpuppte. „Steck es dir da oben an die Brusttasche!"

„Und dann?"

„Na, sieh selbst!"

Ich sah an mir runter und das karierte Holzfällerhemd war genauso verschwunden wie die zerschlissene Outdoorhose mit den Reißverschlüssen über dem Knie.

Ich trug einen dunklen Anzug.

„Das ist ja mal praktisch!"

„Kannst du gerne behalten, du kannst mit dem Gerät auch reden und deine Wünsche eingeben."

„Wie lange hält das Ding?"

„Wie meinst du?"

„Wie lange reicht der Akku?"

„Ein paar hundert Tage bei dauerndem Gebrauch."

Toll! Ich hatte erst mal ausgesorgt, was Kleidung anging. Ich konnte also tragen, was ich wollte und die Anstecknadel passte es der Umgebung an: Einkauf, Sport, Theater ... nicht schlecht!

Die Damentoilette war keine Toilette. In dem hellen, überraschend großen Raum aus grauem Metall fand sich eine Anlage zum Beamen haargenau wie auf der Enterprise. Vor uns ein erhöhtes Podest, helle Kreise auf dem Boden, oben drüber an der Decke scheinwerferartige Elemente. „Das gibts doch einfach nicht!", dachte ich und fand mich schon wieder dabei, den Kopf zu schütteln.
Garragant positionierte sich auf einem der Kreise, ich wollte eigentlich noch protestieren, New York und überhaupt, Beamen sowieso. Aber ich fühlte mich einfach nur taub, abgeschaltet, überfordert, das war alles ein wenig zu viel gewesen.
„Mannomann", murmelte ich.
„Still stehen, Augen zu!", befahl Garragant und: „Scotty, beam uns nach New York!"
„Scotty?", dachte ich, aber dann zitterte und vibrierte etwas ganz unangenehm in mir und eine rasche Hitzewelle fuhr über mich hinweg. Selbst durch die geschlossenen Augenlider konnte ich erkennen, dass grellstes Licht um mich herum flimmerte. Der Boden ruckte einmal kurz und ich öffnete die Augen, um mich in einem kleineren Raum wiederzufinden, Gemäuer aus Backstein, ein paar Holzbretter unter uns. Eine fliegenverdreckte Birne in einer nackten Fassung ließ links eine Metalltür erkennen. Garragant sagte: „Schau!", und verwandelte sich in einen dicken Mann mit rehfarbenem Mantel und einem Gesicht, das in etwa an John Candy erinnerte. Er fasste in eine Manteltasche, holte einen Schlüssel heraus, um die Tür aufzuschließen. Ein schmaler weiß gestrichener Gang, den weitere Türen säumten, führte zu einem Aufzug, dessen zerkratzte Tür nur zögerlich und mit protestierendem Quietschen arbeitete. Ein paar Sekunden Geruckel und der Aufzug spuckte uns in der nach Reinigungsmitteln stinkenden Halle eines Bürohauses aus. Neben uns kam eine Treppe herunter, gegenüber zeigten spiegelnde Metallschilder, wer hier residierte. Garragant stand schon vorn im Portal, in der Glastür, die sich automatisch geöffnet hatte. Ohne Besinnung, ohne Pause und Zeit, mich zu orientieren, hastete ich einfach hinter ihm her. Und fand mich mitten in New York auf dem überfüllten Bürgersteig einer sechsspurigen Straße. Der Verkehr

stand. Das Bild wurde dominiert durch die gelben Taxis. Ich sah an den Hochhäusern empor und wurde von hinten angerempelt, jemand knurrte etwas Unfreundliches. Ich versuchte zur Seite zu treten und stieß mit einer jungen Frau zusammen. „Sorry", sagte ich, aber sie ignorierte mich. Dafür kam von vorne jemand mit einer Aktentasche auf mich zu, als wollte er mich über den Haufen rennen, ich wich aus und stieß wieder mit jemandem zusammen. Scheiße! Ich hasste Menschenmengen, ich hasste Fußgängerzonen, ich hasste Einkaufszentren! Ich hasste New York!

Garragant, den merkwürdigerweise keiner anrempelte, drehte sich um. „Wo bleibst du denn?"
Ich knurrte: „Scheißidee!", und bemühte mich in seinem Kielwasser zu bleiben.
„Du musst aufpassen!", sagte er über die Schulter. „Wenn sie dich anrempeln, kann es sein, dass sie deine Brieftasche klauen wollen."
Ach wie nett. Aber ich hatte ja gar keine Brieftasche.

Wir mussten an der Ampel in einem Pulk von Passanten stehenbleiben und plötzlich brach mir der Schweiß aus. Eigentlich war das eine geräumige Kreuzung, aber geräumig ist relativ, wenn ringsum Hochhäuser aufragen wie die Mauern eines Stausees und all die Irren sich zusammendrängen wie die Lemminge. Ich spürte regelrecht, wie sich über mir ein Fenster öffnete und jemand einen Blumentopf aus dem 30 Stock auf meinen Schädel warf. Oder ein Selbstmörder sprang direkt auf mich drauf – bei meinem Glück!? Kein Problem, ich war sicher, dass ich nur lange genug hier rumlaufen musste, dann würde es mich erwischen, Straßengangs, Autos, fallende Fensterputzer, Meteoriten, ein Alligator aus der Kanalisation, ein Idiot, der sich für einen Vampir hielt, wenn überhaupt, dann würde es m i c h erwischen.

Ich begann zu keuchen. Wenn die Ampel jetzt nicht bald umsprang, würde ich zum Berserker werden und die Leute aus dem Weg stoßen und auf die Straße laufen.
Garragant wandte sich um: „Es ist alles gut! Die Menschen sind freundlich, ich meine, ich muss es doch wissen, oder?"
„John Lennon ist hier erschossen worden!"
„Ich bin doch bei dir und glaub mir, ich bin nicht unbewaffnet."
Da fiel mir ein, dass ich den Peacemaker immer noch in der Jacke stecken hatte, wunderbar kaschiert durch den projizierten Anzug. Besser, als jeder Schneider das regeln konnte! Ich drückte mit dem linken

Arm gegen das unnachgiebige Metall der Waffe und fühlte mich etwas besser.

„Und gleich sind wir im Restaurant, eine Oase der Ruhe, und du wirst sehen – oder schmecken, dass es sich gelohnt hat", erklärte Garragant.

Endlich sprang die Ampel um und das Gehen löste etwas von meiner Verkrampftheit. Drei Hausnummern weiter lag Martin´s und dankbar trottete ich hinter Garragant her in das luxuriöseste Restaurant, das ich je besucht hatte. Nicht, dass es mich irgendwie beeindruckte. Die besten Pommesbuden des Ruhrgebiets und damit dieses ganzen Universums lagen nur 10 bis 30 Kilometer weit in einem Halbkreis um meinen Wohnort verstreut! Ich werd mal nicht noch genauer werden, da die Spezialisten sonst meine Heimatadresse und die meiner Eltern problemlos herausfinden würden. Pommesbude klingt nach Proletenkost und oft ist das, was man da bekommt, auch wenns nicht draufsteht, nicht für den menschlichen Verzehr geeignet.

Aber eine auf dem Holzkohlengrill gegrillte GUTE feine Bratwurst mit Kräutern in einer frisch aufgekochten Currysauce, die NICHT aus der Flasche kommt, mit Pommes, die in frischem Öl golden frittiert worden sind? Kinders! Leute! Das tausch ich doch nicht ein gegen ein Stückchen schlecht gewürztes, halbrohes Fleisch auf einem riesigen Teller mit ein paar Raspeln Gemüse und einem Geschmier von „künstlerisch" angerichteter Sauce drumrum!

Und dann will ich mich, verdammt noch eins, beim Essen gemütlich hinsetzen können. Wenn ich etwas bestelle und zu mir nehme, dann bin ich in der Regel müde, geschafft, dann brauche ich das auch wirklich. Dann kann ich mich nicht mehr einen Abend lang hinsetzen, als hätte ich einen Stock verschluckt, und darauf verzichten, mich anzulehnen – wie war die Regel nochmal? Hinten muss ein Katze durchpassen, vorne eine Maus?

Wieso, zum Henker?

Sollen die Tierchen um mich rum Verstecken spielen können?

Wie kommen die überhaupt in das Restaurant?

Und was sagt das Ordnungsamt dazu?

Was ist überhaupt mit Kranken und Schwerbehinderten – führen wir denen den ganzen Abend lang vor, wie fit wir sind, indem wir aufrecht sitzen? Oder dürfen wir uns dann alle anlehnen?

Und Pastasauce bleibt auf dem Teller – wird nicht am Ende aufgelöffelt, auch wenn sie noch so gut schmeckt. Saucenreste, die aufgelöffelt werden sollen, bedürfen des Gourmetlöffels, der dann aber extra dazu gereicht wird.

Gut, normalerweise sollte die Pasta ihre Sauce ja ganz aufnehmen, deswegen verzichten wir auch auf Öl im Kochwasser, damit die Nudeln griffig bleiben. Aber mein leckeres – und im Übrigen sauteures – Essen nun unter Umständen NICHT ganz zu essen, weil irgendjemand, der zu früh aufs Töpfchen gesetzt worden ist, meint, das gehöre sich nicht, kommt mir unter ökologischen Gesichtspunkten und angesichts der Tatsache, dass alle sechs Sekunden ein Kind an Unterernährung stirbt, pervers vor. Nein, da ist mir die gute alte, demokratische Pommesbude lieber.

Nun, das Essen war dann aber doch großartig. Ich hatte ein Stück Spießbraten, das tatsächlich knusprig gegrillt war. Es kam mit einer pikanten Füllung aus Paprika, Zwiebeln und einer delikaten Farce daher und schmeckte wirklich phänometastisch, aber dann nervte ich den etwas steifen Ober, das sei kein Spießbraten. „This is certanly not rosted on a spit? There´s no hole in it!" Das hat man doch jahrelang am Mühlenschinken mit Loch trainiert.
„Its a spit alright, but we´re using grill baskets on it."
Ach so, sie nahmen einen Grillkorb.

Garragant musste noch etwas warten, kein Wunder bei den Sonderwünschen, die er dem armen Kellner um die Ohren gehauen hatte. Ich war mir ein bisschen wie in einem Sketch vorgekommen, in dem jemand den Salat mit Mayonnaise ohne Mayo und ohne Salat bestellt, aber mit Croutons.

Ich hatte richtig Hunger und versuchte nicht wie ein Scheunendrescher reinzuhauen, damit die mich nicht wegen meiner üblen Tischsitten rauswarfen. Aber auch wenn ich mich unangenehm beobachtet fühlte, sobald ich mich umsah, achtete anscheinend gerade niemand auf mich. Ringsum elegante Herren in mittlerem Alter in dunklen oder blauen Anzügen, junge Damen und Damen im mittleren Alter, die mit Sicherheit zwei Stunden vor dem Schminkspiegel und eine Stunde im begehbaren Kleiderschrank verbracht hatten. Aber niemand sah mich an. Nun überlegte ich, ob das nicht auch wieder ungewöhnlich war, ein Zeichen für irgendwas! Ich zuckte im Geiste die Schultern und konzentrierte mich auf meinen Spießbraten.
„Richtig so, Paul!", sagte Garragant.
„Du sollst nicht meine ... ach, was solls", knurrte ich und jetzt rollte

Garragants Essen heran. Pompös, verglichen mit meiner Scheibe Braten, dem Häufchen Salat, zugegebenermaßen raffiniert mit exotischem Obst versetzt, und einer noch raffinierteren weißen Soße aus Schmand, Creme fraiche oder Ähnlichem, nach der ich mich später noch erkundigt habe – das Besondere waren die winzigen Stückchen Knoblauch, Schnittlauch (eher weniger) und kandierte Früchte (mehr), insbesondere Ingwer, Mango, Orange.

Die Kellner füllten riesige Teller für Garragant und … stellten sie auf den Boden. Mechanisch schaufelte ich noch ein paar Bissen in mich rein, dann wurde ich langsamer und starrte Garragant an, der die Verkleidung fallen ließ, aus dem silbrigen Anzug stieg und sich auf einen der Teller setzte.
Ein Blick ringsum zeigte, dass niemand von ihm Notiz nahm.
„Jaaa", sagte Garragant genießerisch, „das ist New York, hier fällst du nicht mal als Alien auf. Ich liebe es einfach!"
Ganz langsam nahm mein auf Spießbraten und Bier programmiertes Gehirn die Arbeit auf, ich wurde tierisch sauer.
Ich holte tief Luft: „Am Arsch!", sagte ich laut. Und noch lauter: „New York, beamen! Du hast mich schon wieder reingelegt! Wir sind doch immer noch in deinem dämlichen Raumschiff! Und das sind alles Roboter!" Die Leute sahen mich ruhig an, der eine oder andere aß weiter. Ich stand auf, nahm den Peacemaker heraus und drückte einem extrem eleganten Mann am Nebentisch den Lauf ins Ohr, er zuckte nicht zusammen.
„Was sollte mich davon abhalten, jetzt abzudrücken?"
Seine Begleiterin sagte: „Die Bar ist noch nicht ganz repariert, sie sollten wirklich nicht noch mehr zerstören!"
Ich stöhnte.
Plötzlich brannte etwas in mir durch und ich warf mich gegen den Roboter mit seinem Anzug aus cremefarbenem Leinen und Wildleder und den fetten Manschettenknöpfen aus Platin oder was das war und der flachen feingegliederten Uhr, die mehr kostete als ein Einfamilienhaus, aber nichtmal Kaffee kochen konnte.
Jedenfalls stieß ich ihn mit seinem Stuhl um. Krachend landete er auf dem Boden, drehte aber ruhig den Kopf, um mich anzusehen und fragte: „Kann ich Ihnen helfen?"
Ich stand nur da, atmete schließlich tief durch und steckte den Revolver weg.
„Schon gut", sagte ich, „sorry. Weiteressen!"
Ich setzte mich wieder, der Roboter stand in einer fließenden Bewegung

auf und ich dachte, dass der kleine Asimo das nicht konnte. Er stellte den Stuhl wieder hin und nahm Platz, als sei nichts weiter passiert.

„Wieso bist du so sauer? Das Beamen hat dir doch gefallen!"

„Ja, ich hatte einen Moment gedacht, klasse, tausendmal hat man da zugeschaut und ich bin der erste Mensch, der wirklich mal gebeamt wird. Das müsste ich William Shatner erzählen! Und dann ist es nur Show. UND du hast versprochen: keine Tricks mehr! Man kann sich doch gar nicht auf dich verlassen."

Garragant pulsierte in Dunkelgrün und Indigo. „Man kann sich schon auf mich verlassen, wenn es drauf ankommt", sagte er. „Und ich hatte meine Gründe."

„Gründe, was denn für Gründe?"

„Paul, schau mal!", langsam und zögernd bildeten sich die Worte in meinem Kopf. „Ich konnte ja nicht umhin, ein wenig in deinen Geist zu schauen und dabei sah ich Dinge, die nicht sein müssten. All diese Ängste, die Phobien, Neurosen, du bist ein feiner Kerl, du hast das einfach nicht verdient. Ich weiß jetzt auch, dass du so jedenfalls nicht wieder arbeiten gehen kannst. Abgesehen davon, dass ich dir gerne zu finanzieller Unabhängigkeit verhelfe, wäre es doch schön, wenn du das Leben wieder genießen könntest. Denk doch nur mal an das Essen hier. Das hast du doch nicht wirklich ‚genossen'?"

Ich zuckte die Schultern.

„Nein, du überlegst zu viel, wie du auf die anderen wirkst und ob du alles richtig machst. Es ist offensichtlich eine Folge all der Kritik, der du dauernd ausgesetzt bist durch Schüler, Eltern, Kollegen, Schulleitung. Und dann stehst du unter ständiger Beobachtung durch 30 Schüler und kannst keine Handbewegung machen, ohne dass irgendein Trottel sie nachäfft. Und du darfst dich nichtmal wehren. Ein böses Wort zu einem verrückten Schüler, dann wirst du angezeigt."

Ich nickte, ja, das hatte ich erleben müssen. „Aber gerade des- ..."

„Warte! Ich wollte dich aufrütteln, dir etwas über dich zeigen. Man hat dir eingeredet, alles, was du tust, sei falsch. Das stimmt aber nicht, du bist mutig, schnell, kreativ, anpassungsfähig, das System, in dem du gesteckt hast, ist krank, nicht du! Was mich wundert: Du hast anscheinend nicht begriffen, warum das so ist. Es sind die feudalen Strukturen eures Systems. Je höher jemand in Politik oder Verwaltung oder Schule steigt, um so weniger muss er sich rechtfertigen. Du als kleiner Leibeigener tust ja nichts anderes, als dich zu rechtfertigen!"

„Also, sag mal, woher ..."

„Egal, hör mir zu! Auch wenn du nicht in die Schule zurückgehst, musst du aus dem Phobiensumpf raus!"

„Auch wenn ich nicht zurückgehe, ja, du hast da eben was von finanzieller Unabhängigkeit gesagt."
„Was sollte mich hindern, z.B. eine Million Euro auf dein Bankkonto zu schreiben?"
„Ja, ich! Du kannst doch nicht einfach die Daten fälschen, das fällt doch auf. So viel Geld, das muss irgendwo herkommen. Da gibts Untersuchungen, Fehlbuchung. Weg ist die Kohle wieder!"
„Man kann das auch komplizierter machen, aber ihr habt doch auch Lotterien. Warte, ich lasse mich gerade informieren!"

Als Garragant nach einiger Zeit noch nichts verlauten ließ, bestellte ich mir noch ein Stück Spießbraten, zur Abwechslung mit Schaschliksauce. Der Roboterkellner meinte indigniert, sie hätten keine Schaschliksauce. Ich zog den Peacemaker und erschoss ihn.

Der Braten kam, mit der gewünschten Sauce und süffigem Bier, es schmeckte mir durchaus und plötzlich ertappte ich mich dabei, dass ich vor mich hin sinnierte, ob mir die Roboter ringsum, die alle recht erfolgreich so taten, als seien sie Menschen, nicht doch unheimlich waren. Und ob ich es nicht vorzöge – Überraschung! – zwischen echten Menschen zu sitzen. Da verstand ich mich nun selber gar nicht mehr. Irritiert orderte ich die Getränkekarte rauf und runter und fand einen Brandy mit einem Geschmack, so exklusiv und weich und fruchtig – herrlich!

Nur um mich nicht zu sehr an den göttlichen Geschmack zu gewöhnen, orderte ich später einen sündteuren Rum, der mich dann auch wieder völlig verblüffte. Das nektarähnliche Zeug schmeckte gar nicht nach Rum, sondern nach allem Möglichen. Etwa so, als hätte man damit einen Rumtopf aufgesetzt – da waren Spuren von Brombeeren, Pfirsich, Orange, Schokolade, Tabak, und trotz der fast 50 Umdrehungen ging die bernsteinfarbene Flüssigkeit runter wie Öl. Hier sitzen bleiben, Alkoholiker werden – wunderbares Ende eines grundlegend sinnlosen Lebens.
„Das meinst du doch nicht ernst?", fragte eine Stimme in meinem Kopf. „Du sollst nicht ..."
„Ich habe die Lösung! Du hast gerade online einen Lottoschein für Euromillions gespielt und morgen Abend gewinnst du!"
Ich zog nur die Augenbrauen hoch, wie ich es bei Schülern mache, die Quatsch erzählen.
„Ich nehme auch einen Rum und dann erklär ich´s dir."

Tatsächlich aßen wir erst noch Apfelkuchen, Eis, dann Käse und mich ritt der Teufel: Ich wollte noch einen richtigen gebackenen Gouda mit Pommes und Mayo. Nach ein paar Bissen aber schob ich müde das fettige Zeug weg. Ich war leicht bedudelt, pappsatt und meine Augen wollten zufallen. Gerade jetzt kam eine kleine runde Plattform zu unserem Tisch, die einen silbernen Medizinball trug. Und Garragant erklärte mir, wie er die Ziehung beeinflussen würde: Die Sonde hatte die Aufgabe, zur Erde nach Paris hinunter zu fliegen. Sie trug hunderte winziger Roboter, nicht größer als Fruchtfliegen, die sich genau wie die Sonde selber unsichtbar machen konnten.
Eine apfelgroße Transporteinheit, gleichfalls unsichtbar, schleuste die Roboter ins Studio, wo sie das Ziehungsgerät enterten. Wenn möglich besetzten sie die aufgestapelten Kugeln sofort ganz gezielt, um auf ihren großen Moment zu warten. Notfalls konnten sie auch an den Ziehungskugeln andocken, wenn sie aus den Röhren herunterfielen. Die Transporteinheit sorgte für die Choreografie der Kugeln, denn deren Bewegungen mussten natürlich und zufällig aussehen. Schließlich ließ sie im richtigen Moment die richtige Kugel in den Auswurfschacht gelangen. Und Bingo!
„Das klingt so einfach!"
„Einfach!", meinte Garragant. „Mein Schiff hat satte zwei Minuten an der nötigen Software herumgerechnet, das sind Ewigkeiten an Computerleistung!"
„Und wenn die Roboter gar nicht in das Ziehungsgerät gelangen können?"
„Ach, ich glaube, das geht durch den Auswurfschacht oder durch die Einwurfröhren, aber für den Notfall ist ein fliegengroßer Roboter dabei, der ein schönes winziges Löchlein bohrt!"
„Du bis'n Genie", murmelte ich.
„Natürlich! Es ist aber schön, dass du das zu würdigen weißt. Essen wir noch was?"
„Oh Gott, bitte! Ich platze. Ich brauch jetzt noch'n Brandy und ... und'n halbes Jahr Schlaf." Und mein Kopf fiel auf die Tischplatte.

❚●

Mit all dem Rum und Brandy schlief ich zwar tief und fest, aber tags drauf war ich so kribbelig wie nur was. Bis zum Nachmittag, 16.30 Uhr, musste ich warten. Warten konnte ich noch nie!

Aufgewacht war ich in einem stilechten Westernzimmer über dem Saloon. Das Schiff musste mich überwacht haben, denn kaum setzte ich

mich auf und hielt mir den Schädel, kam Mary, der weibliche Roboter aus dem Saloon, mit einem Frühstück auf einem Holztablett und einem fröhlichen „Guten Morgen" herein.
Ich knurrte irgendwas und fragte: „Wo ist die Toilette?"
„Hier nebenan, Herr Jaeger. Und trinken Sie den Kaffee, er enthält ein Mittel gegen Kopfschmerzen."
„Jaja", brummte ich und verschwand nach nebenan.

Später lenkte Garragant mich ab, er erzählte von seinem „Projekt" und dass er so schnell wie möglich los müsste und dass er mir die Nanobehandlung zuteilwerden lassen wolle. Aus ganz egoistischen Gründen seinerseits!
„Ich will nämlich den einzigen Freund, den ich hier habe, nicht so bald wieder verlieren, verstehst du? Es ist vielleicht nicht die richtige Entscheidung." Er sauste zum Fenster, spielte an etwas herum und wir sahen einen Sonnenuntergang über dem Grand Canyon. Kitschig.
„Dir muss schon klar sein, dass du in einigen Jahrzehnten, wenn du nicht sichtbar alterst, Probleme bekommst. Das kann ja nicht unbemerkt bleiben.
Im Zweifelsfall wird man dich vivisezieren und Zelle für Zelle auseinandernehmen, um hinter dein Geheimnis zu kommen – und ich bin sicher, dass noch mindestens 200 Jahre vergehen, bis ihr auch nur annähernd die Technologie versteht, die dahinter steckt. Es ist schon kurzsichtig, euch, die ihr so viele Probleme auf diesem hoffnungslos überbevölkerten Planeten habt, davon in Kenntnis zu setzen, dass es so etwas wie eine Langlebigkeitsdroge gibt, wie ihr es nennen würdet."
Ich zuckte die Schultern. Außer Problemen hatte ich noch nicht so viel vom Leben gehabt und es hatte mich immer verdammt gestört, dass es so kurz sein sollte, also: „Ja, her damit!"
Schon allein die Tatsache, dass ich mehr Alkohol vertragen können würde, ohne je Leberkrebs zu bekommen, war ein ausschlaggebender Grund.
Tja, und dann so alt wie Methusalem werden …
Ich musste ja auch nicht in einer Sintflut ertrinken, wir hatten schließlich Ben Wetterfrosch und den guten alten Donald …
Und ich besaß, wenn alles klappte, Geld, viel Geld …
Ich hatte meiner Mutter auf ihr: „Besser arm und gesund als reich und krank", immer geantwortet: „Besser reich und gesund als arm und krank!"
Mary brachte mir anmutig und mit dem Stoff ihres Kleides wedelnd und rauschend eine Stahldose. Ich klappte den schweren Behälter

im Format einer Cremedose auf und fand eine ganze Handvoll silbriger Kapseln, fünf Stück, die einem bekannten Schmerzmittel ähnelten und einige kleinere winzige Pillen.

Die irisierenden Dinger wirkten unheilvoll. „Und wie funktioniert das nun?"

„Gute Frage, wie funktioniert das? Die großen Kapseln sind die Hauptkontrollzentren, die docken irgendwo an, wo ihr Verbleib unproblematisch ist, die anderen wandern in die Nähe deiner wichtigsten Organe und Nervenzentren. Alle enthalten fürs menschliche Auge unsichtbare Nanoboter, die sich weiter im Körper verteilen, die sogar bis ins Gehirn gelangen." Er fummelte wieder am Fenster herum und es erschien eine Unterwasserlandschaft mit Korallenriff und bunten Fischen. Das Zimmer erhielt eine schön melancholisch blaue Tönung.

„Über Nacht wird der Computer, den ich dir mitgebe und den du bitte gut versteckt hältst, dich noch einmal genauer untersuchen, natürlich ohne dass du davon etwas merkst. Dann wird er die Kapseln auf dich persönlich programmieren und sie stoßen ein paar spezielle Nanoboter zu Testzwecken aus. Die studieren Zellvorgänge, chemische Abläufe, das Erbgut und was weiß ich nicht alles. Und DANN erst kommen die Prozesse in Gang. Dann musst du nämlich dafür sorgen, dass genug Nanobotermaterial im Körper ist! Die Kapseln enthalten eine Art minimales Notreservoir, aber du musst nach und nach noch ungefähr ein Kilo Nanobots trinken."

„Nanobots trinken", echote ich angewidert.

„Kein Problem, such es dir aus, wie soll das Getränk schmecken, nach Pfirsich oder Kakao oder Rotwein?"

Ich suchte mir Lumumba aus – Kakao mit Brandy – und erhielt eine gewaltige Thermoskanne mit fast drei Litern meines Wunschgesöffs.

Die Zeit wollte nicht vergehen. Zwar zweifelte ich Garragants Fähigkeiten oder die des Schiffes nicht mehr an, dennoch war es kaum vorstellbar, dass so winzige Roboterchen in der Lage sein sollten, derartige komplexe Aktionen mit einem gehörigen Kraftaufwand und in extremer Geschwindigkeit auszuführen. 15 Millionen waren der Hauptgewinn und damit konnte ich in Frieden leben, ein Haus mit Atelier in Freiburg kaufen oder ausbauen, ein Ferienhaus auf Römö in den Dünen als Zweitsitz dauermieten und einen alten offenen Bentley von 1936 fahren. Ein Traum und völlig, absolut und ganz und gar unwirklich für mich.

So viel Gutes konnte mir nicht passieren!

„Nun hör doch endlich auf so negativ zu denken!"

49

„Du sollst nicht immer …"
„Komm, ich zeig dir noch das Schiff!"
Das hatte endlose Lagerräume, die zwar teilweise in Buchten unterteilt waren, in denen unterschiedlich große öltankähnliche Behälter lagen, aber dennoch blieb jede Menge Raum übrig, wo man mit großen Lastwagen herumfahren und kleinere Zeppeline parken konnte. Ich lernte den Kontrollraum in der Mitte des Schiffes kennen, den Garragant, wie er sagte, nie benutzte, weil er ja jederzeit mit dem Schiff reden und sich Außenaufnahmen als Holoprojektionen in jedem Raum des Schiffes ansehen konnte.

Ein großer Bereich unterhalb des Kontrollraums bis zum Boden der gewaltigen Kugel war unzugänglich. Hier wurde Energie gespeichert und umgewandelt, hier wurde der Physik höhnisch ins Gesicht gelacht, Raum verbogen und mit Kraftfeldern gearbeitet, die schlicht unmöglich waren. Normale Menschen wie ich machten da große Augen, Einstein hätte Sodbrennen gekriegt!

Als kleines Schmankerl saß ganz unten noch ein Antimaterie-Antrieb für besondere Fälle. So groß wie ein Staubsauger, meinte Garragant. Allerdings hatte der Synteezer, der die Antimaterie lieferte, das Format eines großen runden Gartenpavillons.

Als Garragant mir noch erklärte, dass gleichfalls für besondere Fälle, also wenn dunkle Energie nicht verfügbar war oder nicht verwendet werden konnte, auch ein Fusionsreaktor an Bord war und ein bisschen Wasser, um ihn zu speisen, fragte ich ihn, was er unter ein bisschen Wasser verstand.
„4000 Tonnen!"
„Wahnsinn, wo ist der Tank, da könnte man doch drin schwimmen!"
„Nein, kann man nicht! Das Wasser ist zwischen Außenhülle und erster Innenwand in flachen abgetrennten Zellen gespeichert, um unerwünschte Trägheitseffekte zu minimieren. Nicht, dass man das nicht meistens ausgleichen kann, aber es könnte ja mal passieren, dass man nicht möchte, dass da was rumschwappt."
Ich habe als Künstler ein gutes räumliches Vorstellungsvermögen, aber der Versuch, mir das Schiff als Ganzes vorzustellen, bereitete mir Kopfschmerzen.
„Hier, den Hangar musst du noch sehen!" Er schoss weiter, mühelos in seinem Anzug fliegend, während ich eine Plattform steuerte, ähnlich einem Segway. Das brachte mich darauf, dass ich ja vielleicht

bald meiner Mutter, die von so einem Ding schwärmte, einen schenken konnte. Und meinem Vater einen Rasenroboter. Zwar konnte er sich das selber leisten. Aber Sparsamkeit war ihnen weitaus wichtiger als Freizeit und Beweglichkeit.

Der Hangar, ein immenser Raum, wurde an einer Seite offensichtlich durch die gekrümmte Außenhaut des Schiffes begrenzt. Nach innen verengte er sich wie ein Tortenstück und in den Buchten an der Hinterwand waren gut 20 Kugeln verschiedenster Größe angedockt. Auf dem Boden standen Autos! Natürlich nicht irgendwelche, sondern ein Formel I Wagen, ein Silberpfeil, ein Rolls Royce, ein Trecker, James Bonds Aston Martin, ein VW Käfer und der schwarze Bulli des A-Teams. An der Decke hingen der Doppeldecker des Roten Barons und die Spirit of St. Louis.
Als ich etwas herumkurvte, sah ich im Hintergrund einen Trailer mit einer Hochseeyacht und einen mit einem zusammengelegten Segelflugzeug.
Ich überlegte, dass mir der Aston Martin auch gut passen würde, ein Auto mit einem gewissen Stil und Understatement, da meinte Garragant, das Schiff habe mitgeteilt, die Ziehung sei erfolgt.
„Sag es ihm selber!"
„Herr Jaeger, Ihre Zahlen haben gewonnen. Es müsste der Hauptgewinn sein, wenn nicht andere zufällig die gleichen Zahlen getippt haben. Herzlichen Glückwunsch!"
„Mit Glück hat das ja nichts zu tun", murmelte ich, mir war flau im Magen. Ich fühlte mich merkwürdig. Schwach, taumelig. Jetzt sollte ich mich doch freuen!
„Du musst dich erst mal dran gewöhnen. Du hast das Geld ja auch noch nicht, das muss erst ausgezahlt und auf dein Konto überwiesen werden. Damit du in Freiburg sofort liquide bist, gebe ich dir noch ein paar Tausend Euro mit. Und jetzt zurück zum Saloon, du legst dich erstmal hin und ich zeige dir noch ein paar wichtige Kleinigkeiten."
Ich nickte nur und versuchte hinter Garragant zu bleiben, der nun durch die Abteilung New York über die Köpfe der Roboter und die Taxis hinweg in eine Art Unterführung sauste. Wir kamen seitlich vor den ersten Häusern von Tombstone heraus und jagten die Hauptstraße entlang zum Saloon.
„Yippeeh!", schrie ich, es ging mir schon wieder besser.

Es war Morgen in Freiburg, als Garragant mich dort absetzte. Da stand ich nun, ich armer Tor und war scheinbar noch dümmer als zuvor. Freiburg hatte ich immer zauberhaft gefunden. Freiburg mit den vielen kleinen Lokalen an gemütlichen Bächlein mitten in der Stadt. Hier hatte ich mich schon oft sehr, sehr wohl gefühlt. Aber jetzt fühlte ich mich nur merkwürdig. Außerdem hatte ich nur ein paar Stunden geschlafen. Jetlag. Nein, Raumschifflag!

Garragant hatte mich nicht etwa mit einer Raumfähre abgesetzt, wie man sie sich gängigerweise vorstellen würde – immerhin hatten wir, beziehungsweise die Amerikaner, unsere erste Generation von Fähren mittlerweile schon verschrottet.
Nein, er hatte den A-Team-Bulli geentert!
„Steig ein, gleich bist du wieder zuhause!"
Ich schlussfolgerte messerscharf: „Wir sind doch nicht im Weltraum. Ich wusste es ja."
„Dann lass dich mal überraschen!"
Die Türen öffneten sich von selber, vorne hatte Garragant, der wieder als John Candy auftrat und dementsprechend zwei Arme besaß, einen großen bequemen Sessel, der in jedes luxuriöse Wohnzimmer gepasst hätte. Ich durfte hinten sitzen, bei Fernseher und Bar. Gut, gut!

Ich erwartete, dass er auf einem Feld in der Nähe Freiburgs geparkt hatte und wir aus dem unsichtbaren Raumschiff auf irgendeinen ungeteerten Feldweg fahren würden.
Aber die Schleuse öffnete sich, indem sie ein riesiges schwarzes Loch bildete und Garragant gab Gas. Er fuhr den Bulli ins Nichts hinaus. Krampfhaft hielt ich mich an einem Griff an der Seite fest und dann kippte der Wagen und voraus füllte plötzlich die Erde formatfüllend die Frontscheibe aus. Und sie begann zu wachsen, näherzukommen, wir fielen auf die Erde zu – ich schrie!
„Es ist alles gut", sagte Garragant, „dieses kleine Raumschiff ist sicherer als alles, was die Menschheit je gebaut hat. Entspann dich!"
Ich beugte mich vor und kotzte.
„Ach, deine Höhenangst", sagte Garragant erstaunt. „Hätte ich nicht gedacht!"
Ich würgte wieder. Garragant zog den Bulli hoch, drehte und flog ins Schiff zurück.

Eine halbe Stunde später hatte ich mich frischgemacht, ein spezielles Getränk für den Magen bekommen und der Bulli war von Roboterhänden gesäubert worden. Und zwar so gründlich, dass kein übler Geruch übriggeblieben war. Wie hatten sie das bloß hingekriegt? Diese Technologie wäre Milliarden wert auf der Erde, sinnierte ich.

Beim zweiten Versuch flogen wir mit verdunkelten Scheiben und der Bulli blieb waagerecht. Garragant gab einen Befehl und das Raumschiffauto flog sich selbst.
„Du musst das Ding gar nicht lenken?"
„Nein, das mache ich nur zur Übung und weil es einen höllischen Spaß bereitet. Es erinnert mich immer an meinen ersten Flug mit einem selbstgelenkten Schiff, aber das ist eine andere Geschichte."
Die Scheiben des Bullis hellten sich auf und wir standen auf einem Parkplatz an der Dreisam. Der Wagen setzte sich in Bewegung, bog auf die Straße ein und Garragant sagte, ab jetzt seien wir sichtbar.
Ich schaute mich um. Kein Problem, hier irgendwo einfach aufzutauchen. Niemand hatte etwas bemerkt, alle pennten vor sich hin. Der Wagen fuhr weiter bis zum Schwabentor und hielt an.
„Ich hoffe sehr, wir sehen uns bald wieder", sagte Garragant, als ich ausstieg. „Viel Spaß!"
„Ja, dir auch viel Spaß!"
„Du weißt, ich arbeite dran."
„Und zwar hart."
Garragant lachte. „Pass auf deinen Nano-Trank auf! Wir sehen uns."
„Wir sehen uns." Ich stieg aus und der Bulli, der keiner war, fuhr an und verschwand beim Durchfahren des Tores.
Da stand ich also wie betäubt in Freiburg auf dem Pflaster und überlegte, ob diese Stadt auch wirklich echt war, ob es MEIN Freiburg war. Vielleicht war das auch nur ein neuer Gag von Garragant, dem witzigsten Alien in diesem Arm der Milchstraße.

Waren die Menschen wirklich Menschen? Der Peacemaker hing frei an meiner Seite, perfekt kaschiert durch die simulierte Kleidung: eine lange Lederjacke über Hemd und Jeans. Mit meinen zerschlissenen Klamotten konnte ich mich nur noch in Einöden und Wüsten sehen lassen und selbst dorthin trägt die Jack Wolfskin Kultur ihre Standards!

Ich griff nach dem Peacemaker. Eine Sekunde zu lange dachte ich darüber nach, dass ich ja einfach nur eine der Figuren erschießen musste, um zu sehen …

Da begannen meine Knie zu zittern. Ich wankte zum nächsten Haus-
eingang und setzte mich. Klasse! Nach all dem war ich nun nicht mehr
in der Lage, Realität und Fiktion auseinanderzuhalten. Eine Frau mit
Einkaufstaschen blieb stehen: „Ist irgendwas, Sie sehen blass aus!"
Ich glotzte sie einen Moment verständnislos an, dann fragte ich: „Sind
Sie ein Roboter?"
„Sie sind ja betrunken!", meckerte die rundliche Fünfzigjährige. Sie
reckte das Kinn in die Luft, drehte sich auf dem Absatz und ging weiter
Richtung Martinstor. Einige Passanten lachten.
Ich holte Luft, um zu schreien: „Vielleicht wisst ihr gar nicht, dass Ihr
Roboter seid!" Aber im letzten Moment atmete ich dann doch nur aus.

Garragant war ja immerhin echt gewesen, er war mir wirklich „passiert", oder nicht? Ich war nun in Freiburg und mit ziemlicher Sicherheit nicht in einer möglichen Simulation von Freiburg in seinem Schiff.
Dieses verrückte Alien mit seinem perversen Sinn für Humor.

Ich sprang auf und rannte durch die Nebenstraßen zum Greiffenegg
Schlössle, das heißt, am Ende schleppte ich mich japsend in den Aufzug und stand wenig später keuchend an der Mauerbrüstung oberhalb von Freiburg, das sich innig an den Hügel hier im Westen her-
andrängte. Der weißgestrichene Turm des Schwabentors lehnte sich
freundlich herüber und die Gässchen, die ich so mochte, wuselten
nach Osten davon. Eine Altstadt, so nah, man schien sie mit Händen
greifen zu können.

Hinter mir der Weg über die Hügelkette durch den Wald. Ich machte
etwa 200 Schritte den Waldweg entlang und entschied dann, dass es
mir reichte. Mit der Schuhspitze stocherte ich im humosigen Boden und
schließlich brach ich noch einen Zweig von einer kleinen Hainbuche
ab. Sah normal aus. Der Wald roch nach Wald, die Bäume waren echt.

Das konnte doch nicht alles in sein Schiff passen – aber eine New
York Kulisse hatte ja auch gepasst. Obwohl ich dort im Grunde nur
sehr wenig gesehen hatte. Vermutlich hätte man in den Hochhäusern
nicht wirklich mit einem Fahrstuhl hochfahren und 20 Stockwerke besuchen können. Und eine Straße weiter war es auch nur noch Projektion gewesen. Hier war ich nun etwa einen halben Kilometer von
meinem Ziel im Stadtzentrum entfernt. Die Riemen des Rucksacks
drückten trotz großzügiger Polsterung auf die Schultern. Ich machte
mich auf den Rückweg.

In Onkel Theos alter Wohnung wollte ich mich niederlassen. Der hatte hier Germanistik gelehrt und seit er das Zeitliche gesegnet hatte, waren meine Eltern Besitzer eines Hauses in Freiburgs bester Lage. Genau genommen waren die unteren Stockwerke verkauft als Eigentumswohnungen, die Mansarde blieb der Familie als Standbein in den Ferien.

Dummerweise hatte ich keinen Schlüssel.

Glücklicherweise hatte ich das Garragant gegenüber erwähnt und er hatte mich nach kurzer Beratung mit dem Schiff mit einem Tool versorgt, das angeblich alles öffnen konnte. Es sah aus wie ein Kugelschreiber, schrieb sogar und als ich die Spitze an das Schlüsselloch der Wohnungstür herangeführt hatte, drehte es sich in der Hand, ich hielt es krampfhaft fest und das Schloss sagte „Klick". Nicht schlecht. Jetzt konnte ich Al Mundy und MacGyver Konkurrenz machen.

Die andere Seite des Kugelschreibers war, na was wohl? Ein Laser. Klar. Man konnte ihn aber nur aktivieren, indem man die Mine einfuhr, den Mittelring drehte und dann den Clip drückte.

Die Luft roch muffig in der Altbauwohnung, die nur notdürftig renoviert worden war, nachdem der letzte Student vor 15 Jahren hier ausgezogen war. Ich hatte im Frühjahr eine Osterwoche hier verbracht. Danach war vermutlich niemand mehr hiergewesen, was man daran sehen konnte, dass der Baileys im Kühlschrank nicht angebrochen war und die zwei Flaschen Bier standen auch noch drin. Eine Tube Senf und eine Tube Mayo lagen da, so wie ich sie reingelegt hatte und das Gefrierfach enthielt die Notration: je 1x Milch, Sahne, Pizzateig, Backcamembert. Im Oberschrank Gewürze, Dosensuppen, Bami Goreng und Nasi Goreng, Thunfisch und Bockwürstchen.

Kaffee und … Kaffeeweißer? Ich weiß gar nicht, wer den benutzt.

Ich ging weiter durch, stellte den Rucksack auf den Couchtisch und öffnete die vier Fenster in den Dachgauben, um Durchzug herzustellen, aber der ließ auf sich warten.

Schließlich packte ich den Rucksack aus. Das Material des Dings sei fast unzerstörbar, notfalls als Ersatz für eine kugelsichere Weste nutzbar, Wahnsinn!

Ein Zelt, das ähnliche Eigenschaften aufwies und sogar Schutz vor Bären bot, dabei fühlte sich das Zeug überhaupt nicht anders an als dünnster Nylonstoff.

Sechs Flaschen, die Garragant mir verehrt hatte. Ich befreite sie von ihrer Polsterung und stellte die kostbaren Schnäpse ordentlich auf das alte Sideboard aus Eiche unter die staubigen Zinnteller mit Städteansichten, die so grausig gemacht waren, dass niemand je einen zweiten Blick darauf verschwendet hatte.

Meine Zahnbürste, in deren Griff die Zahnpasta untergebracht war.

Dann gabs da noch die Dose mit den Nano-Pillen, die große Thermoskanne mit dem Lumumba und am Boden des Rucksacks eine eingeklettete Plastikplatte von 30x50 Zentimetern. Nur, dass es kein Plastik war, das die Erde kannte. Es war ein Computer. Vergleichbar mit dem Schiffscomputer. Also verglichen mit den größten und schnellsten Computern der Erde ein Einstein, so Garragant. Ein Gerät, mit dem ich angeblich ALLES machen konnte. Ich hatte keine Ahnung, was Garragant gemeint hatte. Aber ich wollte es herausfinden.

Als ich den Rucksack zusammenfaltete, um ihn in den leeren Schuhschrank neben der Wohnungstür zu stopfen, merkte ich, dass da noch etwas drin war. Ich holte zwei Leder-Etuis heraus, das eine war schmal und enthielt eine Armbanduhr, die den Fliegeruhren ähnelte, die ich mir nie hatte leisten können. Präzisionsgeräte, die nie falsch gehen, fast unzerstörbar sind und mit einem Edelgas mit Überdruck gefüllt wirklich als Taucheruhr dienen können.
„Garragant!", murmelte ich kopfschüttelnd. „Du sollst doch ... eigentlich ... nicht ...!" Und da hatte ich den Reißverschluss des zweiten Etuis geöffnet und zum Vorschein kam ein Päckchen Geldscheine. Fünfhunderter. 40 Stück.
Das war also „etwas Geld", das er mir hatte mitgeben wollen!

Ich weiß nicht, wie lange ich an den Geldscheinen herumgezupft hatte, bis ich mir die Seriennummern anschaute: Die waren alle unterschiedlich, soweit ich mal eben so überblicken konnte. Also konnte es wohl kein Falschgeld sein.
Er würde mich sowieso nicht mit Falschgeld in einen Laden schicken. Oder doch? Witzkugel!
Ich stöhnte. Ich musste eine Bank aufsuchen und einen Schein präsen-

tieren: „Den habe ich als Bezahlung beim Verkauf der Füllhaltersammlung meines Vaters bekommen. Jetzt weiß ich nicht, ob der echt ist."
Dazu hatte ich gar keine Lust. Ich hasste es, vor so einem Schalter zu stehen, ich hasste es, wenn die was nuschelten und man nachfragen musste, ich hasste es, in einer Schlange zu stehen. Außerdem konnten Banken immer mal überfallen werden. Bei meinem Pech würde mir das bestimmt irgendwann mal passieren. Und eins war ja klar, je öfter man in eine Bank ging, umso höher wurde die Chance, dass das Schicksal zuschlug.
Ich versuchte mich zu überreden, dass ich das jetzt gar nicht wissen musste. Schließlich benötigte ich heute gerade mal keine zigtausend Euro. Also!
Dann versuchte ich mich zu überreden, dass ich das natürlich wissen musste. UND ich konnte, wenn ich denn schon unterwegs war, mich genauso gut nachher in ein Lokal setzen und etwas essen und Freiburg genießen, vielleicht durch die Markthallen gehen. Aber da waren auch immer so viele Menschen. Gott, war ich verkorkst!
Ich hatte mich ja schon vorher darauf festgelegt, mittags einfach ein paar Würstchen mit etwas Bier runterzuspülen und mich mit meinen diversen Edelalkoholika ans Fenster zu setzen und in Ruhe nachzudenken.
Ich stand auf und atmete tief durch.

12

Der Besuch in der Bank dauerte nur drei Minuten, der Angestellte lächelte höflich, bestätigte die Echtheit, riet mir, einen kleinen UV-Prüfer zu kaufen und ich bekam den Schein gewechselt und stand schon wieder draußen. Wozu das Herzklopfen während der fünf Minuten Fußmarsch? Meine Güte, was hatte mich mein Beruf kaputtgemacht. Wo war der fröhliche, selbstbewusste Künstler geblieben, der ich mal gewesen war – selbstbewusst bis zur Arroganz. Aufgeschlossen Neuem gegenüber – ja, süchtig nach Neuem!

Jetzt musste ich den Drang unterdrücken, in die Wohnung zurückzulaufen. Ich konnte natürlich dort etwas zu essen machen. Aber eigentlich hatte ich richtig Hunger.

Es waren auch gar nicht so viele Menschen unterwegs. Ein paar Jungen, die mich an meine Schüler erinnerten, aber nicht an die netten. Sie beachteten mich nicht, gingen weiter. Ein verkniffener Typ, der einen Gesichtsausdruck unverhohlenen Hasses trug, latschte auf der anderen Straßenseite vorbei. Widerlich. So einen hatte ich mal erlebt, als ich ein fehlgeleitetes Päckchen drei Straßen weiter abgeliefert hatte. Wie ich solche Typen verabscheute. Da tut man ihnen einen Gefallen und wird angestarrt wie eine Küchenschabe.

Eine Frau in mittleren Jahren und Sommerkleid kam auf mich zu, der leichte Wind modellierte das Kleid an ihren Körper, ich lächelte, sie lächelte und war vorüber, enterte hinter mir die Bank.

Immer noch lächelnd setzte ich mich in Gang, ich hatte mich erinnert, dass drei Straßen nordwärts ein Grieche Gyros verkaufte, also Kompromiss, ich holte meine Gyros dort, genoss sie aber in Ruhe in meiner Bude.

Drei Kunden vor mir, eine dicke Frau hatte anscheinend eine Bestellung für ein ganzes Stadtviertel. Es war warm hier, ich schwitzte und wechselte dauernd das Standbein. Als ich dran war, musste ich wieder warten, denn der Grill grillte erst noch. Ich zahlte und setzte mich mit einer Cola draußen hin. Das war schon besser. Nebenan laberte jemand, den ich für einen Studenten hielt, über seinen Urlaub auf Gran Canaria. Links hatte eine Schülerin ein Handy am Ohr. Die Sonne kam gemildert durch die Bäume und verstreute grün-violette Schatten vermischt mit goldenen Lichtern. Zehn Meter weiter weg lag eins der typischen Kanälchen, die mir Freiburg so verspielt, so reizvoll vorkommen ließen. Niemand trat hinein, niemand musste eine Freiburgerin heiraten.

Die Colaflasche war leer, da brachte man mir meine Bestellung. Na also! Das Leben kam wieder in Tritt.

13

In aller Gemütlichkeit hatte ich die doppelte Gyros und Pommes-Portion gekillt und ein Bier dazu genossen. Ein paar Pommes waren übriggeblieben. Man soll ja auf seinen Magen hören.
Nun zur Verdauung einen Rum?
Nein, der konnte warten, ich stellte mich ans Fenster und sah auf die Dächer Freiburgs hinaus und plötzlich konnte ich es glauben: Ich war reich! Ich musste tatsächlich nicht in die Schule zurück.

Ja, ich konnte im Grunde tun und lassen, was ich wollte! Wow!
„Herzlichen Glückwunsch, Paul!", schrie ich aus dem Fenster. Dann
goss ich mir einen Cognac ein und mit dem Glas in der Hand tanzte ich
durch die Wohnung. Mit 125 Kilo tanzt es sich nicht so leicht, aber ein
paar Minuten lang merkte ich mein Gewicht vor lauter Euphorie nicht.

Dann plumpste ich schwitzend in den Sessel am Fenster und leerte
das Glas, sprang wieder auf, nahm mir vom Tisch eine kalte Pommes,
uh – das ging aber auch besser! Den Laserstift her! Wie oft hatte ich
gelesen: „Und er nahm seinen Laser, stellte ihn auf Fächerstrahl und
niedrige Energie und briet sich das Schnitzel."
Also: Untere Hälfte ganz nach links drehen, Grundeinstellung, breit.
Ganz sachte drücken!
Sofort fing das Papier an zu dampfen, dann zu rauchen, ich ließ den
Clip los. Na ja, dann musste man die Pommes eben auf Porzellan
legen. Als ich nun die kleine Handvoll Pommes laserte, kam ich mir
schlichtweg großartig vor. Dann jedoch merkte ich, dass mein Hemd
und meine Oberarme warm wurden, heiß wurden! Erschrocken ließ
ich den Clip los und starrte den Laserstift und den Teller an.
Ich Idiot hatte eine reflektierende Fläche gewählt und die Rundung
des tiefen Tellers hatte den Strahl reflektiert.
Ich hätte mich blenden oder umbringen können!
Jetzt hatte ich gar keinen Hunger mehr auf die Reste und holte stattdessen die Nano-Dose heran. Und mit einem einfachen Glas Wasser
ließ ich mich in die alte Ledercouch fallen.
Eine der Pillen in der Hand, das Glas mit Wasser in der anderen,
zögerte ich nun doch, die Dinger einzuwerfen. Garragant würde doch
wohl nicht auf diese Art und Weise den einzigen lebenden Menschen,
der je ein Alien gesehen hatte, aus dem Weg räumen wollen? Ach
Quatsch, dann hätte er mir auch kein Geld zu geben brauchen.

Aber was, wenn die Technologie in meinem giftverseuchten, schwer-
metallverpesteten Körper – ich dachte da an PCP, DDT, Blei, Cadmi-
um, Strontium usw. usw. – gar nicht funktionierte?
„No risk, no fun", sagte ich laut in der stillen Altstadtmansarde und
spülte die Kapseln runter.
Dann erinnerte ich mich, dass der Computer anfangs die Tätigkeiten
der Kapseln steuern sollte. Ich wuchtete mich hoch und setzte mich
wieder an den Küchentisch, wo noch das Geld lag. Die Scheine packte ich in das Etui zurück und zog den Computer ran. Er hatte keine
Tastatur, keinen Bildschirm, also stippste ich ihn an und sagte: „Hallo

Computer! Bitte einschalten! Oder wie macht man dich an?" Das hatte Garragant nicht erwähnt.

„Ich bin permanent eingeschaltet, hallo, Herr Jaeger!", sagte eine kultivierte Stimme halblaut. Sie schien von irgendwoher, aber nicht direkt aus dem schwarzen Block vor mir zu kommen.

Permanent eingeschaltet? „Wie lang ist denn deine Laufzeit, wenn du auf Dauerbetrieb bist?"

„Etwa 100 bis 1000 Jahre, abhängig von Aufgaben und Energieverbrauch."

Schlappe eintausend Jahre, mein 17-Zoll-Laptop hielt nicht mal zwei Stunden durch.

„Also, wenn man dich ausschaltete, würdest du eine Ewigkeit mit einer Ladung bereitstehen?"

„Erstens kann man mich nicht ausschalten, weil ich für meine eigene und Ihre Sicherheit verantwortlich bin, soweit es meine Möglichkeiten zulassen. Dazu gehört ein permanentes Scannen der Umgebung. Zweitens kann ich Energie aufnehmen aus Temperaturdifferenzen, Sonneneinstrahlung und durch direkten Anschluss an Energiequellen wie das hier verfügbare Stromnetz. Notfalls kann ich dies selber bewerkstelligen."

„Wie willst du das denn machen?"

„Wünschen Sie eine Demonstration?"

„Ja und ob."

Ich zuckte zurück, der Computer, diese „Plastikplatte" von drei Zentimetern Dicke, wellte sich etwas und glitt mit beachtlicher Geschwindigkeit zur Tischkante wie eine fliehende Schlange, die man in eine quadratische Form gepresst hatte.

„Vorsicht, du fällst da gleich runter!", und ich streckte die Hand aus, um das Ding festzuhalten.

„Ich kann viel tiefere Stürze überstehen, keine Sorge!"

Und schon war der seltsame Computer auf den Parkettboden geplumpst. Zielstrebig näherte er sich nun der Steckdose neben der Küchentür. An der Fußbodenleiste wölbte er sich hoch, bis er die komplette Dose bedeckte.

„Da ich vollgeladen bin, verzichte ich auf einen Ladevorgang, aber so würde es jedenfalls funktionieren. Natürlich kann ich auch Gleichstrom aufnehmen."

„Natürlich!" echote ich. „Soll ich dich auf den Tisch zurückstellen?"

„Wenn Sie es wünschen." Der Computer floss zurück auf den Fußboden. Ich nahm vorsichtig, wie man einen Igel anfassen würde, die immer noch „zerschmolzene", verformte Platte und hob sie zurück auf die Tischplatte.

„Du bist also auch für meine Sicherheit zuständig?"

„Ja, natürlich nur im Rahmen meiner Möglichkeiten."

„Natürlich, natürlich", sagte ich. „Aber was sind deine Möglichkeiten?"

„Vielleicht sollte ich erklären, was ich getan habe, seit wir auf diesem Planeten gelandet sind."

„Das wäre toll", bestärkte ich das „Ding" aus einer anderen Welt.

„Wünschen Sie den kompletten Bericht?"

„Na klar."

„Er dauert aber akustisch ausgegeben etwa 15 Ihrer Jahre."

„Ach so, äh, dann, äh, kürz das mal auf drei Minuten, nur das Wichtigste bitte!"

„Ich schicke vorweg, dass ich alle Daten über die Erde, die Garragant gesammelt hat, auch abgespeichert habe. Meine primäre Aufgabe sehe ich darin, zunächst die wichtigsten davon zu verifizieren, also:

Untersuchung der Atemluft

Scan nach möglichen Angreifern oder Fressfeinden

Scan der Varianten von Leben in der Umgebung

Scan der gesprochenen Sprachen

Scan der Energieversorgung

Scan des primitiven Datennetzes der Erde

Scan nach topografischen, klimatologischen, politischen Karten

Scan nach Straßenplänen

Scan der Verwaltungsstruktur

Scan der Pläne des Bauamtes

Scan der geologischen Bodenstruktur

Scan der Infrastruktur der Nahrungsversorgung

Scan dieses Wohnhauses

Scan der benachbarten Wohnhäuser und Wohnungen

Scan der ..."

Ich unterbrach die heruntergeratterte Litanei: „Du scannst die Wohnungen nebenan? Ich meine: Du überwachst die Leute da?"

„Ja, natürlich, es gibt das kleine, aber nicht vernachlässigbare Risiko, dass sich durch die Bewohner ringsum problematische Situationen ergeben. So hat Ihr Nachbar nebenan, ein Stockwerk tiefer, noch einen Gasherd. Fahrlässiger Umgang mit demselben kann mit der Vernichtung dieser Wohnung und Ihrer Person enden."

„Aber man kann doch nicht andere Menschen ausspionieren."

„Das ist für meine fortgeschrittene Sensorik überhaupt kein Problem."

„Ja, das glaub ich dir, es geht aber darum, wir wollen den Überwachungsstaat nicht, wir wollen den großen Bruder nicht und jetzt entpuppst du dich als sozusagen kleiner Bruder."

Das Ding war einen Moment still.

„Durch Recherche Anspielung verstanden. Literarischer Bezug. Ich bin kein Mensch, kann den Zusammenhang mit der Situation hier und ihren inhärent kritischen Sicherheitsaspekten nicht herstellen. Schlage dringend vor, dass ich mit den vorgesehenen Scans fortfahre."

Ich dachte an die Gasexplosion in meiner Heimatstadt vor einem Jahr, die gleich drei Wohnhäuser soweit zerstört hatte, dass sie abgerissen und neu aufgebaut werden mussten. Ich erinnerte mich nicht an die Zahl der Opfer. Da höre ich sowieso lieber weg.

„Gut, mach weiter so!"

„Wünschen Sie eine Fortsetzung der Scanliste?"

„Ach so, ja."

„Scan der Informationsstrukturen
Scan der Radio und Fernsehsender
Bewertung der Radio und Fernsehsender
Aufzeichnung beispielhafter Sendungen
Übersichtsscan der umliegenden Länder
Scan der..."

„Stopp! Versteh ich das richtig? Du zeichnest das laufende Radio und Fernsehprogramm auf?"

„Teilweise."

„Wahnsinn, kannst du mir die letzten Nachrichten einspielen?"

„Natürlich."

Und ich zuckte zurück: Vor dem Sideboard hing plötzlich ein zwei Meter breites Bild in der Luft. NBC berichtete über Wahlen in Amerika.

„Und das aktuelle Programm kannst du mir auch zeigen?"

„Natürlich."

„Natürlich, dann zeig doch mal eine Kochsendung oder irgendeine Rock-Oldie-Sendung!"

Tatsächlich grillte irgendwo jemand, was ganz schön langweilig ist, weil im Fernsehen immer peinlichst drauf geachtet wird, dass auf keinen Fall Nitrosamine entstehen oder an das Grillgut gelangen können. Da lohnt es sich eigentlich nicht, die Kohle überhaupt anzuzünden. Das kann man auch im Backofen machen. Ich dachte an meine Lagerfeuer in Alaska und plötzlich war mir die ganze Situation unheimlich und derart unwirklich, dass mir regelrecht schwindelig wurde.

„Schalt ab, danke!"

„Darf ich Sie noch auf etwas hinweisen?"

„Hm", machte ich abwesend.

„Der Kugelschreiber stellt in Kombination mit der Uhr ein komplettes automatisches Waffensystem dar."

„WAS?"

„Der Kugelschreiber muss auf das Uhrenglas gelegt werden, er dockt an und rotiert automatisch in die Position, die Sie mündlich in Uhrzeitangaben festlegen. Alternativ zielen Sie auf etwas und die Zielfindung sorgt trotz Bewegung für exakte Zielerfassung."

„Mein Gott! Ich bin doch hier in Freiburg und nicht im Krieg!"

„Nach meinem fortgeschrittenen Scan dieses gesamten Landes, seiner Politik und seiner soziokulturellen Struktur kann ich dieser Aussage nur zu 40 Prozent zustimmen."

Ich saß da, blöde glotzend, während der Computer weitermachte: „Mit der Uhr bin ich permanent verbunden. Über die Uhr vermag ich, wie sie natürlich auch, begrenzt deren Umgebung zu scannen. Sie können damit jederzeit jegliches Telefon oder Handynetz erreichen oder auch fernsehen, die Uhr vermag allerdings nur ein Fenster von begrenzter Größe zu erzeugen."

„Toll, ich bin besser ausgestattet als Dick Tracy und James Bond zusammen." Später begriff ich, dass Garragant nur weitsichtigerweise hatte sicherstellen wollen, dass ich immer für ihn erreichbar war. Schließlich hätte ich auch auf irgendwelche ausgedehnten Touren gehen können. Himalaya, australisches Outback. Dann wäre es selbst den fortschrittlichen Schnüffelcomputern eines Garragant schwer gefallen, mich zu finden.

„Übrigens kommen die ersten Meldungen der Nanoboter herein, Sie sollten etwas Obst essen und etwas Salziges zu sich nehmen, um Vitamine und Elektrolyte wieder aufzufüllen. Der Konsum hochprozentiger Alkoholika wirkt sich negativ aus."

„Ja, Mama! Danke, Mama! Ich merke aber nichts Negatives." Ich war auch eher Teslas Meinung, der beim ersten Kontakt mit gutem amerikanischem Whisky ausgerufen hatte, mit dem Zeug werde er über hundert Jahre alt.

„Soll ich die entsprechenden Daten in Zahlen vorlesen?"

„Nein. Ich glaubs dir ja. Schon gut. Gibts noch etwas Wichtiges?"

„Ja, ich würde vorschlagen, dass Sie mich heute Nacht nicht weiter als vier Meter weit von Ihrer Schlafstelle entfernt ablegen, damit ich den Nanobotscan optimal durchführen kann."

„Klar, klar, und jetzt ..."

Mit einem Male war der Nachmittag verstrichen und ich saumüde. Ich hatte meine sechs Kostbarkeiten durchprobiert, Armagnac, Cognac, Wildkirsche, Whisky, Birnengeist, Rum, unzählige Musiksender wild durcheinander gehört, nebenbei im Internet gesurft, ein paar Mails geschrieben und bei eBay obskure Dinge gesucht, die man zu Plastiken verarbeiten konnte. Gefunden hatte ich einen Bronze-Pegasus und diverse Stücke Strandholz in fantastischen Formen.

Nach einem Absacker und Zähneputzen ging ich ins Bett und schlief schlecht. Das hatte ich nicht erwartet. Alpträume trieben mich um, in denen ich zuerst in der Schule war, dann aber herrschte so etwas wie Bürgerkrieg und im Übrigen waren wir in Afrika, wie ich plötzlich feststellte. Löwen brüllten ringsum. Schüsse fielen. Ich lief und lief mit einem Gewehr in der Hand unermüdlich, immer weiter durch eine Art Savanne, manchmal unter einzelnen Bäumen her, auf der Flucht, aber gleichzeitig doch irgendwohin, wohin denn, zu einem Gebäude, das tatsächlich wieder eine Schule war. Im Innern eine Art Labyrinth aus Sperrholzwänden und eng gestellten Tischen. An dem Punkt konnte ich den Traum nicht mehr rekonstruieren und dafür war ich dankbar. Ich stand auf, weil ich ganz schön Hunger hatte, machte mir ein paar Bockwürstchen, trank ein Glas Leitungswasser mit einem Schuss Whisky und fiel wieder ins Bett.

14

Am nächsten Morgen hatte ich einen Kater. Es war nicht so tragisch und der Gedanke, dass das wahrscheinlich der letzte Kater meines Lebens sein würde, hatte was Erbauliches. Gleich würde ich meinen Lumumba trinken.

Dann stellte ich fest, dass nichts Vernünftiges für ein Frühstück im Hause war. Ich musste einkaufen. Früher hatte ich mich gefreut, in meine Lieblingsbäckerei am Stadttor zu gehen, tolle fluffige Croissants zu erstehen, mit Käse überbacken, dann nebenan in der Fleischerei ausgesuchten Aufschnitt, geräucherte Schwarzwaldspezialitäten und die besten Landjäger überhaupt. Zuhause in aller Ruhe eine gute Stunde lang frühstücken. Ja, die 125 Kilo hatte ich mir hart erarbeitet!

Nur hatte ich wieder gar keine Lust, mich ins Getümmel zu stürzen. Verdammt, ich war reich! Wie sollte ich das genießen, wenn ich nicht mal einkaufen gehen wollte. Plötzlich setzte ich mich gerade hin und fasste mich an den Kopf. WAR ich reich? Ich hätte längst nach der

Gewinnmitteilung schauen müssen! Ein kurze Frage an meinen Supercomputer und da stand die Webseite der Lottogesellschaft groß vor mir im Raum. Der Computer loggte sich ein, ohne dass ich ihm mein Passwort gesagt hatte, aber dieser Killefit ließ einen Xozorrudhu wohl nur leise lachen. Oben rechts auf der Seite sah ich sofort unter Guthaben eine 15 mit einer Unmenge Nullen dahinter.

Wie betäubt saß ich da. Gestern hatte ich mich mehr gefreut als heute! Mein Kopf war leer. Kriegte ich jetzt irgendwelche Probleme? Was denn für Probleme?

„Herr Jaeger? Ist alles in Ordnung?"

„Was soll denn nicht in Ordnung sein?"

„Meinen Daten zufolge sollten Sie jetzt ausgelassen sein, jubeln, feiern."

„Ich hab gestern schon gefeiert. Ich hab Kopfschmerzen."

„Sie können den Nanotrank jetzt schon trinken. Dann werden die Nanoboter die Weite der Hirngefäße, die Ausschüttung von Enzymen in der Leber, die Produktion und Rezeption von Serotonin regeln. Sie würden sich innerhalb einer halben Stunde viel besser fühlen!"

„Serotonin? Du willst mich dopen, damit ich mich glücklich fühle?"

„Falsch! Ich gehe davon aus, dass aufgrund von physiologischen Problemen oder durch jahrelange Konditionierung ein chronischer Serotoninmangel entstanden ist. So verselbständigen sich Depressionen. Die Nanotechnologie greift nur sanft korrigierend ein."

Ich wusste, was gemeint war, Kurt Vonnegut hatte schon 1973 den Menschen als chemo-elektrischen Roboter beschrieben und den freien Willen des Menschen infrage gestellt. Dennoch blaffte ich den kleinen schwarzen Apparat an: „Corrige la fortune, corrige le cerveau, corrige l'homme! Woher weiß ich dann noch, ob ich ich bin?"

„Ein Masochist würde leiden wollen, um zu spüren, dass er bestimmungsgemäß lebt. Die Nanotechnologie stellt nur einen Normalzustand her. Sie dürfen das nicht missverstehen: Dadurch wird auch nicht jegliche Angst, Nervosität, Trauer beseitigt. Es legt sich nur eine Art dünne Folie über die negativen Emotionen."

„Dünne Folie! Als Existenzialist bin ich mir sicher, dass all diese negativen Emotionen zum Leben dazugehören, so wie es ohne Nacht keinen Tag gibt."

„Auch ein Existenzialist muss sich mal freuen! Auch Albert Camus zum Beispiel wusste von den schönen Dingen im Leben, die er geradezu besungen hat, die südliche Sonne, das Meer, die Mädchen in seinen Tagebüchern und in ‚L'Été'. Auch Camus hätte nichts gegen die Nanoboter einzuwenden gehabt."

Ich war sprachlos, da haut einem so ein seelenloser Computer Camus um die Ohren?

Mein Magen knurrte und beendete die Diskussion.

Los, los! Mann, du hast Hunger! Jetzt beginnt ein neues Leben. Camus hin oder her, du gehst gleich in die Markthalle und besuchst mindestens zwei Stände. Den Inder und vielleicht den Mexikaner. Und du flüchtest nicht mit dem Essen, du stellst dich an irgendeinem der Stehtische dazu. Und wenn dir einer quer kommt, dann erschießt du ihn einfach!

Es war nach 11 Uhr, als ich rundum zufrieden und ruhig wie lange nicht mehr die Markthalle verließ. Jetzt noch ein richtiger Einkauf, Toilettenpapier, Zahnpasta, Zahnbürste, Brot, Milch, es fehlte eigentlich alles.

Im Rewe beugte sich eine etwa dreißigjährige Frau über die Kühltheke und der Ausschnitt ihres leichten Sommerkleids zeigte mir ihre perfekte rechte Brust. Ich beschloss, dass der Tag auch perfekt war. Als sie sich aufrichtete, musterte ich die Tiefkühlerbsen, ich war zwar etwas korpulent, aber schnell.

Meine Zufriedenheit hielt nicht lange an. Ich stellte fest, dass ich was vergessen hatte: Meine Eltern und Dirk, der Freund meines Vaters, mussten vom Lottogewinn erfahren und dass ich schon wieder in Deutschland war, sonst würde Dirk in ein paar Tagen in Alaska unnötigerweise die Pferde scheu machen.

Und was war mit der Schule? Ich musste dem Schulleiter oder dem Regierungspräsidenten mitteilen, dass ich fristlos kündigen wollte. Jetzt, da ich das tatsächlich konnte, realisierte ich, dass das möglicherweise so einfach nicht sein würde! Ich musste mir meine Verträge ansehen. Und einen Rechtsanwalt konsultieren. Ich stöhnte, warum konnte das nicht alles einfacher sein?

Meine Eltern wären wahrscheinlich geschockt: einfach so aufhören zu arbeiten? Nun warte doch erst mal ab! Bist du sicher? Viele haben schon nach einem oder zwei Jahren nichts mehr gehabt!

Ich konnte es schon hören. So oder ähnlich würden sie mir kommen.

Mit diesen Problemen quälte ich mich zwei Tage völlig unentschlossen herum. Ich spielte mit dem Computer, der irre Datenmengen mitgebracht und nun weitere Unmengen von Daten aus dem Internet geholt hatte, indem er WLAN und Satellitennetze anzapfte. Ich witzelte: „Hoffentlich bekomme ich nicht irgendwann die Rechnung für die Gebühren." Aber der Computer belehrte mich mit seiner sorgfältigen Bürokratenstimme, dass ich damit nicht zu rechnen brauchte, weil er natürlich unerkannt zugriff – und zwar über mehrere Zugänge gleichzeitig, deren Geschwindigkeit er optimierte.

Als ich sagte „Ja, gut, abschalten!", erklärte er mir wieder, dass er sich nicht abschaltete. „Verdammt!", sagte ich. „Das weiß ich mittlerweile! Kannst du nicht wenigstens so tun als ob? Und kannst du nicht ein wenig lockerer werden? Du weißt doch, was ich meine. Und überhaupt: Kannst du deine Stimme verändern?"

Das konnte er. Ich fragte ihn, ob er mittlerweile ein paar Filme oder Auftritte von Wolfgang Neuss gespeichert hatte. Und dann fiel mir noch Mario Barth ein.

Ja, hatte er. Mehrere Stunden Material.

„Ja, siehst du, so etwa wie die beiden könntest du reden, ein bisschen balinern, easy Mann, locka, wa! Cool! Du bist der beste Computa in Lichtjahrn Umkreis, da kannste doch ochn wenich cool daherkomm."

Tatsache war, dass die Bürokratenstimme mich einschüchterte. Es machte nicht nur keinen Spaß, ihr zuzuhören. Ich wurde auch immer an HAL erinnert, den Computer aus Odyssee im Weltraum, der alle Besatzungsmitglieder bis auf einen umbringt.

„Klar wa, warum nich? Hihihi! Ick werd mir dann ma die Ruhe antun. Sollteste och machn, schlaf schön!", babbelte er in typischem Berlinerisch.

„Ja, super und in Zukunft nenne ich dich Eddy."

15

Schön schlafen, frommer Wunsch, ich hatte meine Angelegenheiten immer noch nicht geregelt und würde spätestens morgen früh mit meinen Eltern reden müssen. Die konnten Dirks Frau verständigen, die wiederum in Funkkontakt mit ihrem Mann stand.

Mitten in der Nacht aber, als ich endlich eingeschlafen war, schrak ich hoch, weil Garragant im Schlafzimmer erschien. In einer Art leuchtendem Fenster stand er neben dem Bett. Es dauerte fast eine Minute, bis ich den Schrecken überwunden hatte und mir klar wurde, dass der Computer sein Bild projizierte. Außerdem projizierte er Garragants Gedanken.

„Paul, nun wach endlich auf, du musst mir helfen! Es geht schon wieder um Leben und Tod. Bitte! Mein Gegner, der mein Projekt verhindern und zerstören will, hat meine Frau und meine Kinder gekidnappt. Du bist näher an Wasserplanet Delta dran als ich, ich fliege weiter zu einer anderen Basis von Merrumeer, diesem Verbrecher."

„WAS soll ich tun?"

„Ich schicke dir ein Raumschiff, genau genommen ist es gleich schon da. Eine Kapsel, getarnt als Auto, hält unten vor deinem Haus. Hilfst du mir?"

„Seh ich aus wie´n Raumschiffkommandant?"

„Ach, das kriegst du schon hin. Eddy hilft dir auch dabei."

„Ich weiß ja gar nicht, was du von mir willst."

„Du musst meine Familie befreien, wenn sie auf Delta festgehalten wird, ich kann auch Roboter schicken, aber ein Mensch mit Reaktionen und Instinkten, wie du sie hast, ist da sicher eine tausendmal bessere Wahl. Du bekommst natürlich einen Anzug und Waffen!"

„Scheiße, ich bin doch nicht Flash Gordon!"

„Ha, wer ist schon Flash Gordon gegen dich? So muss das heißen! Was ist nun, bist du dabei?"

„Ja", sagte ich müde, ohne zu wissen, warum ich zustimmte, vielleicht dachte ich, nein, vielleicht hatte ich den dringenden Verdacht, dass er wieder nur mit mir spielte, dass alles nur ein groß angelegter Gag war, seiner grenzenlosen Abenteuerlust oder Spielsucht entsprungen.

„Im Raumschiff erfährst du die ganze Geschichte. Danke, Paul!"

Das Bild vor meinem Bett erlosch und ich sank ins Kissen zurück.

Nach ein paar Sekunden meldete sich der Computer und meinte, ich müsse aufstehen, ich könne ja im Raumschiff weiterschlafen.

Stöhnend schwang ich die Beine aus dem Bett, plötzlich intuitiv davon überzeugt, dass es besser wäre, liegenzubleiben.

Und wie recht ich da gehabt hatte!

Irgendwie im Tran zog ich mich an, packte meine Besitztümer in den Rucksack zurück und stiefelte leise die Treppe runter. Ich zerrte die Haustür auf und trat in die frische Nachtluft hinaus. Vor mir öffnete sich eine Autotür, die Innenbeleuchtung des Fahrzeugs schaltete sich ein. Ich stand nur da, bis der Computer, Eddy, in meinem Rucksack loslaberte: „Ey Alter! Lo-os, Wach u-uf, auf wat warteste denn noch! Det da is dene Kutsche! Nu krabbel ma rin!"

Und da stieg ich tatsächlich ein.

Und der Rest ist Geschichte.

Die Tür schloss lautlos, die Beleuchtung wurde gedimmt und als ich aus dem Fenster sehen wollte, schaute ich auf die hell erleuchtete Tundra Alaskas hinaus.

„Was soll das denn?", fragte ich lahm.

„Naja, weeste, det is ne Anweisung von Garragant, von wechen Höhenangst", kommentierte Eddy durchaus hämisch und dann begann er mich zu briefen.

Einige Details kannte ich schon: Jenseits der Umlaufbahn des Pluto hatte Garragant mehrere Raumschiffe zu einem riesigen Komplex zusammengeschaltet, in dem die Naturwunder der Erde, Museen und Teile von Städten nachgebildet wurden, um Garragants transusigen Artgenossen neue Lebenslust zu vermitteln. Da konnten sie nämlich gefahrlos in Bächen angeln, den Niagara-Fall runtersausen, auf den Malediven baden gehen, Stierkämpfe ausfechten, der Stier war ein Roboter – no harm done.

Garragant glaubte ernsthaft mit solchen Mitteln der alten Rasse neuen Auftrieb geben zu können, neue Orientierungen. Und auch Merrumeer glaubte anscheinend ausreichend an dieses Vorhaben, um es verhindern, torpedieren, sabotieren zu wollen.

Merrumeer, mit dem Garragant aufgewachsen war und mit dem ihn so etwas wie eine Hassliebe verband, hatte seine komplette Familie verloren - und das will was heißen bei dieser Rasse. Ein Selbstmörder, ein deprimierter 3000-Jähriger, hatte eine teuflische Möglichkeit gefunden hatte, die Stromversorgung eines halben Kontinents zu einer Bombe umzufunktionieren.

Garragants Familie war schon umgezogen, mitten in das Herz der Zivilisation der Xozorrudhu, und obwohl Garragants Familie Merrumeer freundlich aufnahm, als er bei ihnen auftauchte, und sich um ihn kümmerte, kam irgendwann zum Vorschein, dass Merrumeer Garragant hasste, weil er noch eine intakte Familie hatte.

Als klar wurde, dass er keinen Planetarischen Rat gegen Garragant mobilisieren konnte und niemand die Projekte verhindern würde, drohte Merrumeer offen mit Gewalt, was ein Fehler war, denn ab diesem Zeitpunkt versuchte Garragant sich zu schützen, indem er alle möglichen legalen und illegalen Mittel nutzte, um Merrumeer zu überwachen und zu verfolgen. Nur deshalb wusste er überhaupt von den zwei Basen Merrumeers auf Tau Cetis Delta und Lalandes viertem Planeten, einem

Wüstenplaneten.

Dummerweise lagen beide Systeme von der Sonne aus gesehen praktisch in entgegengesetzter Richtung. Garragant würde über eine Woche verlieren, wenn er erst Lalande und dann Tau Ceti ansteuerte. Da er ohnehin etwa in Richtung Lalande unterwegs gewesen war, übernahm er also den Wüstenplaneten und hoffte, ich würde mich um Delta kümmern, erklärte Eddy in ziemlich neutralem Tonfall, um dann plötzlich loszusabbeln: „Wir sin da, bitte allet aussteijen, der Zuch endet hier, so, det is nun dein eijenes wahnsinns Raumschiff, wa!"
Die Scheiben waren wieder durchsichtig und wir standen in einem Hangar, abgerundete Leere, Weite, silbrigweiße Wände, Licht, das von überallher zu kommen schien. Emptiness is a cloak I wear ...
Die Tür meiner Raumfähre öffnete sich lautlos und ich blieb sitzen und dachte nur: „Was mache ich hier? Was mache ich hier nur, verdammt noch eins?"
Und Eddy sabbelte auf mich ein: „Probleme? Is wat? Dein Raumschiff wartet!"
„Ich weiß nicht", sagte ich schwach. „Ich überlege, ob ich mich nicht zurückbringen lassen sollte nach Freiburg, das ist das, was ich eigentlich will."
„Äh, Paul, hähähä", kicherte Eddy irgendwie zögerlich, „nur zu deiner Information, wir sin schon uffm Weje außem Sonnensystem raus, wir passiern jerade den Mond."
„Ach du Scheiße! Ich dachte, das wäre nur so ein ... Gag von Garragant."
„Kein Gag, sorry! Jetz ma ehrlich, willze ihm sagen, det du nun dochn Rückzieha machs? Willze wirklich aussteign? Bleib ma cool, Mann, du kriegs det schon hin!"
„Ich muss noch mit meinen Eltern telefonieren", war der letzte Einwand, der mir einfiel.
„Kannste gleich machen, aber et is zwe Uhr morjens."
Ich stöhnte. „Also nachher, erinner mich dran!"
„Mach ick, keene Sorje."
„Tja dann, Spock, auf zum Kontrollraum!"
Ein ringförmiger Korridor, durch den ein Lastwagen hätte fahren können, führte zu einem Antigrav-Aufzugsschacht. Davor wartete eine Transportplattform.

Als die Plattform hielt, trat ich direkt in den Kontrollraum. Anders als bei Garragant, der immer irgendwelche Bilder oder Szenen einspielte, waren die Holo-Wände weitgehend dunkel, nur an der Decke und links und rechts zog sich die Milchstraße wie eine Partybeleuchtung über den Raum und erhellte ihn diffus. Das wirkte schon recht romantisch. Die Sonne war nicht zu sehen, sie wäre irgendwo unter meinen Füßen gewesen. Nur wenige Sterne standen als Projektion innerhalb des Kontrollraums, also sozusagen frei in der Luft. Die allernächsten, Centauri, Luytens, Eridiani zeigten ihre Namen und Daten auf kleinen durchscheinenden Etiketten, wenn man versuchte, sie anzutippen. Ach ja, die anderen auch!

Das Strahlen der helleren Sonnen hatte fast etwas Aggressives, Beunruhigendes, während die Mehrzahl der 200 Billionen Sterne als lichtschwächere Exemplare sich wie gerade verlöschende Taschenlampenbirnen ausnahmen.

An vier Stellen waren im Boden kleine Mulden eingelassen und davor klappten Kugelsegmente auseinander, die geschlossen einen Xozorrudhu etwa zur Hälfte umfasst haben würden. Hier konnte das Raumschiff gelenkt und kontrolliert werden, tatsächlich tat das niemand, es war nur eine Notfalleinrichtung, denn es war viel einfacher, per telepathischer Eingabe zu steuern. In meinem Fall brauchte ich nur zu sagen, was das Schiff tun sollte und es würde mir gehorchen. Das war ein sehr merkwürdiges Gefühl, ein wenig wie beim ersten Mal Autofahren mit Vaters Wagen. Das Gefühl der Freiheit, aber gleichzeitig das Gefühl, dass da besser nichts schiefgehen durfte, sonst hatte man ein Problem. Und was für ein Problem! Also Vorsicht, Vorsicht, Vorsicht!

Im Moment war das Schiff schon auf Kurs nach Delta gesetzt und als ich nachfragte, hatten wir die Marslaufbahn passiert. Ich Dösel fragte, ob ich den Mars nicht mal sehen könnte, da meinte Eddys milde: „Also Paul, Paul, Paul, wir ham nur die UMLAUFBAHN passiert, Mars selba is weit, weit wech! Ok?"
„Jaja", knurrte ich, „habs verstanden." Ratlos sah ich mich um. „Und was jetzt?"
Eddy schlug vor, ich sollte ein paar Stunden Schlaf nachholen. Das Schiff habe nach Garragants Anweisungen ein Bett bereitgestellt, wie ich es gewohnt sei.
„Das ist nett, danke Schiff."

„Gern geschehen, Herr Jaeger", sagte eine warme, freundliche Frauenstimme.
„Nenn mich Paul!"
„In Ordnung, Paul!"
Das Bett stand in einem ansonsten völlig leeren „Zimmer", das nur nach außen gewölbte Wände aufwies, die grob einem Kreisbogensegment folgten, also einem Stückchen Zwiebelschale sozusagen. Später fragte ich Eddy, ob das nicht eine wahnsinnige Raumverschwendung sei, aber die Zwischenräume, die sich durch das Aneinanderreihen abgerundeter Räume, Korridore, Lagerhallen ergaben, waren nicht leer: Zum einen bildeten sie die eigentliche Struktur des Schiffes, zum anderen waren Versorgungsleitungen, Roboterwege, Maschinen, Rohstofflager dort untergebracht. Auf diese Weise konnten die Räume den ästhetischen Vorstellungen der Xozorrudhu folgen, nämlich eben rund sein oder eher konkav-konvex. Und manchmal waren die Wände, aufregend, aufregend, wellenförmig gestaltet!

Mein Bett hätte direkt aus einem dänischen Einrichtungshaus stammen können: einfache zeitlose Form, dickes Kiefernholz, weich abgerundet, eine glatte Matratze bester Qualität mit dunkelblauem Bezug, dazu eine dicke, weiche Decke im gleichen Ton. Da der Raum etwa 18 Grad hatte, war das richtig gemütlich. Ich packte nur noch meinen Peacemaker unter das Kopfkissen, sagte „Licht aus!", und als ich den Kopf aufs Kissen legte, begriff ich erst so richtig, dass ich mitten in einem 400-Meter-Raumschiff eingeschlossen war und aus dem Sonnensystem rausflog. Ich war jetzt schon weiter geflogen als je ein Mensch zuvor und das erfüllte mich – NICHT mit Stolz, sondern mit heilloser Angst! Und woher kam eigentlich die Luft? Kam da überhaupt Frischluft? Innerhalb von drei Sekunden hatte ich schreckliche Dunkelangst und einen Erstickungsanfall.
„Licht an! Tür auf!"
Die Wände erglühten sanft und blendfrei und wurden taghell, die Tür öffnete sich auf diese lautlos gleitende Weise, als ob ein Gummiobjekt aufgeblasen oder abgelassen würde. Am ehesten war das zu vergleichen mit einer Irisblende oder bestimmten Körperöffnungen ...
An der Angst, die meine Brust zusammenpresste, änderten Vergleiche aber nichts.
„Eddy, kommt da irgendwo frische Luft her?"
„Oben und unten an den Wänden findste n Spalt rings um den Raum, da haste dene Frischluftzufuhr."
Ich schaute genauer hin, aber erst, als ich näher an die Wand trat, sah

ich, was Eddy meinte. Da die gerundeten Wände selber leuchteten, war der Spalt kaum zu erkennen. Sehr elegant gemacht! Mit den Fingerspitzen fühlte ich dort einen deutlichen Luftzug.

Gut, Luft war nicht das Problem, die Tür wollte ich aber nicht wieder schließen lassen und die leeren Gänge und Räume machten mir Angst. Es war genauso wie damals als Kind, wenn ich Konserven aus dem Keller holen musste.

Ich packte Eddy aus, legte ihn auf den Boden und platzierte meine Uhr und den Laserstift darauf. So, jetzt hatte ich alberner Idiot ein leistungsfähiges Waffensystem zwischen mir und der Tür!

„Mann, bist du durchgeknallt!", schimpfte ich mit mir selber. „Das ist dein Raumschiff, hier ist niemand außer dir."

Aber ich hatte wohl zu viele Science-Fiction-Filme gesehen und die Ängste, die ich dauernd entwickelte, hatten noch andere Gründe.

Ich hatte versucht, es Garragant zu erklären: Meine Frau bei einem Verkehrsunfall zu verlieren, Jahre voller Frustrationen, Schüler, die mich verhohnepiepeln, mobben, nachts vor dem Haus stehen und meinen Namen brüllen. Die völlig uneinsichtigen Eltern, deren Kinder nie etwas Böses getan haben und die beleidigend werden, wenn ich versuche, ihnen klarzumachen, dass ihr Sprössling eine ganze Klasse aufmischt. Dann gehen die noch zur Schulleitung, die prinzipiell den Eltern oder Schülern recht gibt und nicht mir! Wie oft habe ich mich von dem kleinen, knollennasigen Rektor zusammenfalten lassen müssen! Aus solch einem Zusammenstoß mit dem Rektor – es ging um einen Schüler, der mir das Wort im Mund umgedreht hatte und nun offiziell behaupten darf, dass ICH lüge – war ich mit Tränen in den Augen in die nächste Klasse gegangen, wo eine 8-Klässlerin fragte, was denn sei.

Ich erklärte die unglaubliche Geschichte und sie meinte, aus Polen kenne sie das anders, der Schüler hätte ein Buch an den Kopf gekriegt und dann weiter ...

Aus letzter Zeit gab es noch einige Fälle, die mir einfach den Atem raubten! Zweimal hatten Schülerinnen, einmal sogar eine ganze Klasse aus Rache behauptet, sie hätten Angst vor mir.

Eine zickig-verstockte Schülerin war beleidigt, weil ich gewagt hatte, zu sagen, was offensichtlich war: Wenn man nur quatscht, kann man mit seinem Bild nicht fertig werden.

Eine andere Klasse hatte ich anscheinend furchtbar damit gequält, dass ich in einer Vertretungsstunde etwas diktiert hatte, statt sie randalieren zu lassen. Und boy, oh boy, wie die am Ende der Stunde randaliert hatten!

Zu meinem Erstaunen spielen Vorgesetzte im System Schule dann Inquisition. Es gibt keine Rechtsstaatlichkeit, ich kann keine Zeugen benennen, alles, was ich sage, wird gegen mich verwendet. Die Vorgesetzten in ihrer unendlichen Weisheit entscheiden, dass ICH nicht Recht haben kann.

Um es mal klarzustellen, die Schüler haben definitiv keine Angst vor mir, ICH habe Angst vor den Schülern in ihrer völligen Unberechenbarkeit und hinterhältigen Einstellung. Jeden Morgen, wenn ich zur Schule muss, ist mir kotzübel.
„Geh doch mit deinem Peacemaker in die Schule!", hatte Garragant vorgeschlagen.
„Sag mal, findest du das etwa witzig?"
„Nein, hast recht, ich sollte da keine Witze drüber machen."
Und er hatte versucht, mich damit zu beruhigen, dass ich nie mehr wieder in die Schule zurückmüsste ...

Und jetzt gab es nur noch ein kleines interstellares Abenteuer zu überstehen und dann hatte ich meine Ruhe. Wenn ich überlebte.

Bevor ich noch etwas Schlaf bekam in dieser Nacht, fand ich heraus, dass das Schiff ein Xozorrudhu-Bad nebenan für mich vorgesehen hatte. Da gab es ein Loch im Boden und der Raum war von oben bis unten mit Düsen gepflastert, so dass man sich auf Zuruf von überallher mit Wasser bespritzen lassen konnte. Das war alles.
„Da würd ich auch die Lebenslust verlieren", knurrte ich.
„Schiff, es fehlt das Toilettenpapier", sagte ich laut.
„Problem wird in fünf Minuten gelöst", sagte das Schiff.
„Und kannst du mir einen guten Cognac besorgen, so wie Garragant ihn sich von seinem Synteezer herstellen lässt?"
„Ja, Problem wird in fünf Minuten gelöst."
Die stereotype Antwort machte mich misstrauisch, aber Eddy erklärte mir später, dass auch das Schiff sämtliche Daten von Garragant bekommen hatte. Es wusste durchaus, wie Menschen sich ernährten. Also würde ich nicht verhungern oder verdursten.
Tatsächlich kam dann ein kleiner runder Roboter ins Schlafzimmer gedüst, der mit zwei wurstförmigen Armen ein Tablett trug, auf dem eine Rolle Klopapier neben einer Flasche Cognac und einem großen Schwenker stand. Ich legte den Peacemaker weg.

Tja, was will man mehr?
Ach so, ja!
„Eddy, hast du die Goldbergvariationen abgespeichert?
„Ja.“
„Bitte abspielen!“
Es war eine der Versionen von Gould.
„Stopp! Hast du nicht die Version von Weissenberg?“
„Bedaure! Nein.“
„Ok, Wiedergabe fortsetzen!“
Mit dem fingerbreit gefüllten Glas auf der Brust, den Kopf auf dem weichen Kissen, einer sehr gedämpften Beleuchtung um 480 Nanometer und Glenn Gould im Hintergrund begann ich mich etwas zu beruhigen.

Später stand ich dann mit meiner Zahnbürste ratlos im Bad.
„Äh, Schiff, ich brauche Wasser zum Zähneputzen.“
Ein fingerdicker Wasserstrahl kam vor mir von der Decke herunter, platschte auf den Boden und spritzte mich bis zum Gürtel nass. Ich trat zurück.
„Das müssen wir noch etwas üben.“

Überhaupt musste ich mich hier wohl ein wenig einrichten. Ich vermisste Möbel, Geschirr, Kleidung und jetzt vor allem einen Schlafanzug. Aber gut, die Temperatur des Schlafzimmers ließ sich ja fein regulieren. Und mit Glenn Gould schlief ich ein und als ich die Augen wieder aufschlug, wusste ich auf Anhieb, wo ich war und hoffte vergeblich ein paar Sekunden, alles sei nur ein dämlicher Traum.

17

Mit Eddys Unterstützung telefonierte ich mit meinen Eltern, die natürlich entsetzt waren, vor allem darüber, dass ich nicht mal eben vorbeikommen konnte. Ich musste lachen und sagte ihnen, ich hätte mir schon ein Auto gekauft und sei nun auf Campingtour durch Deutschland und Österreich und würde mich melden, die Verbindung sei so schlecht. Intelligenterweise spielte Eddy ein Rauschen ein und das wars.
„Sag mal, wie kann ich mit jemandem in Echtzeit telefonieren, der Lichtstunden entfernt ist?“, fragte ich Eddy misstrauisch, denn ich wusste, wir hatten das Sonnensystem mittlerweile verlassen.
„Es existieren Überlicht-Relais rund um die Erde, durch die wir uns in die Telefonnetze einwählen können. Überlichtfunk hat es auch möglich

gemacht, dass du mit Garragant reden konntest."

„Ach so. Klar."

Nach diesem Telefonat hatte ich ein schlechtes Gewissen, ohne genau zu verstehen, warum. Ich versuchte mich abzulenken, indem ich im Schiff, das ich wegen der netten Stimme Darling nannte, für ein paar Änderungen sorgte: Zuerst musste ein richtiges Bad her und um Darling zu zeigen, was ich meinte, präsentierte Eddy dem Schiff den aktuellen Ikeakatalog, in welchem mehrere Bäder abgebildet waren. Ich entschied mich für eine Lösung mit Dusche, Badewanne und Bidet, jeder Menge Spiegeln, hellem Holz und bunten Kacheln. Deren Farbgebung kostete mich fast eine Stunde Zeit, bis ich dem, was Eddy mir als Simulation zeigte, zustimmte. Für den Boden wählte ich dann auch diese „schicken" Holzroste, die ich normalerweise nie genommen hätte, aber Holz erinnerte mich an zuhause, schuf in dieser verrückten, ja eher fantastischen Umgebung etwas Vertrautes.

Ich war es ja eigentlich gewohnt, dass bei Beschleunigung Kräfte auf mich einwirkten, bei rasanten Kurvenfahrten mit dem Auto wurde man im Sitz aus der Kurve rausgedrückt. Ein heftiges Bremsmanöver warf einen in die Sicherheitsgurte und fegte Einkäufe vom Beifahrersitz auf den Boden. Meistens lief dann die Sahne aus.

Hier aber spürte man keine Beschleunigungen. Die mit Gravitationsfeldern und gespeicherter dunkler Energie arbeitenden Raumschiffe der Xozorrudhu kompensierten jede kleinste Bewegung und jedes Brummen des Antriebs: Lautlos im Weltraum! Dass ich das höchst unwirklich fand, kann man mir wohl nicht übel nehmen.

Beim Weiterschauen in Eddys Ikea Katalog geriet ich in einen regelrechten „Kaufrausch", bis ich Unmengen gestreifte Teppiche, bauchige Glasvasen, Tischchen, Stühle und Sofas und Schränke notiert hatte. Dann fiel mir auf, dass ich den Bereich Küche gar nicht abgedeckt hatte. Natürlich musste das meiste aus dem Katalog meinen ästhetischen Vorstellungen und den Räumlichkeiten im Schiff angepasst werden. Und schließlich sagte Darling trocken: „Problemlösung dauert fünf Tage."

„Wie bitte?"

„Umbau wie gewünscht und Produktion der angeforderten Objekte dauern fünf Tage. Wir sind in vier Tagen am Ziel."

„Mach nur das Wichtigste!", sagte ich ernüchtert. „Fang beim Badezimmer an! Ach ja, und besorg mir bitte bis morgen früh einen elektrischen Rasierapparat!" Bisher hatte ich mich nass rasiert, das konnte ich auch ohne Spiegel. Hier im All mit einem Messer an mir rumzuhampeln, schien mir seltsamerweise nicht angezeigt.

Sekunden später kamen mehrere Robotertechniker angerauscht und ich begann zu lachen. Die Dinger sahen wirklich so aus wie von Kindern gebaute Schneemänner: Drei nach oben kleiner werdende Kugeln übereinander mit wurstförmigen Armen. Allerdings hatten sie vier davon.
„Die Jungs lasern un schweißen und wüten da ziemlich rum, wa", meinte Eddy. „Schlage vor, det de dich zurückziehs!"
„Klar", sagte ich, dachte an die halbleere Flasche Cognac neben meinem Bett und fragte Eddy: „Sag mal, hast du vielleicht was von Pink Floyd abgespeichert?"
„Ja, wat denkst'n du? Natüllich!"

Mit feinstem Rock und Pop, Filmen, Pizza, Chili con Carne, Entrecote mit Maronen und Barolo usw. ließ es sich ganz gut auf dem Schiff aushalten, abgesehen davon, dass ich mich immer noch eingesperrt fühlte. Vor allem konnte ich nicht rausschauen! Man erklärte mir, dass es nun im Hyperraum auch nichts zu sehen gebe und da hatte ich die geniale Idee: „Aber Darling, du könntest doch anhand der Flugzeit berechnen, wo wir relativ gesehen im Echtraum wären. Und diese Bilder könntest du rendern und als Holo ausgeben."
Darling fragte nur: „Mit oder ohne relativistische Effekte?"
„Ohne."
Rings um mich entfaltete sich wieder die phantastische Sternenpracht der Milchstraße. Und ich war einerseits begeistert, anderseits enttäuscht, vielleicht hatte ich sowas erwartet wie den Windows-Bildschirmschoner Starfield, wo die Sterne auf einen zugeschossen kommen. Da wir aber keine Massen von Sternen passierten, musste ich eine Menge Geduld mitbringen, wenn ich hier Bewegung wahrnehmen wollte. Es war ein wenig, wie wenn man nachts nicht schlafen kann und versucht, das Wandern des Mondes zu verfolgen.

Als das Bad abends fertig war – ich hielt mich übrigens sklavisch an die Tageszeiten, wie meine Armbanduhr sie vorgab – orderte ich mit Priorität einen Relaxsessel, den ich in den Kontrollraum rollte. Das war besser, als auf dem Boden zu sitzen.

Tags drauf hatte ich von der unveränderlichen stillen Pracht genug und fragte Darling nach anderen Sehenswürdigkeiten: „... so ähnlich wie Saturn, Erde, Jupiter. Was sind die schönsten Planeten, wo ist der höchste Berg in unserer Galaxis? Gibt es Rätsel, geheimnisvolle Artefakte, großartige Kunstwerke?"

Ich bekam einen kurzweiligen Vortrag, der mir goldgelbe, violette und strahlend weiße Planeten zeigte. Sonnensysteme mit drei Walzer tanzenden, unterschiedlich großen Sonnen und farbige Nebel wie Lichtjahre große Neoninstallationen.

Einer der größten Planeten sammelte immer mehr Material und würde schon in einigen Tausend Jahren zur Sonne werden.

Der höchste Berg war kein Berg im herkömmlichen Sinne, sondern ein großer Mond, der von einem ähnlich großen Objekt gerammt worden war. Die Bruchstücke waren zum Teil auf den Planeten gestürzt und hatten ihn komplett zerstört. Seiner Atmosphäre beraubt glich er in Form und Farbe einem verschrumpelten, angefressenen Stück Obst. Etwa 190 Kilometer ragte das größte zusammenhängende Mondbruchstück empor ähnlich dem Matterhorn, nur ... etwas größer.

Auch Artefakte gab es: Eine tote Stadt, die älter war als die Xozorrudhu-Zivilisation, unscheinbare Reste, Fundamente meist achteckiger Häuser, die wenig Aufschluss lieferten, deren einzig interessantes Merkmal halt ihr kolossales Alter waren. Da der tote Planet um einen toten, nicht mehr strahlenden Stern kreist, hat das Ganze etwas unsagbar Trauriges.

Da gefiel mir die Zeitmaschine schon besser! Irgendwo mitten im leeren Raum etwa zwischen Kruger und Cygni rotierte ein gewaltiges Objekt aus unbekannter Materie, von einer unbekannten Rasse hergestellt. Das Ding ähnelte entfernt einer Spindel mit einem Durchmesser von 100 Kilometern an der dicksten Stelle und einer Höhe von 1400 Kilometern. Die Enden der Spindel hatten immer noch einen Durchmesser von 40 Kilometern. Das Objekt war unendlich exakt gefertigt, wahnsinnig schwer – die Xozorrudhu vermuteten, dass kollabierte Materie mit verbaut worden war. Und es rotierte, jetzt kommts: mit annähernder Lichtgeschwindigkeit.

„Beeindruckend!", sagte ich. Mir war schon klar, dass es fast unmöglich war, so etwas zu bauen und es dann noch auf diese Rotationsgeschwindigkeit zu beschleunigen. Mal abgesehen vom Energieaufwand hätte es sich dabei schon längst selbst zerlegen müssen. Aber: „Warum nennst du das Ding Zeitmaschine?"

„Weil es eine ist! Die extrem hohe Oberflächengeschwindigkeit und die Masse verzerren das Raum-Zeit-Kontinuum. Siehst du die Rille in der Mitte? Das ist eine Vertiefung von einem Kilometer Durchmesser. Wenn du entgegen der Rotation in dieser Rille um das Objekt herumfliegst, gelangst du in die Vergangenheit. In Rotationsrichtung gelangst du in die Zukunft!"

Ich kam mir veräppelt vor und sagte erst mal gar nichts. Dann meinte ich: „Das sind so Geschichten, die ihr kleinen Xozorrudhu erzählt. Das ist doch reine Science Fiktion!"

„Nein, es ist getestet worden, es funktioniert, bleibt aber gefährlich wegen der Geschwindigkeit, dem geringen Abstand zum Objekt und der Gravitationskräfte. Es ist verboten, sich der Zeitmaschine auf weniger als eine Lichtminute zu nähern."

Am nächsten Tag legte mir Eddy nahe, meine Anzüge anzuprobieren, es sei nicht mehr weit bis Delta und man müsse ja auf alles vorbereitet sein.

„Wieso Anzüge?"

Es gab den dünnen, „leichten" Anzug, den ich bei Garragant gesehen hatte und einen aus fünf bis zehn Zentimeter dickem Material. Er ähnelte auf dem Boden liegend einem gewaltigen Keramikblumentopf, in den ich hineinsteigen musste. Sofort begannen die Wände des „Topfes" sich an meine Beine zu schmiegen und an mir hochzuwachsen.

„Stopp, stopp! Das ist ja grausig! Ich geb doch hier nicht den Jimmy Hoffa." Das silbrige Zeug war gerade mal über meine Knie gelangt und ich hatte tödliche Platzangst.

„Ich sehe auch keine hohe Wahrscheinlichkeit, dass du aktiv in Kampfhandlungen verwickelt wirst, aber du solltest doch für den Fall der Fälle diese Sicherheitsreserve haben. Es ist ein sogenannter Bergbauanzug, der härtesten Belastungen standhält. Genau genommen ist es natürlich ein Kampfanzug, aber die Xozorrudhu beschönigen so etwas gerne."

„Sicherheit, Kampfanzug, das Ding will mich ersticken!"

„Paul, das Gegenteil ist der Fall", sagte Darling. „Es würde dich tagelang mit Sauerstoff, Wasser und Nahrung versorgen. Du spürst den Anzug kaum, du musst ihn nicht ‚tragen', er unterstützt sogar deine Bewegungen! Das will allerdings geübt sein, er muss richtig auf deine Gedankenimpulse und Nervenreaktionen trainiert sein. Ich schlage vor, du trinkst einen Cognac und lässt dich durch den Anzug bis zur Brust, äh, anziehen. Dann läufst du mal ein paar Schritte darin. Du wirst begeistert sein."

„Sag mal, hast du früher bei C&A gearbeitet? Du musst dich mal reden hören!"

Aber ich hielt still und 30 Sekunden später war ich eingehüllt in einen dicken silbrigen Panzer, der Hals und Kopf freiließ. Ich bewegte mich ein wenig und stellte fest, das Ding saß besser als alles, was ich bisher getragen hatte. Gehen, laufen, kein Problem. Nach ein paar verzögerten Reaktionen des Anzugs zu Beginn spürte ich ihn kaum noch.

„Du kannst übrigens die Antigrav-Funktion nutzen, um zu fliegen oder um einfach schneller laufen zu können, man gibt die Schwerkraftreduktion in Prozent an."

Ich kam mir zwar ein wenig blöd vor, lief aber brav den Korridor hinunter und sagte: „Schwerkraft 40 Prozent!" Prompt wog ich kaum noch was und machte enorm lange Schritte. So mühelos war ich noch nie gelaufen. Und ich begann zu verstehen, was die Zivilisation der Xozorrudhu langsam aber sicher von innen her zerstörte.

Ich lernte noch die Kraftunterstützung in Prozent einzustellen und Stahlplatten zu zerschlagen, wie Karatekämpfer Holz oder Backstein. Unglaublich. Und dann weigerte ich mich erneut, den Anzug als Helm über meinen Kopf wachsen zu lassen.

„No go! Anzug! Ausziehen! Oder was auch immer man da sagt." Gehorsam sank das Material zu meinen Füßen hinunter und ich stieg erleichtert heraus. Phu, jetzt brauchte ich erst mal zwei kleine Souflakispieße mit Reis und Zaziki und eine kalte Cola.

18

Ich wurde immer nervöser! Mittlerweile wusste ich, dass Delta etwas kleiner als die Erde war und scheinbar nur aus Wasser bestand. In der Mitte der völlig blauen Wasserkugel aber fand sich ein Gesteinsbrocken von gut 9000 Kilometern Durchmesser. Die durchschnittliche Wassertiefe betrug etwa 15 Kilometer. Garragant wusste, dass Merrumeer sein Versteck im festen Kern des Planeten angelegt hatte. Da er aber nicht beim Schnüffeln hatte entdeckt werden wollen, war er nicht in der Lage gewesen, genauere Daten zu bekommen.

Weder Garragant, noch mir oder meinen beiden künstlichen Intelligenzbestien war klar, wie man da vorgehen sollte, denn aktive Scanmethoden wie Sonar oder Radar schlossen sich völlig aus, wollten wir Merrumeer nicht frühzeitig alarmieren. Es gab die Chance, dass er sich durch Wärmestrahlung verraten würde, aber wahrscheinlich war das durch eine Gesteinsschicht und 15 Kilometer Wasser nicht wahrnehmbar.

Genauso wars letztlich auch.

Als der blaue Planet auf den Kontrollschirmen auftauchte, hätte ich
ihn beim ersten Hinsehen für die Erde halten können, nur dass die
Gelb- und Braun- und Grüntöne völlig fehlten. Diese Wasserkugel
war nur mit ein paar Stippen Weiß gesprenkelt. Und in dem Moment
schlug die Unwirklichkeit wieder voll zu: Ich war als erster Mensch zu
einem Lichtjahre entfernten Sonnensystem gereist?
ICH?
Welcher Teufel hatte mich geritten?
Ich war kurz davor, mich auf den Boden zu werfen und zu schreien:
„Mama, hol mich nachhause!"
Stattdessen fragte ich cool, der galaktische Held lässt grüßen, Garragant nach der weiteren Vorgehensweise, denn mir war nun klar, dass
man hier ja gar nichts tun konnte, ohne dass man von Maschinen und
Sensoren entdeckt wurde. Das Schiff hielt auch einen respektablen
Abstand zum Planeten ein, der von zwei Wachsatelliten umkreist wurde.
Garragant überraschte mich: „Alles schon geregelt, dein Schiff hat in
den letzten Tagen eine Sonde hergestellt, auf die ich äußerst stolz bin:
alte Technologie! Merrumeer wird nur nach Auswirkungen von Schwer-
kraftfeldern und dem Wirken dunkler Energie Ausschau halten. Das
ist ja auch das Einfachste. Ich habe aber mit konventionellen Mitteln
einen Antrieb konstruiert, den er wahrscheinlich nicht orten kann."
Eddy projizierte eine Schemazeichnung in die Mitte des Raumes und
spielte Garragants Erklärung ein: „Eine mit gegen Null tendierenden
Fertigungstoleranzen gebaute Turbine beschleunigt Wasserdampf
oder Luft auf ein Viertel Lichtgeschwindigkeit. Mit wenig Treibstoff
kann die Sonde sicher in die Atmosphäre eintreten, wassern und tauchen. Die Energie liefert ein kalter Fusionsreaktor. Und so sieht die
Sonde aus."
Was er uns zeigte, wirkte wie ein Flugzeug, ein Deltaflügler, nur dass
vorne keine richtige Nase vorhanden war, sondern eine kleine Öffnung, in die Luft oder Wasser strömen sollte. Später sah ich, dass
Form und Öffnungsweite variieren konnten. Das ganze Gerät war
nicht größer als 2 x 2 Meter.
„Und mit Stealth-Technologie ausgestattet findet Merrumeer sie sicher
nicht."
Die Sonde fiel zu Delta hinab und wurde unsichtbar – knapp zwei
Tage später tauchte sie wieder vor der großen Luftschleuse auf.

Erfolgreich!
Sie hatte nur einmal den Kern umrundet und tatsächlich am Äquator, am Hang eines unterseeischen Berges, Wärmestrahlung, typische Magnetfelder und elektronische Kommunikation gefunden.
„Ja, und was jetzt?", fragte ich Garragant.
„Was weiß ich?", rief Garragant und seine telepathische Stimme klang unangenehm laut und erregt. „Lass dir was einfallen! Stürm die Festung! Lass dieses miese Kugel...???...ungeheuer nicht davonkommen, ich muss mich jetzt hier um die Situation kümmern." Dann war die Verbindung tot.

Ich schaute Eddy an, sah auf die Kontrollschirme. „Wie angreifen?"
Und mir wurde erklärt, dass Garragant ernsthaft von mir erwartete, in einem Kampfanzug ein kleines Bataillon Roboter zu leiten, das sich zu Merrumeers Quartier mittels eines Cohesion-Destroyers Zugang verschaffen sollte. Das Bergbaugerät verringerte die Bindungskräfte der Materie, so dass diese sich zu Staub zerlegt. Aber ich hörte schon gar nicht mehr richtig hin. Meine Reaktion war lautes Lachen.
Ich unter Wasser? Ich in einem geschlossenen Kampfanzug?
ICH 15.000 Meter unter der Oberfläche in ewiger Dunkelheit?
Träumt weiter!

Außerdem war das doch alles sowieso Blödsinn. Erstens war noch nicht erwiesen, dass Merrumeer Garragants Familie da festhielt, zweitens konnte man sich Merrumeers Festung kaum unerkannt nähern und welchen Sinn machte drittens ein Gefecht, das das Leben der Familie Garragants auch gefährdete, wenn man mal überlegte, was für Waffen und Kräfte diese Truppe entfesseln würde. Ich ahnte schon, dass die Hiroshima-Bombe dagegen ein Spielzeug wäre. Und das machte mir noch mehr Angst.

Nach einer halben Stunde unergiebigen Diskutierens stand Garragant als Projektion unter uns und gab bekannt, dass er die Basis zerstört habe, seine Familie sei nicht dagewesen. Ich solle mir was einfallen lassen, ich müsse handeln.
„Ja, wie denn?"
„Du bist doch ein Mensch, du hast doch all diese ungenutzte Hirnkapazität, du hast doch die Überlebensinstinkte eines erfolgreichen Primaten! Du hast Phantasie! Ich verlass mich auf dich! Ich kann erst in sechs Tagen bei euch sein. Nutz den Überraschungseffekt!"

Überraschungseffekt? Ich begann nachzudenken. Merrumeer hatte doch sicher erfahren, dass seine andere Basis zerstört war. Jetzt würde er sich auf einen baldigen Angriff hier vorbereiten.
Baldig, also ... ab jetzt.
Wir hatten keine Chance.
Und ich war auch strikt dagegen, Merrumeers Schleuse mit dem Cohesion-Destroyer in Staub aufzulösen.
So ging das nicht. So konnte man doch nicht vorgehen, wenn man Garragants Angehörige nicht gefährden wollte!
Ich orderte einen Wodka mit Cola, minus 10 Grad.
Das Glas kam und der Inhalt war gefroren.
Ich kippte das Glas, aber da tat sich nichts.
„Kinder, nehmt mehr Wodka oder hebt die Temperatur, ich will das Zeug trinken und nicht lutschen!“
Was zum Henker sollte ICH mir nun einfallen lassen? Ich kannte doch die Möglichkeiten der Xozorrudhuschen Technologie gar nicht wirklich.
„Sag mal, Eddy, ihr habt nicht zufällig noch irgendwelche Wunderwaffen, die uns helfen könnten?“
„Nix, wat Merrumeer nich kennt und wojejen er sich nich schützen könnte.“
„Und wie ist das, könnte man nicht Nanoboter in die Station einschleusen. So kleine Dinger, dass irgendwelche Sensoren sie nicht entdecken würden? Vielleicht kann man so das Sicherheitssystem ausschalten, seinen Computer umprogrammieren, die Türen öffnen, was weiß ich.“
Aber Eddy meinte, das ginge nicht, da müsse man schon sehr viele sehr kleine oder einige größere verwenden und die würden auf jeden Fall entdeckt werden. So etwas funktioniere nur, wenn das Objekt gerade im Aufbau befindlich sei, also vor der eigentlichen Inbetriebnahme.
„Mist!“
Ich bekam meine Cola und sie war so wunderbar kalt, dass mir Tränen in die Augen traten.
„Also nur mal angenommen, wir könnten Merrumeers Roboter besiegen und seine Waffensysteme ausschalten, dann müssten wir immer noch in die Station hineinkommen. Vielleicht muss man die Luftschleuse sprengen. Wer sagt uns denn, dass wir damit nicht gleich alle in der Station töten? Mir gefällt das alles gar nicht.“
„Diese Überlegungen sind der Hauptgrund, warum Garragant keine Robotermission aus diesem Auftrag machen wollte“, sagte Darling.
„Ja, klasse!“ Der schwarze Peter lag also bei mir? Irgendwie kam ich

von der Idee mit den Nanobotern nicht los. Zu blöd ... Und dann hatte ich es!
„Wisst ihr, wann die Station gebaut worden ist?"
„Vor elf Monaten", sagte Darling.
„Na also, da haben wirs doch – wir nehmen die Zeitmaschine und das Problem ist gelöst."
„Det jeht nich", sagte Eddy.
„Natürlich geht das", sagte Darling.
„Ja, was denn nun?"
„Et is vaboten", konkretisierte Eddy
„Für Xozorrudhu", knurrte ich.
„Und et is zu jefährlich, et is frachlich, ob wir det überleem würn."
„Kein Problem für mich, ich bin sicher, dass ich die technische Seite im Griff habe", konterte Darling.
„Ne wa, du kanns unta den Bedingungen ene exakte Kurve mit fuffzich Kilometa Radius fliegn? Da bleim zur Spindel nur dreihundert Meta Abstand."
„Ich werde die Hülle verformen zu einem Ellipsoid und verkleinern, einige leere Lagerräume fallen weg, so gewinnen wir 100 Meter Abstand."
„Das dauert doch viel zu lange", warf ich ein.
Die beiden lachten.
„Wir haben so viel Zeit, wie wir wollen. Ob wir jetzt zurückreisen oder in ein paar Wochen: Wir müssen dann nur weiter zurück. Und du überschätzt den Aufwand. Form und Aggregatzustand meines Materials sind frei programmierbar."
„Und du kannst Nanoboter fertigen, die Merrumeers Basis infiltrieren?"
„Ich kann einen Erfolg zu 99 Prozent garantieren."
Ein ganzes Prozent Unsicherheit bei einer Sache auf Leben und Tod? Junge, Junge! Ich deklamierte: „Wenn unser Flug in die Ewigkeit führt, kann man unseren Verlust betrauern, aber unseren Versuch nicht bedauern!' Na gut, wir sagen Garragant jetzt, dass wir eine Lösung haben, uns aber eine Stunde lang nicht melden. Und ab dafür!"

Gut eine Stunde später, nach Garragants oder Merrumeers Zeit, waren wir wieder an Ort und Stelle vor Delta und bereiteten den Angriff vor. Nach unserer subjektiven Zeit war ein Jahr vergangen.
Vier Tage hatten wir bis zur Zeitmaschine benötigt. Der Umbau hat-

te einen Tag gekostet, das neunzigmalige Umrunden der Spindel mit hoher Geschwindigkeit nur zwei Stunden, die mir wie Ewigkeiten vorgekommen waren. Für den Fall, dass es Gravitationsschwankungen gab, die das Schiff nicht ausgleichen konnte, trug ich tatsächlich den Kampfanzug, lag bewegungslos und schwitzend, obwohl das Ding kühlte, auf meinem Bett und fluchte, weil ich so blöd war, mich für solch ein Himmelfahrtskommando herzugeben!

Aber Darling hatte die Sache im Griff und kurz drauf rauschten wir schon wieder zurück.

Die Spindel hängt übrigens irgendwo im leeren Raum, keine Sonne weit und breit, und als ich eine Aufzeichnung der Zeitreise sah, konnte ich nicht sonderlich viel erkennen, obwohl Darling das Restlicht der Sterne verstärkte. Aber ich begriff, wie Darling das gemacht hatte, sie hatte die Spindel über dem „Kanal", wie ich die Vertiefung in der Mitte nennen würde, umrundet und war dann schrittweise tiefergegangen. In der Mitte des Kanals sollte die Flugbahn verlaufen, aber plötzlich schien es unten keinen Abstand zum Boden mehr zu geben! Nur allmählich hob sich das Schiff und pendelte sich auf die Mitte der Rinne ein.
„Det war ja'n bisschen knapp, wa", nölte Eddy.
„Aber nicht doch! Wir hatten noch 10 Meter bis zum Objekt!", protestierte Darling.
„Wenn wa det Ding berührt hätten, wär'n wa komplett geschreddert wor''n! Det kannst aba gloobn!"
„Wir hätten einen kleinen Teil des Bodens verloren. Du hast zu wenig Vertrauen in meine Fähigkeiten, der Rumpf ist nun viel stabiler, seit ich abgenommen habe – und so schlank gefalle ich mir auch viel besser! Aber die Masse ist annähernd gleich geblieben. Was glaubst du, was ich damit gemacht habe? Unten jedenfalls habe ich Sollbruchstellen eingefügt, die bei solchen Extrembelastungen wahrscheinlich nachgegeben hätten."
„Eddy", sagte ich. „Das ist ein Lob wert, meinst du nicht? Also, toll gemacht, Darling!"
„Klar, wa, ick jebet zu, absolut unnachahmlich, wie ihr beede unser Leem uffs Spiel jesetzt habt."
„UNSER Leben? Ihr beide seid Computer, äh, Simulationen, Programme!"
„Nisch für unjut, hatt ich jrade ma verjessen."
Vergessen? Ich schüttelte den Kopf. Vielleicht hatten sie zu viele Daten

über Kulturen gespeichert oder vielleicht war diese „Personalisierung" eine Folge der Tatsache, dass ich sie wie Personen ansprach?

Role taking, role giving?

Vielleicht hatte ich besonders weit entwickelte Exemplare Xozorrudhuscher Computertechnologie erwischt? Machten Garragants Computer wohl die gleichen Sperenzchen? Ich musste ihn mal fragen, das aber konnte ich erst in einem knappen Jahr. Ich würde den Teufel tun und durch irgendwas und sei es durch Kommunikation, ein Paradoxon schaffen. Die Wissenschaft ist sich bis heute nicht einig, ob Paradoxa möglich sind und welche Folgen sie haben könnten. Also Vorsicht!

Hinterher meinte Garragant übrigens, ich hätte Eddy und Darling alleine auf diese Mission schicken und die eine Stunde in einem Transporter hinter einem Mond geparkt einfach abwarten sollen. Aber er könne schon verstehen, ich als der erste Mensch und sowieso eines der ganz wenigen Individuen im Universum, die überhaupt je eine Zeitreise gemacht haben. Das sei sicher verführerisch.
„Nee!", sagte ich. „Ich wollte dieses Jahr! Verstehst du nicht? Ein geklautes Jahr. Ein der Geschichte, ein der Zeit selber gestohlenes Jahr, ohne dass jemand Ansprüche an mich stellt, mich antelefoniert, nachts in meinem Zimmer steht!"
„Du vergisst eins, mein bester Freund, den ich habe, Mensch Paul, du hast eine Menge Mut aufbringen müssen, das zu tun, daran lässt sich nichts deuteln oder ändern. Also danke!" Und die Kamera schwenkte und zeigte Frau Garragant und die beiden Kleinen. Niedliche Kugeln von 40 cm Durchmesser, die vor Freude hellrosa und hellviolett schimmerten und telepathisch quiekten!
Mit ihnen hatte ich mich auch sofort angefreundet. Frau Garragant betete mich sowieso an, weil ich sie befreit hatte und die Kleinen ... ich kanns halt mit Kindern! Ich weiß schon, warum ich ursprünglich mal Lehrer geworden bin. Was kann ich dafür, dass Eltern, Schulleitungen und unsere Regierung keinen richtigen Plan mehr haben, wie Schule aussehen soll – außer dass sie sparen wollen. Was kann ich dafür, dass unsere Kinder heute alles machen dürfen, was sie wollen. Ich, als Beaufsichtigender bekomme dann die Probleme. Das ist so widerlich wie unverschämt!

Schnee von gestern. Ich gehe nicht in die Schule zurück. Aber zurück zu den Kleinen. Mit denen jedenfalls hatte ich wahnsinnig viel Spaß.

Ab und zu müssen Terra und Luna – na, ist das nicht süß? – ins Bad, deswegen gibt es eine Spielwiese, eine Art Weichboden im Raum neben dem Xozorrudhu-Bad. Dort balge ich mit den beiden herum und man darf nicht vergessen, die juvenilen Formen der Xozorrudhu sind viel beweglicher als ihre adulten.

Manchmal liege ich einfach nur so da und habe Terra und Luna links und rechts im Arm und döse vor mich hin. Manchmal tue ich so, als würde ich, böser terranischer Fleischfresser, Uhhhahh, sie anknabbern wollen, obwohl ich ja meinen Mund auch nicht annähernd weit genug aufkriegen könnte, um sie zu beißen, aber der Effekt ist klasse. Sie quieken und lachen und rollen herum und ich fange sie, indem ich mich neben sie werfe und furchtbar böse Laute produziere. Fast könnte ich Angst vor mir selber bekommen.
Und wenn ich sie dann beide eingefangen habe, kuscheln wir wieder ein bisschen oder lassen die Schwerkraft abschalten und tollen mit ein paar großen leichten Bällen herum.

Manchmal bestehen sie darauf, ihre Anzüge anzuziehen, auch sie haben natürlich welche, aber ich sage dann, das sei unfair, dann müsse ich auch meinen anziehen dürfen, sonst seien sie mir über.
Ich sei ein Spielverderber, werfen sie mir dann vor.
Kinder!

Ja, ich bin schon verdammt erleichtert, dass letztlich alles geklappt hat. Monatelang hatte ich das Problem gehabt, dass ich mir nicht recht hatte vorstellen können, wie diese Rettungsaktion nun konkret ablaufen sollte. Vor allem sah ich mich nicht in einem Anzug unter dem Meeresspiegel!

Aber zunächst entwarfen Eddy und Darling gleich mehrere Konzepte für Infiltrationsroboter und Darling stellte einige her, die das Aussehen von blauschwarzen unregelmäßigen Steinen in unterschiedlichsten Größen hatten. Sie konnten sich von selbst fortbewegen, sich verformen und sich der Umgebung anpassen. Und das Wichtigste: Sie konnten mit fast beliebigen Materialien verschmelzen und vor allem mit dem Hüllenmaterial, aus dem wahrscheinlich die Station sein würde.

Delta erschien mir, wie wir es verlassen hatten, aber es war definitiv ein Jahr früher. Nichts zu sehen von Merrumeer oder seinen beiden Wachsatelliten.

Die Infiltranten wurden mit Garragants Konstruktion ans Ziel gebracht und dort verteilt, wo Merrumeer später bohren oder sprengen würde. All das tat er allerdings nicht, wie ich noch erfuhr, die Xozorrudhu nutzten lieber ihre Cohesion-Destroyer! Der entstehende Feinstaub stellte auf belebten oder bewohnten Welten natürlich ein Umwelt- und Gesundheitsproblem dar, aber das kümmerte Merrumeer hier wohl kaum.

Danach zogen wir uns zurück und versteckten uns auf dem kleinen Mond des fünften Planeten. Darling schaltete sogar, weil diese am ehesten zu orten waren, die Schwerkraftfelder ab, mit dem Erfolg, dass ich bei einem Achtel Erdschwerkraft fast gekotzt hätte. Also schaltete Darling die Schwerkraft wieder ein und reduzierte sie schrittweise einen ganzen Tag lang. Auf die Weise gewöhnte ich mich problemlos an diese neue Leichtigkeit des Seins.

Wir warteten fast zwei Wochen auf Merrumeers Ankunft und den Beginn der Bautätigkeiten. Ein Asteroid weit draußen, aber in einer stationären Umlaufbahn, überwachte rein optisch Delta und lieferte einen Laserblitz, als es soweit war. Dann wurde es spannend. Die Roboter sollten nur im Misserfolgsfall, wenn kein einziger es innerhalb einer Woche geschafft hatte, sich mit dem Material der Station zu verbinden, ein Funksignal absetzen. Diese Woche wurde mir ganz schön lang. Fast hätte ich wieder begonnen an meinen Fingernägeln zu kauen! Besonders der letzte Tag zog sich in die Länge und ich sprang durch die Gänge wie ein durchgeknalltes Känguru, um mich abzulenken. Oder ich ließ mir im Kontrollraum alte Fernsehserien einspielen, es gab kaum etwas, das Garragant nicht abgespeichert oder Eddy nicht aus dem Netz gesogen hatte. Über Raumschiff Orion konnte ich mich herrlich kaputtlachen, einfach genial, was die damals gedreht hatten.

Nachmittags um drei Uhr war die Frist endlich um, kein Signal! Geschafft!
Mit einem Glas Cognac toastete ich meinen elektronischen Mitstreitern zu: „Ich gratuliere uns! Und du, Eddy, kannst dir ja eine virtuelle Berliner Weiße trinken. Und Darling, was immer du magst."
„Zu gütich, wa! Zuu gütich!", maulte Eddy und Darling lachte und da hatte ich eine Idee.

Drei Tage später war der Mond hinter den Planeten gewandert, konnte von Delta aus nicht mehr beobachtet werden und wir zogen uns aus dem System zurück. Ich hatte nun Gesellschaft: Eddy und Darling hatten eigene humanoide Roboter bekommen! Sie sahen aus wie Werner Enke und Uschi Glas in jungen Jahren.
Eddy trug sein Gehirn in einer Vertiefung in der Brust angedockt mit sich herum. Darling konnte das nicht, da der Schiffscomputer im Schiff integriert war. Beide machten ein paar Schritte, Darling orderte dann einen Sessel, während Eddy wie ein Wahnsinniger auf den Korridoren herumrannte. Als er auf den Händen gehend mal wieder an der Tür zum Kontrollraum vorbeikam, fragte ich ihn, was er da mache.
„Meine Möchlichkeiten ausprobiern, wa!" Und er sprang aus dem Handstand einen halben Salto und stand grinsend vor mir. „Paul, det haste jut jemacht, det war ne töfte Idee von dir!"
„Freut mich, und Darling, wie findest du dich gelungen?"
„Nun", sagte sie geziert, „ich fand mich immer schon ganz gut gelungen und ich kann dem Gehen nicht so viel abgewinnen, ich bin das Fliegen gewohnt."
„Dann bau dir doch die Anti-Schwerkraftgeneratoren ein oder was immer du brauchst. Das müsste doch machbar sein."
„Danke Paul, du bist ein Schatz!" Sie ging, um sich technisch aufzubrezeln, gerade als ihr Sessel von einer kleinen Transportplattform angeliefert wurde.

20

Als wir mit niedrigst möglichem Energieaufwand, aus dem „Windschatten" des Planeten heraus, aus dem System getuckert waren, musste ich entscheiden, was ich nun eigentlich genau machen wollte. Als ich Darling sagte, dass ich mich für diesen „höchsten Berg" interessierte, meinte sie, das sei aber eine Reise von zwei Wochen.
„Naja", sagte ich, „wir haben ja noch elf Monate Zeit." Und ich dachte, dass ich mir die Zeit schon irgendwie ganz gut vertreiben würde.
So „bestellte" ich bei Darling zunächst einmal richtig gute Wohlfühlkleidung. Ich ließ sie die weichsten und angenehmsten Stoffe aus Seide, Leinen und Wolle anfertigen und diskutierte mit ihr Webarten, Materialstärken und Atmungsaktivität, Raglanärmel und Bündchen, Gürtel, Reißverschlüsse, Magnetverschlüsse, Taschen und wie weit die Sachen sein sollten, damit ich mich bequem drin bewegen konnte. Am Ende besaß ich drei Garnituren Freizeitklamotten in der Art

lässiger Segelkleidung, Jeans und Jeanshemden in zehn Farben und vier Paar Schuhe, die so leicht, so elastisch und bequem waren, dass man glauben konnte, man habe gar keine Schuhe an!
Ungefragt lieferte Darling auch Wäsche dazu, inklusive mehrerer Pyjamas. „Das ist nett!", sagte ich zu ihr. „Danke sehr!"
„Gern geschehen!", meinte sie und grinste mich an und nicht zum ersten Mal bedauerte ich, dass sie nicht echt war, sondern ein Roboter.

Mit Eddy lief ich ab und zu ein paar Runden in einem Korridor, der die elliptische Form des Schiffs nachzeichnete und überall gleich bunt aussah, sodass ich nach zwei Runden schon nicht mehr wusste, auf welcher Seite des Schiffs ich war. Das würde ich noch gründlich ändern, nahm ich mir vor. Eine einfache Farbkodierung sollte reichen. In der Nähe des Kontrollraums – und bei meinen „Gemächern" – Rot und ansonsten ringsum die Farben in zarten Pastelltönen aufgereiht analog des Farbkreises.
Das Laufen war anfangs eine Zumutung und ich konnte keine halbe Runde durchhalten, ohne mehrmals zwischendurch ein paar Meter zu gehen. Aber schon beim dritten Mal setzte ein ganz deutlicher Trainingseffekt ein UND ich verlor Gewicht. Das musste das Werk der Nanoboter sein. Nun machte das Laufen plötzlich richtig Sinn und nach zwei Wochen konnte ich locker zwei Runden schaffen und hatte sechs Kilo abgenommen, ohne auf vollständige Mahlzeiten und Cognac, Schokolade, Barolo, Oliven, Salami und Käse nebenbei zu verzichten!

Es ging mir so gut wie lange nicht mehr und ich vertrieb mir die Zeit mit dem Einrichten meines Zimmers, bei dem die Decke zwei Meter höher wanderte und das einen direkten Zugang zum Bad bekam, so dass ich nicht mehr über den Korridor musste. Die Wände erhielten eine Verkleidung, einmal aus nachgemachtem Stein und an den anderen Wänden aus ganz einfacher Fichte. Aus dem abgerundeten Raum war nun ein eckiger geworden. Die Decke bildeten locker auf Bambusstangen gehängte Leinenbahnen, die von oben Licht und Luft durchließen. Für die Möbel aus Walnussholz mit den gefällig abgerundeten Ecken zeichnete ich drei Entwürfe, bis ich zufrieden war. Darling lieferte drei Varianten des Walnussholzes und alle waren mir nicht warm, dunkel und gemasert genug. „Mit noch rotbraunerer Tönung und mehr Maserung ist es ja kein Walnussholz mehr!"
„Das ist mir doch egal, du kannst es aber so herstellen, oder?

Der Boden bekam eine Korkbeschichtung und die Türen: Da ließ ich richtige Holztüren einbauen, die unheimliche Art, wie sich das Wandmaterial verformte, wenn man rein oder raus wollte, ging mir auf die Nerven.

Dann merkte ich, dass mich das gleichmäßig verteilte Licht genauso störte. Ich entwarf einige Steh-, Tisch- und Regallampen und plötzlich hatte ich einen gemütlichen Raum, an dem nur etwas fehlte: ein Fenster!
Darling schlug vor, in die imitierte Steinwand hinten ein Holzfenster einzubauen, das statt der Glasscheibe einen Monitor besaß. Die Aussicht konnte ich mir dann frei aussuchen.

Seitdem schaue ich von einer Anhöhe über das blaue Mittelmeer, erlebe den Wechsel der Tageszeiten und mittags scheint die Sonne tatsächlich auf den Boden meines Zimmers – keine Ahnung, wie das funktioniert.

Als sich dann doch irgendwann, so gut es mir auch ging, wieder Langeweile einstellte, kam ich auf etwas zurück, das ich beim Designen der Möbel und Lampen gemerkt hatte: Es war geradezu spielerisch einfach, mit Darlings Hilfe zu einem Ergebnis zu kommen. Ich skizzierte beispielsweise eine kleine Vase, ein bauchiges Ding mit engem Hals und ausgestülpter Öffnung, nichts Besonderes. Sobald Darling meine Zeichnung auf dem Monitor oder in einer 3-D–Projektion darstellte, konnte ich Verbesserungen vorschlagen. Dicker, oben abflachen, Hals enger, Öffnung kleiner, oberen Rand beschneiden, Materialstärke reduzieren!
Genauso die Gestaltung der Glasur. Da das Teil sowieso nicht im Ofen gebrannt wurde, sondern komplett im Synteezer entstand, hatte ich geradezu unendliche Möglichkeiten und so ließ ich teilweise mehrere Entwürfe gelten und suchte hinterher die besten Ergebnisse aus. Als wir bei dem „Berg" ankamen, besaß ich eine kleine exquisite Sammlung eleganter Vasen, Schalen und Schächtelchen, die sich durch blaue Güsse und Tauchvorgänge – virtuell natürlich – auf korkartigem bis braunem Ton auszeichneten.

Der Berg war dann doch nicht so spektakulär. Einfach weil man die schiere Größe nicht überschauen und einschätzen konnte. Atmosphärische Effekte gab es nicht. Nur auf Tiefebenen und in den Tälern hatte sich so etwas wie eine Atmosphäre gehalten. Der Planet sah aus, als habe er eine Nase. Lustig.

Ich musste nun den Anzug anziehen, denn ich wollte ja auf der höchsten Erhebung des bekannten Universums stehen. Alles schön und gut, aber ich konnte einfach nicht den Anzug sich helmartig über meinem Kopf schließen lassen – sofort fing ich an Zeter und Mordio zu schreien. Gehorsam floss das Material dann wieder zurück, dankenswerterweise.
Auch wenn mehr als genug Luft da war, ich hatte das Gefühl zu ersticken, ich hatte das Gefühl, schlichtweg verrückt zu werden, eingekapselt in diesem flüssigen Metalldings!

Darling hatte eine Idee: „Vertrau mir!", sagte sie. „Mach mal die Augen zu, konzentrier dich aufs Atmen, der Anzug lenkt einen Strom Luft genau auf Nase und Mund."
Tatsächlich kam bei mir ein angenehm kühler Lufthauch an.
„Lass die Augen zu! Bekommst du genug Luft?"
„Ja, sicher."
„Öffne die Augen!"
Ich blinzelte und sah Darling vor mir stehen und grinsen. Dann begriff ich, dass ich sie durch das glasklare Material des Helms sah. Hilfe, ich war eingeschlossen, eingesargt, ich würde hier nie mehr rauskommen! Oh Gott! Ich begann an dem Material herumzukratzen und vor schierem Entsetzen umzukippen, kam aber nicht weit, der Anzug stabilisierte mich, der Helm floss zurück. Doch nun wollte ich ganz aus dem Ding raus, es war, als ob der Anzug mit einer Tonnenlast auf meinem Brustkorb lag, dabei war er genau genommen praktisch nicht spürbar!

Vom Anzug befreit stolperte ich in mein Zimmer, goss mir mit zitternden Händen ein großes Glas Armagnac ein und warf mich aufs Bett.
Paul Jaeger, Held der Raumfahrt.
Wie weit waren wir geflogen, damit ich diesen verhunzten Unglücksplaneten und seinen Berg sehen konnte? Ich wusste es nicht, waren es 40, 50 Lichtjahre? Und dann kann der Captain Kirk für Arme keinen Raumanzug anziehen. Fuck!
Ich trank ein zweites Glas, um mich zu bedudeln und es dann nochmal zu probieren, aber das war nicht nötig.
„Darling, Eddy? Könnt ihr mal zu mir kommen?"
Ich eröffnete ihnen, was ich wollte. Einen richtigen Helm. Einen festen Helm, etwas, das ICH auf- und absetzen konnte, wenn mir danach war.
Sie meinten, das könne man machen und eine Viertelstunde später

hatte ich den Anzug wieder an und stülpte mir vorsichtig eine Art riesiges Goldfischglas über den Kopf. Als es über die Nase glitt, stemmte ich es keuchend wieder hoch.

„Anzug, Luftzufuhr erhöhen!" Ein kleiner Sturmwind blies mir ins Gesicht.

„Luftzufuhr um 30 Prozent drosseln!" Na, das war schon besser und diesmal setzte ich mir den Helm auf, er rückte von selber in die richtige Position, ein grünes Licht blinkte und zeigte, dass der Anzug dicht war. Ich sagte: „Helm abnehmen!", und zog ihn nach oben, er löste sich erst nach zwei Sekunden, aber damit hatte ich gerechnet. „Vielleicht gehts doch", sagte ich zu Eddy und Darling.

„Jaja", sagte Eddy, „vielleicht sollteste ma vasuchen zu fliegen. Dat wirste eventuell da draußen müssen!"

Ich setzte den Helm wieder auf und sagte mir: „Gleich setzt du ihn ja wieder ab, gleich setzt du ihn ja wieder ab!"

„Anzug! Fliegen!"

Es passierte nichts.

Darling erklärte: „Du musst schon genauer definieren, was du willst! Hier drin setzt er so eine unspezifische Anweisung nicht um, draußen wäre er wahrscheinlich senkrecht aufgestiegen."

„Gravitation ausgleichen, 30 Zentimeter aufsteigen!" Ich hing plötzlich schwerelos in der Luft, meine Füße berührten den Boden nicht mehr.

„Dir wird jetzt nicht übel", sagte ich mir. „Nicht jetzt!"

„Luft um fünf Grad kühlen!" Übelkeit konnte ich immer mit kalter Luft bekämpfen.

„Vorwärts fliegen, den Korridor entlang, Rechtsdrehung in den Kontrollraum ..."

„Das ging ja prima", meinte ich hinterher zu Darling und Eddy.

„Dann kannst du ja jetzt deinen Berg besteigen", kommentierte Darling.

„Nee, das mach ich morgen, für heute hab ich genug getan."

21

Die Luftschleuse, die Darling für mich öffnete, lag nur einen Meter von der Bergspitze entfernt. Aber das war ein Meter Leere in 150 Kilometern Höhe!

„Kannst du nicht näher ran?", fragte ich.

„Nein, da unten ist ein weiterer Felsvorsprung", hörte ich sie über das akustische System des Anzugs.

Seufzend ließ ich den Anzug schweben und ... überlegte dann, ob ich es nicht einfach sein lassen sollte. Ich hatte so sehr Höhenangst, dass ich mir nicht mal das berühmte Foto aus der Anfangszeit New Yorks ansehen konnte, auf dem Bauarbeiter ungesichert hoch oben auf einem Stahlträger sitzen und Brotzeit machen. Das Ding hing als Poster in einer der 7. Klassen, ich machte immer einen großen Bogen drum herum.

Irgendwie war es mir dennoch unangenehm, vor Eddy und Darling zu versagen. Es war mir sogar regelrecht peinlich. „Verdammt!", sagte ich mir. „Das sind Roboter. Computer. Programme. Es kann dir doch komplett egal sein, was in deren Blechhirnen vorgeht!"

Aber im Grunde war mir auch klar, dass dies nicht die Blechkameraden waren, wie Klein-Erna sich das vorstellt.

Tief atmend sagte ich: „Einen Meter vor! Bodenkontakt auf der Stufe an der Felsspitze vor uns." Ich war so schlau, nicht runterzuschauen. Dennoch packte mich für zwei Sekunden die bescheuerte Fantasie, dass ich jetzt abstürzen und 150 Kilometer weit den Berg runterpurzeln würde. Dann stand ich schon auf dem Gipfel. Viel Platz war hier nicht, ich konnte meine Füße hinstellen und vor mir gab es noch eine Felszacke, an der ich mich panisch festklammerte.

Als ich den Blick hob und mich umsah, wurde mir sofort schwindelig. Von hier oben war es ein Eindruck, als ob man durch ein Fisheye-Objektiv den Mount Everest runterschaut. Es wirkte alles, außer der nächsten Umgebung, unendlich weit weg. Mir wurde schlecht, mein Blick verschwamm, ich wollte zurück, ließ los, ruderte mit den Armen ...

„Anzug, stabilisieren!", sagte Darling. „Paul, der weiß doch nicht, dass du keine Flugbewegungen machst!"

Der Anzug richtete mich wieder auf und hielt mich fest in der Senkrechten. Ich schloss die Augen.

„Anzug, bitte flieg zurück zur Luftschleuse!"

Als ich die Augen wieder öffnete, sah ich Darling und Eddy in der Schleuse. Sie traten zur Seite. Die Schleuse schloss sich, ich nahm den Helm ab und fragte: „Wie heißt der Berg eigentlich?"

Darling und Eddy sahen sich an, wie komisch, die können elektronisch kommunizieren und blicken sich an?

„Der hat keinen Namen", sagte Eddy.

„Dann muss ich ihn taufen!"

Zuvor aber ließ ich mir eine Ansicht des Bergs von oben, von genau dort, wo ich gestanden hatte, auf dem Kontrollraumboden anzeigen.

Ich stellte mich ungefähr in die Mitte auf die richtige Stelle und sofort setzte so ein Ziehen im Magen ein, die Fingerspitzen taten mir weh und wie so oft bei Vertigo fragte ich mich, warum. Ob wohl das Gehirn den Fall vorausahnt und als Warnung den Schmerz in die Fingerspitzen projiziert, weil die Handfläche oder die Finger das erste sind, was wir zum Abstützten benutzen oder zum Auffangen kleiner Stürze?
Das ist doch nur ein Bild. Ich steh im Kontrollraum. Ich kann nicht fallen.
Tja, genausowenig kann ich mir mal eben so die Phobien abtrainieren, die sich über Jahre festzementiert haben.
Eddy kam hereingeschlendert und fragte, was ich da tue. Ich musste lachen. „Ich versuche mich umzuprogrammieren!" Und ich erklärte ihm, welche Ängste mich andauernd verfolgen.
„Paul, was hältste davon, wenn ick deine Nanoboter so anpasse, detse Panikattacken und Schwindel, Übelkeit, Platzangst möchlichst schnell durch Hormonausschüttungen, z.B. Serotonin, und durch Impulse untadrücken?"
„Nein!", sagte ich sofort. „Verstehst du nicht, das wäre ja nicht ich, das wäre das Robotermaterial in mir! ICH versuche selber damit klarzukommen. Ich hab ja auch nicht immer Höhenangst gehabt. Ich weiß noch, wie mein Vater mir als Kind erklären musste, dass man beim Herrmannsdenkmal besser nicht auf die Brüstung klettert! Angst ist anscheinend etwas Erlerntes! Und du wirst gleich erleben, wie ich den Berg taufe!"
Ich fragte Darling, ob sie mir eine Flasche Dortmunder Union Bier liefern könnte und ob ich das Bier im Anzug trinken konnte. Die leere Flasche aber wollte ich in der Hand tragen.

Es hatte sich nichts verändert, nur dass ich jetzt in die Sonne schaute, die hinter dem Gipfel völlig unspektakulär unterging. Keine Luft. Kein Abendrot. Schwarzer Himmel.
Ich merkte aber, dass der Helm die Sonne dämpfte. Wenn ich wollte, konnte ich direkt hineinschauen, eine intelligente Steuerung dimmte sie herunter, als wenn ich durch eine gerußte Glasscheibe eine Sonnenfinsternis beobachtete. Auch alles andere musste wohl gedämpft sein, überlegte ich. Sonst wäre ich nun schon erblindet.

Diesmal blickte ich nur konzentriert auf den Fleck, auf dem ich stehen würde und dann auf die Felszacke vor mir, auf der ich die Flasche Bier abstellte. Geradezu krampfhaft vermied ich es, mich weiter umzuschauen.

„Ich trinke jetzt dieses Bier, um die Erstbesteigung des höchsten Berges der Welt zu feiern und ihn zu taufen." Das Bier bekam ich durch ein Trinkröhrchen verabreicht, naja. „So taufe ich dich auf den Namen ‚Union'!"

Und ich stellte die Flasche so ab, dass nun sie den höchsten Punkt im bekannten Universum bildet!

Und schnell wieder zurück ins Raumschiff.

22

„Wieso sagst du, wir könnten nicht zur Erde zurück?", fragte Darling.

„Bei aller Langeweile, bitte, Garragant treibt sich doch da irgendwo rum. Ich will auf keinen Fall, dass er das Schiff ortet oder dass wir mit ihm zusammentreffen. Es darf einfach kein Paradoxon geben!"

„Aber ich weiß, wo Garragant sich aufhält", sagte Darling.

„WAS?"

„Ja, nun, er hat doch immer die Landschaft aufgezeichnet, egal, wo er sich aufhielt – oder aufhält? Die Aufzeichnungen sind datiert und deshalb weiß ich, dass er im Moment in der Sahara weilt, morgen wird er nach Tibet fliegen, dann zum Grand Canyon, in die Anden, in den Regenwald Brasiliens, zur Antarktis runter – mit den Pinguinen auf dem Eis rumschliddern – und wieder in die Provence, in die Pyrenäen und nach Sibirien. Danach triffst du ihn in Alaska! Such dir andere Ziele und du bist im sicheren Bereich!"

„Nee, nee, ich hab zu viele SF-Romane gelesen, in denen der dumme Zufall – das Schicksal, wenn du so willst – eine Katastrophe herbeiführt, gerade WEIL man alles tut, um sie zu vermeiden. Lass mal gut sein!"

„Paule", meldete sich Eddy zu Wort, „du hast doch mal jesacht, du bist immer jerne Rad jefahren. Ich würde da jerne mal etwas mit dir ausprobiern. Darf ich dir mit Darlings Hilfe det parfekte Mountainbike vaschaffen?"

„Ja, nur zu, da bin ich echt gespannt!"

„Det parfekte Mountainbike" war ein irres Teil, ein Drittel länger als ein normales Bike, 26er Reifen mit einer Breite von 20 Zentimetern, also dicker als bei vielen Motorrädern, einer Art Motorradsattel und Federung! Leute, es ging gar nicht in die Knie, wenn ich aufsaß! Aber es konnte Bodenwellen von einem halben Meter Tiefe ausgleichen, obwohl die Geometrie das gar nicht hergeben durfte!

Es wirkte im Prinzip wie ein klassisches Fahrrad, nur sah man nicht, wie die Kraft übertragen wurde. Eine Kette oder ein Kettenrad gab es nicht. Vielleicht wars ein Kardanantrieb, nun gut, das hatte die Firma Fendt auch schon vor Jahrzehnten gebaut. Aber hier schien auch ein automatisches Getriebe zu walten! Ich brauchte nicht zu schalten! Der Bremsgriff war auch nicht mit irgendwelchen Felgenbremsen verbunden. Steckte das alles in den schmalbrüstigen Naben?

Dann wurde mir erklärt, eigentlich sei es ein Motorrad, das locker 240 Sachen machte, aber der Gasgriff war nicht montiert, um mich zu bewegen, dem Anzug mehr abzuverlangen.

Junge, Junge! Wie ich es hasse, wenn man mir als Lehrer auf so eine pädagogische Tour kommt.

Um das Ding zu fahren, musste man eigentlich nur den Bremsgriff links kennen, der auf beide Räder wirkte und ein Blockieren der Räder verhinderte, ohne das typische Stottern solcher Systeme. In der Mitte ein kleiner Hebel, der den Lenker hochfuhr, kombiniert mit einem Drehgriff, der die Federung stufenlos außer Betrieb setzen konnte. Da das Bike nur 15 Kilo wog, konnte man es mit dem Anzug auch fliegenderweise mit in die Luft nehmen. Und Eddy stellte sich vor, dass ich das ausprobieren würde, spielerischerweise. Jaja!

Gut, tatsächlich raste ich in den Gängen damit herum und schaffte es wirklich, auch in den Kurven die Wand hochzufahren wie ein richtiger Steilwandfahrer.

„Meinst du nicht, dass das da draußen mehr Spaß machen würde?“, fragte Eddy.

Ich sah ihn nur schief an.

„Darling, bitte!“, sagte Eddy.

Darling projizierte ein welliges Felsplateau mit ein paar Rissen, Schotterhalden und großen Felsblöcken. Das Ganze im Sonnenuntergang.

„Ach so, das ist innerhalb des Atmosphärenbereichs? Und die blaue Linie soll meine Route sein?“

„Isser nich n schlauet Kerlchen“, lobte Eddy.

Das schlaue Kerlchen rollte nur wenig später im Anzug mit Helm – die Atmosphäre war zu dünn und sauerstoffarm – die leicht schiefe Ebene hinunter. Eine breite blaue Spur Sprayfarbe, von einem Flugroboter eben noch aufgesprüht, zeigte mir, wo es lang ging.

Die Sonne stand als rote Scheibe eben über dem bergigen Horizont, der Fels schimmerte schwarz, violett, rosa und die Art und Weise, wie das Bike gutmütig kleinere Stufen und größere Wellen schluckte, war, äh, unirdisch!

In den abgeschatteten Bodenwellen konnte ich kaum etwas erkennen, doch das Bike bügelte sowieso über alle Riefen, Steine, kleinere Risse hinweg. Man saß wie auf einer Sänfte.
Die Ebene neigte sich weiter, ich wurde schneller und erreichte etwa 40 km/h. Da fehlte ja ein Tacho! Hinterher meinte Darling, ich hätte mir die Geschwindigkeit im Helm einspiegeln lassen können. Hätt ich da nicht selber draufkommen können?

Ich zog das Vorderrad hoch, um über einen größeren Stein zu springen, juchhu, kam neben der blauen Linie wieder auf und musste in die Kurve gehen. Aber nun fuhr ich auf Schotter, das Rad rutschte weg und ich erlebte, was der Anzug tat, wenn er eine Notsituation erkannte. Der Helm wurde dunkel, ich war schwerelos und ein paar Sekunden lang konnte ich mich nicht bewegen. Ich blieb in der Radfahrposition gefangen. Als der Helm wieder klar wurde, lag ich vor einem garagengroßen Felsblock auf der Seite auf dem Boden, was mich total irritierte.
„Alles in Ordnung, Paul?", fragte Darling.
„Mensch!", nölte Eddy. „Warum soll nich allet in Ordnung sein?"
„Super, super", murmelte ich, „ist schon gut, Kinder!"
Das war also die Schutzfunktion des Anzugs: Jeglicher Aufprall, jegliche kritische kinetische Energie wurde absorbiert, wie immer das auch möglich war. Nach meinem Dafürhalten sollte das nicht gehen. Hob das Ding womöglich die Trägheit auf? Das war der Moment, als ich so richtig begriff, wie weit diese Technologie von der menschlichen entfernt war, und ich bekam eine Gänsehaut. Hier saß ich auf meinem Hintern auf einem entfernten Planeten und spielte mit den Produkten einer Jahrmillionen alten Kultur! Das war verrückt, war absolutely mindfucking.
„Wahnsinn, Wahnsinn, Wahnsinn", sagte ich und richtete mich auf, der Anzug unterstützte mich freundlich und ich begann ihn ganz langsam als etwas Positives zu sehen und nicht als lästiges Anhängsel. Bei dem Sicherheitsbedürfnis, das ich entwickelt hatte, würde ich ihn vielleicht gar nicht mehr ausziehen?
„Wo ist denn das Bike?"

„Hinter dem Felsen in eine Spalte gestürzt", meldete Darling. „Ein Flug-roboter holt es dir gerade wieder."
Genauso wars, ein fliegender Medizinball kurvte heran mit dem Rad am Haken. Griffbereit stellte er es vor mich hin und ich stieg auf.
„Klasse Service!" Und weiter.
Die Route endete in einer Senke vor einer Geröllhalde, die sich zu einem mittleren Berg aufzutürmen schien. Ich drehte und fuhr mit An-zugunterstützung zurück.
Die Sonne war nun untergegangen und ich sauste zur Luftschleuse hinauf, die hier 20 Meter hoch lag, da das Raumschiff selber auf ei-nem höheren Plateau aufgesetzt hatte.
„Hört mal!", sagte ich zu Eddy und Darling. „Das war klasse! Wenn ihr wieder solche Ideen habt, macht einfach, da braucht ihr mich nicht erst zu fragen. Tolles Bike!"
Die beiden grinsten, blickten sich an und grinsten noch breiter.

23

Das Grinsen verstand ich am nächsten Morgen, als das Schiff neben dem Gipfel von Union lag und sie mir etwas zeigen wollten. Im Kon-trollraum sah ich, was sie angestellt hatten.
Es war irre!
Der Gipfel selber hatte sich nicht verändert.
Aber 50 Meter darunter war eine Plattform in den Fels gefräst worden, groß genug, um ein paar Autos Platz zu bieten.
Von dort verlief eine vier Meter breite Straße um den Gipfel herum, um dann in Serpentinen, weiten Bögen, Steilstrecken und selten mal durch Tunnel kilometerweit hinabzuführen.
Eine Tour de France Strecke der besonderen Art.
„Wow! Wie habt ihr das denn gemacht?"
Sie zeigten mir den schildkrötenartigen Roboter, der 40 Zentimeter über dem Boden schwebte und vorne an einem Gestänge ein vier Meter breites Maul trug. Er arbeitete sich immer noch weiter voran, den Fels vor sich auflösend und in einem gigantischen Bogen weg-pustend, der viele Kilometer tiefer auf die Atmosphäre traf und sich zu einer Riesenwolke ausbreitete.
„Willst du es ausprobieren?"
Und ob ich wollte!

Vom Anzug ließ ich mich mit dem Rad unter dem Hintern zur Plattform tragen. Ich strampelte los und zockelte einmal um den Gipfel, dann kam das erste ernstzunehmende Gefälle, wo ich schon bremste. Die Straße schien plötzlich nicht mehr breit genug, der 150 Kilometer-Abgrund wartete nur auf mich.

Der Roboter hatte die Straße so „gefräst", dass am Rand, zum Abgrund hin ein Felsgrat entstanden war, der meist 20 Zentimeter, aber auch mal 50 Zentimeter Höhe erreichte. Das mochte besser sein als gar nichts, erzeugte aber auch so gar kein Sicherheitsgefühl in mir. Das Bike schaffte diesen Grat mühelos, ohne dass ich's überhaupt merken würde und schon purzelte ich kilometertief hinunter, vom Anzug „eingefroren" – und wer sagte mir, dass der wirklich JEDEN Schlag ausgleichen konnte?!

Minutenlang zockelte ich im Picknickfahrttempo über langgestreckte Wellen und durch unregelmäßiges Kurvengeschlängel vor mich hin, bis ich die Idee hatte, den Anzug zu instruieren: „Bei einem Fall sofort in den Flugmodus gehen!" Es blinkte grün. Und nun wurde ich etwas mutiger. Ich flitschte durch einen Tunnel und vor mir lagen ein paar großzügige Kurven, die ich mit etwa 50 nahm.

Nach meiner Uhr war es eigentlich Morgen, hier aber ging schon wieder die Sonne unter. In einer Kurve hielt ich an. Der gekrümmte Horizont dieses zusammengedroschenen Planeten wirkte etwas angefressen und die Erhebungen glänzten hell in der Sonne, während viele Täler schon wieder im pechschwarzen Schatten lagen. Unregelmäßige Flächen, so groß wie deutsche Bundesländer, staffelten sich auf verschiedenen Niveaus in die Ferne, abstrakte Muster bildend.

An den tieferen Stellen gab es Luft, Wolken, Wasser. Ich schaute auf Wolkendunst in Sonnenuntergangsfarben und blauviolette Wasserflecken hinunter. Das ganze wirkte wie ein künstlerisch gestalteter Globus aus Weißgold mit wenigen Jet- und Lapislazuli-Einlagen.
Wer hatte das je gesehen? Kein Mensch auf jeden Fall. Sicher einige Angehörige der raumfahrenden Rassen.

Und fand ich das jetzt wirklich schön?

Nein, sehenswert.

Ansonsten war es eher ein Beispiel für die Brutalität und Willkür des Kosmos. War halt nicht die Erde. Ich fuhr weiter.

Nach einem Gefälle kamen überhöhte Kurven. Ich gewöhnte mir an, statt zu bremsen, tatsächlich auf der Wand entlangzufahren. Eine kleine Schussfahrt und ich rollte auf ein Plateau hinaus, wo die Straße aufhörte und Unmengen Felsblöcke zu wildem Herumkurven zwangen. Eine blaue Linie zeigte wieder die mögliche Route.

Wellen, Risse, Rampen – plötzlich flog ich ein paar Meter weit und blieb in der Luft hängen. Ich trieb weiter geradeaus, dann setzte das Hinterrad wieder auf. Den Lenker hielt ich noch in der Hand.
„Danke!", sagte ich. „Langsam absenken!" Weiter, wieder in einen Tunnel und danach eine lange, fast gerade Strecke, die immer steiler hinabführte und nur ganz sachte Schlenker nach rechts oder links machte. Ich hatte laut Helmanzeige 100 km/h drauf und immer noch das Gefühl, ich könnte problemlos schneller fahren. Vor mir verschwand die Straße, ich kriegte einen Schweißausbruch, bremste heftig, aber zu spät und das Bike kippte vornüber und wollte mit mir eine Gefällestrecke hinunterrollen, steiler als ein Nordseedeich. Ich bremste immer noch, das Rad kam zum Stillstand und ich fiel um und wusste, jetzt würde ich zweihundert Meter diese „Straße", diese glatte Felsfläche hinunterrutschen – der Anzug aber reagierte wieder und ich hing in komischer Schräglage in der Luft, schwebte langsam weiter und driftete an den Straßenrand.
„Gut gemacht, Anzug! Aufrichten! Und jetzt fliegen wir die Straße hinunter bis zur Kurve!"
Da unten lag ein paar Meter hinter der Kurve mein Bike. Von hier aus konnte ich an der Vorderseite der „Nase" hinunterblicken und einige Serpentinen weiter unten fraß der Roboter sich immer noch tapfer weiter durch das Gestein, seinen grauweißen Staubstrahl auswerfend.

Ich sah den Berg hinauf und oben hing das elliptisch geformte Raumschiff über dem Gipfel wie ein gigantischer Zeppelin. Hm.
„Anzug! Zwanzig km/h vorwärts!"
Zupp, brachte der Anzug das Rad und mich auf die gewünschte Geschwindigkeit und ich fuhr mühelos bergauf. Nach zwei Minuten allerdings befahl ich: „Fliegen! Auf direkter Linie zur oberen Plattform!"
Ich musste ja nicht nach unten gucken!

Das Licht reichte für eine weitere, diesmal viel schnellere Fahrt. Aber ich dachte nicht daran, dem Anzug an der Rampe neue Instruktionen zu geben und wieder hing ich in der Luft. Die steile Strecke, auf der ich mich vorhin langgelegt hatte, schaffte ich mit leicht gezogener Bremse ganz gut und ich beschleunigte auf 150 km/h! Das Licht schwand, aus dem Weißgoldglobus wurde ein dunkelbronzener und ich flog zum Schiff hinauf.

Eddy meinte, ich könne am Nachmittag wieder fahren, dann sei hier Sonnenaufgang. Und: „Pass uff, der nächste Tunnel, den der Robota anlecht, valäuft als Looping!"

„Erzähl noch´n Witz!"

„Det is keen Witz, du muss mit 80 in den Tunnel reinfahrn, dann kommste problemlos durch!"

Ha, „problemlos durch"! Ich wurde dabei ohnmächtig!

Wach wurde ich wieder, weil der Anzug mir Sauerstoff ins Gesicht blies und meine Beine und Arme walkte, um Blut ins Gehirn zurück-zupumpen. Mir tat nichts weh, aber mein Stolz war verletzt. Wie viele Jugendliche machten auf den Halfpipes ihre Stunts und Saltos und wurden nicht ohnmächtig.

Immerhin hatte ich anscheinend den Scheitelpunkt des Loopings überquert, also rappelte ich mich auf, ging die paar Meter zum Tun-nelausgang zu Fuß und flog zum Schiff zurück. Das Bike konnte ein Roboter holen.

Darling konstatierte, es gehe mir zwar gesundheitlich viel besser als noch vor ein paar Wochen, aber ich müsse noch viel mehr für meine Kondition und meinen Kreislauf tun. Vielleicht könnte ich die Strecke ja mal ohne Anzughilfe rauffahren.

Und ich Idiot hatte gedacht, die beiden Blechhirne hätten mir eine Freude machen wollen. Pustekuchen, die wollten meine Gesundheit fördern. Blöde AOK-Roboter!

Ich meine, sie hatten ja recht, ich wog immer noch 115 Kilo und war kurzatmig. Seit ich das Bike hatte, joggte ich auch nicht mehr in den Gängen. Es war sicher richtig, dass ich nun das Downhill genoss und dann soweit wieder hochfuhr, wie ich es eben schaffte. Trotz der Kühlanstrengungen des Anzugs stieg ich hinterher jedesmal nassgeschwitzt unter die Dusche und freute mich auf ein herzhaftes Essen und ein kaltes Bier.

Als ich nach sechs Tagen davon genug hatte, wollte ich abfliegen, obwohl ich jeden Tag neue Strecken ausprobieren konnte. Darling wollte ganz nebenbei noch den Roboter einsammeln, aber ich war dagegen: „Lass ihn doch weitermachen, lass ihn doch den ganzen Planeten mit solchen Trassen überziehen, das kostet uns doch nichts?"
„Nein, natürlich kostet das nichts. Aber wozu soll ..."
„Das kann ich dir auch nicht erklären! Wozu? Das war halt mein erster Impuls, mein erster Gedanke dazu. Stell dir mal vor, ein ganzer, ein kompletter Planet, überzogen mit einem dichten Netz vier Meter breiter Straßen, die man sogar benutzen kann! Äh, wenn man ein Raumschiff hat, um herzukommen. Hier gibt es keine Tiere, keine Pflanzen, die Sonne ist schon alt, hier entwickelt sich auch nichts mehr, es wird also nichts zerstört dadurch. Also warum sollte man so ein Konzept nicht umsetzen?"
Darling zuckte die Schultern, scannte den ganzen Planeten und programmierte eine komplexe Trassenführung. Außerdem baute sie aus zwei Transportern eine Art Staubsauger, der den Staub soweit er ihn finden und aufnehmen konnte, mittels Gravitationsfeldern ins All pustete.
„Ah", sagte ich, „verstehe, der Staub würde bei diesen Mengen zum Problem werden! Was nützen die vielen Kilometer Straße, wenn sie unter Staub begraben liegen!" Und ich bewunderte auf dem Monitor die Wolke, die der Planet, sonnenabgewandt nach nur einer Betriebsstunde schon hinter sich herzog.
Darling nickte. „Die vielen Kilometer. Apropos! Hast du mal nachgedacht, wie viele es am Ende sein werden, wenn der Roboter fertig ist?"
„Phuu, keine Ahnung! Hunderttausend?"
„Zwei Millionen Kilometer Straße."
„Zwei Millionen ...?"
„Da musst du aber lange leben, um bei der Fertigstellung dabeizusein!"

24

Wüstenplanet, Eismond und Ein-Kontinent-Planet standen noch zur Auswahl.

Also surfte ich ein paar Tage lang mit einem Sand-Schlitten und einem

Lenkdrachen im kräftigen Wind über gewaltige orangene Dünen, über
mir ein grüner Himmel wegen der kleinen chlorophyllhaltigen Flug-
pflanzen in höheren Schichten der Atmosphäre. Sämtliches verfügba-
res H_2O lag hier wohl als Wasserdampf in der Luft vor.
Mit einem Surfbrett glitt ich die steilsten, größten Dünen hinab, die
Darling aus der Luft hatte finden können. Ich wurde von einem Flug-
roboter begleitet, den ich nicht bemerkte, aber Darling überraschte
mich nach zwei Tagen mit spektakulären Bildern davon, wie ich mit
hunderte Meter langen Sandfahnen hinter mir durch die Wüste schoss
oder elegant Dünen hinabwedelte. Die Stellen, bei denen der Drachen
mich anfangs brutal durch die Luft gewirbelt hatte oder wo ich eine
komplette Düne hinabpurzele, fehlten zum Glück. So wirkte das Ganze wie ein Werbefilm für den Wüstenplaneten.

Zum Schluss segelte ich mit einer Sandjacht, einem bootsartigen
Gebilde mit 16 dicken Reifen und umfangreicher Takelage, genauge-
nommen einem Schoner, soweit hinaus, wie es ging, ohne stecken-
zubleiben oder umzufallen. Das waren auch schon mal 80 Kilometer Luftlinie. Eddy übernahm die Bedienung der Segel, die mich total
überfordert und ohne Fernsteuerung dutzende Leute benötigt hätte.

Manchmal verschwand der grüne Himmel und ich war in einer zeitlo-
sen orangenen Hölle gefangen. Manchmal konnte man kilometerweit
sehen und ich geriet ganz aus dem Häuschen, als ich die „Ruinen"
fand, seltsame Wände und gitterförmige Strukturen, so wie Stahlbe-
tonrohbauten bei uns. Eddy erklärte mir aber, das seien natürliche
Felsformationen, durch den ewigen Wind gesandstrahlt.
Alles, was nicht Sand war, fiel hier auf. So fand ich ein paar drei Meter
hohe Gewächse, die man als Korkenzieherkakteen bezeichnen konnte. Blaugrauen Spiralfedern ähnlich ragten sie auf und bewegten sich
leicht im Wind. Am letzten Tag sah ich in der Ferne eine Straßenlater-
ne. Ich lenkte die Jacht durch ein paar Dünentäler und als ich wieder
nach der „Laterne" Ausschau hielt, sah ich gerade noch, wie sich das
Ding in den Boden zurückzog. War es Teil einer Pflanze gewesen oder
Hals und Kopf eines Tieres wie ein Brontosaurus? Und wie konnte hier
etwas ohne Wasser überleben? Eddy zuckte auch nur die Schultern.
Er vermutete, dass es tief unter dem Sand Wasservorkommen gab.

Als ich orangene Dünen mit grünen Schatten nicht mehr sehen konnte, gings weiter zum Eismond im selben System. Halb so groß wie die

Erde umkreiste er einen Riesenplaneten weit draußen. Man konnte
Ski fahren – auf Methanschnee.
„Methanschnee?"
„Ja, der Mond umkreist den Planten fast senkrecht zu dessen Sonnen-
umlaufbahn. Merkwürdiges System ist das hier! Auf einer Schicht von
gefrorenem Eis fällt immer wieder an einigen Stellen Methanschnee,
da der Mond sehr langsam rotiert und der Sonne nicht immer die glei-
che Seite zeigt. Es kommt zu Verdunstungs- und Verteilungseffekten
und dann zum Ausflocken in den Terminatorzonen oder dahinter."
„Toll, was mich interessiert, gefrorenes Methan ist kalt! Und da soll ich
Ski fahren?"
„Du bist auch im Vakuum Rad gefahren! Du hast natürlich deinen An-
zug an!"
„Dass ich da nicht drauf gekommen bin!" Ich wollte lieber zur Erde.
Der Weltraum begann zu nerven.
Aber: „Ich fand als Kind Ski fahren geil. Gut, machen wird das!" Meine
Erfahrungen erstreckten sich allerdings strikt aufs Sauerland, da mein
Vater uns da immer im Winter hingekarrt hatte.

Hier musste ich etwas umdenken. Die Sonne war vom Eismond aus
nur ein greller Fleck im Zenit, der hellste Stern am Himmel. Der Planet
gegenüber aber wirkte wie ein apfelgroßer schimmernder Opal mit
grünen, violetten, weißen Schlieren, die sich sichtbar bewegten. Da
mussten merkwürdige Chemikalien von gewaltigen Stürmen herum-
geschleudert werden.

Nach all dem Sandboarding waren meine Reflexe fürs Skifahren
längst reaktiviert worden und hier herrschte nur ein Achtel Erdanzie-
hung. Das machte tierisch Laune und der Anzug musste kein einziges
Mal eingreifen. Einerseits dauerte es, bis man bei Gletscherabfahrten
schneller wurde und es war nötig, aktiv die Stöcke einzusetzen. Über
einen kleinen Huckel zu fahren ergab dann aber schon Sprünge von
mindestens 10 Metern Weite. Auch hier schlugen ab und an meine
beknackten Phobien zu: Ich war ziemlich schnell und sah eine Bo-
denwelle nicht früh genug, so dass ich fünfzig Meter weit schwebte.
Und das dauerte! Anscheinend flog ich drei Meter über Grund genau
auf den riesigen Planeten vor mir zu und plötzlich war mir klar, dass
ich Fluchtgeschwindigkeit erreicht hatte und nun auf den Planeten
hinunterstürzen würde. Beinahe hätte ich in den Anzug gekotzt! Du
kannst nicht Fluchtgeschwindigkeit haben, sagte ich mir und kniff die

Augen zu. Und selbst wenn! Du hast doch den Anzug! Aber wenn der
versagt? Ich ließ die Augen geschlossen und dachte an die Möglichkeiten, die ich bildhauerisch mit Darling hatte. Ich müsste doch mit
Lasern arbeiten können oder mit diesem Feld, das die Bindekräfte
aufhob. Bot das nicht Raum für gigantische Projekte? Ich zwang mich,
die Augen zuzulassen, es waren erst Sekunden vergangen, komm,
denk nach!
Von ersten Ideen, aus Asteroiden offene geometrische Objekte herzustellen, so wie Escher sie gezeichnet hatte, kam ich auf die Idee,
ein Möbiusband als Radrennbahn im All zu verwirklichen. Nur würde
wohl die Anziehungskraft des Bandes nicht reichen! Aber mit Xozorrudhu-Technik vielleicht? So, ich wagte es, die Augen zu öffnen und
der Boden war mir wieder näher gekommen, ohne dass ich geflohen
war, ohne dass ich den Anzug benutzt hatte, um das Problem flug-
technisch zu lösen.

Es gab hier nur zwei Gletscher, die sich für Wintersport eigneten, dann
hatte sich der Mond soweit gedreht, dass das Methan verdunstete und
sich woanders niederschlug, wo man nur Langlauf hätte machen können oder gleich zum Klettern hätte übergehen müssen. Also weiter!

Ein-Kontinent lag in einem anderen System und hätte auch Ein-Ozean
heißen können, denn die Wasserfläche war neunmal größer als die
Landmasse. Letztere bildete eine Form etwa wie eine auf dem Kopf
stehende Katze und die Passatwinde trieben unermüdlich gigantische
Wellen um den Planeten herum, die geduldig versuchten den Kontinent
zu zerbröseln, sie waren dabei ganz erfolgreich und in 600.000 Jahren
würde das Land weg sein und eine Namensänderung angebracht.

Misstrauisch registrierte ich die schwarzen Strände, die rötliche kraft-
lose Sonne und dann die gewaltigen Brecher, die bei 3/5 Erdschwerkraft scheinbar langsam hereinkamen und immer größer wurden und
noch größer, um einen zu verschlingen wie ein Tsunami.

Eine 60-Meter-Welle ist kein Spielzeug. Sie ragt über einem auf wie
der Mount Everest und ich sagte zu Eddy und Darling: „Öhöh, neenee,
wenn solche Dinger über mich drüber rollen, da kann ich ja gleich 100
Meter tief tauchen gehen! Ich unter Wasser? Nein danke!"
„Der Salzgehalt ist höher als in den Ozeanen der Erde, das Wasser
trägt gut", meinte Darling.
„Und die Strandwale halten wir mit Robotsonden in Schach. Obwohl

das auch dein Anzug mit Elektroschocks oder Laser auch alleine könnte", fügte Eddy hinzu.

„Wissen die Strandwale das auch?", fragte ich. Im erstaunlich klaren Wasser der Wellenberge konnte man hinter Spiegelungen des Himmels riesige Schatten erahnen, die tatsächlich so groß wie Pottwale waren, aber sie hatten eine dreieckige Form, ein dreiseitiges Maul, das zum Schreddern der Opfer diente UND sie waren gar nicht wählerisch, dahingehend, was sie schredderten. We shredder wholesale ...

Als ich zuschaute, wollte gerade eine Herde Röhrentiere an Land gehen, unter der Wasseroberfläche herrschte anscheinend ein prächtiges Gemetzel. Das sonst kobaltblaue Wasser bekam eine grüne Note, weil das Blut der Tiere hier grün war. Die überlebenden tollpatschigen Röhrentiere kämpften sich aus dem Wasser frei und kamen zu uns den Strand herauf.

Sie sahen aus wie regelmäßig abgeschnittene Stücke PVC-Abflussrohr, ein Meter lang, 20 Zentimeter dick. Und sie gingen, indem sie wie diese Kinderspielzeuge, diese Metallspiralen, ein Ende auf den Boden setzten und den Körper verbogen, bis das andere Ende den Boden berührte, so flickflackten sie munter vor sich hin, was unglaublich komisch aussah – bis hinter ihnen ein Strandwal aus dem Wasser schoss, um das Gemetzel an Land fortzusetzen. Die Viecher wurden anscheinend nicht von ihrem Gewicht zusammengedrückt wie unsere Wale, sie robbten wie gewaltige Seelöwen und waren erstaunlich schnell.

Die Röhrentiere kamen auf uns zu, der Strandwal mit seinem hässlichen Mördermaul auch. Er war nur noch 50 Meter entfernt.
Ich hob die Hand, zeigte auf den Strandwal und sagte: „Anzug, den Strandwal töten, Laser, volle Kraft!"
Aus meinem Zeigerfinger beziehungsweise dem dicken „Handschuh" aus Anzugmaterial reichte ein bleistiftdicker Laserstrahl zu dem Wal hinaus, der in Sekundenschnelle in zwei Hälften zerschnitten wurde. Grünes Blut spritzte tonnenweise herum, die Reste des Tieres zuckten und mir wurde übel.
„Anzug, kalte Luft und zwei Schluck Ouzo in das Trinkröhrchen! Danke!" Das half etwas. Tja, mittlerweile hatte ich mich schon ganz gut in meinem Anzug eingerichtet.
„Warum haste det jetan?", fragte Eddy. „Wir hätt'n einfach mitte Plattform aufsteign könn'. Un dat Ding kann dir doch nischt im Anzug."
„Weil er Mitleid mit den Röhrentieren hat", sagte Darling.

„Hm", machte Eddy und sah mich an.

„Ja, guck nicht so, ich kann das nicht ertragen, wenn ein Tier vor meinen Augen ein anderes frisst!"

„Du mapfst doch ooch Viechers! Hühner, Schweine, Enten, Kanin- ..."

„Jajaja!", brüllte ich. „Ich bin eben schizophren. Ich bin verrückt. Da musst du mich nicht erst drauf hinweisen! Außerdem find ich diese Monster so ekelig!"

Nun kamen auch noch, das hätte ich ahnen müssen, weitere Strandwale, die das Blut gerochen hatten und natürlich kannten sie keine Pietät oder irgendwelche Hemmungen gegenüber ihrem dahingeschiedenen Artgenossen.

„Komm!", sagte Darling. „Wir lassen es für heute gut sein."

Ich nickte. „Hey Leute, tut mir leid, dass ich so laut geworden bin. Es war natürlich Blödsinn, das Tier zu erschießen. Alles OK?"

„Natürlich", sagte Darling.

„Eddy?"

„Ja sicher", meinte er.

„Ihr macht das toll! Die letzten Wochen ... also, das kann man ja nicht in Worte fassen. Irre! Also, was ich sagen wollte, danke!"

„Paul", sagte Darling und hakte sich bei mir unter, während die Plattform zur Luftschleuse hinaufschwebte. „Das macht uns auch Spaß!. Ich weiß jetzt erst, wie langweilig die letzten fünfhundert Jahre waren. Wir sind dir einfach dankbar. Ich dachte ja erst, was ich denn mit einem zweiten kleinen Körper soll, aber ich muss sagen, das hat was. Eddy ist zu cool, sonst würde er vielleicht auch was sagen."

„Wat soll icke schon saachen", brummte Eddy. „Allet knorke, wa?"

Es war schon nach 8 Uhr abends, wir hatten den Standort auf die andere Seite des Kontinents gewechselt und ich hatte mir die Zeit mit alten Folgen von Schirm, Charme und Melone und zwei Guinness vertrieben, da klopfte Darling an die Tür und fragte, ob sie mir etwas zeigen könne.

„Aber immer!"

Und was sie mir zeigte, war atemberaubend: Das Wasser in der Lagune strahlte hellblau, als sei es aus flüssigem Licht. Berge von Licht wanderten in Form von Sechs-Meter-Wellen auf den Strand zu, erhoben sich über einem, um dann in leuchtend weißem Schaum zu vergehen.

Hier waren die Wellen nur halb so hoch wie auf der anderen Seite und durch den engen Einlass der Lagune wurden sie nochmal gedämpft und was ich nun hier sah, gefiel mir wirklich gut. Ringsum hatten sie

Scheinwerfer in den Himmel gerichtet und das Ganze wirkte wie ein Lichtdom.

„Darling, das ist ja regelrecht entzückend." Und Darling erklärte mir, dass sie sämtliche Tiere größer als 20 Zentimeter aus der Lagune befördert und dann den Laguneneingang mit einem Netz verschlossen hatten. Dort war auch unter Wasser eine extrem helle Kunstsonne installiert, die durch ihre Helligkeit und ihre Wärmeerzeugung die Wasserbewohner abschreckte. Die Leistung reichte aus, um die komplette Lagune und einen riesigen halbkreisförmigen Bereich vor der Küste in ein gewaltiges irreales Lichtabenteuer zu verwandeln.

Auf dem Monitor sah es schon klasse aus. Als ich im Anzug davor stand, musste ich einfach ins Wasser waten, mit den – leider behandschuhten – Händen durch die Wellen fahren, Eddy und Darling nassspritzen. Sie lachten.

Ich kann es nicht beschreiben, die zurückweichenden Wassermassen, nachdem eine Welle am Strand aufgelaufen war, zogen mich weiter hinein. Der Boden war immer noch schwarz, aber kleine rautenförmige Fischchen, in Regenbogenfarben schillernd, versuchten sich im Schatten hinter größeren Felsbrocken zu verstecken. Wasserpflanzen(?) schimmerten in metallischen Grün-, Türkis-, Stahlblau- und Violett-Tönen. Sie ähnelten mit ihrer Röhrenform und den Löchern Blockflöten, nur, dass sie halt beweglich waren und in der Strömung hin- und herwogten.

Jetzt wanderten die Wellen schon über meinen Kopf, der Anzug glich den Ansturm des Wasser aus, der mich sicher umgeworfen hätte, und ich stand komplett im Lichtermeer, vor mir ein ganzes Feld mit Pflanzen, die wie alte Fernsehantennen aussahen, mit Lametta behängt und mit Leuchtorange angesprüht.

Die Wellen bildeten nun ein bewegtes quecksilbriges Dach über mir. Diese Umkehrung und das Licht erzeugten das Gefühl, ich würde in einem Edelstein, in einem Aquamarin schwimmen. Das hatte etwas zutiefst Geheimnisvolles, Surrealistisches.

Bizarre schwarze Felsen mit halbdurchsichtigen roten Federboas geschmückt, die im Licht wie Rubine leuchteten, ein paar komische elchgeweihähnliche „Korallen" in Knallgelb. Ein Fisch, der sich unter den Schaufeln versteckte, sah aus wie eine Kindertrompete. Das Tier bewegte sich mittels Wasserrückstoß.

Ich watete an Land, nahm von Eddy das Surfboard entgegen.
„Leute, könnt ihr auch Gedanken lesen?"
„Wie kommste denn dadrauf?"
„Erklär ich später." Es erinnerte mich an die Besuche des Hallenbades, wohin mich mein Vater abends mitnahm, wenn er von der Arbeit kam. Sobald es in der kälteren Jahreszeit draußen dunkel wurde, schaltete man die Deckenleuchten aus und die Beckenscheinwerfer unter Wasser an! Der Eindruck war für mich überwältigend, das langweilig-hässliche Bad hatte sich in etwas Märchenhaftes, Verzaubertes verwandelt und ich war immer ziemlich enttäuscht, wenn wir gehen mussten. Wenn das harte, unbarmherzige Deckenlicht wieder eingeschaltet wurde, schloss das Bad nämlich.

Das Surfen auf Dünen war mir leichter gefallen, aber ich hab immer schon einen ziemlich guten Gleichgewichtssinn gehabt und ich konnte mir vom Anzug auf das Board helfen lassen. Das war schon mal ein Plus. Außerdem konnten die Sohlen des Anzugs auf Befehl andocken!

Nach einem Fehlversuch bekam ich sauber eine Welle mit, die mich fast bis zum Strand trug, und dass sie als schimmerndes, Lichttropfen spritzendes, gischtendes Spektakel über mir zusammenschlug und mich ertränken wollte, konnte mich im Anzug nicht stören.

Ich versuchte meinen Tag-Nacht-Rhythmus umzustellen, so dass ich ausgiebigst nachts surfen oder einfach unter Wasser in der Lagune umherstreifen konnte. Der Anzug ließ mehrere Modi zu: Ich konnte unter Wasser gehen oder schwimmen oder mich wie ein Torpedo bewegen und dann Delfine nachmachen – aus dem Wasser schnellen, eine Drehung und klatsch, hatte mich das Nass wieder, über mir seltsame leuchtende Wirbel und Gischt bildend. Ich begann mehr und mehr zu bedauern, dass ich das Wasser nicht wirklich auf der Haut fühlen konnte, aber für diese sauerstoffarme Niederdruck-Atmosphäre und das 10 Grad kalte Wasser war der Anzug schon ein Segen.

Wenn das Licht lange genug an blieb, kamen auch die Röhrentiere! Zuerst wenige, dann plötzlich wimmelte es im Wasser nur so von ihnen. Sie wuselten herum wie verrückt und stupsten mich an. Ich dachte, sie wollten mir zeigen, dass sie mich mochten. Aber dann stellte ich fest, dass sie mich fressen wollten.
„Na, macht mal nur so weiter, ihr werdet schon sehen, was ihr davon habt!"

Sie begriffen, dass man Xozorrudhu-Anzüge nicht fressen kann und ließen von mir ab.

„Schnellmerker!"

Stattdessen fraßen sie eine Art langes magentafarbenes Gras, das mit kleinen schwarzen Knötchen besetzt war. Plötzlich fingen sie an sich zu bekämpfen – doch die Art wie sie das taten, kam mir nach einer Weile befremdlich ineffektiv vor. Sie dockten nämlich so mit den platten Kopf- oder Schwanz-Enden aneinander an, dass zwei Exemplare zusammen ein perfektes Rad bildeten.

Sie paarten sich, wurde mir klar.

„Und dann auch noch die 69er-Stellung. Nur keinen Neid, Paul!", murmelte ich und Darling fragte, was ich gesagt hätte.

„Nix, ist nicht wichtig!"

Man gewöhnt sich an alles, auch an die herrlichsten Stimmungen und als ich weiterwollte, meinte Eddy, ich könnte es doch jetzt mal mit einer großen Welle versuchen.

Ich schüttelte den Kopf.

„Aber du kannst es dir doch mal ansehen!"

Ja, das konnte ich.

Sie hatten sich das so vorgestellt: Ein kilometerweiter Kranz von Robotern erzeugte starke elektrische Felder, die alle Tiere fernhielten. Ein Roboter blieb zur Sicherheit vor Überraschungen immer 10 Meter hinter mir. Was soll ich sagen – ich stieg aufs Brett, flog ein paar Hundert Meter hinaus und setzte in einem Wellental auf. Folgerichtig wurde ich fast 60 Meter hochgehoben und wieder abgesenkt – schlimmer als auf der Kirmes!

Mit Anzugunterstützung schaffte ich es im oberen Teil der nächsten Welle in Bewegung zu kommen und eine gute Woche Übung zahlte sich aus: Ich glitt bis zum Strand, hob ab, bevor die Welle brach und flog zurück weit hinaus auf Meer. Plötzlich schoss vor mir ein Strandwal in die Höhe, sein Maul klappte auf, ich schrie: „Höher!", und der Anzug katapultierte mich 20 Meter in die Luft.

Unter mir klappten krachend und mahlend die drei Kiefer des Monsters zusammen, öffneten sich wieder ... und blieben geöffnet. Der Begleitroboter hatte das Tier betäubt.

Mein Magen blieb noch einen Moment unten, dann kam er nach und versuchte mich zu überholen. Ich hasse Achterbahnfahren, ich hasse diese Falltürme, das ist nichts für mich. Und solche Manöver verderben mir wirklich den Spaß. Ich widerstand dem Wunsch, das Tier zu erschießen, das nun langsam im Wasser versank, und kehrte zum Strand zurück. Mir reichte es jetzt aber wirklich.

Oder doch nicht ganz? Ich flog noch, in einer Art gläsernem Gleiter sitzend – gut, das Ding ist genau genommen aus Kunststoff – elegante Runden im Auge eines Sturms, der mit 4000 Kilometern Durchmesser mit dem Jupiter-Sturm vielleicht nicht mitkam, dessen kochendes Chaos natürlich trotzdem faszinierte. Hier wars nichts mit lautlosem Gleiten: Ringsum ein wahnsinnig gewordener, gigantischer Mahlstrom, dessen brüllendes Toben mich im Anzug noch taub hätte werden lassen, wenn er nicht aktiv Lärm unterdrücken würde. Windböen von 300 km/h ließen den Gleiter tanzen und wenn Gegensteuern und Einsatz der Kräfte des Anzugs nichts mehr nützten, schaltete ich die zwei kleinen Sauerstoff-Triebwerke ein. Mit der Wasserstoff-Atmosphäre reagierend entwickelten sie beachtliche Schubkräfte und auf einem Flammenschweif ritt ich hinauf zu Darling, die in einem Schneegestöber hing. Allerdings wars kein Wasser, was da ausflockte, es handelte sich um Ammoniak!

Dann musste ich noch auf Schlittschuhen, der Anzug stülpte einfach Kufen aus, bei minus fünfzig Grad über die endlosen Eis-Ebenen eines erdähnlichen, aber völlig gefrorenen Planeten rasen. Eine sehr praktische Geschwindigkeitsregelung steckte im Griff der Stöcke, die ich benutzte. Hier war ich wesentlich schneller als die Monster, die auf mich warteten.

Rafting auf einem Fluss voller pinkem Schaum mit einem unkippbaren Schlauchboot. Nee, nicht, wenn ich dabei dreimal die Niagarafälle runterstürzen muss!
In einer sternenbildenden Gaswolke mit Fledermausschwingen herumfliegen. Nee, bin ich Batman?
„Darling, ich will zur Erde!“
„Aber du hast doch gesagt ...“
„Ich weiß, was ich gesagt habe, und du hast geantwortet, dass du weißt, wo Garragant sich aufhält. Freiburg hast du nicht genannt, aber ich weiß nicht, wann wer die Wohnung belegt. Und den Pazifik hast du nicht genannt. Da suchen wir uns eine einsame Insel. Da kann ich in der Sonne liegen und in richtigem Wasser schwimmen, ein wenig schnorcheln, Kokosmilch trinken, das wollte ich schon immer.“

Es war bei allem Rumgegurke in der Galaxis ein halbes Jahr übriggeblieben, das ich möglichst gemütlich verbringen wollte. Extremsport hatte ich genug betrieben!

Mittlerweile waren wir von der Erde so weit weg wie nie zuvor. Der Rückflug dauerte gut vier Wochen, in denen meine „Animateure" sich noch ganz schön was einfallen ließen.

Ganze Turnhallen wurden in den Lagerräumen des Schiffes eingerichtet und nach und nach überraschten sie mich mit diversen Sportarten, zu denen ich eine komplette Ausrüstung inklusive der angemessenen Kleidung bekam. Mit Tennis fing es an (gut). Dann Squash (ich hasse es), Bogenschießen (klasse, schwieriger als ich dachte), Speerwurf, Kugelstoßen (naja, langweilig), Hochsprung (haha, baus wieder ab), Fechten (wow, hatte ich als Kind machen wollen, war von Vater ausgelacht worden), Fahrradsteilwandfahren (irre), Judo (mach die Matte weicher).

„Kinnas, et is jut!", sagte ich mit Nachdruck, als sie ernsthaft überlegten, ob wir nicht auf Pferderobotern Polo spielen sollten.

25
Ich hatte Tränen in den Augen, als ich die Erde wiedersah.

Dieser unverwechselbar schöne lebenswerte Ball mit all den Irren, die da rumliefen ...

Darling suchte noch aus dem Weltraum eine unbewohnte Insel und fragte: „Gefällt sie dir?"
„Und wie!" Ein kleiner Hügel mit Palmen, ein weißer Strand, an einer Seite bis zu 100 Meter breit, davor ein Riff mit glasklarem Wasser. Ein Traum.

Ich stand schon in der Luke, da sah ich mit bloßem Auge: „Da sind ja Fußspuren!" Bewohnt oder nicht, da waren erst kürzlich Leute rumgelaufen. Das war nicht, was ich wollte. Tatsächlich fanden wir keine Insel, die unberührt wirkte – außer sie war zu klein oder zu flach.
„Das wars dann wohl", meinte ich, aber Eddy sagte: „Warum schmeißta nicht ehnfach paar Tonnen Sand un Jeröll uff die mickrije Insel da."
Und Darling holte nachts aus einem alten Vulkankrater in der Nähe 8000 Tonnen Felsmaterial und warf es auf eine Möchtegerninsel, die

bei Flut immer vom Wasser überspült worden war. Dann kamen Sand und Palmen drauf, von anderen Inseln. Jetzt hatte ich gut 1000 Quadratmeter Inselfläche und eine Minilagune war auch dabei. Die allerdings hatte nur das Format eines Vorgartens.

In der Mitte eine baufällige alte Hütte aus grauem verwittertem Holz mit einer schiefen Veranda. In Wirklichkeit HiTech. Ich konnte, wenn ich wollte, das ganze Ding in 20 Sekunden sich zusammenfalten lassen und damit davonfliegen. Das Schiff hatte Darling übrigens in einem Meeresgraben geparkt und getarnt.

Stundenlang, tagelang, konnte ich am Strand unter einer Palme liegen, faulenzen, lesen, was Darling mir ausdruckte, einen Rum-Cocktail trinken oder zwei, den Sonnenuntergängen zuschauen oder in meiner Lagune dümpeln. Der Wind machte die Temperaturen erträglich, der frische Geruch des Meeres, die Sonne ...

Irgendwann kam dann unweigerlich Eddy und meinte, ich wollte doch weiter abnehmen und fit bleiben, wie es denn mit einer Runde Fechten am Strand sei oder ein paar Judoübungen. Meist gab ich nach, er hatte ja recht.

Einmal verschlechterte sich das Wetter im Handumdrehen und es kam ein Hurrikan über die Insel gefegt. Als die Wellen höher schlugen, schloss ich die Tür und sah dem Sturm durchs Fenster zu, an das ab und zu tatsächlich die Wellen klatschten. Man konnte denken, man säße in einem Boot, aber es fehlte zum Glück der Wellengang.
Als ich vorschlug, wir könnten doch Schirm, Charme und Melone schauen, meinten sie: „Haben wir schon gesehen!" Ach so, ja! Sie zogen sich in Darlings Zimmerchen zurück und spielten Blitzschach, was bedeutete, dass sie die Figuren so schnell setzten, dass ich mit den Augen nicht nachkam. Ich hasste das!

Ich parkte mich vor dem Fernseher und zwischen zwei Folgen briet ich mir ein kleines Steak. Vorräte hatte ich genug, eine ganze Kühltruhe und einen Vorratsraum voll.

Nichts gegen die Zeit auf dem Schiff. Aber hier lebte ich den Traum. Es ist mir schon peinlich, zu beschreiben, wie gut es mir ging. Mehr noch: Hier hatte ich auch ein Bad und zwar mit Spiegel, daran hatte ich im Schiff nie gedacht. Und was sah ich am ersten Morgen? Ich war nicht nur schlanker, ich sah viel jünger aus und meine teilweise weiß gewordenen Haare hatten einen breiten mittelblonden Ansatz! Wahnsinn! Danke, Garragant!

Wenn mir die Lagune zu langweilig und zu warm wurde, stieg ich in den Anzug und tauchte in das tiefe herrliche Blau des Ozeans. Schildkröten, Rochen, Delfine, Zackenbarsche, Kugelfische, Muränen waren hier heimisch. Dazu unzählige kleinere bunt gemusterte Arten, die ich nicht kannte. Haie sah ich nur von Ferne, sie wurden von einem elektrischen Feld, das der Anzug produzierte, auf Distanz gehalten.

Die Flanken des Unterwasserberges fielen steil ab und innerhalb von Minuten konnte ich Regionen erreichen, die schon in Dunkelheit lagen und wo das Licht einer Lampe die wunderbarsten Farben und skurrilsten Tiere und Pflanzen zeigte. Dort aber fühlte ich mich nicht wohl. Unter mir lag noch weit mehr als ein Kilometer Wasser, bewohnt von Riesenkalmaren und vielleicht sogar Ungeheuern, die wir Menschen noch gar nicht kannten. Das war natürlich Quatsch und auch ein Riesenkalmar konnte dem Anzug nicht schaden und der Laser würde in Sekunden Sushi aus dem Vieh machen, sollte es seine Tentakel nach mir ausstrecken. Diese irrationale, diffuse Angst konnte ich selber nicht verstehen. Aber lange hielt ich es dort nicht aus, das Gefühl, dass da was hinter mir oder unter mir sei, wurde übermächtig und ich schoss zur Oberfläche hinauf und sprang an Land. Lächerlich, ich weiß!

Mal probierte ich es mit Licht, also ich erleuchtete mit Darlings Robotern den halben Ozean, dachte dann aber, dass das bei uns die Tiere eher anzieht als abstößt. Dann hatte ich die Idee, mir einen Scan der Umgebung in den Helm projizieren zu lassen, aber nun fragte ich mich bei jedem Umriss, der sichtbar wurde, was das sein mochte. Nein, es machte einfach keinen Spaß, wenn ich tiefer als fünf Meter tauchte.

Ich hatte einen herrlichen Monat verschärften Urlaub auf meiner Insel verbracht, als ein Schlauchboot herantuckerte.
„Ins Haus!", rief Darling. „Ich habe Waffen geortet!"
Ich sprang auf, rannte zur Hütte und etwas zupfte an meinem rechten Bein, ich hechtete durch die Tür, schrie: „Tür schließen!" Draußen ratterten Schüsse, man hörte gedämpfte Schreie. Als mein Anzug sich schloss, sah ich, dass ich blutete, dann war die Stelle auch schon verdeckt und Xozorrudhu-Technologie würde das schon regeln.

Ich stürmte wieder raus und sah Eddy und Darling vor drei Männern stehen, die sich am Boden wälzten.

„Piraten!", erklärte Eddy. Aber das wusste ich selber. Ihre Waffen lagen zerschmolzen neben ihnen, sie hatten diverse Verbrennungen an Händen, Armen und Beinen.

„Warum habt ihr sie am Leben gelassen?", fragte ich. Die Jacht weiter draußen kam näher, automatisches Feuer bellte, etwas Schweres traf mich, traf Eddy und Darling, und ich sah auf Darlings Brust ein tiefes Loch. Ich zielte mit dem Anzugslaser, also dem Zeigefinger, auf die Kiellinie der Jacht und trennte die obere von der unteren Hälfte, der Motor verstummte, sonst tat sich nichts, das ging mir zu langsam. Ich zerschnitt sie auch noch von oben nach unten und staunte, dass sie nicht auseinanderfiel! Aber anscheinend reflektierte und zerstreute die Wasseroberfläche den Laserstrahl.

Immer noch feuerte jemand auf mich und der Anzug steckte einige Schläge weg, die mich sonst umgeworfen bzw. getötet hätten.

Ich rannte ins Wasser. „Tauchen, drei Meter Tiefe!" Unter Wasser zerschnitt ich auch noch den Kiel und das Boot brach über mir auseinander. Zwischen den versinkenden Teilen tauchte ich auf.

Ein Überlebender trat Wasser, mit einer Mischung aus Hass und Faszination starrte er mich an. Ich schlug einmal mit voller Kraft zu und kehrte zum Strand zurück. Dort hatte sich die Situation nicht verändert, wenn man davon absah, dass Eddy und Darling nun mehrere hässliche Löcher aufwiesen, Darlings rechte Gesichtshälfte war zerstört und sie sah furchtbar aus.

„Da hilft aber kein Schminken mehr!", sagte ich zu ihr. „Alles in Ordnung mit euch?"

„Nichts, wat man nich rebbariern kann!", sagte Eddy.

„Und warum leben die noch?" Einer der Piraten war in Ohnmacht gefallen, einer lag auf der Seite und starrte uns ungläubig an, der dritte saß mit geschlossenen Augen auf dem Hosenboden und umklammerte einen Fuß mit den Händen.

„Wir können Menschen nicht so einfach töten. Es hat ja auch gereicht, sie außer Gefecht zu setzen", sagte Darling.

„Wenn du nicht gewesen wärst, wäre ich jetzt tot!", sagte ich. „Und nur eure überlegene Technologie hat mich gerettet! Dieser Abschaum lässt auch niemanden überleben, die können nämlich keine Zeugen gebrauchen."

Ich schoss, ohne dass sie mitbekamen, was passierte, den ersten beiden mit voller Leistung in die Stirn. Der dritte sah das und riss entsetzt die Augen auf.

„Was ist, falschen Beruf gewählt? Das kenn ich!", sagte ich und schoss erneut.

„So, könnt ihr euch mal ein bisschen herrichten? Ich räume hier auf!"

26

Es dauerte gut einen Tag, bis ich zu rätseln begann, ob ich die Piraten wirklich hatte erschießen müssen. Ich war nur so furchtbar sauer gewesen, dass man mir das Leben hatte nehmen wollen, schließlich besaß ich nur eins! Und jetzt hatte ich mich auf die gleiche Stufe wie dieser Abschaum gestellt.

„Was hätten wir mit ihnen machen können", fragte ich Eddy und Darling. „Wir hätten sie nicht der Polizei übergeben können, wir sind ja gar nicht hier! Und wir hätten sie auch nicht, sagen wir, in die Wildnis Brasiliens oder in die Anden deportieren können. Früher oder später würden sie dann doch irgendjemandem von uns erzählen. Aber vielleicht hätten wir sie im Schiff einsperren und verpflegen und mitschleppen und dann hinterher abliefern können. Das wäre doch gegangen?"

Darling und Eddy nickten.

„Ich habe soweit nicht gedacht, weil ich maßlos wütend war. Ich bin auch nicht besser als diese Arschlöcher."

„Die Reaktion ist doch nur verständlich", Darling lächelte mit gerunzelter Stirn.

Ich schüttelte irritiert den Kopf. „Ich denke noch über was anderes nach. Angenommen, wir hätten sie trotz allem einer Gerichtsbarkeit zuführen wollen: WEM hätten wir sie denn übergeben, den Deutschen, den Philippinos? Was hätten wir als Beweis gehabt, was hätten wir denen erzählt?"

„Schwierich, wa?", meinte Eddy.

„Aba keene Entschuldijun", machte ich seinen Akzent nach. Er grinste.

„Es passiert nicht wieder", versprach Darling. „Ich habe vier Robotersonden im Umkreis von 500 Metern auf dem Wasser postiert. Die überwachen unter Wasser, auf dem Wasser, in der Luft und decken einen Bereich von fast zwei Kilometern Durchmesser ab. Im Angriffsfall können sie ein Schiff, U-Boot oder Flugzeug in Sekundenschnelle zerstören."

Ich nickte, seufzte und strebte meiner Bar zu, um aus Hochprozentigem einen ganz neuen Drink zu komponieren. Aber leider: So viel Alkohol gabs gar nicht, dass ich den vorgestrigen Tag vergessen konnte. Und da saß ich dann, Glas in der Linken, tastete mit rechts immer wieder nach der schon verheilten Wunde und grübelte vor mich hin. Das Dümmste an der Situation war, dass man nicht abschätzen konnte, ob die entsprechenden Behörden die Piraten wirklich verurteilt und festsetzt hätten. Falls nicht, hätten sie weitergemacht und dann wäre meine instinktive Entscheidung doch richtig gewesen!

Nach ein paar Tagen wurde ich immer unruhiger, gedanklich drehte ich mich dauernd im Kreise und glaubte langsam verrückt zu werden. Die Idylle war für mich zerstört, immer noch sah ich die Leichen der Piraten vor mir. Und in einem Meer schwimmen, in dem ich sie mit einer gewissen Befriedigung und dem überheblichen Gefühl, das Richtige zu tun, als Haifischfutter versenkt hatte, wollte ich auch nicht mehr. Ich wollte nach Deutschland und Darling schlug vor, sie würden die Stellung hier halten und ich nähme einen Transporter. Die paar Tausend Kilometer, diese fünfzehntel Lichtsekunde, würde man nicht unbedingt mit dem Schiff zurücklegen, obwohl, wenn ich wollte ...

Der Transporter war mir schon recht. Eine Fünf-Meter-Kugel, was sonst, mit bequemer Schlafmöglichkeit (ich nahm die Matratze aus meinem Bett mit), Bad (xozorrudhuisch und für mich zu klein) und aus den Wänden herausfahrende Rotationsfächer für Ausrüstung und Dosennahrung (kein Synteezer, der passte hier nicht rein). Dafür konnte das Ding ein paarmal zum Mond und zurück fliegen. Die Sonne glänzte oben auf dem Transporter, er warf einen kreisrunden Schatten auf den weißen Sand.
„Hier ist noch ein Diebstahlsalarm!", Darling befestigte eine kleine Kugel an meinem Rucksackgriff. „Warnt akustisch, schockt elektrisch! So, hast du deine Uhr? Den Kuli? Geld?", fragte Darling.
„Du klingst wie meine Mutter!"
„chhhxcccchhh ... ich bin dein Vater ... ccchhh!", darthvaderte sie.
Eddy lachte, ich lachte, das war ja irre. Die beiden entwickelten Sinn für Humor! Ich musste noch mehr lachen.
„cchhchhh ...", machte Darling nochmal.
„Hör auf, ich kann nicht mehr!" Ich ließ die Tasche fallen und stemmte die rechte Hand in die Seite.
„Ich hab auch alles. Sogar den Peacemaker habe ich."
„Und den Anzug?"
„Ach so, hab ich vergessen."
Eddy schüttelte den Kopf, drehte sich um, lief los, holte das Ding und warf es in den Transporter.

„Danke, Mann!"

„Keene Ursache."

Ich gab ihm die Hand, umarmte Darling nach kurzem Zögern und stieg ein, wobei ich mich ein wenig vorsehen musste. Die Luke war nur 1,70 hoch.

Drinnen zog ich die Matratze in die Mitte des Raumes, winkte den beiden durch die sich schließende Luke zu und sagte: „Transporter! Ziel Deutschland, Rottweil! Flieg los!"

„Wird ausgeführt!" Der Transporter hatte eine Stimme wie Eddy sie gehabt hatte, bevor ich ihn berlinern ließ.

Der Transporter war zu klein für frei im Raum stehende Holo-Projektionen, deshalb bildeten ringsum 3D-Monitore die Fronten der Einbaufächer, hatte Darling erklärt. Ich sah da keinen großen Unterschied.

Ich legte mich auf die Matratze, sagte dem Transporter, dass ich auf dem Monitor vor mir in Flugrichtung schauen können wollte, nahm den Rucksack als Kopfkissen und streckte mich aus.

Nach kurzem Zögern holte ich mir aus einem Vorratsfach eine Dose Guinness, später noch eine und dann schlief ich ein paar Minuten.

„Herr Jaeger, wir sind da!"

Ich war sofort wach, setzte mich auf und fragte: „Warum sind die Monitore dunkel?"

„Es ist hier vor Sonnenaufgang, fünf Uhr!"

Ich stöhnte. Ich kann schon ziemlich blöde sein!

„Restlichtverstärkung! Ich will wissen, wie's draußen aussieht!"

Und was ich sah, ließ mich erneut stöhnen, hier herrschte Winter!

Großer Sternenfahrer, bist du dämlich!

Die Bäume waren entlaubt, es hatte anscheinend geregnet und die Temperatur lag um ein Grad. Super.

Aber immerhin, ich war in Deutschland. Komm, das ist schon was.

Heimat – und ich dachte immer, ich hätte gar keinen Begriff davon.

Aber nach 99 Lichtjahren war ich wieder zu Hause!

Ich zog mir eine dunkle Jeans und einen hellen Pulli an, nahm den Anzug, richtig warme Winterkleidung hatte ich ja nicht, und suchte mir einen autothermischen Becher Kaffee aus einem Fach. Darling hatte nur eine halbe Stunde Zeit gehabt, aber erstklassige Arbeit geleistet. Plastikpacks mit selbsterhitzenden Menüs, aber auch Wurst, Käse, Obstkonserven, Rotwein, Cola, Whisky, Schokolade stapelten sich hier. Danke, Darling!

„Transporter! Zum oberen Ende der Hauptstraße! Hinter dem Schwarzen

Tor runtergehen! Ich steige dann für eine halbe Stunde aus, wahrscheinlich steige ich dort auch wieder ein!"
„Anordnung wird ausgeführt!"

Die Luke öffnete sich, ich sprang raus, lief in das Tor hinein und sah mich um: Der Transporter war nicht zu erkennen, stattdessen sah ich das Haus dahinter. Nur die sich schließende Öffnung stand als kleiner dunkler Fleck in der Luft. Dann war auch der Fleck verschwunden. Ein plötzlicher Luftzug sagte mir, dass der Transporter abgehoben hatte.

27

Unter einem pechschwarzen Himmel schimmert die Fußgängerzone im Lampenschein und Schaufensterlicht. Lange Farbbahnen liegen auf dem nassen Kopfsteinpflaster und spiegeln sich auf meinem Anzug – ach du Sch...
„Anzug, Jeansoptik imitieren, Jeansjacke und Hose!"
Es blinkt zweimal grün und ich bin in Denim gekleidet.

Bei einem Straßencafé steht, wie ich es in Erinnerung habe, noch die Alubestuhlung draußen. Ich setze mich, drehe den Becherdeckel und als der Kaffee heiß ist, lässt sich der Deckel abheben. Hmm, Xozorrudhu-Espresso, wat Else?

Eine Frau mit einem Koffer-Trolley hastet durch das Tor und rattert die Straße hinunter. Macht einen weiten Bogen um mich. Der Wagen einer Bäckerei kommt die Steigung herauf, biegt ab. Wieder Stille. Ich nippe am Kaffee und überlege, warum ich diese Straße besonders mag, abgesehen von den netten kleinen Gässchen ringsum: Einmal ist es die pastellige Farbigkeit und dann sind es die Erker hier, die Erkerchen dort, dazwischen eine etwas schiefe Wand, die sich relaxed 50 Zentimeter zurücklehnt. Die lustig vorspringenden Ladegauben mit ihren Kranrollen an alten Handelshäusern, Fenster und Dachrinnen auf unterschiedlichen Höhen und das nicht nur, weil die Straße ansteigt. Schnurgerade Verläufe werden immer wieder gebrochen und das macht das Profil der Straße freundlich, menschlich, denn die gerade Linie ist eine Chimäre, wie Hundertwasser ganz richtig sagt.

Ein paar kleine Schneeflocken sinken vor mir zu Boden und plötzlich ist die Luft voll schwebendem, tanzendem Weiß. Der Schnee bleibt nicht liegen, aber die Stimmung hat nun etwas Unwirkliches. Ich trinke meinen Kaffee in dieser festlichen perfekten Stille. „Mein Gott, was geht es dir gut!", denke ich. „Eben warst du noch in der Südsee, jetzt sitzt du hier in einem komfortabel temperierten Anzug und süppelst leckeren Kaffee in Rottweil. Wow! Und du hast es nicht einmal verdient!"

Schneeflocken streifen ab und zu mein Gesicht und kitzeln. Schnee habe ich immer schon gemocht!

Der Becher ist schnell leer. Noch eine kleine Runde durch eine Nebenstraße und ein Gässchen und zurück zum Tor. Niemand unterwegs, nur hinter mir geht einmal eine Haustür, dann ein Garagentor, jemand steigt in ein Auto und püttkert los.
Ausgerechnet, als ich durch das Tor trete, kommen mir ein paar Leute entgegen. Ich muss warten, wandere ein paar Schritte weiter, kehre zum Tor zurück und sage in meine Armbanduhr: „Transporter, bitte hol mich am Tor ab!"
„Anweisung wird ausgeführt!", sagt eine leise Stimme und schon spüre ich den Luftzug. Die Öffnung erscheint, als ein Auto um die Ecke biegt und auf das Tor zufährt. Ich hechte in den Transporter, rufe „Schließen!" und rappele mich auf. Wenn das jetzt jemand mitbekommen hat, würde er nicht wissen, was er da gesehen hat. Eine optische Täuschung!

28

Ich mache nur ein paar Schritte und mir wird zunehmend unbehaglicher. Der menschenleere Park um neun Uhr an einem Wintermorgen ist alles andere als anheimelnd. Ich hatte es für eine gute Idee gehalten, aber Rottweil im Schnee und der Europapark im Regen sind zwei ganz verschiedene Sachen!
Aus dunklen blaugrauen Wolken regnet es Bindfäden. Glänzendes Nass, die bunten Gebäude schimmern in den Spiegelungen auf Pfützen, Plastikoberflächen und Metallrohren. Aber alles steht still. Die Gerüste der Karussells und Achterbahnen ragen traurig empor wie die Gerippe ausgestorbener Dinosaurier. Die Bewegung und die Leute fehlen, ja, fehlen einfach und das erstaunt mich am meisten. Mich, der ich ja schließlich eine soziale Phobie habe, der gar nicht mehr mit Menschen zusammenkommen will, habe ich das noch nicht erwähnt? So ist es aber doch! Eine Zumutung, in einer Kassenschlange zu stehen, eine Zumutung, Bus zu

fahren, eine unglaubliche Zumutung, eine Klasse zu unterrichten, sich mit uneinsichtigen Eltern herumzuschlagen, grinsenden Schülern gegenübersitzend, die einem sagen: „Gleich kommt mein Vater, der wird Sie zusammenstauchen!" Oder: „Das wird Konsequenzen haben!" Diese ... Ich bin nicht umsonst nach Alaska rauf mit dem Hintergedanken dort zu bleiben, wie immer das auch hätte funktionieren sollen oder ausgehen können.

Die leeren Asphaltwege hier, die geschlossenen Imbissbuden, die nachgemachte italienische Architektur, die reglos herunterhängenden Gondeln der Karussells machen mich depressiv. Ich breche noch die Tür zu einer Toilette auf. Was mein „Stift" kann, kann der Anzug auch. Die Toilette im Transporter ist für mich unbrauchbar, ich kann mich da einfach nicht reinfalten! So, und nun den Transporter rufen und ab nach Straßburg, frühstücken!

Crêpes unweit des Münsters, das ich in seiner Überladenheit und Skeletthaftigkeit schlichtweg hasse. Süße Mandelplätzchen, Kaffee. Ich latsche herum, versuche die Gassen, die verschachtelte Fachwerkarchitektur, die handgemachten Pralinen zu genießen. Das Wetter müsste ein wenig besser sein! Und es ist lästig, dass ich das Portmonee in der Hand tragen muss, da der Anzug keine Taschen hat. Kann man vielleicht mal ändern.

Irgendwo soll es hier ein Tommy Ungerer Museum geben, aber statt es zu suchen, lasse ich mich durch die Straßen treiben, kaufe noch mehr Pralinen: Fruchtgelee, Ganache, Nougat, Marzipan ... Ich überlege, wie die kleinen Kunstwerke wohl zu einem erstklassigen Armagnac schmecken würden, wahrscheinlich ersetzt das einen Orgasmus! Nachher würde ich mehr wissen.

Am Wasser, also an der Ill, finde ich ein Restaurant, das „Choucrute au 6 Viandes" serviert. Klasse! Danach bin ich zwar satt, nehme aber trotzdem noch eine Tarte mit. Vorausplanung ist alles.

Es regnet nicht mehr, ich schlendere herum, bewundere die mittelalterliche niedliche Architektur, die mir viel freundlicher vorkommt als etwa meine Heimatstadt, aber ich weiß natürlich, dass es dafür Gründe gibt: Weite Teile des Ruhrgebiets haben gar keine Jahrhunderte alte Architektur, waren sie doch als Zechen und Werkssiedlungen erst im 19 Jahrhundert entstanden. Und dann hatte noch der Krieg die

schönsten Ecken weggebombt.
Als ich etwas von der Tarte abbeiße, ist sie kalt und schmeckt einfach
nicht. Zurück an der Ill lasere ich unauffällig eine Mauer mit niedriger
Energie, während ich auf den Fluss rausschaue. Dummerweise ist der
Stein vollgesogen mit Wasser, es dampft! Egal, sollen die Leute sich
doch wundern! So, jetzt die Tarte drauflegen. Und, na, drei Minuten
warten. Nach zwei Minuten kommt jemand heran und sagt mit dickem
französischem Akzent: „Wenn Sie das nicht mehr essen, können Sie
es nicht einfach in die Ill werfen!"
„Ich warte nur darauf, dass sie heiß wird!"
„Dass sie heiß wird?"
„Äh, kalt, meine ich natürlich, kalt!" Und ich reiße mir ein Stück ab.
„Möchten Sie auch?"
Kopfschüttelnd und vor sich hin brummelnd verschwindet der selbst-
ernannte Ordnungshüter. Ich beiße ein paarmal ab und werfe den
Rest tatsächlich weg, in einen Abfallkorb.

Später in einem Schaufenster ein hellbrauner Ledermantel. Fast 5000
Euro. Passt, gekauft.

Ich überlege, wo der Transporter landen könnte, gehe einfach quer
durch die Stadt und als ich an der Kreuzung einer kleinen Gasse mit
einer einspurigen Straße stehe, lasse ich den Transporter kommen.
Hier ist weit und breit niemand und wer würde mich hier wohl aus
einem Fenster beobachten?

Vor mir öffnet sich die Luke, Tüten rein, springen.

29

Was jetzt? Ich will mich hier und jetzt – also in der Vergangenheit,
na, wie auch immer – zuhause fühlen. Aber bei diesen Temperaturen sieht das schon mal schlecht aus und die Orte, die ich immer toll
gefunden habe, langweilen mich nun. Da fällt mir Lauf ein, durchge-
fahren, nebenbei Stadttorturm und verwinkeltes Mauerwerk gesichtet,
aber nie angehalten, nie betreten.
Also: Lauf an der Pegnitz.

Great idea, wie ich bald feststelle: Lauf hat sogar zwei Tore, die den
Marktplatz abgrenzen. Der ist eigentlich eher eine breite Straße, in

deren Mitte das Rathaus liegt. Ringsum nur alte Sandstein- oder Fachwerkhäuser, jede Menge Gastronomie, ein Brunnen, verwinkelte Gässchen, die vom Markt abzweigen – nett!

Wenn ich am Markt ein Zimmer bekomme, bleibe ich hier. Dann aber beginne ich wieder zu überlegen: Da muss ich ja mit dem Personal reden. Ich will mich nicht mit Leuten abgeben. Es ist mir schon schwer genug gefallen, mich in Straßburg ins Restaurant zu setzen. Aber auf Lauf verzichten will ich auch nicht. Ich könnte ja im Transporter hausen ...

Unentschlossen drehe ich eine komplette Runde um den Marktplatz und durch ein paar Seitenstraßen. Ein paar Leute sind unterwegs, hasten vorbei, frieren wahrscheinlich. Gut, dass ich den Mantel gekauft habe und gut, dass ich sowieso praktisch nie friere. Ich habe den Mantel nicht mal geschlossen! In einem Blizzard würde ich vielleicht einen zugeknöpften Mantel benötigen.

Als ich wieder auf dem Markt stehe, weiß ich immer noch nicht, was ich tun soll. Entnervt latsche ich Hundert Meter zurück, hier stoßen zwei Gassen zusammen und wie in Straßburg muss hier gerade genug Platz für den Transporter sein. Ich will ihn schon rufen, da fällt mir ein, dass der ja sanitär gesehen Mängel aufweist. Und das gerade jetzt! Hm!

„Komm, werd erwachsen!“, sage ich mir. „Du freundest dich mit Aliens an, fährst Rad auf fernen Planeten, erschießt Piraten, aber fremdelst vor einem Gastwirt? Pfeife! Get real!“

Ich marschiere wieder zum Marktplatz und komme mir lächerlich vor. Tatsächlich gibt man mir problemlos – na also, geht doch – in einem alten Gasthaus ein Zimmer und als ich es beziehe, freue ich mich wie ein Schneekönig: Man hat hier vor dem Zimmer im ersten Stock einen Laubengang und einen mittelalterlichen Hof, Sandstein und Fachwerk, Holztreppen, alte flache Schindeln in allen Rot und Brauntönen auf den Dächern. Die Zeit muss hier stehengeblieben sein. Witzig.

Im Bad ein Schock: Meine schulterlangen, zottigen Haare sehen furchtbar aus. Was für einen einsamen Südseeurlaub in gewisser Weise noch gepasst hat, muss ich hier doch bald mal regeln. Der von der Sonne weißgebleichte Rest steht krass einem fünf Zentimeter langen Ansatz dunkelblonden Haares gegenüber.

Auf den Schreck krame ich Pralinen und Armagnac aus dem Rucksack und schaue aus dem Fenster. Nach einer Weile öffne ich die Tür, nehme den Stuhl und setzte mich nach draußen in den Laubengang. Die Luft ist frisch, feucht, kalt, es nieselt und die nassen roten Dächer wirken wie glasiert und leuchten unter den tiefhängenden grauen Wolken.

So sitze ich da, futtere viel zu viele Pralinen, trinke ein großes Glas Armagnac und grinse zufrieden vor mich hin. Das ist ja ein Ding: Ich fühle mich wohl!

Mit Lauf bin ich vollständig einverstanden. Als ich einen ausgedehnteren Spaziergang mache, fällt mir hinter dem Hersbrucker Tor noch ein uraltes Gasthaus auf, das sich sozusagen hinter dem Tor versteckt. Niedlich! Fast zum Lachen! Niedlich auch die Brücken über die Pegnitz, das Schlösschen, die Mühle – oder empfinde nur ich das so, weil ich so heillos kitschig bin?

Abends schütte ich glücklich meine Büchertüte aufs Bett. Ich habe in einer Buchhandlung so richtig zugeschlagen. Und als ich mir eins rausgefischt habe und mit einem Glas Wildkirsch lang liege, spüre ich, dass sich draußen irgendwas verändert. Ich schaue und da fallen ganz langsam und verspielt freundliche, dicke, weiße Schneeflocken, vom Licht im Hof angeleuchtet.

Dieses ganze megalomanische Universum, Riesenwellen, Monsterberge, Methaneis, das kann mir alles gestohlen bleiben, das wird auch plötzlich so unwirklich! Bin ICH da draußen gewesen? Bin ich jetzt wirklich hier? Aber hier und jetzt ist Vergangenheit und ein anderer Paul rennt auch gerade Hunderte Kilometer nördlich von hier rum! Was ist noch wirklich! Ich friere.
Weg mit dem Gegrübel! Trink dir noch einen Wildkirsch! Dieser ganze geplante Wahnsinn ist in absehbarer Zeit wieder vorüber, dann wird sich alles normalisieren. Im Moment geht es doch nur darum, die Zeit totzuschlagen, bis dein Einsatz auf fernen Welten kommt. Aber wolltest du diese Zeit nicht ganz besonders genießen? Tu ich doch auch. Her mit dem Buch!

30

In einem Restaurant höre ich an einem Nebentisch zwei Paare über
ihren Urlaub in Paris beziehungsweise über ihre Wohnmobiltour durch
Schweden reden.
Ich muss einfach grinsen. Die Klagen über Anstehzeiten vor dem Louvre,
die Preise fürs Essen im Zentrum, den Verkehr, taube Ohren, wenn
man kein Französisch spricht oder es nicht wenigstens versucht, Au-
todiebstahl und die Unterkünfte!

Ich höre auf zu grinsen, als sie meinen, die Fahrt insgesamt würden
sie jederzeit wieder machen: Das Eis in Paris, ein Abend mit Verwandten in einem teuren Restaurant, wo sie Kaninchen, Ente, Lamm gegessen hatten und knapp 800 Euro hatten zahlen müssen – aber sie
würden es garantiert wiederholen, diese exquisiten Saucen ...

Dann der Blick vom Eiffelturm, die Fahrt mit einem Boot bei Rotwein
und Steak Frites, Hähnchen in Riesling, Tarte Tatin und Creme Cara-
mel. Und der Friedhof Pere Lachaise: Am Grab von Morrison hatten
sie anscheinend, ich muss mir das zusammenreimen, Whisky getrunken und „Riders on the Storm" gesungen. Und dann der Montmartre!

Ich versuche nicht mehr hinzuhören! Paris kenne ich nur vom Durchfahren, einmal Anhalten in der Innenstadt, eine überteuerte Pizza essen, weiterfahren und erleichtert aufatmen, als der Moloch von Stadt
hinter mir verschwindet. Ich hasse Großstädte!

Hier, wo alles kleinklein ist, verwinkelt, niedlich, überschaubar, füh-
le ich mich wirklich wohl. Ich würde ja argumentieren, dass diese
Altstädte, wie ich sie mag, eher an menschliche Maßstäbe und Di-
mensionen angepasst sind. Aber was würde ein Psychologe sagen?
Wahrscheinlich würde er es als Rückkehr in die Geborgenheit einer
Gebärmutter einschätzen! Altbekanntes, Stadtmauern, Stadttore, der
von freundlichen Häusern eingerahmte Markt – Schutz, mit anderen
Worten.

Jetzt beginnen die anderen von Schweden im Herbst zu schwärmen,
ich kann es nicht mehr mit anhören, zahle und lasse mir die Reste
vom Schäufele einpacken. Auf meinem Zimmer stelle ich fest, dass
Whisky perfekt zu Schäufele passt.

Es schneit schon wieder und ich kann das tun, was ich immer schon mal hatte tun wollen: Wandern an der Pegnitz. Ein verschneiter Fußweg begleitet treu das Flüsschen, welches sich durch bewaldete Anhöhen schlängelt, manchmal begegnet man Felswänden oder -türmen, wie Caspar David Friedrich sie gezeichnet haben könnte.

Etwas weiter ein Ausblick über ein Feld. Ich rufe den Transporter. Das will ich zeichnen: alles reinweiß, vor mir als dunkles Band der Fluss, dahinter auf der verschneiten Böschung zwei sprakelige Büsche. Die schwarzen Äste von Weiden, zwischen denen weiter oben sich die Häuser eines Dorfes mit ihren Schneelast-Dächern wie ein Band spannen. Ein geheimer Rhythmus von Giebeln, schrägen Dachflächen, die mal von links, mal von rechts kommen. Davon immer nur Teile sichtbar, weil alles in milchigem Dunst verschwindet. Könnte ich mir als Dekor auf einer Vase oder einem Becher vorstellen.

Mein Ziel ist Eitorf an der Sieg, ein Einkauf bei Gerstäcker. Die haben zwar mehrere Filialen über Deutschland verteilt, ich weiß allerdings nicht mehr, wo. Ausgedehnten Funkverkehr mit dem Internet will ich nicht. Und es ist letztlich egal, ob ich nach Frankfurt oder München düse oder nach Eitorf! Als ich nach ein paar Minuten hinter einem Vorsprung des Hauptgebäudes rechts lande und in den Schnee hüpfe, muss ich plötzlich lachen. Als ich vor 20 Jahren mal persönlich hier gewesen war, hatte ich noch den alten VW-Käfer gehabt. Und meine Frau war auch mitgefahren. Das Lachen bleibt mir im Halse stecken. Es war ein anderes Gebäude gewesen, wo ist der verdammte Haupteingang?

Gerstäcker hat, was ich will: schwarzes Zeichenpapier im Block und weiße Gelschreiber. Dazu eine Feldstaffelei, die man waagerecht stellen kann und eine Transporttasche aus Nylon, um den Block zu schützen.

Mittlerweile ist es Mittag. In Eitorf am Markt bekomme ich eine Pizza, hab es aber viel zu eilig, um sie zu essen. Zurück zur Pegnitz!

Nur zwanzig Minuten nach meinem Einkauf bei Gerstäcker stehe ich schon wieder an der Pegnitz, stelle die Staffelei waagerecht und lege die Pizza drauf. Drei Mountainbiker kommen vorbei, einer schreit: „Ej, das riecht gut!" Der nächste hält sogar an und meint: „Wo hasdn des her? Hier is nirgenswo a Pizzeria!"

Ich deute den Fluss hinunter: „Hab ich mir zur nächsten Haltestelle bringen lassen." Auf der anderen Seite der Pegnitz verläuft irgendwo die Landstraße. Wahrscheinlich mitten durch das Dorf, das ich zeichnen will.
„Geile Idee!"
„Geile Idee!", schreit der Dritte und dann mühen sie sich weiter durch den zehn Zentimeter hohen Schnee.

Die Pizza ist längst Geschichte, meine Füße sind nass, meine Finger kalt, aber es ist bei weitem nicht so schlimm wie sonst schon mal. Da hatte ich am Ende völlig erstarrte Finger gehabt, die beim Auftauen unerhört kribbelten. Sogar meine Nase und meine Wangen waren eingefroren gewesen. Davon nun keine Spur. Mir gehts ganz gut. Eddy erklärte mir später, dass das auch das Wirken der Nanobots gewesen sei. Die verstärkten die Durchblutung und die Wärmeproduktion in der Leber. Folge: erhöhter Kalorienbedarf beziehungsweise ein Abnehmeffekt. Konnte mir nur recht sein!

Zwei Mopeds knattern den Weg herauf, manchmal jaulen sie laut auf, wenn das Hinterrad durchdreht. Ich wundere mich, die dürften hier wohl eigentlich nicht fahren.

Sie knattern hinter mir vorbei, werden langsamer, drehen und kommen zurück. Naja, Kunstliebhaber. Viele Leute haben noch nie jemanden in der Landschaft zeichnen sehen und wollen zuschauen, das nervt mich unendlich, aber als Künstler lässt man sich davon natürlich nicht abhalten.

„Na Meister! Was machstn da?"
„Zeichnen!"
„Zeichnen, ej, zeichnen! Hasse gehört?"
„Und friert sich da den Arsch ab, oder wie?"
„Neenee, der hat ja son schönen warmen Mantel, guck mal!"
„Seeehr schön! Könnte meiner sein! Weißte was, das ist meiner!"
„Ja, Meister, dann zieh doch mal den Mantel aus!"
Ich hatte den Gelstift in die Tasche gesteckt und den Laser rausgeholt.
„Verpisst euch, ihr Ratten!"
„Spuck nicht so große Töne, sonst kriegst du auch noch auf Schnauze. Wir wollen ja nur deinen Mantel und dein Geld."
„Und die Uhr!"
„Ach ja guck ma, die Uhr!"

„Schick, ne?"

„Noch einen Schritt weiter!", ich stelle mit etwas steifen Fingern die Fächerbreite ein, stecke das Ding aber wieder weg. Hier in der Vergangenheit darf ich das Gerät nicht benutzen, außer ich töte die beiden, damit sie nicht reden können. Aber nun sind sie schon auf zwei Meter ran, was tun?

„Ihr wollt die Uhr, könnt ihr haben!", sage ich, drehe mich ein wenig nach links und nestle mit Rechts am Verschluss der Uhr herum.

Da macht der kleinere, ein Typ, der viel ins Bräunungsstudio geht, einen weiteren Schritt auf mich zu und streckt die Hand aus. Ich balle die Rechte und schlage mit einer kleinen Drehbewegung dem gebräunten Typen die Handkante auf die Nase, nur dass ich sie nicht treffe sondern die Stirn! Er fällt um und ein stechender Schmerz schießt durch meine Hand den Arm hinauf. Hat der einen Betonkopf! Ich bin so abgelenkt, dass ich nicht sofort auf den Großen achte. Klick macht es und er hat ein imposantes Stilett gezogen. „Arschloch!"

Dieser scheiß Mantel, warum hab ich mich nicht mit dem Anzug begnügt. Jetzt könnte ich einfach lachen und den Messerhelden einstampfen. Aber nein, ich brauche einen weichen warmen Ledermantel, um mich wohlzufühlen. Blödmann! Und meine Rechte schmerzt so sehr, wie ich es noch nie erlebt habe. Da muss etwas gebrochen sein. Er kommt auf mich zu, ich weiche zurück, überlege, ob ich nicht doch den Laser nehmen soll.

„Lauf nicht weg, hat keinen Sinn!" Er kommt näher und mir fällt ein, dass ich nicht komplett wehrlos bin. „Transporter kommen, sofort, ich werde angegriffen!"

„Auftrag wird ausgeführt!"

„Was ist das denn fürn Scheiß? Transporter was? Auftrag wird ausgeführt? Leck mich am Arsch! Jetzt ist aber finito!" Er macht ein paar schnelle Schritte auf mich zu, ich drehe mich um und renne. Und rutsche im Schnee aus und falle! Ich versuche mich wieder aufzurichten, da tritt mich der Blonde und trifft meine Hüfte. Ich rolle auf den Rücken, rolle weiter und versuche hastig aufzustehen, da tritt der Mistkerl nach meinem Kopf und ich lasse mich wieder fallen, greife Schnee und werfe ihm eine Handvoll ins Gesicht. Viel kommt da nicht an. Ich werfe erneut.

„Lass den Scheiß!"

Ich werfe wieder, er stürzt sich auf mich, sticht zu, ich wehre mit rechts ab und das Messer landet in meinem Unterarm. Der Blonde knurrt etwas, zieht das Messer zurück und ich schnappe nach Luft vor Schmerzen. Da sehe ich, wie Unmengen Schnee hinter ihm von

den Zweigen gefegt und verwirbelt werden. Ich schreie: „Transporter! Mach den Kerl kampfunfähig! Oder schubs ihn in den Fluss!" Wie der Transporter das bewerkstelligen soll, ist mir nicht klar, aber ich vertraue auf die Ressourcen der Xozorrudhuschen Technik.
„Hä?", sagt der Typ, schaut sich einmal dumm um und hebt wieder das Messer. Da erhält er einen extrem heftigen Schlag gegen den Kopf, der nach vorn geschleudert wird. Er sackt über mir zusammen und ich sehe, dass der Schädel teilweise eingedrückt ist. Der Kopf pendelt auch so merkwürdig haltlos.
Ist mir schlecht!
Ich atme tief durch, stemme ihn unter Schmerzen weg.
„Einstieg öffnen!" Ich krabbele in den Transporter, der genau neben mir hält. Den Anzug her! Ich hole ihn aus seinem Schrank, ziehe mich aus und stelle mich auf die silberne Scheibe. Zum zweiten Male bin ich wirklich dankbar, dass das Ding von selber an einem hochklettert, ohne dass ich Verrenkungen machen muss.

So, schnell wieder raus, niemand in Sicht, das Messer einsammeln, den Toten in den Transporter schleppen, mit Anzug eine simple Sache. Er landet auf dem Mantel, den ich vorher ausgebreitet habe. Nun noch das Moped. Mit einer Hand hochheben, Flugmodus für die 20 Meter zurück. Das Moped auf die Leiche werfen, damit ich auch noch irgendwie reinpasse. Staffelei, Block, Laser hab ich, das wärs wohl.
„Stealthmodus und aufsteigen! Dann so schnell wie möglich rauf zur Nordsee, zur Insel Helgoland! Das heißt, knapp außerhalb Sichtweite kannst du 10 Meter über dem Meeresspiegel anhalten!"
Der Transporter bestätigt und ich mache mich daran, den Mantel, der sowieso ruiniert ist, mit den Ärmeln um Moped und Leiche herum zu verknoten. Moment, erst noch die Taschen kontrollieren. Portemonnaie und Laser rausnehmen und was hat der Tote dabei? Ein flaches Portemonnaie mit knapp fünfzig Euro, einer Euromünze und ein paar Cent. Papiere hat er nicht.

Ich gönne mir einen großen Whisky, als der Transporter anhält. Ich schätzte, dass wir mit etwa 10.000 Kilometern pro Stunde geflogen sein müssen.
„Ausstieg öffnen!"
Frische salzige Luft kommt herein, ringsherum graues Meer, Dreimeter-Wellen, Stille. Ich werfe das Messer raus, schiebe dann das unförmige verknotete Paket aus der Luke. Platsch!
Und zurück!

Gründlich kontrolliere ich den Boden des Transporters, aber ich hatte ja zugesehen, dass gerade der Kopf auf dem Mantel zu liegen kam. Es waren keine Flecken zurückgeblieben. „Abfallbeseitigung", das Wort kommt mir in den Sinn. Diesmal habe ich gar kein Mitleid mit dem Toten. Es war aber auch zu knapp gewesen, wie leicht hätte der mich filetieren können! Hätte ich das Messer nicht mit dem Arm genommen, würde es nun in meiner Brust stecken! Seine Schuld, dass er mich angegriffen und verletzt hatte!
Einen weiteren Whisky in der Hand, denke ich darüber nach, dass ich doch öfter den Anzug tragen müsste und ob es nicht noch andere Lösungen, Alternativen gäbe zu einem kompletten geschlossenen Modell. Als ich wieder an der Pegnitz ankomme, ist der andere fort. In der Ferne hektisches Knattern.

Hoffentlich geht meine Rechnung auf: Sein Partner ist einfach verschwunden. Was mit dem passiert ist, hat er nicht mitgekriegt. Der Polizei kann er nichts sagen, ohne sich selber zu inkriminieren oder zumindest unter Verdacht zu geraten am Verschwinden seines Kumpels mitgewirkt zu haben.

Wenn er sich natürlich einredet, er habe selber gar nichts getan und es sei komisch, dass sein Freund so völlig spurlos verschwunden war, da müsse doch ein seltsamer langhaariger Fremder, der einen braunen Ledermantel trug, Schuld sein. Und wenn der damit nun doch zur Polizei ging, eventuell ein Phantombild gezeichnet wurde, dann würde man mich einen Tag später haben.

Was tun? Sollte ich wohl den anderen auch ... ? Paul Jaeger, Massenmörder!
Ich fliege zum Gasthaus, checke aus und hüpfe zurück in die Südsee, um mich behandeln zu lassen. Aber Eddy und Darling versichern mir, es sei alles in Ordnung, die Nanobots kümmerten sich um Regeneration und Schmerzunterdrückung. Die Rechte hatte ich mir stark gequetscht durch den Schlag. Ich muss halt aufpassen, sie zunächst nicht zu benutzen. Gebrochen ist nichts, die Stichwunde ist vom Anzug desinfiziert und verschlossen worden. Ich überlege, ob ich nicht hier in der Sonne bleiben soll, entscheide aber, dass ich die Städte, die ich mir noch vorgemerkt habe, auch wirklich sehen will. Ab in den Transporter, Darling und Eddy winken zum Abschied, drehen sich um und gehen Hand in Hand zurück zum Häuschen. Hand in Hand? Ein persönlicher Roboter und ein Schiff? Haben wohl einen Kurzschluss

in den Stromkreisen!

Marburg will ich noch besuchen, aber nach konstantem Schneeregen und ziemlichem Gedränge fliege ich weiter nach Celle, dann nach Papenburg, Stade, Buxtehude. Eckernförde wird schlichtweg verzaubert von einer perfekten reinen Schneedecke und gefällt ausnehmend gut. Die ganze Gegend wirkt aus irgendwelchen Gründen wie eine niedliche auf Winter getrimmte Modellbahnlandschaft. Alles ist so nett, klein-klein, abwechslungsreich! Dennoch krabbele ich nach einem chinesischen Essen missgelaunt wieder in den Transporter und lasse mich zurück nach Stade bringen, wo ich Apfelpunsch gesüppelt und Flammkuchen gefuttert hatte. Hier komme ich in einer gemütlichen Pension am Deich unter, wo ein Feuer im Kamin prasselt und man mir morgens das Frühstück ans Bett bringt. Das machen sie ja sonst eigentlich nicht, aber ein Scheinchen aus meinem dicken Portmonee stimmt sie um. Von meinem Fenster aus blicke ich auf drei knorrige alte Apfelbäume, deren mittlerer schief steht. Die will ich zeichnen, etwa handgroß auf meinem Skizzenblock. Schwarze, stumme alte Recken, geduldig darauf wartend, wieder blühen zu können.

In Stade lasse ich mir auch die Haare schneiden. Die Friseurin ist nett und hat wirklich eine tolle Figur, prächtige Beine, einen runden Hintern, eine stattliche Oberweite und ein verdammt süßes Gesicht. Ich erzähle ein paar blöde Witze und sie kichert so nett dazu, nebenbei leistet sie richtig gute Arbeit.

Nicht mehr graumeliert sehe ich aus wie Ende Zwanzig. Niemand könnte mich mehr für Mitte Fünfzig halten. Ich grinse mich selber im Spiegel an und bin schockiert, dadurch noch jünger zu wirken. Da grient mich doch ein pubertärer 15-Jähriger an. Schier unglaublich. Eine Erfahrung, als ob sich einem das Gehirn im Kopf verdreht! Hoffentlich setzt sich der Prozess nicht noch weiter fort, dann würde man mich wieder zur Schule schicken und ohne Ausweis könnte ich keinen Alkohol mehr kaufen.

Dann aber fällt mir ein, und ich bin wie vom Donner gerührt, dass ich das meinen Eltern, Verwandten und Freunden ja gar nicht klarmachen kann. Was soll ich denen denn erzählen, die würden mich doch nie wiedererkennen!

Als es ans Bezahlen geht, reiße ich mich zusammen und frage sie, ob sie nicht mit mir essen gehen wolle nach der Arbeit. Sie bedauert, ihr Freund wartet auf sie. Dann morgen? Sie lächelt entschuldigend und zuckt die Schultern.

Sauer, enttäuscht, frustriert, also in wirklich düsterer Stimmung trete ich auf die Straße. Warum bin ich nun derart schlecht drauf? Na, ich habe mir doch schon ausgemalt, wie ich ihr erkläre, dass meine Frau vor über 10 Jahren bei einem Verkehrsunfall gestorben ist und ich seitdem, äh, keine Frau mehr angesehen hatte. Was so nicht stimmt, aber kann ich ihr sagen, dass ich seitdem keinen Sex mehr mit einer Frau gehabt habe? In den dunklen Scheiben eines alten Sprossenfensters an einem Haus, dessen schwarzes Fachwerk mit rotem Backstein in geometrischen Mustern gefüllt ist, sehe ich mich zerrissen gespiegelt, undeutlich, aber definitiv jung. Ha, 10 Jahre verheiratet! Niemals würde sie mir glauben!

Nebel über der Altstadt, Abgase sammeln sich in den Straßen, der bleigraue Himmel hängt drei Meter über meinem Kopf. Ich latsche noch ein wenig herum und versuche, die kleinbürgerlich selbstzufriedene Backsteinarchitektur zu genießen, aber mir fällt nur auf, wie kalt der Wind um die Ecken pfeift und wie dunkel das Wasser im Hafen wirkt. Auch der alte Holztretkran scheint mit seinem nassen, schwarz glänzenden Holz nur ein Sinnbild der schlechten alten Zeiten zu sein, der Knechtschaft und der Tretmühle, in der ich gefangen gewesen war. „Jaja, komm!", versuche ich mir selbst in den Hintern zu treten. „Gewesen WAR! Das ist das Wichtige, das ist das Zauberwort, und ich krepiere auch nicht morgen schon, ich hab genug Zeit, mir eine hübsche Frau anzulachen! Ich bin ja groß, ich muss nicht alles haben und zwar sofort! Und jetzt geh einkaufen, Mann!"

Frischen Gouda hole ich in einem niedlichen Molkereiladen mit einer wunderbaren alten Holztür. Salami, Brötchen, jetzt noch Barolo. Ich seh mir selber über die Schulter, wie ich zum Beispiel an der Käsetheke die Verkäuferinnen mustere, von denen eine ganz nett wirkt, mir aber zu dick ist. Beim Brötchenkaufen lande ich neben einer Arzthelferin im weißen Kittel, die Teilchen fürs Kaffeetrinken holt. Ganz rassig mit blonden Haaren und grünblauen Augen, aber möglicherweise zu jung. Wenn ich die von der Seite anquatsche, bekomme ich eine Abfuhr wie „Hau ab Opa"! Oder, hm, bin ich genügend verjüngt, um es wagen zu können?

Vor dem Weinhandel auf der Straße stelle ich fest, ich will doch keine Brötchen futtern, lieber etwas Herzhaftes, Warmes! Zurück im Laden frage ich den Verkäufer nach einem Griechen, Argentinier oder Mexikaner. Er empfiehlt das Taco's und dort habe ich dann auch scharfe Tacos, Rippchen und eine Menge Bier. Schade, dass an den Nachbartischen keine Damen alleine speisen.

Abends noch einen Grog am Kamin, nein, ich will nicht mit den anderen zusammen Karten spielen, ich will lesen und haue mich mit einem Buch aufs Bett. Barolo, Salami, Käse auf dem Nachtschränkchen. Ach, ich hab keinen Korkenzieher und kein Messer! Lasern geht wohl nicht, also drücke ich den Korken in die Flasche, zerbreche den Käse und gehe der Salami mit einem stumpfen Brieföffner an die Pelle. Alles in Allem veranstalte ich eine ganz schöne Sauerei.

31

„Und wieso bist du schon wieder hier?", fragte Darling.
„Ach, verdammt! Den ganzen Tag hab ich gestern damit verschwendet, in verschiedenen Großstädten rumzulaufen und Einkaufszentren zu besuchen, die ich kannte, Breuningerland oder das Frankenzentrum oder Citti-Park Kiel und das Centro. Ich hab ein bisschen eingekauft und, äh, eigentlich hab ich mir die Frauen angeschaut. Das einzige Mal, dass ich den Nerv hatte, jemanden anzusprechen, war, als ich zwei hübsche Geschöpfe Mitte Zwanzig an einem Tischchen im Eiscafé im Lago sitzen sah. Ich hin, frage, ob ich mich dazusetzen und einen großen Eisbecher ausgeben könne, da sagt die, die ich besonders attraktiv finde, da seien doch noch eine Menge Plätze frei!"
Ich erzählte auch noch von der Friseurin und erklärte, dass ich es wohl nicht drauf hatte und dass ich mir nun klargeworden war, dass ich sowieso keinen One-Night-Stand wollte, hier in der Vergangenheit. Denn würde ich mich hier richtig und erfolgreich verlieben, konnte es vielleicht zu Problemen kommen, wenn wir in ein paar Monaten wieder ins All aufbrachen und ich längere Zeit abwesend wäre. Ich würde mir das nie verzeihen, wenn dadurch etwas kaputt ginge, was erhaltenswert gewesen wäre. Ich seufzte.
Darling nickte nur und meinte: „Ich hab, was du brauchst, komm, lass dich mal überraschen!"
Sie lotste mich in die Hütte, Eddy begrüßte mich und nahm mir den Rucksack ab und verschwand mit den Tüten meiner Einkäufe. Ich setz-

te mich an den Esstisch und sie holte eine Flasche und ein Glas heran. „Rosé!"

„Nach deinem Geschmack gefertigt, wie wir hoffen!", sie grinste erwartungsvoll.

Der Rosé war schlichtweg: „Irre gut! Fruchtig, samtig, erfrischend!" Ich leerte sofort das Glas und bekam Nachschub. „Trocken und herb, fast zu herb. Fast!" Ich trank nochmal etwas. „Aber, aber nicht zu süß und ü-ber-haupt nicht sauer! Ir-re!"

Darling holte aus dem Synteezer ein paar Kleinigkeiten, einen Teller mit gerösteten knusprigen Fleischstückchen, gegrillte Zwiebeln, Tomaten, Pilze, dann ein paar Käsesorten und schon öffnete sie die zweite Flasche.

„Langsam, langsam, ich bin gleich besoffen!"

„Aber es geht dir schon besser."

„Definitiv, definitiv, ich bin froh, dass ich wieder nachhause gekommen bin!" Ich hing noch dem Klang meiner eigenen Worte nach, da meinte Darling, sie hätte noch etwas und begann sich auszuziehen, das leichte Kleid hatte sie schon über den Kopf gezogen und über die nächste Stuhllehne gelegt, bevor ich reagieren konnte.

„Was machst du denn da?"

„Paul, ich glaube, ich bin das, was du brauchst. Vertrau mir!" Sie nestelte am Verschluss ihres BHs!

„Stopp stopp! Ich meine, wieso denkst du ..."

Aber sie stand schon oben ohne da. Ich hatte geholfen, sie zu entwerfen, ich hatte mit dem Schiff, also mit Darling zusammen die Simulationen angesehen, aber die Wirklichkeit war schon überwältigend.

„Darling, also wirklich, du bist ein, ein ..."

„Nein, Paul, ich bin mehr als nur ein einfacher Roboter oder ein Computer, wie du ihn verstehst. Ich kann denken, ich weiß, dass ich existiere. Eddy und ich sind neuere Modelle, gerade mal 600 Jahre alt. Es passt schon. Die Xozorrudhu denken nicht mehr viel, aber ihren Maschinen erlauben sie nun das Denken!"

„Ja, aber du hast doch keine, ich meine, äh ..."

„Hör zu, Eddy und ich, wir wollten mehr sein als nur eine einfache fehlerhafte Kopie eines Menschen, wir haben uns die entsprechenden Organe exakt nach humanem Vorbild entworfen und ... ich bin nun sicher so weiblich, wie manche durch Geburt menschliche Frau, obwohl ich auch ein Roboter bin!"

„Und ein Schiff!"

„Und ein Schiff."

„Und ihr habt euch Organe entworfen, Eddy also auch?"

„Und wir haben sie ausprobiert.“
„Ausprobiert! Das heißt ... ihr habt gebumst?“
Sie nickte und zog ihr Höschen aus.
„Komm!“
„Darling, ich kann doch nicht ...“
„Und warum nicht? Ich will doch nur dein Bestes und es wird dir gut
tun und deine Erektion zeigt, dass ich recht habe, na komm schon!“

Tja, was soll ich sagen, ich bin der erste Mensch, der Lichtjahre weit
geflogen ist, ich bin der erste menschliche Zeitreisende und der erste,
der ein Raumschiff gebumst hat!

Alter Schwede! Was für eine Erfahrung!
Ganz ehrlich?
Die beste überhaupt!
Sie war so weich und so leidenschaftlich und so ... „Mein Gott, du
schwitzt ja!“
„Du doch auch“, konterte sie und zog die Beckenbodenmuskeln zu-
sammen, ich stöhnte. „Ah, du bist perfekt!“
„Ich weiß“, keuchte sie.
Sie war anschmiegsam und warm und heiß an den richtigen Stellen
und ... sie hatte kalte Füße!
Perfekt!

Die Sonne ging als feuriger Ball in meinem Rosé und meinem Cognac unter, Delfine spielten vor der Insel, ihr keckerndes Geschrei ein
Freudengelächter, und ich fragte mich, wie es im Vergleich wohl mit
der Friseurin gewesen wäre. Wahrscheinlich nicht so gut. Oder doch
besser, weil sie eben nicht perfekt gewesen wäre?

Ich hatte ja befürchtet, dass ich, hm, ja, gar nicht mehr mit einer Frau
konnte, nach all den Jahren, äh ... ich will das nicht vertiefen!
Aber hätte es mit meiner lieblichen Friseurin geklappt? Möglicherweise nicht, also warum hatte es mit Darling so gut funktioniert?

Irgendwann hörte ich auf zu grübeln und beschloss weise, dass ich
weitere Erfahrungen, Daten sammeln musste, um zu einem Schluss
zu kommen. Und das hatte Zeit. Inzwischen war die Sonne untergegangen, blausamtene Nacht mit prächtigem Sternengefunkel über
mir. Das Meer roch warm nach Salz und Ewigkeit und müde raffte ich
mich auf, um zu Bett zu gehen.

32

Die restlichen Monate verbrachte ich auf der Insel mit zwei Abstechern nach Deutschland, um Bücher und CDs zu kaufen.

Lange Stunden lag ich am Strand im Schatten dreier Palmen, las, hörte Musik, ließ mich von Darling verwöhnen – ja, natürlich, in jeder Beziehung – und wenn ich einen Energieausbruch hatte, übte ich mit Eddy Karate, Straßenkampf, Judo, Fechten oder ich ging Schwimmen. Im offenen Wasser trug ich den leichten Anzug, um bei einer Begegnung mit einem Hai gewappnet zu sein. Aber es kam nie dazu. Ich schwamm oft so weit hinaus, bis ich kaum noch konnte, und ließ mich vom Anzug wie ein Torpedo durchs Wasser zurückkatapultieren. Am Strand erwartete mich immer ein Martini, geschüttelt, nicht gerührt, und abends manchmal ein Grillfeuerchen, auf dem wir ein mit viel Chili gewürztes Hähnchen grillten.
Manchmal hatte ich Ideen, die ich in meinen Skizzenblock kritzelte, manchmal nahm ich ein Stück Treibholz und schnitzte eine abstrakte Skulptur daraus.

Irgendwann, als Darling und Eddy zum Schwimmen im Meer gewesen waren und Darling sich die Haare waschen und föhnen musste, fragte ich Eddy, ob er nicht eifersüchtig auf mich sei. Er fragte zurück: „Und du? Biste auf mich eifasüchtich?"
„Natürlich nicht!"
„Na siehste! Ich sollte dich übrings erinnern, det ..."
„Jaja." Es war das dritte Mal, dass er mich erinnerte, dass ich festlegen wollte, wie der ideale „Anzug" für Streifzüge auf meiner guten alten Erde aussehen sollte. Mit den vollständigen Anzügen der Xozorrudhu war ich total overdressed! Sie waren mir einfach auch zu lästig, um damit in Städten rumzulaufen.
„Eddy, es ist ja nicht so, als hätte ich da nicht drüber nachgedacht, aber das Einzige, was mir einfällt, ist, dass am besten meine ganze Garderobe in ihren Einzelteilen Bestandteile des Anzugs enthält. Also die Socken, der Slip, meinetwegen ein Unterhemd, T-Shirt, Oberhemd, Jeans. Zusammengenommen könnten sie doch im Notfall als Anzug fungieren. Er muss ja keine Atomangriffe überstehen! Es würde reichen, wenn die Jeansjacke eine Pistolenkugel oder einen Messerstich stoppen kann."
„Wenn det Matrijal nich ne jewisse Dicke hat, wirste nich fliegn könn!"
„Vergiss die Schuhe nicht!"

„Ja, det könnte funkzioniern, für kurze Flüge, wa! Und du könnts den
Schutz deina Birne vabessan, wenn de ne Mütze tragn würds."
„No go, ich hab noch nie eine Mütze getragen!" Gut, zumindest seit
meiner Kindheit nicht mehr! Aber Eddy zeigte mir ein paar Simulationen
und tatsächlich, mit einer Baskenmütze wirkte ich wie ein Künstler, mit
einem Militärkäppi war ich Che Guevara, mit einer Bommelmütze ...
„Sag mal, willst du mich verarschen?"
Eddy kicherte und meinte dann: „Noch wat! Du jehst ja mit Schuss-
waffen und mittem Laser janz orntlich um. Fürn Hausjebrauch reichtet.
Aber in kritischen Situationen", jetzt sprach er wieder Hochdeutsch,
„bist du zu langsam und ungenau. Das müssen wir ein wenig üben!"

Ein wenig! Das war gut! Ein paar Wochen später hatte ich so viele
auf den Wellen schwimmende Papier-, Papp- und Holzziele gelasert,
dass der Ozean sich ein paar Grad aufgeheizt haben musste!
Eddy und Darling verlangten, dass ich Punkte machte. Sie stellten sich
das so vor, dass Darling die Ziele nach Zufallsprinzipien freigab. Wenn
Eddy oder ich sie sichteten, musste schnellstmöglich geschossen werden. Eddy versicherte mir, er würde nur auf menschliches Niveau re-
duziertes Sehen und eingeschränkte Reaktionen benutzen. Manchmal
war er nicht mal am Strand, nur deswegen konnte ich annähernd mit
ihm gleichziehen, denn seine Treffgenauigkeit lag bei 100 Prozent.

Manchmal waren es Ballons, nach Sonnenuntergang trugen sie kleine
Lämpchen, oder es waren Flotten von Papierschiffchen mit Teelich-
tern. Das sah solange schön aus, bis wir innerhalb von ein paar Sekunden auf Darlings Kommando die Pracht beendeten.

Eines Abends hatte ich mich schon auf das à la Luau im Sand ge-
röstete Spanferkel gefreut, da meinte Darling: „Jetzt wird erst noch
gearbeitet!" Und aus dem Meer stiegen ein paar Container auf, die
eintausend Ballons und eintausend Papierschiffchen entließen. Nur,
dass sie nicht angezündet waren. Wir mussten sie in Brand schießen. Einfacher, als es sich anhört: Ein postkartengroßes Fähnchen
aus Alufolie musste getroffen werden, dann entzündete sich das Licht
von selbst. Es waren keine Teelichter, sondern elektrische Kerzensi-
mulationen.

Der breite grüne Suchlaser vereinfachte das Verfahren. Hatte man
das Ziel in der Dunkelheit gefunden, konnte man das violette Kreuz im
Zentrum des Grüns zum Zielen nutzen, ganz durchdrücken und bin-

go! Alternativ erzeugte die Waffe ein Ziel-Hologramm, dessen Position und Einstellungen ich programmieren konnte.

Ein paar Ballons platzten, ein paar Schiffchen fackelten ab, aber nach fünf Minuten erleuchteten Hunderte von Lichtern den milden Abend. Die Ballons waren bald zu weit aufgestiegen, aber die Schiffchen blieben uns geraume Zeit erhalten, während Eddy das Luau für eröffnet erklärte und das Spanferkel ausbuddelte.

Beim Essen fragte Darling, was denn sei, ob es nicht schmecke. „Nein, alles wunderbar, ich bin nur sauer, dass Eddy so viel besser ist!“
Er hatte fast 1000 Treffer erzielt, ich nur etwa 650.
„Du siehst das falsch, völlig falsch!“ Eddy stand aus seinem Korbsessel auf und goss mir den gekühlten Rosé nach, den ich so toll fand.
„Du solltest auf dich selber trinken! Denn ich habe mir diesmal, damit wir eine schöne Illumination erhalten, keine Beschränkungen auferlegt. Schneller kann ich nicht mit einer externen Waffe zielen und schießen. Du hast aufgrund der Nanobehandlung mittlerweile verbesserte Reizleitung, verkürzte Reaktionszeiten, bessere Reflexe und das Training zahlt sich aus. Paul, du bist jetzt schon schneller als jeder andere Mensch. Andere hätten vielleicht nur gut die Hälfte deiner Treffer gehabt. Also!“ Er reichte mir das Glas. „Auf dich!“
Darling grinste mich freundlich an, das Kinn in die Hand gestützt. „Hoch die Tasse!“, meinte sie.
Ich prostete den beiden zu und trank das Glas leer. „Ein Problem hab ich noch: Den Laser kann man nicht immer so gut gebrauchen. Und der unpraktische Peacemaker ist viel zu auffällig. Es wär schön, wenn ihr mir eine Art Pistole geben könntet, die leistungsstark und genau, aber dabei auch klein ist.“

Drei Tage später hatte ich sie. Sah aus wie eine Wasserpistole, fühlte sich auch so an, war aber unzerstörbar und reagierte nur auf meine Hand. Die kleinen rotierenden Stahlellipsoide von 7 Millimeter Durchmesser und 12 mm Länge transportierten eine Sprengladung! Es gab keine Patronenhülsen. Die Waffe erzeugte im unteren Teil des Griffs Pressluft von 1200 bar und nutzte zusätzlich Gravitationsfelder, um das Projektil mit mehrfacher Schallgeschwindigkeit ins Ziel zu bringen. Sobald ich die Pistole in die Hand nahm und den Abzug berührte, wurde das Laservisier aktiviert. Gleichzeitig sauste vorne der daumendicke Lauf heraus und verlängerte die Waffe um 20 Zentimeter. Die

harmlos wie Medikamentenkapseln aussehenden Projektile erzeugten einen peitschenden Überschallknall, durchschlugen Stahlwände und die Explosivladung zerriss ein Meter dicke Bäume. Da der Griff voller Technik steckte, fasste das Ding nur 20 Schuss, konnte aber einfach nachgeladen werden.
„Wow, Kinder, das ist ja mal ne Luftpistole! Und wie wärs noch mit irgendwas, das, äh, unblutig arbeitet, das nicht tötet, sondern nur betäubt?“
Eddy und Darling sahen sich an.

Tags drauf erhielt ich eine Betäubungspistole, getarnt als Feuerzeug. Man klappte den Deckel auf, wie bei so vielen Feuerzeugen, richtete ihn auf die zu betäubende Person und drückte auf das Reibrad. Das Opfer sollte dann eine halbe bis eine Stunde schlafen. Das Narkosefeld reichte gut zehn Meter weit.

„Un für unsa Vorham reichtet allet nich!“, sagte Eddy. Wir bräuchten noch etwas, das Kampfroboter zerstört oder Anzugmaterial auflöst, sonst könnten wir das Ganze gleich sein lassen.

Das Ergebnis unserer Überlegungen war ein Laser-Raketengewehr. Das äußerlich glatte, langweilige Gerät von 60 Zentimetern Länge war nicht einfach nur die vergrößerte Version der Pistole. Es bestand aus einem ovalisierten Rohr und zwei eingelassenen Griffmulden. Es verschoss selbstlenkende Raketen mit Explosivköpfen, Schwarzköpfen und CDs, Cohesion-Destroyern. Die Raketen folgten bewegten Objekten und die Schwarzköpfe überzogen spiegelnde Oberflächen mit teerartig klebriger Farbe, so dass man den Laser dennoch einsetzen konnte.
Das Laserlicht war moduliert. Registrierte die Waffe also zurückkehrende Wellen, unterbrach sie selbsttätig den Beschuss. Dann konnte man erneut einen Farbkopf einsetzen oder mal zur Abwechslung einen CD-Kopf, der zu einer Art handgroßen Antenne aufklappte, um die Bindekräfte der Materie zu vermindern. Jegliches Material wurde zu Staub zerlegt. Allerdings war die Wirkung auf einen Zentimeter Tiefe begrenzt, ein Energieproblem. Übrigens eine geächtete Waffe, die Eddy und Darling nicht gegen Merrumeer einsetzen durften.
Ein weiteres Highlight war die simple Tatsache, dass wie bei der Pistole das Gewehr einfach alles verschießen konnte, was in den Lauf passte! Also auch kleine Steinchen, Aststückchen und was man so finden konnte.

Beim Aufnehmen der Waffe passte sich der Griff der Hand an, der Daumen lag in einer Mulde auf einem Scrollrad, aber man konnte natürlich auch Sprachbefehle erteilen. Das Scrollrad wählte die Munitionsart aus und neben der Mündung zeigte ein frei im Raum hängendes Holo die Piktogramme für „CD", „Farbe", „Explosivladung", „beliebig" und, das war wirklich der absolute Wahnsinn, „Antimaterie".
Neben 10 normalen Explosionsköpfen war ein Antimateriekopf geladen, der ein großes Haus zerstören und ein Kopf, der eine ganze Stadt vernichten konnte. Die Verwendung musste durch zwei Triggerbetätigungen extra bestätigt werden, bevor man derart unanständig große Zerstörung anrichten konnte.

Übungsweise ballerte ich auf die Ruine eines Fabrikgebäudes an einem verlandeten aufgegebenen Hafen auf einer Nachbarinsel. Nach einer Minute war von der Halle nur ein Haufen Schutt übrig, aus dem drei widerspenstige Eisenträger ragten. Die kürzte der Laser ein und Eddy erklärte die Übung für beendet.
„Dafür kriegste von mir det Diplom in Jebäudeabriss valiehn, wa!" Und dann, als ich die Waffe ein letztes Mal hob, mit dem Daumen wählte und zweimal kurz den Trigger durchzog, schrie er: „Nein, tus nicht!"
Aber es war zu spät, ich schoss die Antimaterierakete mit der „kleinen" Ladung ab. Die traf mitten in den Schutthaufen und eine Zehntelsekunde später baute die Elektronik in dem Raketchen das extrem starke Magnetfeld ab, welches das winzige Stäubchen Antimaterie in Position gehalten hatte.
Die Folge: Uns flog der komplette Schutthaufen um die Ohren. Sehen konnte ich's nicht, mein Anzug machte dicht und ich hatte lange Sekunden Zeit drüber nachzudenken, ob nicht Fredric Brown eine Story über einen perfekten Schutzanzug geschrieben hatte. Der Erfinder stellt sich vor eine Wasserstoffbombe und wird in die Sonne geblasen. Mir brach der Schweiß aus. Grundgütiger! Das war doch nur eine winzige Menge Antimaterie gewesen ... Endlich ließ der Helm mich wieder rausblicken. Ringsum nur Wasser. 50 Meter vor der Insel dümpelte ich im Meer! Ich atmete tief durch.

Eddy war nicht in Sicht, ich ging davon aus, dass er genauso wie ich ins Wasser gefegt worden war, aber zwei Minuten Suche, bei der ich mit hoher Geschwindigkeit das Wasser durchpflügte, ergaben nichts. Ich entschied mich tiefer zu gehen und nochmals meine Kreise zu ziehen, da ertönte eine Stimme in meinem Helm: „Sach ma, Paul, allet klar bei dir?"

„Ja!", schrie ich. „Sicher!"

„Un könnteste in Erwägung ziehn, mir zu helfen?"

„Wo bist du denn, zum Henker?"

„Uff de Insel, wo sons?"

Er war so schlau gewesen, sich in eine Bodenrinne zu werfen, aber ein paar Teile der alten Fabrik hatten ihn getroffen und ich musste mit 400prozentiger Anzugunterstützung ein paar schwere Brocken weg-räumen, bis ich sehen konnte, was ich angerichtet hatte.

Eddy war platt.

„Oh Gott, ich habe dich umgebracht!"

„Erstens bin ich nich Gott, sondern Eddy und zweetens haste mich nur ufs Wesentliche reduziert, wa?"

Etwa dort, wo seine Brust gewesen war, bewegte sich etwas. Der Computerklotz, der Eddys „Gehirn" enthielt, war intakt.

Ich nahm ihn vorsichtig hoch. „Mann, bin ich froh!"

„Un ick hab jerade jemerkt, wie selbstverständlich dir so een Körpa werden kann. Det is ja richtich unanjenehm, wenn de den verlierst!"

„Echt jetzt? Wär ich nie drauf gekommen."

33

Das geklaute Jahr ging irgendwann doch zu Ende und mir wars nur recht. Irgendwie hatte ich mich nie daran gewöhnen können, dass meine Wenigkeit, Paul I, wie ein lebendig gewordenes Gespenst aus der Vergangenheit die ganze Zeit über in Deutschland herumlief und arbeitete, während es mir so gut ging wie nie zuvor.

Nebenbei war da noch ein Garragant unterwegs, der mich noch gar nicht kannte. Das kann man nur versuchen, irgendwie zu akzeptieren, daran gewöhnen kann man sich nicht.

Aber immerhin hatte ich am Ende noch eine geniale Idee: Genau an dem Tag, als Paul I Garragant kennenlernte, flog ich mit einem kleinen Transporter nach Alaska hinauf und parkte hinter dem nächsten Berg flussabwärts, um nicht von Garragants Instrumenten geortet zu wer-den. Mit dem Bike juckelte ich 20 Kilometer um den Berg herum, was mich vier Stunden kostete und dann zehn Kilometer flussaufwärts, um zu der Stelle zu gelangen, an der die beiden Jeepfahrer Garragants Anzug mitgenommen hatten oder mitnehmen würden.

Der Anzug war eingestellt, nicht in den Flugmodus zu gehen und nur letale Impulse auszugleichen, denn auch das würde Garragants Schiff registrieren. Als ich dann mit etwa 50 Sachen am Bachrand durchs Wasser und über kindskopfgroße Steine jagte, warf mich das Bike dreimal ab. Jedesmal fror mich der Anzug in der Bewegung ein, es gab einen heftigen Schlag, der mich komplett durchrüttelte, weil Antigrav ausgeschaltet war und ich fand mich etliche Meter weiter im Wasser oder auch am Ufer wieder.

Es wurde knapp. Ich hätte früher losfahren müssen. Als ich den Jeep am Ufer geparkt sah, wendete ich, strampelte zurück bis zur übernächsten Kurve, wo ich das Bike brutal in die dichtesten Büsche fuhr, die ich finden konnte. Mit Kraftunterstützung des Anzugs kämpfte ich mich aus dem Dickicht heraus und hockte mich dann gezielt auf einen größeren Felsblock am Rande des Flüsschens. Der Stealthmodus ließ mich unsichtbar werden und ich musste nur zwei Minuten warten, da hörte ich den Knall des Peacemakers. Noch zwei Minuten und da waren sie und fuhren doch tatsächlich durch das tiefe Wasser auf der anderen Seite, zwanzig Meter entfernt! Ich sprang auf, rannte ein paar Schritte, benutzte den Betäuber, nochmal, der Wagen verlangsamte, als sei der Fahrer irritiert und dann preschte der Jeep weiter. Ich fluchte.
„Volle Kraftunterstützung!" Mit großen Sprüngen, das ging schneller als Laufen, jagte ich hinterher und an der nächsten Kurve hatte ich sie wieder. Ich betätigte mehrmals den Betäuber, aber es tat sich nichts. Dann folgte der Jeep aber nicht mehr dem Flussbett, sondern hielt geradeaus auf eine Reihe Felsen zu, die wie abgebrochene Zähne eines Riesen wirkten. Und krach, knallte der Jeep in die natürliche Barriere und ich hintendrauf.

Knie, Oberschenkel, Brustkorb, Schultern und Kopf schmerzten mittlerweile. So viele blaue Flecken hatte ich noch nie eingesammelt! Für eine Sekunde hing ich fest, dann konnte ich zurücktreten. Das zersplitterte Heckfenster löste sich dabei aus dem Rahmen. Und neben dem hinten montierten Ersatzreifen gabs eine tiefe Delle. Die würden sich wundern!

Der Motor war abgestorben. Stille, nur ich keuchte schön vor mich hin. Ein wenig fürchtete ich, was mich erwartete, wenn ich die Tür öffnete, aber die beiden waren angeschnallt. Sie hingen bewusstlos in den Gurten und hatten durchaus noch Puls, wie ich fühlen konnte.
Zündung aus. Garragants Anzug vom Rücksitz nehmen und über den

Kopf schwingen. „Andocken!" Und schon hatte ich die Scheibe auf dem Rücken hängen, wie ein mittelalterlicher Krieger einen Schild. Langsam und steif wanderte ich zurück zum Bike und machte mich geradezu gemütlich auf den Rückweg, nur den Elektroantrieb nutzend.

Der Transporter brachte mich ruckzuck zurück zur Insel, die Hütte klappte zusammen. Darling beorderte das Schiff – ich hatte mir angewöhnt, sie beide als zwei getrennte Wesen zu sehen, was sicher falsch war – aus dem Unterwassergraben herauf und als das Meer an einer Stelle vor der Insel verrückt spielte und sich im Wasser eine perfekt gerundete Vertiefung wie eine gewaltige Schüssel abbildete, wusste ich, dass es da war.
Als wir später wieder die Jupiterlaufbahn passierten, rieb ich mir müde und irritiert die Stirn und die Augen.
„Was ist denn, Paul?", fragte Darling.
„Ich fühle mich so hohl und orientierungslos. Ich bin nicht gut drauf."
„Du bist müde. Es war ein langer Tag. Du hast ganz schön was getan heute! Und da wunderst du dich?"
Ich grunzte nur.
„Komm, machs dir gemütlich! Ich will dich mal wieder so richtig verwöhnen. Lass dich überraschen!"
Ja, überraschen, verwöhnen, das konnte sie gut, ich nutzte die Zeit, um schnell ein paar von meinen Holzskulpturen aus einem Lagerraum zu holen und in meiner Suite zu verteilen. Die Lichtführung stimmte nicht, aber mir gefiel ausnehmend gut, was ich da produziert hatte. Die Dinger waren ein Teil von mir, ein Stück geronnener Zeit und ich fühlte mich gleich besser, wenn ich sie anschauen konnte.
Dann kam Darling auch schon in einem quasi-orientalischen Dress, aufgemacht wie die „bezaubernde Jeannie" bis hin zu den Pluderhosen! Und mit der hellen, etwas albernen Stimme der Filmfigur verkündete sie: „Meister, hier habe ich für dich einen kleinen Crêpe Suzette, ein Roggenbrötchen, gefüllt mit scharfer Gulaschsuppe und ein Eis aus exotischen Likören und Litschis! Lass es dir schmecken!"
„Du musst noch so komisch mit dem Kopf wackeln!"
Sie verschob den Kopf von links nach rechts und zurück und klimperte albern mit den Augenlidern, genau wie Barbara Eden – ich schmiss mich weg vor Lachen. Der Crêpe Suzette wurde kalt darüber. Es war aber nicht allzu viel, was sie mir da serviert hatte, und es verschwand schnell und schmerzlos.
„Darling, das war wirklich ... mmmh ... erstklassig!"
Sie schob den Tisch etwas zur Seite und setzte sich auf meinen

Schoß. „Kann ich für meinen Meister sonst noch etwas tun?", gurrte
sie.
„Weiß nicht, Hauptsache, du zauberst mich nicht in deine Flasche, da
krieg ich Platzangst!"
Sie lachte und mir wurde klar, ich war ja schon in ihrer Flasche ...

34

Ich grübelte andauernd darüber nach, ob unsere Kaperaktion klappen
würde. Und ich hatte Manschetten vor Delta, vor der Wassertiefe von
15 Kilometern. Schließlich sah ich eine Möglichkeit, die mir relativ sicher erschien: „Darling, schau, ich glaube, es ist ziemlich riskant, da
unten vor Merrumeers Zuflucht mit kleinen Transportern zu operieren.
Was wäre, wenn es einen Unfall in der Schleuse gäbe? Oder wenn sie
blockiert wäre und wir uns hineinsprengen müssten?"
„Das wäre allerdings ein Problem. Was schlägst du vor?"
„Könntest du nicht eine große Luke im Schiff öffnen und diese genau
über Merrumeers Schleuse setzen?"
„Ich könnte einen Ausschnitt aus der Schiffswand herausnehmen, so
dass die Öffnung genau auf das Terrain dort unten passt. Das wäre
wohl das Beste."
„Das meine ich auch." Juchhu, ich brauchte selber nicht den Tiefsee-
taucher zu spielen. Im Schiff würde ich mich schon ganz sicher fühlen.
Und ansonsten würde mich der schwere Kampfanzug schützen. Mir
konnte ja nichts passieren. Ich musste nur langsam mal anfangen,
das selber auch zu glauben!

Eine Stunde nach unserem Abflug, nach Deltas Zeit gemessen, waren
wir wieder dort. Ich musste grinsen. Paul I würde ein irres Jahr vor
sich haben, und wenn ich mal drüber nachdachte, war es sicher das
Beste seines Lebens. Einzigartig und unwiederholbar. Aber mein Leben als Millionär würde ja wohl auch ganz nett werden, wenn ich denn
die nächsten Stunden überlebte. Mein Grinsen verschwand wieder.

Darling gestaltete die Hülle an der Unterseite um. Das sah aus, als
hätte ein Torpedo ein Loch in den Rumpf gerissen! Und schon kam
auf den Monitoren die schier endlose Wasseroberfläche Deltas näher.
Übergangslos, sanft gleitend, versanken wir im tiefblauen Ozean.
„Jetzt wird es ernst", sagte Darling. „Wenn wir erst einmal andocken,
ist Merrumeer gewarnt, lautlos und ruckfrei geht das nicht. Ich muss

schließlich eine dichte Verbindung herstellen, die enormem Druck standhält. Wir machen uns am besten jetzt schon bereit."

Darling hatte vor dem Bereich, den sie aus dem Rumpf gesäbelt hatte, eine Schleuse eingerichtet. Und wie bei allem, was sie tat, war sie gründlich gewesen. Es standen Sessel bereit, auf dem Boden lagen die Anzüge verteilt, auf Tischen lagen Waffen herum und eine Flasche Cognac hatte sich auch dazu verirrt. Darling war einfach ... naja, ein Schatz!

Eine Wand diente als Monitor, zeigte aber meist Schwärze und selten ein wenig Geflimmer, bis plötzlich ein flaches Tier, das einer gigantischen Fliegenklatsche glich, Lichtblitze aussendend vorüberhuschte. Dahinter folgte ein schwarzes Monster, ein Vieh etwa wie ein Rührgerätequirl, groß wie ein LKW. Es kollidierte mit der Wandung des Schiffs und wurde weiter mit hinuntergezogen, bis es sich befreien konnte. Glück für die Fliegenklatsche!
Wir stiegen in die Anzüge. „Übrigens", sagte Darling. „Ich habe deinen Anzugcomputer erweitert. Du kannst jetzt richtig mit ihm reden und er kann Xozorrudhu-Metall umprogrammieren, wenn du die Hand drauflegst."
„Toll", sagte ich, wunderte mich aber, was das sollte.
Und schon dockten wir in tiefster Finsternis am Kern des Planeten an. Ich hatte eine Gänsehaut. Ich wäre jetzt gerne wieder zuhause oder in der Schule gewesen.
„NEIN! Wäre ich nicht!", brüllte etwas in mir.
„Wann gehts denn los!", rief ich.
„Geduld! Ich muss sicheren Kontakt herstellen."
Der Monitor zeigte eine matschige Fläche mit Beulen und Maulwurfshügeln. Ein paar kleine „Fische" mit merkwürdig quadratischen Abmessungen, aber definitiv mit Flossen. Sie platzten auf, als Darling den Druck auf normales Niveau einstellte.
„Ich erhalte Daten. Der Druck ist in der Schleuse der Station normal. Der Zentralcomputer öffnet sie für uns, also raus!"
Wir liefen ein Stück die Wandung hinab und Darling rief: „Flugmodus! Der Schlick hier ist knietief."
Schleimige Haufen, die mal Lebewesen gewesen waren, lagen überall verteilt und die „Maulwurfshügel" waren aufgequollen. Eine violette Flüssigkeit war meterweit drumherum verspritzt worden.
Die wie ein Uhrglas gewölbte Wand der Station erschien allerdings perfekt sauber. In der Mitte entstand eine Öffnung, die sich sofort wie-

der schloss, als wir hineingeflogen waren. Hier gabs keinen Cognac. Wir würden auch hoffentlich nicht lange bleiben.

„Ich erhalte Daten", sagte Darling. „Familie Garragant ist in der Mitte der Station untergebracht, aber ich kann Merrumeer nicht finden."
Die Innenschleuse zoomte auf und hatte kaum einen Meter Durchmesser, als schon eine heftige Explosion Darling gegen die Außenschleuse warf.
Ich schoss mit dem Raketenlaser auf den kleinen runden Robot, der zehn Meter weiter weg im Gang hockte. Jetzt hatte er mich im Visier und ich wurde fast umgeworfen, als mich die Explosivladung traf.
Ich hatte natürlich auch getroffen, die Oberfläche des hüpfballgroßen Dings war zumindest teilweise schwarz verfärbt und sofort laserte ich los, was das Zeug hielt.
Eddy hatte ihn auch im Visier seines Lasers, aber dann traf eine Art Granate meinen Helm und der wurde für eine Sekunde schwarz, um den Explosionsblitz auszublenden. Eddy schrie: „An der Decke!" Aber als ich wieder sehen konnte, folgte sofort die nächste Entladung und wieder stand ich im Dunkeln.
Ich hob den Raketenlaser an und begann zu schießen, bevor ich wieder Sicht hatte. Ohne nachzudenken ließ ich im Dauerfeuer nacheinander alle drei Sorten Raketen los und als es wieder hell wurde, sagte Eddy: „Wie hassn det jemacht?" An der Decke war ein rauchender Stumpf an einer Halbkugel übriggeblieben und ein zylindrisches Objekt lag auf dem Boden.
„Luck!" Gerade kam ein zweiter Roboter den Korridor hinunter, um den zu ersetzen, den die beiden mittlerweile zu einem Haufen glühenden Metalls zusammengeschmolzen hatten.
Obwohl wir alle drei auf den Neuankömmling schossen, rückte er näher und plötzlich fehlte ein Stück von Eddys Anzug auf Brusthöhe.
„Er setzt auch CDs ein!" Darling konnte es anscheinend kaum glauben. Und er war ein Spur dicker als der erste Robot. Wahrscheinlich war er besser gepanzert. Er machte sich nicht viel aus unseren Angriffen. Als an meinem rechten Oberarm sich etwas Anzugmaterial in Staub auflöste, hatte ich genug.
„Anzug, volle Kraftunterstützung bei voller Schockabsorption!"
„Klar", antwortete der Anzug, was er noch nie getan hatte. Ich rannte los, wurde noch einmal am Bauch getroffen und als ich den Roboter erreichte, trat ich so heftig zu, wie ich konnte. Für einen Moment versteifte sich der Anzug und trotz Schockabsorption brannte ein heftiger Schmerz im Fuß.

Der Angreiferrobot rollte den Flur entlang, stabilisierte sich, ich setzte ihm nach und trat nochmal mit Links, diesmal drauf achtend, dass ich ihn im Sprung mit der Sohle oberhalb des Äquators traf. Das tat kaum weh und damit knallte ich den Robot an die Wand, von der er zurückprallte. Und: „Podolski, Schweinsteiger uuuuund nochmal Podolski!", brüllend gab ich ihm dreimal hintereinander Elfmeter und kickte ihn gegen die Wand. Dann ließ ich ihn rollen. Er kreiselte um sich selbst. Es schien einen Moment länger zu dauern, bis er sich stabilisieren konnte. Ich war schon heran und als eine Öffnung in seiner Hülle erschien, bekam ich erneut einen Treffer, aber ich steckte nun den Lauf des Raketengewehrs in das Loch und drückte zweimal ab. Beim zweiten Mal wurde mir das Gewehr durch eine heftige Explosion aus den Händen gerissen.
Der Roboter lag still. Eddy und Darling standen neben mir, Eddy hob das Gewehr auf.
„Nicht schlecht für einen primitiven Primaten, oder?"
Die beiden applaudierten.

Wir untersuchten die kugelförmigen oder ellipsoiden Elemente der Station, die insgesamt auch nicht anders aussah als die Raumschiffe der Xozorrudhu. Im mittleren Bereich war kreuzförmig eine weitere Röhre angebracht, dort lag rechts das „Gefängnis" Merrumeers mit „intakten" Insassen, wie Darling sich auszudrücken beliebte, und links laut Eddy eine weitere Achse des Kreuzes. „Nichts!", sagte Darling erstaunt. „Da dürfte auch nichts sein. Meine Instrumente bekommen keine Daten von den Nanoinfiltranten! Der Stationscomputer verzeichet aber einen Ausstieg!"
„Det hatta nachträchlich anjebracht! Hier, guck, reinet Jestein. Die Nanobots konntens nich infiltriern, weils für sie nich existierte! Aber warum hatta det jemacht, er konnt doch nix wissen vonne Infiltrazion."
„Guck dir die blauschwarze Fleckung des Steins an! Und hier die goldfarbenen Einschlüsse. Er ist halt ein Ästhet, unser raffinierter Freund, aber wo isser denn nu, wenn ich mal fragen darf?"
Darling legte eine silberbehandschuhte Hand an die Kopfwand und sie öffnete sich nach drei Sekunden. Wir standen in einer kahlen, schwach beleuchteten Röhre.
„War vor drei Minuten noch hier, sacht der Stationscomputer!", konstatierte Eddy. „Da drübm müsste der Ausgang sein! Wahrscheinlich hatta een Schiff hier irjendwo vasteckt."
Ich kam mir vor wie ein Schüler, der seine Hausaufgaben nicht gemacht hatte. Ein Schiff, klar. Aber wieso kamen wir erst jetzt darauf?

„Denn ma los, Paul!“, sagte Eddy.

„Wie, mal los?“, was sollte das denn? Das Licht spiegelte auf ihren Helmen und ich konnte ihre Gesichter kaum erkennen.

„Is dir det denn nich klar? Garragant wartet druff, det du Merrumeer beseitichst, damit sowat nie wieda passiern kann. Wir können da nix tun. Det weeßtte doch! Det is schon deene Ufjabe.“

„Ach ja?“, explodierte ich. „Ich bin also der gewissenlose gedungene Killer, oder was? Wie in so einem scheiß Italowestern?“

„Paul, nichts für ungut! Aber du hast auch schon Exemplare deiner eigenen Spezies getötet! Warum siehst du Probleme, wenn es um einen kriminellen Xorrudhianer geht?“, fragte Darling.

„Weiß ich doch nicht!“, brüllte ich. „Oder doch: Ich will, verdammt nochmal, nicht benutzt werden. Glaubst du, ich hab Spaß daran, zu töten? Das war jedesmal Notwehr!“ Oder nicht?

„Du musst ihn doch nicht zwangsläufig töten, warum habe ich deinen Anzugcomputer erweitert? Du programmierst bei Kontakt seinen Anzug um und dann ist Meerummeer hilflos. Ich dachte, das sei dir klar!“

„Nee, ich bin ein Primitiver, vom Affenplaneten Erde! Und jetzt erwartet ihr, dass ich da rausgehe – oder schwimme oder was auch immer?“ Und ich zeigte auf das Ende der Röhre.

„Je schnella, desto bessa“, meinte Paul.

„Und ihr?“

„Wir kümmern uns um die Sicherheit der Garragants.“

„Hätt ich mir denken können“, murrte ich.

„Beeil dich, Paul!“

Da draußen würde ein ganzer verdammter Ozean über mir liegen, 15.000 Tonnen Druck. Dunkelheit. Monster, von denen ich nun schon genug gesehen hatte! Und das mir, wo ich doch seit Jahrzehnten nichtmal mehr Horrorfilme im Fernsehen gucke!

Und jetzt eingesperrt in dem Anzug – obwohl: Der Anzug war ja durchaus nichts Negatives. Das hatte ich doch gelernt. Also was nun?

„Au Scheiße!“ Ächzend ging ich ein paar Meter, dann flog ich die 15 restlichen zum Röhrenende, Darling brauchte noch ein paar Sekunden, um die Steuerung zu übernehmen. Schon stand ich alleine und verloren in der Schleuse, einer metallisch schimmernden Kugel von fünf Metern Durchmesser. Sofort strömte Wasser hinein und die Reaktionen des Anzugs verzögerten sich. Unter diesen Verhältnissen war er eher damit beschäftigt, den Druck auszugleichen, als Bewegungen zu folgen. Die Schleuse öffnete sich in totale Finsternis und Darlings Stimme sagte mir: „Erhalte Daten, Merrumeers Raumschiff ist eben gestartet, du müsstest Sichtkontakt herstellen können."

Etwas zögerlich stieß ich mich ab und schwamm aus der erleuchteten Schleuse in das dunkle, durch Schwebstoffe getrübte Wasser rund um Deltas Kern. Bewusstsein kann ne schöne Sache sein, aber ich war mir nur zu bewusst, was und wo ich war: eine Amöbe am Grunde dieses unermesslichen Ozeans.
„Es werde Licht!", befahl ich. Der Anzug verstand mich nicht.
„Umgebung erleuchten, äh, volle Helligkeit!"
Der obere Teil des Helms sandte plötzlich so viel Licht aus, dass die Schwebstoffe im Wasser grell leuchteten. Zwischen all dem Geflimmer sah ich undeutlich in 50 Meter Entfernung die runde Form eines Raumschiffs nach oben entschwinden, dann kamen die von ihm verursachten Wirbel näher und man konnte sehen, wie die glitzernden Teilchen im Wasser umeinanderstrudelten und Walzer tanzten. Schließlich erfassten mich die Wirbel und ich wurde ein paar Meter weit mitgenommen, bis der Anzug die Bewegung kompensierte.
„Anzug, dem Raumschiff folgen und einholen. Volle Kraft voraus!"
Der Anzug katapultierte mich aufwärts und ich überlegte, ob ich ihm die Arbeit erleichtern konnte, indem ich wie ein Schwimmer die Arme nach vorn streckte, aber dann dachte ich mir, dass das Ding über so viel Energie verfügte, dass dies nicht nötig war. Und tatsächlich schloss ich langsam auf. Die Fahrstuhlfahrt aufwärts verlief etwas ruppig, weil ich mich nun direkt in den Verwirbelungen hinter dem Schiff befand, das pro Sekunde mehrere Millionen Kubikmeter Wasser verdrängte! Sollte ich seitlich ausweichen? Ach Mist, das kostete alles nur Zeit. Ein größeres Tier kam herangeschossen, es sah ein wenig aus wie ein Bügeleisen, bei dem man die Schnur oben am Griff angebracht hat, fehlte nur der Stecker nach ein paar Metern. Der ganze untere Teil war Maul und das öffnete sich, um nach mir zu schnappen, aber dann war das Monster auch schon vorbeigewirbelt.

Je näher ich kam, umso langsamer holte ich auf, aber schließlich hatte ich Kontakt. Ich legte die Hände auf die Hülle des Schiffs, sagte „Sesam öffne dich!" und zwischen den Händen entstand tatsächlich, wie Darling gesagt hatte, eine Öffnung, Wasser schoss mit Gewalt hinein und presste mich sofort gegen die Wand.
„Volle Kraftunterstützung!" Ich zog die Knie an und ließ mich durch das nun schon ausreichend große Loch drücken. Einen Moment hing ich fest, weil das Raketengewehr, das ich am linken Arm geparkt hatte,

hinderte. Dann saß ich in einem leeren Lagerraum, der sich schon mit Wasser gefüllt hatte. Ich sorgte dafür, dass mein Einstieg sich wieder schloss. An der gegenüberliegenden Wand die gleiche Prozedur. Als ich durch die Öffnung hechtete, fand ich mich auf einem Korridor wieder, in dem das Wasser nur einen halben Meter hoch stand, wobei der Wasserspiegel stetig sank. Ich nahm das Raketengewehr vom linken Arm und im Flugmodus jagte ich dicht unter der Decke durch die Korridore. Mitten auf einer Kreuzung zweier Gänge stand ein Kampfroboter, der erstaunlicherweise nicht rund war sondern eckig. Er ähnelte einer Design-Lautsprecherbox auf einem Ständer, allerdings waren die fünf Löcher auf jeder der Seiten zu klein für Lautsprecherchassis. Auch sahen die Zacken auf der Oberseite nicht gerade freundlich aus! Auf die schoss ich zuerst und während ich auf den Robot zuflog, beackerte ich ihn von oben bis unten mit Explosivraketen. Dann war ich drüber weg und etwas traf meine Beine. Ich wurde langsamer, dann blieb der Anzug in der Luft stehen, Schläge trafen mich.
„Was ist los, Anzug?"
„Wir werden von einem Netz gebremst!"
Ich drehte mich um und sah, dass mich neben Geschossen auch zwei Laserstrahlen trafen. Der Helm wurde undurchsichtig, als ein Strahl über meinen Kopf spielte. Nach Gefühl, das hatte ja schon einmal geklappt, laserte ich in einer kreisförmigen Bewegung den Bereich hinter mir, dann schickte ich ein paar Raketen hinterher, abwechselnd CDs und Explosivexemplare. Die Sicht kam zurück und ich hing immer noch an einem Netz, das auf magische Weise an meinen Beinen klebte – der Roboter rotierte auf seinem Bein und drehte eine zerstörte Seite weg, wie wild beschoss ich die Seite, die sich mir nun zuwenden wollte, laserte den Fuß erfolglos und schon trafen mich wieder Laserstrahlen. Zum Glück reflektierte der Anzug die Strahlen und zerstreute sie, allerdings wurde mein Visier wieder schwarz. Und erneut feuerte ich weiter auf gut Glück. Dann wieder Laser und kaum kehrte meine Sicht zurück, begann ich mich wieder zu bewegen und ich schleppte den von seinem Sockel geschossenen Kampfrobot mit.
„Anzug! Landen!"
Der Robot war nicht mehr gefährlich. Die aufgerissene und zerschmolzene Seite, die ich zuerst getroffen hatte, wies nach oben. Ich konnte in aller Ruhe das enorm widerspenstige Netz durchtrennen und dem Robot noch ein paar gezielte Schüsse verpassen. Meine kindische, grimmige Freude wurde ziemlich gemindert, als eine gewaltige Explosion mich durch den Gang fegte.
Nur noch Kleinteile waren von dem Ding übrig und das Netz löste sich

nun auch von meinen Beinen. Weiter!

Ein Stockwerk höher killte ich einen kleinen Reinigungsroboter. Aber das war dann auch das Ende des Gefechts. Ich brauchte nur noch ein paar Minuten, um den Kontrollraum zu finden, der war weiter unten, als ich vermutet hatte. Merrumeer saß in der Mitte der Blase, eine silbrige Kugel, so groß wie Garragant, mit ein paar kleinen Pseudoarmen, von denen einer eine Art Minipistole hielt, die sich langsam auf mich richtete. Ich ging im Kreis um ihn herum und er musste sich mitdrehen. Anscheinend hatte er Mühe, nachzukommen. Auf seiner Oberfläche erschienen bunte Farbmuster und mir wurde klar, dass er kommunizieren wollte.
„Merrumeer, du alte Miesmuschel! Ich spreche nur Deutsch und Englisch wirklich gut, euer Farbkauderwelsch beherrsche ich nicht!"
„Du bist ein Mensch!", kam über einen Lautsprecher. „Du hast mit dieser Sache nichts zu tun. Verlasse mein Schiff sofort und ich muss dich nicht eliminieren!" Er drehte sich nun schneller!
„Eliminieren, illuminieren, urinieren ...", brabbelte ich und sprang über ihn hinweg, es krachte, aber er hatte mich weit verfehlt. Ich ließ mich auf ihn fallen, legte die Hände auf seinen Anzug und er fror innerhalb von zwei Sekunden ein. Das war das. Jetzt musste ich Merrumeer zurück zu Darling bringen. Oder ich konnte ja warten, bis sie wieder aus dem Ozean auftauchten und es mir hier an Bord solange gemütlich machen.
„Schiff, du gehorchst jetzt meinen Befehlen, ich heiße ..."
Eine monotone Leierstimme unterbrach mich. Plötzlich sagte mein Anzug: „Gefahr, Schiff zählt Countdown, Selbstzerstörung in 60 Sekunden."
„Waaas?"
„Gefahr, Schiff zählt..."
„Jaja! Merrumeer andocken!" Ich setzte mich auf ihn drauf.
„Flugmodus, den Weg zurück, so schnell es geht!"
Mir wurde fast schlecht, so rasant beförderte mich der Anzug durch die Korridore und den AntiGrav-Schacht hinunter. Ich zählte mit, an der Öffnung zum Lagerraum angekommen, hatte ich noch 40 Sekunden Zeit. Jetzt musste ich aber die Öffnung erweitern, um mit Merrumeer durchzukommen. Zehn Sekunden Verlust. Die Außenhülle musste geöffnet werden. 20 Sekunden Verlust.
Wasser hätte mir entgegenströmen müssen. Stattdessen blickte ich über den Ozean, den wir schon kilometerweit unter uns gelassen hatten.

Acht Sekunden noch. Ich stöhnte, da half ja wohl alles nichts.

Im Flugmodus passierte ich die Öffnung und befahl dann volle Geschwindigkeit. Dennoch spürte ich die Schockwelle, als das Schiff über mir explodierte. Teile des Schiffes fielen an mir vorbei, der Anzug flog ein paar abrupte Ausweichmanöver, um nicht getroffen zu werden. Über mir ein riesiger Feuerball und zwei größere Segmente, die scheinbar in Zeitlupe, sich träumerisch um sich selbst drehend, herunterkamen, an mir vorbei fielen und dann unter mir immer kleiner wurden.

„Anzug, absteigen zur Wasseroberfläche!"

Die fallenden Reste waren kaum noch zu erkennen gewesen, doch die weiße Gischt sah beim Aufprall richtig hübsch aus!

„Anzug, Kontakt zu Darling aufnehmen! Darling, ich habe Merrumeer, steige ab zur Wasseroberfläche!"

„Prima! Paul, große Klasse! Komm so schnell wie möglich wieder runter, es gibt ein Problem."

„Runter, du meinst zu euch in Merrumeers Station?" Das Letzte brüllte ich fast.

„Ja, Garragants Gemahlin will uns nicht glauben, dass ihr Mann uns schickt. Aus deinen Gedanken kann sie ersehen, dass wir auf ihrer Seite sind."

„Oh nee! Wie soll ich euch da unten überhaupt finden?"

„Dein Anzug kann mich anpeilen. Keine Sorge!"

„Keine Sorge!", meckerte ich. „Keine Sorge!"

Vor mich hin fluchend tauchte ich ins Wasser ein und zögerte dann doch. Ich ließ mir erst einmal vom Anzug erklären, wie viel Energie wir noch hatten und ob Merrumeer das in seinem stillgelegten Anzug überhaupt überleben würde. Aber das war wohl alles kein Problem. Merrumeer wurde weiter vom Anzug geschützt, nur konnte er sich nicht mehr bewegen.

„Verdammt, verdammt, verdammt!"

Der Weg nach unten wurde mir lang. Das war genau das, was ich nicht hatte machen wollen: aus den lichterfüllten oberen Wasserschichten kilometertief absteigen in die Dunkelheit.

Und während pure Action mich vorher davor bewahrt hatte, zu viel über Druck, Tiefe, Monster und namenlose Ängste nachzudenken, hatte ich jetzt gar nichts anderes zu tun. Der Anzug erhellte zwar einen Bereich von vielleicht 100 Metern im Durchmesser, der auf Streuung gestellte Laser reichte noch etwas tiefer, aber ich hatte ja Angst vor der Tiefe als solcher, vor dem, was ich nicht sehen konnte! Hätte ich doch wenigstens Darling oder Eddy an meiner Seite!

Unter mir bewegte sich etwas und verschwand wieder. Ich erhöhte die Leistung des Lasers. Plötzlich erschien unter mir das Maul des Bügelei-sentieres, groß genug, um mich dreimal zu verschlucken. Der Anzug vollführte ein elegantes Ausweichmanöver, das Bügeleisen-monster aber konnte sowas auch und die gewaltigen Kiefer schlossen sich nur eine Handbreit vor mir.

Der Anzug brachte uns rasch tiefer, aber das Vieh folgte mühelos und als es das Maul wieder aufsperrte, fütterte ich es mit ein paar Rake-tengeschossen. Die gedämpften Explosionen zeigten Wirkung. Der untere Teil des Tiers wurde zerrissen und sah plötzlich nur noch aus wie ein Haufen Lumpen. Der Rest krümmte und wand sich und war zum Glück war schnell außer Sichtweite.

Dafür erschien kurz vor Schluss der Tauchfahrt unter mir eine gewal-tige Form, drei- oder viermal so groß wie ein Blauwal. Der Anzug hielt an. Eine endlose Minute verging, bis das Tier vorbeigeglitten war. Als wir weiter abstiegen, konnte ich es von hinten sehen und allem An-schein nach war es nur eine hohle Röhre, in der baumartige Struktu-ren wuchsen. Wahrscheinlich war es auf Schwebstoffe aus, auf win-zige Happen, nicht auf BigMacs! Also wohl nicht gefährlich. Als ich aber in der Station ankam und die ersten Schleusen sich hinter mir geschlossen hatten, begann ich zu zittern.

35

„Hallo Leute!", sagte ich fröhlich, als sich die Tür öffnete und ich drei Kugeln sah. Mama Garragant und zwei kleinere, die Kids.
„Es ist alles in Ordnung!", plapperte ich drauflos. „Garragant schickt mich, ich meine uns, um Sie hier rauszuholen." Ich zitterte immer noch und hätte gern einen Cognac gehabt, da überflutete mich diese Glückswelle, die ich von Garragant schon kannte.
„Paul nennt Sie mein Mann, sehe ich. Danke Paul, wir sind so glück-lich, dass Sie hier sind. Ich freue mich, dass ich den ersten Terraner persönlich kennenlerne."
Etwas verspätet kamen plötzlich zwei schwächere Glückswellen he-rüber, die von den Kids. Ich musste grinsen. Süß! Mein Zittern war verschwunden, ich fühlte mich richtig wohl.

„Wir sind auch dankbar, dass Sie diesen Verbrecher außer Gefecht gesetzt haben." Damit verstummte sie, aber ich spürte schon, dass etwas nicht stimmte. „Was ist das?", fragte sie und zeigte mit einem Pseudoarm ihres Anzugs auf die reglose Kugel vor der Tür.
„Äh, Merrumeer ist das, nur kann er seinen Anzug nicht bewegen."
„Da ist niemand drin. Das ist nicht Merrumeer!"
„Wieso ist das nicht Merrumeer?", fragte ich blöde. Eddy und Darling stürzten sich auf die Kugel und mit einer Berührung war klar: „Das ist ein Roboter!" Die beiden sahen mich anklagend an.
„Aber ich habe doch gesehen, wie das Schiff explodierte." Dann wurde mir klar, dass ich nicht gesehen hatte, wie das ganze Schiff abstürzte. Nur Teile waren runtergekommen, und hinter dem Feuerball war der wichtigere Teil des Schiffes aufgestiegen und zwar mit dem gut versteckten Merrumeer an Bord.
Was für ein gerissener Mistkerl.
Und der Roboter konnte, soweit hatte ich meinen Philip K. Dick gelese, eine Bombe sein.
„Raus hier!", schrie ich. Eddy und Darling begleiteten die drei Kugeln zur Schleuse. Ich schob den Roboter in die Zelle, ließ den Anzug die Tür schließen und fühlte mich etwas besser. Noch besser gings mir, als ich hinter den anderen her in die Schleuse stürmte und diese sich schloss. Jetzt dürfte uns eigentlich kaum noch etwas passieren, dachte ich. Aber gerade als wir an Bord waren und zur Kontrollzentrale aufstiegen, wurde das Schiff heftigst erschüttert.
„Merrumeer hat eben einen Funkimpuls gesandt, um die Explosion auszulösen. Die Stärke entspricht etwa vier Hiroschimabomben!"
Und ich hatte fröhlich auf dem Ding draufgesessen! Ich begann wieder zu zittern.

36

Garragant kam drei Tage später an. Er überschüttete mich mit Dank, es nützte nichts, ihm zu sagen, dass das seine Familie schon erledigt hatte.
Er bestand auch darauf, dass wir zusammen feierten. Dazu nahmen wir den Spielraum der Kleinen und lagerten uns ringsum auf dem weichen Boden. Roboter sausten herein und hinaus und brachten pausenlos Getränke und Naschereien – speziell für die Garragants flache Teller mit Hot Dog- und Hamburgersuppe, um die Nahrungsaufnahme zu erleichtern. Frau Garragant war nicht so begeistert, aber die Kids ... !

Ich hätte denen auch nicht erlaubt, sich in der Mousse au Chocolat zu wälzen, aber ich hab es schon lange aufgegeben, anderen Erziehungsratschläge zu geben.

Bald hatte ich schon mehr als eine Flasche meines Lieblingsrosés weg, da kam ich endlich dazu, Garragant zu fragen, warum wir nicht schon in Richtung Erde aufgebrochen waren. Unsere Schiffe lagen immer noch in einer Umlaufbahn um Delta.

„Paul! Ich muss mit meiner Familie mal etwas Urlaub machen. Darling hat mir erzählt, was ihr alles unternommen habt. Genial! Das wollen wir auch: Wüstensurfen, Tauchen, die längste Bikeabfahrt im Universum hinuntersausen. Und weißt du was, der Grab-Roboter ist nun unten im Tal angekommen und macht weiter. Paul, da ist dir was ganz, ganz Großes gelungen! Aber du fliegst sicher mit deinem Schiff in Richtung Erde oder willst du auch ...? Warte mal, ich sehe ... jetzt verstehe ich, du hast gedacht ...“

„Du sollst nicht immer in ...“

„Du hast gedacht, ich würde dir das Schiff wieder wegnehmen? Paul, das gehört dir! Wir haben wirklich mehr als genug von den Dingern und mein bester Freund braucht einfach ein Schiff! Das ist dein Eigentum. Bis du dir sowas Ähnliches auf der Erde kaufen kannst, dauert es noch ein paar tausend Jahre. Und du willst uns doch mal besuchen, du wirst ein Medienstar sein! Und du wirst mir doch sicher ein wenig helfen, wenn ich Probleme mit meinen Projekten habe?“

„Ja, ja klar!“ In meinem Kopf drehte es sich. Ich war nicht nur der einzige Mensch der, äh, der, hm, ich war auch der einzige, der ein richtiges Raumschiff hatte!

Innerlich begann ich zu glühen vor Freude, die Garragants freuten sich auch.

Eine immense Welle von Glück schlug über mir zusammen und ich fiel in Ohnmacht.

37

Da saß ich also in MEINEM Raumschiff, hing 100.000 km über der Erde und starrte auf sie hinunter.

Genau genommen saß ich im Kontrollraum, ein längst geleertes Whiskyglas in der Hand und starrte auf die farbenprächtige Holoprojektion vor mir. Die Erde wirkte, als müsste ich mich nur vorbeugen, um sie anfassen zu können.

Hinter mir hörte ich Eddy und Darling tuscheln. Dieses blöde Tuscheln, die konnten elektronisch miteinander kommunizieren. Wieso machten die das?
Und jetzt kam irgendwas. Das war mal klar.
Und tatsächlich: „Was ist denn, Paul? Alles in Ordnung?", fragte Darling.
Ich zuckte die Schultern.
Sie kam näher und legte den Arm um meine Schultern. Eddy stand links neben mir. „Warum sitzt du hier und bläst Trübsal!? Du kannst doch jetzt so viel unternehmen! Du kannst all das machen, wovon du immer geträumt hast, denke ich. Und mehr! Viel mehr, wenn du mal deine Fantasie spielen lässt!"
Ich zuckte wieder die Schultern und bevor sie wieder anfing, sagte ich: „Das isses doch!"
Ich spürte, dass die beiden sich ansahen. Blechgehirne!
„Also, ich fühle mich irgendwie erdrückt, ich weiß nicht, was ich machen soll, es ist, als ob eine dunkle, schwere Bleiplatte sich langsam über meinen Kopf schiebt."
Eddy ging still weg, Darling nahm mich fester in den Arm. „Wir finden schon was. Aber irgendwas musst du jetzt mal tun, du sitzt hier schon drei Tage so rum."
Wieder zuckte ich nur die Schultern.
„Du hast mir doch erzählt, dass du immer mal einen Jaguar haben wolltest. Jetzt kannst du beim Händler einen perfekt restaurierten kaufen, ich könnte ihn so verbessern, dass er nie liegenbleibt, na, wäre das nichts?"
Ich .... zuckte die Schultern.
„Dann ... dann müsste ich ihn auch fahren."
„Ja, das erscheint recht sinnvoll, man hat ein Auto und man fährt damit. Aber der Jaguar ist hübsch, den kann man auch nur ansehen."
„Nee, damit muss man fahren."
„Du wolltest doch mal an die Riviera, in einem schönen Wagen dort die Küste lang. Mensch, Paul, du könntest sogar im Negresco wohnen. Du kannst dir viele Dinge leisten, die sich kaum jemand leisten kann, vor allem, wenn es nur ums Geld geht. Du weißt, ich kann dir jederzeit wieder, wie Garragant, zu einem Lottogewinn verhelfen oder einen Koffer voller Diamanten herstellen!"
Ich wollte was Klugscheißerisches sagen, von wegen, Geld allein mache nicht glücklich, aber Darling schnitt mir das Wort ab: „Nein, du hörst mir mal zu! Du bist absolut gesehen der reichste Mensch der Erde: Denk mal drüber nach, dass dein Schiff, ja, dass Eddy und ich mehr wert sind, als die ganze Erde an Bruttojahresprodukt in den nächsten

Tausend Jahren erwirtschaften wird. Und denk bitte drüber nach, dass du einen großen Vorteil gegenüber anderen hast. Du kannst diesen Zustand aufgrund der Nanobehandlung extrem lange genießen. Also hör auf, solch ein Gesicht zu ziehen!"

Das Letzte kam ziemlich energisch. Ich hob erstaunt die Augenbrauen.

„Du hast doch mal gesagt, ideal wäre Frühstücken in München, Mittagessen in New York, Kaffetrinken am Luganer See und Abendessen in Paris. Dazwischen wolltest du auf den Malediven schwimmen, in München die neue Pinakothek besuchen und bei Pfronten irgendwelche Steine in einem Wasserfall hochkraxeln, dann wolltest du im Steinkreis von Stonehenge picknicken, auf der Isola Garda im Gardasee aquarellieren und am Great ..."

„Jajajaj", schrie ich, „is ja gut!" Ich wusste, ich musste noch etwas sagen, sonst wäre sie wieder angefangen. Das war ja schlimmer, als wären wir verheiratet.

„Da muss ich dann auch wieder runterfliegen. Und ich mag die Transportkapseln nicht. Da drin fühle ich mich wie eingedost!"

„Was wäre die Alternative?"

„Vielleicht so, wie Garragant das macht mit seinen Autos, die in Wirklichkeit Transporter sind. Er kann die Dinger auch selber steuern."

„Dann such dir mal ein Auto aus!"

Ich seufzte und sagte nichts weiter.

„Was ist denn deiner Meinung nach das schönste Auto?"

Einen Moment musste ich überlegen, wie das Ding hieß, etwas mit Spanien im Namen: „Hispano Suiza Xenia."

„Alles klar!"

Sie grinste und ich sagte eilig: „Stopp, der Wagen ist ja kein Wohnmobil, vielleicht wäre es doch besser, einen Bulli zu nehmen, damit man Toilette, Dusche, Bett einbauen kann."

„Lass das mal meine Sorge sein! Und da wir schon dabei sind, könntest du noch überlegen, wie du deine Suite umgestaltet haben willst."

„Wieso das denn?"

„Das war doch nur ein Behelf, ein Provisorium. Es gibt so viele Möglichkeiten, ich bitte dich, ein kleines Holzbett! Sogar die Matratze würde ich nun anders herstellen, so dass sie bei Bedarf an bestimmten Stellen besser unterstützt."

Ich musste grinsen, schon klar!

„Schau, du könntest eine richtige Wohnlandschaft haben." Ein Holo präsentierte mir eine Art Halle mit in verschiedenen Ebenen angeordneten Sitzgruppen, Küchenelementen, Kaminen, Kissenlandschaften. Darin verstreut meine Skulpturen und im Hintergrund Glastüren, die

scheinbar auf eine Terrasse und ins Grüne hinausführten.
Ich drehte den Kopf weg. „Lass gut sein, ich bin müde, ich habe Kopfschmerzen. Ein andermal, ja!"

38

Als sie mir den Xenia zeigte, konnte ich keine Müdigkeit oder Kopfschmerzen vortäuschen. Widerwillig musste ich gestehen, dass das
silbrig schimmernde Auto, Raumschiff oder was auch immer, eine
Schau war. Die kurvige, stromlinienförmige Schönheit ließ jedes andere Automobil sowas von blass aussehen. Little deuce Coupe, you
don't know what I got ...

Die Schiebetüren kannte ich, aber man konnte auch das Dach einfah-
ren und saß im Cabrio.
„Schau mal hinein!"
Die Rückbank faltete sich zusammen, das Dach hob sich: eine Nass-
zelle entstand.
Nasszelle und vordere Sitze verschwanden und der Boden wurde zur
Liegefläche. „Sagenhaft!"
„Ich musste ihn etwas größer machen als das Original, damit ich ge-
nug Raum hatte für den Antrieb und deine Extrawünsche."
„Wäre mir nicht aufgefallen." Die Sitze hatten sich wieder zurückgebil-
det, ich setzte mich ans Steuer. Darling nahm den Beifahrersitz.
„Der Knopf schaltet die Steuerelemente ein."
Ich drückte den blauen Knopf neben dem Lenkrad, blaue Leuchtbal-
ken breiteten sich rings am Rand der Windschutzscheibe aus.
„Unten hast du eine Geschwindigkeitsanzeige, die geht von 0 über
halbe Lichtgeschwindigkeit bis zur vollen Lichtgeschwindigkeit. Das
sieht dann so aus!"
Blaue Querstreifen wanderten hoch bis zur Endmarkierung – ob ich
die halbe Lichtgeschwindigkeit wohl je fahren würde? Auf einer deutschen Autobahn – warum nicht? Ich musste lachen.
„Weil du auf dieser Anzeige kleinere Geschwindigkeiten unter 10 Millionen km/h nicht ablesen kannst, wird alles hier links auch noch digital
eingeblendet. Daneben die Höhenanzeige über Grund, falls es einen
gibt, oben der Abstand zum Ziel. Rechts in der Uhr die kalkulierte
Flugdauer, darunter die verfügbare Energie. Sollte der Energievorrat
zu knapp sein, warnt der Wagen dich und die Anzeige blinkt rot. Die
maximal erreichbare Distanz blinkt grün. Fahr doch mal eine Runde

hier im Hangar!"

„Wie vermeide ich, mit halber Lichtgeschwindigkeit an die Wand zu knallen?"

„Dein Gaspedal funktioniert wie bei normalen Autos nur in eingeschränkten Bereichen, du musst bei 100 km/h, Schallgeschwindigkeit, zehnfacher Schallgeschwindigkeit und 1000 km/s den entsprechenden nächsten Gang einlegen, also einfach den Knauf verdrehen und nach hinten ziehen!"

Na gut, der Xenia fuhr sich wie ein normales Auto, aber: „Jetzt zieh mal vorsichtig das Lenkrad zu dir hin!"

Das Auto ging vorne hoch und beschrieb in der Luft eine Spirale. Bevor ich an die Hangardecke stieß, drückte ich das Lenkrad vorsichtig wieder nach vorne.

„Und die Landung, wie geht das?"

„Von selbst, automatisch, du kannst allerdings die Lage manuell korrigieren, hier mit diesem Drehregler."

Kurz vor Bodenkontakt ließ ich Gashebel und Lenkrad los und der Wagen landete sanft, rollte noch ein paar Meter und blieb stehen. Die Türen öffneten sich auf Knopfdruck.

„Wahn-sinn!", sagte ich. Und was der Xenia noch alles konnte: jedes beliebige Fenster zum 3D-Monitor machen, die Scheiben verdunkeln oder spiegeln lassen, Karten projizieren, ins Internet gehen, mit mir reden und den Stealth Modus ausführen. Außerdem waren vorne und hinten Laser und Raketenwerfer eingebaut. James Bonds feuchter Traum. Die Reichweite lag bei sechzehnmal Mond und zurück, wenn man nicht zu doll aufs Gas stieg. Das Erreichen sehr hoher Geschwindigkeiten bedeutete einen irren Energieverbrauch, also musste man wie bei einem Benziner mit Köpfchen fahren, äh fliegen.

„Also ist die Anzeige der Lichtgeschwindigkeit als Höchstgeschwindigkeit genau wie die Angaben bei normalen Autos reine Fantasie, Angabe!"

„Nicht ganz. Wenn du den Mars oder Jupiter anfliegen willst, musst du Extra-Tanks an dunkler Energie mitnehmen, die könnte man unten andocken. Dann werden die Räder nutzlos, aber du kannst durchaus auf halbem Wege zum Jupiter die halbe Lichtgeschwindigkeit erreichen. Dann würdest du aber wieder abbremsen müssen. Und den Flug sollte besser der Bordcomputer planen! Du siehst, es steht deinem Besuch der Erde nichts mehr im Wege."

„Genau das habe ich befürchtet", knurrte ich.

39

Irgendwie musste ich mal wieder mit meiner Familie reden und ihnen klarmachen, dass ich mich etwas verändert hatte. Überlegungen, mich von Darling künstlich auf alt trimmen zu lassen, verwarf ich.

Schließlich rief ich meine Mutter an und sagte ihr ganz direkt, dass sie bei meinem nächsten Besuch ganz schön dumm gucken würden, ich hätte Krebs gehabt und in Amerika eine spezielle Versuchstherapie durchgemacht mit dem Ergebnis, dass nicht nur meine Haare wieder Farbe bekommen hatten, ich sah um Jahrzehnte jünger aus. Außerdem hatte ich mittlerweile 25 Kilo verloren und war wieder bei 100, so wie vor etwa 15 Jahren. Sie lachte nur und freute sich. Ich meinte nochmal, dass sie sich doch wohl ziemlich wundern würden, aber ich drang nicht so recht durch.

Mit dem Xenia drehte ich ein paar Runden ums Schiff, dann geradeaus ins Weltall, Mond links, Erde rechts, ab dafür und fasziniert zugesehen, wie die Zahlen der digitalen Tachoanzeige rasten, bis sie bei ungefähr der 20fachen Schallgeschwindigkeit lagen. Ich bremste auf 1000 km/h herunter und flog eine große Kurve. Darling war nicht mehr zu sehen.
„Xenia, was nun, wie komme ich zurück zum Schiff?"
„Sie haben zwei Möglichkeiten", sagte eine sehr neutrale, etwas blechern klingende Stimme.
„Ich kann Ihnen die Position des Schiffes auf der Frontscheibe einblenden und Sie navigieren, indem Sie durch Steuermanöver das Zielkreuz auf das Schiff legen. Alternativ kann ich zurücksteuern."
„Nee, dann zeig mal die Position des Schiffes!"
In der unteren linken Ecke der Frontscheibe erschien ein blinkender grünblauer Fleck. Ich steuerte nach links und etwas nach unten, wieder zurück und hatte den Fleck mitten in einem roten Fadenkreuz. Gas geben und schon tauchte hinter dem Blau das reale Schiff auf. Abbremsen, ich wollte ja nicht mit Darling zusammenkrachen.
Einmal um Darling rum, rauf zum Mond. Vollgas, hurtig kletterten die Balken auf dem Tacho.
Irre, Wahnsinn!
Der Mond, eben noch eine Scheibe von zweimal Daumennagelgröße, wuchs in Minutenschnelle, bis er die Frontscheibe ausfüllte. Ich bremste ab. Ein ängstlicher Blick auf die „Tankanzeige": noch fast voll.

„Xenia, ich will auf dem Mond landen. Ich versuche es per Handsteuerung, du übernimmst, wenn ich was falsch mache!"
„Selbstverständlich."
Wie machten Flieger das? Höhe ablesen, Sinkgeschwindigkeit, Luftdruck, künstlicher Horizont. Ich pendelte nur zwischen Höhe und Geschwindigkeit und der unglaublichen Aussicht auf den strahlend hellen Erdbegleiter. Der Terminator, die Tag-Nacht–Grenze, lag etwas weiter rechts. Um irgendein Ziel zu haben, suchte ich mir einen Krater am Rande der Dunkelzone aus. Bei 1000 Kilometer Abstand war ich auf einfache Schallgeschwindigkeit runter. Sehr zögerlich nur kam der Mond näher, obwohl ich doch auch der Fallbeschleunigung durch die Mondanziehung unterlag. Ich gab wieder Gas und zog das Lenkrad etwas zu mir hin, um die Nase des Wagens zu heben und meinen Krater zu erreichen.

Der Mond war nun nicht mehr rund und glatt. Deutlich sah man, dass er ganz schön Profil besaß, kraterübersät, pockennarbig, krass herausmodelliert von einer durch Luft ungebremsten Sonne. Vor allem der Rand, der Horizont wirkte unregelmäßig ausgefressen, weil von Kraterbergen unterbrochen.
So richtig genießen konnte ich das nicht, weil ich mit den Augen an den Anzeigen hing, um nur ja zu vermeiden, dass der Anflug misslang. Bei einem Kilometer Höhe bremste ich auf 50 km/h ab, drehte mit der Daumenkontrolle am Lenkrad den Wagen fast in die Waagerechte und ging bei 100 Meter auf schneckengleiche 20 km/h runter. Der Mond hob sich mir entgegen. Ich schwitzte! Nochmal bremsen, jetzt stand ich fast, Bremse loslassen, im letzten Moment voll durchtreten. Der Xenia ließ einen ja aufgrund der Schwerkraftfelder die Beschleunigungs- und Verzögerungskräfte nicht oder nur begrenzt spüren. Zu hören war auch nichts. Silent running. Wir hatten ganz sanft aufgesetzt.
„Na wie war das?"
„Herr Jaeger?"
„Ja, Xenia?"
„Wenn Sie landen wollen, können Sie das jetzt tun."
„Äh, was?"
„Sie haben noch nicht aufgesetzt, wir schweben fünfzig Zentimeter über dem Grund."
Ich suchte die Höhenanzeige – tatsächlich, da war ein schmaler blauer Balken übrig!
„Woher sollte ich denn wissen ...", aber dann ließ ich einfach die Brem-

se los, der Wagen senkte sich und setzte auf.

„Am besten hilfst du mir demnächst mit einem Countdown, laufende Höhenangabe und alle zehn Sekunden aktuelle Geschwindigkeit, ok?"

„Selbstverständlich."

Jetzt wollte ich aussteigen und ceremoniously den kosmischen Sand disturben, wie Donovan es ausdrückt, aber ich musste feststellen, ich hatte ja gar keinen Anzug dabei. Na gut, nächstes Mal.

„Kannst du eigentlich Musik einspielen?"

„Selbstverständlich."

„Dark Side Of The Moon bitte!"

Zu Pink Floyd gab ich wieder Gas und gurkte mit sechzig bis hundert Sachen in Schlangenlinien über den rauen Mondboden, bis ich mich von einer Rampe, einem Kraterrand, hochkatapultieren ließ. Der Wagen schwebte, senkte sich vorne wieder und ich erschrak: Mit 70 km/h sausten wir auf den gegenüberliegenden Kraterrand zu. Ich riss das Lenkrad zu mir hin und trat aufs Gas, der Xenia schoss den Sternen entgegen.

Nett, dass dieser gute alte Trabant unserer Mutter Erde immer das gleiche Mondgesicht zeigt – genau über mir stand also die Erde und mit solch einem Raumschiff konnte ich auf Sicht navigieren, obwohl der Mond sich mit etwa einem Kilometer pro Sekunde bewegt! Nur um Darling wiederzufinden, würde ich wohl den Bordcomputer benötigen.

Nach einem weiteren Telefongespräch mit meiner Mutter setzte ich mich einen Tag später wieder in den Wagen, warf Darling ein Küsschen zu und wollte los. Da tauchte Eddy auf und wollte mitgenommen werden.

„Aber wenn es dir nicht passt ..."

„Ach Quatsch, steig ein!"

Diesmal also runter zur Erde. Amerika bei Nacht lag unter uns, ich beschleunigte und zielte mit der Nase des Wagens auf den oberen rechten Rand der Erdkugel.

Als der Planet größer und größer und majestätischer wurde, musste ich lachen. Eddy lachte aus Höflichkeit mit und fragte dann: „Wat is denn so lustich?"

„Ach, bei der gleichen Gelegenheit vor einem Jahr hatte ich kotzen müssen!"
Wir lachten beide.
„Jaja, Garragants Fahrweise, wa?"
Ich verschluckte mich vor Lachen, Eddy kicherte.

Die Sonne ging auf über dem Rand der Erde, spiegelte golden auf dem tiefen Blau dieser kostbaren Lapislazulikugel, die wir bewohnen dürfen. Ein herrliches Bild, ich bekam eine Gänsehaut. Statt noch mehr Gas zu geben, wurde ich langsamer. Der Atlantik zog unter mir weg. Ein gewaltiger Wolkenwirbel, ein weißes, fein durchbrochenes Gespinst, so groß wie Spanien und Frankreich zusammen, lag vor Europa über dem Meer. Ich ging tiefer und zischte knapp oberhalb der Atmosphäre über Gibraltar und Spanien hinweg, Pyrenäen. Dann Frankreich und ich ging auf die Bremse, als ich den Rhein sah. Weiter ins Ruhrgebiet, da oben war der Rhein-Herne-Kanal, weiter oben, das musste Dorsten sein, abbremsen, runter. Unter einer Autobahnbrücke landen.
„Stealthmodus aus!", rief Eddy.
„Ach, hatte ich ganz vergessen." Das wäre ja lustig geworden, ich im Großstadtverkehr mit einem unsichtbaren Auto. Ich versuchte mir die Zeitungsmeldungen vorzustellen, falls es zu Unfällen gekommen wäre.

Vor meinem Elternhaus stieg ich aus. Eddy fuhr weiter, er wollte in einem Antiquariat nach alten Schachbüchern schauen.

Als meine Mutter öffnete, fragte sie: „Ja?"
„Ich bins, Paul!"
Sie trat zurück, als wollte ich ihr was. „Sie sind doch nicht Paul!"
„Ich hab doch versucht, es dir zu erklären ..."
Sie schüttelte energisch den Kopf und wollte die Tür wieder schließen. Ich war schneller.
„Scheiße, Mama!" Ich drückte vorsichtig die Haustür auf und zeigte auf die Wohnungstür am Ende des Flurs. „Da war früher eine andere Scheibe drin."
„Da war doch keine andere Scheibe drin."
„Oh doch, ich war 13-14, da hast du dich mit Vater wahnsinnig ge-stritten, und er hat dich in die Scheibe geschubst. Das war so ein bleiverglaster Kram und danach völlig im Arsch! Und das Parkett! Als der Anbau fertiggestellt wurde und die das Parkett verlegten, bin ich dazwischen rumgeturnt und hab Garage gespielt, weil man ganz toll

die Spielzeugautos unter dem Parkett parken konnte. Wahrscheinlich stehen da heute noch ein paar vergessene drunter."

„Paul?"

„Ja!" Ich hob die Hände. Meine Mutter nahm mich in die Arme. Dann schob sie mich wieder weg, um mich anzuschauen.

„Unfassbar, wenn du nicht so furchtbar fluchen würdest, ich hätts dir nicht geglaubt."

Mein Vater war auf einer Beerdigung und musste nicht überzeugt werden. Das nächste Problem aber: „Nein, ich geb dir unsere Kontonummer nicht. 4 Millionen, Junge! Was sollen wir mit 4 Millionen?"

„Ich hab 17 Millionen auf dem Konto, was soll ICH denn sagen?" Wir lachten.

„Denk mal an deine Kniegelenksoperation, du kannst dir eins aus purem Gold einbauen lassen! Nein, im Ernst, wie wärs mit einer Haushaltshilfe, das wird doch alles ein wenig viel, gibs zu! Und Vater mit seinem Garten. Statt ihn aufzugeben, kann er doch ein paar junge Burschen bezahlen, die ihm helfen. Ihr könnt das Haus umbauen, wolltet ihr nicht hier auf der Etage ein Bad haben?"

Sie nickte, dann schüttelte sie den Kopf und ich kam nicht mehr viel weiter. Sie versuchte abzulenken, indem sie mich nach meiner „Krankheit" ausfragte. Dazu konnte ich nichts sagen und meinte, ich wolle darüber lieber gar nicht mehr nachdenken, ich hätte wohl zweimal irrsinniges Glück gehabt, einmal mit dem Lottogewinn und einmal mit der Behandlung in Amerika.

„Ach, hier ist der Peacemaker zurück", ich kramte den Beutel mit Waffe und Munition aus meinem Rucksack. „Und hier, hätte ich fast vergessen", ich gab ihr die Schachtel mit dem drei Zentimeter großen Goldanhänger, der einen großen Diamanten trug, welcher anders als sonst nur außen Facetten hatte und in der Mitte wie eine Lupe geschliffen war. Ich fand das genial. „Und für Vater ein paar Manschettenknöpfe." Die waren als Minibagger ausgebildet, um an seinen Beruf als Tiefbauingenieur zu erinnern. Die winzigen Dinger hatten Scheiben aus Diamant und Rücklichter aus Rubinen. Echt niedlich!

„Das ist wirklich kein Glas, sondern Diamant? In der Größe?"

Ich nickte. „Kannst du ja beim Juwelier prüfen lassen. Ich hab das Design selber entworfen und bei einem Goldschmied fertigen lassen."

„Paul, Junge, du bist verrückt!"

„Och, ´n bisschen Luxus! Du musst mal das Auto sehen, mit dem ich gekommen bin", und so einiges andere, dachte ich.

41

Mutter bestand natürlich drauf, Kaffee zu machen, Plätzchen lehnte ich kategorisch ab. „Ich bin doch noch am Abnehmen."

Der Fernseher lief stumm vor sich hin, während aus der Küche Geschirrgeklapper zu hören war. Irgendwelche Dramen spielten sich weiter weg ab, Überschwemmungen, Seuchen, Erdrutsche, Hungersnöte, plötzlich der Schnitt auf vertrocknetes Gras, kahlen roten Boden in der heißen Sonne, dann wieder sturmgebeugte Palmen, Riesenwellen. Ach so, darum ging es, Klimawandel. Aus den Untertiteln konnte ich sehen, dass diesmal die Philippinen von einem Jahrhundert-Taifun getroffen worden waren.

Mutter stellte mir den Kaffee hin, da vibrierte meine Uhr, Eddy wollte mit mir sprechen.

„Äh, Paul, ick hab da 'n kleenes Problem, ick häng jetz hier übam Haus im Stealthmodus, wa. Wenn de loswills, sagstes, ja?"

„Ja klar, was ist das denn für'n Problem?"

„Ick bin wohl jeblitzt worn, jetz suchense den Xenia."

„Alles klar, 10 Minuten noch, dann steh ich in der Tür."

„Was es nicht alles gibt! Ein Handy in der Uhr!"

„Och, das haben doch jetzt schon viele. Das war mein Freund, ich hab ihm meinen Wagen geliehen, er holt mich gleich ab."

Sie schüttelte den Kopf missbilligend: „Und er ist mit deinem Auto geblitzt worden, ich hab dir immer von sowas abgeraten, Kumpanei ist ..."

„... ist Lumperei. Ich weiß, Mutti."

„Ja, und jetzt bekommst du die Probleme."

Ich lachte: „Nein, ganz bestimmt nicht. Mach dir mal keine Sorgen, die Zeit der Probleme ist vorbei." Und ich versuchte mir vorzustellen, wie die Staatsanwaltschaft im Zweifelsfall meiner habhaft werden wollte.

Mutter schüttelte immer noch den Kopf und ich ergänzte: „Also, als Multimillionär stört dich ein Knöllchen eher weniger."

Ich setzte ihr noch zu mit Vorschlägen, wie man Geld ausgeben konnte, Wohlfühlurlaub, Staubsaugerroboter, Rasenroboter, italienischer Kaffeevollautomat, Hausumbau, Umziehen nach Freiburg ...

„Ach ja, Freiburg, ich will das Haus zurückkaufen, egal, was es kostet, nur die Mansarde, das reicht mir nicht, ich hab jetzt schon zu viele Objekte und Skulpturen, die ich unterbringen muss. Ihr habt doch nichts dagegen. Ihr könnt jederzeit nach wie vor dort Urlaub machen."

„Ach, das wär ja schön, wenn das Haus wieder ganz in Familienbesitz wäre."

Als ich auf den Bürgersteig trat, „materialisierte" der Xenia schon in der nächsten Einfahrt. Eddy düste auch sofort los, als sei der Teufel hinter ihm her. An der nächsten Ecke ging er wieder in Stealthmodus und hob ab.

„Det Auto is einfach zu uffällich! Hab den Polizeifunk abjehört, die sin sich sicher, det se uns noch kriegen."

Er lachte.

„So een uffällijen Oldtimer und ..

„Was und?"

„ ... und dann noch ohne Nummanschilda!"

Ich musste auch lachen. „Who needs it?"

„Tja, ickke nich." Darüber lachten wir uns minutenlang kaputt.

„Du Roboter hast ja nicht mal nen Führerschein."

„Brauch ick ooch nich!" , rief Eddy und flog ein paar Kunststückchen, er ließ den Wagen Loopings fliegen, Saltos machen und rollen, also sich seitlich überschlagen, bis ich schrie: „Hör auf, mir kommt der Kaffee hoch!"

Er lachte immer noch, aber stabilisierte dann doch den Wagen.

„Und jetzt lässt du die Lagekontrollen am Lenkrad in Ruh, du roter Baron für Arme!"

„Ha´ ick schon vastandn!"

Die Übelkeit hielt ein paar Minuten an. Doch später dachte ich: „Das musst du auch mal probieren, kann ja so schwierig nicht sein."

42

„Darling, ich will, dass wir das Schiff so umbauen, dass es einem riesigen Flugzeug oder Spaceshuttle ähnelt, welches notfalls in der Atmosphäre auch segeln und fliegen kann, also kurzzeitig auch ohne Antrieb auskäme." Das war natürlich Blödsinn, ich hatte nur wieder nicht weit genug gedacht! Ein Objekt von dieser Masse würde nicht fliegen, es würde fallen wie der Kölner Dom.

Und nein, meinen Vorschlag fand sie gar nicht gut: die Umgestaltung des Ellipsoids zu einem gewaltigen schnörkellosen Deltaflügler, mit einer durchsichtigen Kanzel vorne in der Spitze.

Sie runzelte die Stirn.

Von der Kanzel aus wollte ich das Schiff so steuern können wie den Xenia. Vor allem wollte ich SEHEN können, wo ich landete.

Sie runzelte die Stirn noch mehr.

Und ich wollte von der Kanzel aus direkt aussteigen können. Hinter den Pilotensitzen sollte rechts eine Treppe und links eine Klapprampe für den Xenia sein.

Sie verzog einen Mundwinkel, ich sagte nichts mehr.

„Ich will so bleiben, wie ich bin!", sang sie plötzlich in einer perfekten Imitation des veralteten Werbespots. „Wenn du unbedingt darauf bestehst, könnte man entsprechende Umbauten vornehmen, aber der Sinn der Kugelform, nun gut, in meinem Fall der elliptischen Form, und der Positionierung des Kontrollraums und der privaten Räume nach innen muss dir wohl entgangen sein. Stell dir vor, aus irgendwelchen Gründen, die zugegebenermaßen extrem unwahrscheinlich sind, fliegen wir mit fast Lichtgeschwindigkeit und kleinere oder größere Teilchen treffen die Hülle. Die meisten Objekte treffen sowieso nicht, weil sie weggelasert oder von einem Kraftfeld abgelenkt. Sollte vielleicht, hervorgerufen durch einen Angriff, doch ein Treffer erfolgen, würde möglicherweise die äußere Hülle durchbrochen. Die Xozorrudhu sind nicht immer auf freundliche Rassen gestoßen. Es gab vor Urzeiten auch mal Kämpfe. Daher stammen die Erfahrungen mit den Schiffen und ich würde ungern Änderungen vornehmen wollen. Vor allem würde ich schon bei halber Lichtgeschwindigkeit nicht gern ohne Anzug vorn in der Kanzel sitzen."

„Ach, dann muss ich im Xenia auch den Anzug tragen!"

„Der kleine Xenia hat den Vorteil, dass er einigen Objekten ausweichen kann. Und wenn du wirklich mal so schnell fliegen willst, dann ja, dann solltest du wirklich den Anzug tragen. Ich mache dir einen anderen Vorschlag, ich konstruiere dir ein flugzeugähnliches Schiff, das noch in den Hangar passt, aber dennoch so groß ist, dass du damit im Sonnensystem herumgondeln kannst, so viel du willst."

Ich grinste. Na gut, dann eben so! Selbst ich kann nicht alles haben. Thats life!

„Da ist noch was anderes: Dieser Taifun, der die Philippinen unter Hochwasser gesetzt hat. Könntest du nicht die Transporter mit Lebensmitteln füllen und dort etwas abwerfen, wo im Moment niemand hinkommt?"

„Paul, du meinst, ich sollte die Lebensmittel herstellen? Denk mal nach, wie lange das dauern würde! Du musst die schon kaufen."

Wir überlegten aber, dass es zu lange dauern würde und zu unpraktisch wäre, zu ein paar Supermärkten hinunterzufliegen und ganze Rudel von Einkaufswagen zu füllen, durch die Kassen zu bringen, dann das Problem, den Kram zu verladen – kaum machbar, ohne sich zu zeigen. Letzteres wiederum wollte ich nicht. Bei Erasco, Sonnen Bassermann und Gerolsteiner direkt einkaufen – wie lange sollte das dauern, um zu erklären, was man wollte und dass man kein Spinner war?

Ich grübelte noch herum, nervte Eddy und Darling dreimal mit denselben Fragen und entschied mich für einen direkteren Weg: Nachts waren wir wieder in Deutschland, hingen mit dem Schiff über einem riesigen Großmarkt in der Nähe von Dortmund und Eddy schickte zwei winzige Roboter hinunter, die direkten Kontakt mit den Telefon- und Computerleitungen suchten. Nach sechs Minuten hatte er Internet und Telefon gehackt und simulierte den Außenkontakt der Firma.

Weitere Roboter sausten systematisch durchs Gebäude und legten sanft die Arbeiter schlafen, die auch nachts hier malochten. Darling parkte noch ein paar Lastwagen so um, dass sie unseren Ladebereich so gut wie möglich verdeckten. Sie hatte das Schiff so an der Rampe geparkt, dass man mit dem Gabelstapler über eine Art Ladeklappe direkt in den Hangar fahren konnte. Darling, Eddy, einige Wartungsroboter, die ich noch nie gesehen hatte, rote Kugeln mit rautierter Oberfläche und vielen Armen, fuhren Gabelstapler, zischten rein und raus und füllten den Hangar. Ich stand draußen und tat nichts, trat von einem Fuß auf den anderen und wartete darauf, dass die Polizei erschien oder irgendwas Blödes passierte. ICH war dabei, einen großangelegten RAUB zu begehen! Was hatte mich nur wieder geritten?

Diese Asphaltwüste, so groß wie zwei Fußballfelder, wurde von riesigen Laternen erleuchtet, die mir doppelt so hoch erschienen wie normale Straßenlaternen. Den Sinn dahinter sah ich nicht, was ich aber sah: Fledermäuse. Jede Menge. Sie flogen ihre abgehackten, hektischen Manöver rings um die Laternenköpfe, wo sich wahrscheinlich Insekten tummelten. Ein echtes Schauspiel, das etwas Surrealistisches hatte.

Am verschlossenen Tor hielt ein LKW, dahinter kam schon der nächste angerollt. Ich lief hinüber.
Der Fahrer streckte den Kopf aus dem geöffneten Fenster und brüllte mich an, das habe er ja noch nie erlebt, wir sollten mal schnell das Tor öffnen, er habe ja schließlich auch einen Zeitplan!
„Sicherheitsübung! Da kann man nichts machen! Ich glaube, die sind gleich fertig!" Ich winkte ihm nochmal und ging einfach zurück zum Schiff, stark in Versuchung Darling zu sagen, sie könne ja mal kurz den Stealth-Modus abschalten.
Eddy rief mir zu, das wärs, was wir brauchen könnten, also Abflug.

40 Paletten Dosengemüse, Dosengerichte, Fisch-, Fleisch-, Obst-konserven, eingeschweißtes Brot, Zucker, Mehl, Reis, Badetücher, Handtücher, Sagrotan, Seife, Klopapier hatten wir entwendet und ein Roboter stellte dem Geschäftsführer einen kleinen Koffer mit 100.000 Euro in Gold- und Silberbarren aus eigener Herstellung hin. Das war zwar etwas überbezahlt, aber alles in allem sicher gerecht. Und mich kostete es nichts. Genial!
Der Roboter kam zurückgeflogen, schoss mit 100 Sachen zu uns in den Hangar, Darling schloss die große Ladeluke und ab ging es zum nächsten Einkauf.

Auf dem Land irgendwo am Rhein sagte Darling: „Ja, schau, das wird dir gefallen, pass mal auf!"
Ich schaute, es passierte aber nichts. Wir standen erneut in der Lade-zone eines Verteilerzentrums einer bekannten Supermarktkette. Meh-rere Rolltore waren schon hochgefahren, ich konnte in die Korridore zwischen gewaltigen Regalsystemen blicken, nichts regte sich.
Plötzlich kam Eddy auf uns zu gezischt: „Panne! Een Robota hat von drei Anjestellten nur zwee rechtzeitich erwischt, der letzte war zu flott. Hat übas Handy Alaam jejeben."
„Und das soll mir gefallen?"
Eddy hob die Augenbrauen, Darling sagte: „Nein, aber das!" Und jetzt kamen Gabelstapler angefahren, auf denen kein Fahrer saß und auch kein Roboter! Die Dinger stellten ihre Paletten im Hangar ab und fuh-ren selbsttätig wieder hinaus.
„Die ganze Anlage funktioniert automatisch", erklärte Darling, „ich fin-de nur, die könnten etwas schneller arbeiten."
Sie und Eddy grinsten sich an und plötzlich begannen die Gabelstap-ler verrückt zu werden. In einem irren Bienentanz sausten sie umein-ander, schossen in die Quergänge und wieder heraus, wuselten ko-mischerweise ohne Zusammenstoß den Gang entlang und spuckten förmlich die Paletten in unseren Hangar.
Sirenen in der Ferne.
„Mit der Polizei wollen wir nichts zu tun haben. Können wir die auch schlafen legen? Und zwar, bevor sie das Gelände überhaupt betre-ten?"
Eddy nickte, ein paar rote Roboter flogen hinaus in die Nacht. Ich sprang von der Rampe auf den Parkplatz, lief ein paar Schritte, be-sann mich und flog hinüber zum Zaun, der das Gelände zur Haupt-straße hin abgrenzte. Da ich immer noch Sirenen hörte, aber nur die stille Straße sah, stieg ich 100 Meter auf. Dreimal ein lautes Krachen

und drei Streifenwagen hatten ein paar Straßen weiter eine Vorgartenmauer ruiniert. Die blauen Lichter flackerten hübsch zwischen den ruhigen Straßenlaternen und erhellten Fenstern.

Plötzlich Blaulicht von der anderen Seite. Ich drehte mich um, da näherte sich ohne Sirene ein Wagen von rechts. Im Sturzflug düste ich zum Zaun an der Kreuzung hinunter, legte mich auf dem Grünstreifen flach auf den Boden und laserte mit Unterstützung des Anzugs dem Wagen die Reifen weg. Dann versuchte ich die Insassen zu betäuben, als sie an mir vorbeifuhren. Der Wagen wobbelte auf den Gummiresten der Räder, wurde langsamer, dann aber wieder schneller! Er krachte über den Bordstein und durchbrach den Zaun. Verblüfft richtete ich mich auf und blickte ihm hinterher. Relativ zielstrebig eierte das Auto, dessen Blaulicht immer noch blinkte, auf den Ladebereich zu, wo das unsichtbare Schiff stand. Und richtig, ein paar Sekunden später gab es ein blechernes Scheppern.

Ich flog hinüber und sah nach: Die zwei Polizisten schliefen mit den ausgelösten Airbags auf den Knien.

Darling kam hinzu, zeigte auf den Wagen und sagte anklagend: „Die haben Schuld!“
Und fügte hinzu: „Und wir sind soweit.“
„Komme ja schon.“

Das Schiff raste nach oben aus der Atmosphäre, um den Planeten herum und Eddy begann über der Katastrophenregion zu scannen, wo möglicherweise besonderer Bedarf an Hilfsgütern herrschte.
Roboter bepackten die acht Transportkapseln. Die größte hatte wohl 12 Meter im Durchmesser und konnte jede Menge Material bunkern.

„Wir lassen sie im Stealth-Modus arbeiten, nehme ich an“, meinte Darling.
Ich schüttelte den Kopf: „Lass die Transporter das Bild eines Jeeps projizieren! Er kommt normal über den Boden angefahren, hinten werden in Sichtweite der Leute die Konserven rausgeschubst und weg ist er wieder.“
Ich schlug mir vor die Stirn. „Mist, sag mal, wie sollen die so Konserven öffnen können, wenn sie alles verloren haben?“
„Ok, ich produziere kleine Dosenöffner, die legen wir dazu.“
Ein Roboter kam mit einem Teststück, es war der kleine unhandliche

Patentöffner, den ich immer gehasst und der so manchen Wutanfall bei mir ausgelöst hatte. Unglücklich schaute ich Darling an. „Ob das das Richtige ist?"
Sie nahm von einem Stapel Dosen, die verteilt wurden, eine herunter und reichte sie mir: „Bitte!"
Ich setzte den Öffner an und ... er klemmte sich richtig gut fest und ... glitt beim Drehen der Flügel durch das Deckelmetall wie durch Butter.
„Alle Achtung!"
„Optimiertes Design, optimiertes Material."
Der nächste Roboter kam mit einer ganzen Kiste von den Dingern und verteilte sie auf die Transporter.
Ananas in Stücken waren in meiner Dose. Ich hob den Deckel an, sah gut aus.
„Jetzt brauch ich noch ′n Löffel – ach so, wie wärs, wenn wir denen auch Löffel mitliefern?"
„Du kannst einen auf Trab halten!", stöhnte Darling.
„Komisch, hat meine Frau auch immer gesagt", murmelte ich.

Auf einem fünf mal zehn Meter Stück Hangarwand verfolgte ich, wie Eddy mit Sonden die Umgebung scannte. Wir selber hingen 10.000 Meter über der Erde. Ich bekam meinen Löffel und versuchte auf den zwanzig Einzelbildern etwas zu erkennen, während die Sonden wie Falken über das Land sausten, von Wärmesensoren und Radar geleitet.

Die Ananas schmeckten, so wie sie aus der Dose immer schmecken, etwas metallisch. Und wie immer fragte ich mich, ob ich jetzt nicht zu viel Schwermetalle, aus dem Dosenblech herausgelöst durch die Fruchtsäure, zu mir nahm. Aber die Nanobehandlung würde doch wohl auch damit fertig werden? Genussvoll löffelte ich meine Ananas und fühlte mich so großartig, so hatte ich mich auf meinem Planeten ewig nicht mehr gefühlt, wurde mir klar. Ich fühlte mich größer, als ich wirklich war und hatte das Gefühl, auch ohne Anzug ein paar Zentimeter über dem Boden zu schweben!
Die Auslieferung konnte beginnen. Wir gingen auf 2000 Meter hinunter und Darling öffnete die Hangartüre, die nach wie vor als Klappe ausgebildet war, welche hier 50 Meter weit frei in die Luft rausragte. Einer nach dem Anderen schwebten die Transporter hinaus, gingen in den Stealthmodus und verschwanden vor meinen Augen. Als der letzte weg war, trat ich hinaus auf die Ladeklappe und schaute hinunter auf das grüne Land weit unten. Halb von unregelmäßigen Wasserflächen bedeckt, sah das regelrecht ästhetisch aus. Wie es da unten

tatsächlich wirkte, wollte ich gar nicht wissen. Ich hatte jetzt erst mal genug getan, im Rahmen meiner Möglichkeiten, oder? Ich starrte hinunter und dachte, dass das hier wirklich eine feine Blitzaktion war. Eine Sache von insgesamt gut einem halben Tag. Klasse!

Aber morgen oder übermorgen würden woanders neue Katastrophen zuschlagen und sie würden sich weiter häufen aufgrund der Erderwärmung. Und überhaupt, wie viele Kinder verhungerten täglich auf diesem von Dummheit und Habgier regierten Planeten, was hatte ich meinen Schülern immer erzählt?

17.000 ?

SIEBZEHNTAUSEND !

TÄGLICH ?

Neben mir tauchte der erste leere Transporter wieder auf. Am Rand der Ladeklappe schritt ich zurück ins Schiff.

43

„Wir haben zu arbeiten!", verkündete ich Eddy und Darling. „Diese Aktion war klasse, ihr seid einfach super, aber das wisst ihr ja."
Die beiden grinsten sich an.
„Die Erde hat eine Menge Probleme und ich beginne zu überlegen, ob wir nicht mit Xozorrudhu-Technik wenigstens ansatzweise etwas dagegen tun können."
„Du denkst aber schon noch daran, dass von dir erwartet wird, diese Technik nicht an Erdbewohner weiterzugeben."
„Ja, klar, wenn ich die Erde in wenigen Monaten zerstört wissen wollte, würde ich das vielleicht tun. Aber ich bin nicht verrückt! Ich will was anderes. Garragant hat mal zu mir gesagt, sie hätten vor ewigen Zeiten schon ihren Planeten mit Satelliten ausgestattet, die abschattend wirken. Auf der Erde ist man auch schon auf diese Idee gekommen, aber sie ist technisch nicht durchführbar, mangels Ressourcen. Wir jedoch können das!
Das ist etwas, das muss völlig geheim passieren, also irgendwo müssen wir eine Art Fabrik aufmachen, die diese Satelliten herstellt, da werden sicher Unmengen benötigt."

Die beiden guckten ein wenig merkwürdig, ich ließ mich aber nicht bremsen.

„Das Nächste ist, dass man gleichzeitig offiziell eine Organisation gründet, die Nahrungsmittel, Maschinen, Generatoren, Zelte, Kleidung, Schlafsäcke, Moskitonetze, … äh, ganze Krankenhaus-Ausstattungen schnell herbeischaffen kann, sie möglicherweise lagert und dann schnellstens, vielleicht sogar mit Personal dorthin bringt, wo sie benötigt werden."

Die beiden stöhnten.

„Eddy meinte: „Offiziell wa? Da kannste aba nich die Transporta nehm, um die Klamotten zu vateiln."

„Ne, is schon klar. Da, … äh … da muss ne Flugzeugflotte her!"

„Wo soll die denn herkommen und wo soll sie stationiert sein?" fragte Darling. „Wer soll die Flugzeuge warten und fliegen?"

„Un wat solln det kostn?"

„Ein paar Milliarden würde ich schon brauchen."

„Paar Mijarden", Eddy lachte, „wo nimmste die denn her?"

„Na, ich dachte, ihr könntet …"

„Mal die Lotterie manipulieren, ok! Aber dich als Privatperson jetzt mit Milliardenbeträgen auszustatten, egal ob elektronisch, mit Papiergeld, Gold oder Edelsteinen … denk doch mal nach! Das fällt doch auf!" Darling legte ihre Hand auf meinen Arm.

„Na gut, lasst uns da nochmal drüber nachdenken, aber die Sache mit den Abschattungssatelliten geht, oder?"

Die beiden stöhnten im Duett.

„Nach meina Schätzung brauchste zwee Mijonen Quadratkilometa Sonnensejelfläche! Lass dir det ma uff der Zunge zajehn, zwei Mil-li-o-nen Quadrat-Kilometer!" Plötzlich sprach er ganz deutlich, als ob er ein schwerhöriges Kind vor sich hätte.

„Wennde jetz rechnes, det een Satellit zwee Quadratkilometer Fläche bringt, dann bräuchteste, na wie viel Satelliten?"

„Eine", ich räusperte mich, „eine Million Satelliten."

„Was hast du denn gedacht, wie lange das Projekt dauern soll?", mischte sich nun Darling ein.

„Keine Ahnung, ein paar Jahre."

„Paar Jahre, Paule, pass uff, wenn det 10 oder 12 Jahre läuft, müssteste pro Tach 250 Satelliten minnigens produziern."

250 riesige Satelliten? Pro Tag? Selbst wenn man also 50 pro Tag schaffen könnte, das wären immer noch 50 Jahre, allerdings würde doch sicher ein messbarer Effekt schon nach wenigen Jahren eintreten. Ich stand auf und wanderte zu meiner Bar hinüber, wo ich ratlos die

Flaschen anschaute. Anscheinend war ich nicht allmächtig. Hm. Von einem edlen Tresterbrand, der in Portfässern gereift war, goss ich mir ein Schlückchen ein, mit dem ich mich zwei, drei Minuten beschäftigte. Dann nahm ich noch ein Gläschen Cognac mit an den Tisch, wo Eddy und Darling immer noch saßen, einen Ausdruck auf dem Gesicht, wie besorgte Eltern ihn manchmal haben.

„Darling, kannst du mir einen starken Kaffee mit Sahnehaube besorgen?"

Ich wartete auf den Kaffee, goss dann den Cognac hinein und schlürfte probeweise. Gut! Mir wurde richtig warm. Ich schnappte mir ein Stück Papier, meinen Lieblingsfüller aus den 50er Jahren mit der elastischen Feder und skizzierte einen Satelliten, wie ich ihn mir vorstellte: In der Mitte einen soliden runden Körper ähnlich der Mitte eines Korbblütlers, dann außen 12 „Blütenblätter", die am Ende sanft abgerundet waren. Sie sollten zu sechst in zwei Reihen angeordnet sein, denn sonst würden sie sich nicht einfalten, also hochklappen können.

„So, schaut mal, Darling, Eddy, wollt ihr mir sagen, dass auch mit Xozorrudhu-Technik es nicht machbar ist, die Arktis dieses Planeten in sagen wir 50 Jahren mit einem Sonnenschirm aus solchen Satelliten auszustatten?"

„Das kann man so nicht sagen. Machbar wäre es schon."

„Aber ....?"

„Nur eine Frage des Aufwands. Dass ich in meinem Synteezer die Teile nicht herstellen kann, wird dir klar sein. Also müsste ich eine ganze Reihe wirklich großer Synteezer bauen und die entsprechende Energieversorgung dazu!"

„Dann machen wir das doch!" Das Schiff hatte sie nicht umgestalten wollen, gut, aber hier würde ich nicht nachgeben.

„Du meinst ich, ich soll das machen!"

„Mit der kompetenten Hilfe meines Freundes Eddy."

Er grinste ganz kurz.

„Machst du dir eine Vorstellung, was für ein Fabrikkomplex das wird? Was denkst du denn, wo wir den bauen sollen?"

„Auf dem Mond. Da funkt uns keiner dazwischen, und zwar auf der erdabgewandten Seite. Wenn die Menschheit nochmals da oben landet, dann sicher wieder nur auf der erdzugewandten Seite, denn da hat man ungestörten Funkkontakt und sogar Sicht mit den modernen Teleskopen."

„Wir müssten sowieso unter die Mondoberfläche gehen, wenn wir nicht gewaltige Hallen bauen wollen, um kosmischen Staub und Kleinmeteoriten abzuhalten. Ich würde eine derartige Anlage auch vor den Augen deiner Mitmenschen sicher verstecken, um nicht unnötig irgendwelche

Begehrlichkeiten zu wecken."
Darling hielt inne, machte ein Gesicht wie eine Schülerin, die eine Strafarbeit schreiben soll und fuhr fort: „Also, wenn du wirklich darauf bestehst, würde ich einen fünf Kilometer tiefen Schacht bohren. In vier bis fünf Kilometer Tiefe staffeln sich an ihm spiralförmig verteilt 10 große Hallen, so dass 10 Synteezer gleichzeitig arbeiten können, um einmal das Ober- und Unterteil des Satelliten, das Mittelteil, die Rahmenrohre für die Blütenblätter, die Folie für die Blätter, die Scharnierteile, die Stellmotoren, den Reaktor, den Druckerzeuger, den Wassertank und ein Gerüst für Innen zu erzeugen."
„Klingt gut, also los, machen wir das! Fly me to the moon!", sang ich.
„Paul", sagte Eddy.
„Was?"
„Wir sind schon da!", sagte Darling.

44

Mit dem Xenia jagte ich ein wenig in dem Krater rum, den Darling ausgesucht hatte, ein beliebiger Krater, der neben einem anderen lag, welcher seinerseits einen kleinen Einschlag außen bei etwa 4 Uhr erlitten hatte. Das konnte sogar ich mir merken. Hier lag mehr Staub als auf der Vorderseite bei meinem ersten Mondbesuch. Der Wagen schlingerte und das war ganz lustig. Und erst die Staubfahnen, die ich hinter mir herzog, prachtvoll! Sicher konnte der Xenia das Schlingern komplett ausgleichen, wenn ich das wollte, aber warum sollte ich?
Ich versuchte ein paar von den Stunts, die Eddy dem Wagen abverlangt hatte, also Looping fliegen, dann dabei auch noch den Wagen drehen. Na ja, sehr flüssig sah das nicht aus.

Ein wenig mehr Überblick über die Rückseite des Mondes, die ich noch nie gesehen hatte, wäre schön. Das heißt, die Medien müssten mir mal Bilder präsentiert haben, aber ich konnte mich nicht erinnern. Ich stieg auf ein paar Hundert Kilometer Höhe und fand dieses wilde Ineinander größerer, kleinerer und winziger Krater höchst ästhetisch. Der Zufall konnte sehr wohl künstlerisch tätig sein.

Rechts rückte der Terminator näher, in einigen Stunden wäre hier Nacht. Genau an der Schattengrenze, etwas weiter südlich, landete ich und stieg aus. Ich ging ein paar traumartig schwebende Schritte, kniete mich hin und fasste in den fünf Zentimeter tiefen Mondstaub.

Ein wenig wie im Sandkasten mit ganz feinem Sand. Ein Steinchen von Walnussgröße steckte ich in die Anzugtasche, die Darling endlich integriert hatte. Dann tätschelte ich den Boden. „Guter Mond!", sagte ich. „Alter Freund!" Wie oft hatte der romantische 14-jährige verliebte Paul zu ihm hinaufgestarrt?
Jetzt stand ich hier?
Ich schüttelte den Kopf, sprang auf, so dass ich fünf Meter weit in die Luft ging, rannte eine Strecke in weiten Sprüngen und machte einen Salto. Irgendetwas fehlte am Himmel – klar, die Erde! Rein in den Xenia, das Ding mit vollem Schub hochgezogen, umgeschaltet, wieder umgeschaltet und mit irren Tempo um den Mond gerast. Ein Blick auf die blauen Kontrollbalken: Ich lag bei schlappen 100 km/s. Das waren 360.000 Kilometer pro Stunde! Und die Geschwindigkeit stieg noch! Ich ging vom Gas. Sprit sparen.

Den Xenia ließ ich in einen rechten Winkel zur Oberfläche rotieren und hatte das Gefühl, ich führe an einem Mondmodell auf einer Autobahn vorbei. Wow! Great! Fantastic!
Da ging vor mir die Erde über dem Mond auf. Ich salutierte. Fragt mich nicht warum!

Die Vorderseite, schön, schön, ach, Moment mal, wo waren denn die Reste der Apollo-Missionen, irgendwo stand doch noch ein Mondauto rum. Die letzte Mission war im Krater Descartes gelandet und hatte auch ein Auto dabeigehabt, das wusste ich.
„Xenia, wo ist der Krater Descartes?"
Auf der Scheibe erschien eine runde Karte mit einem blauen Kreuz.
„Hier", sagte der Bordcomputer, „in der Nähe des Äquators."
„Bring mich bitte hin."
Der Xenia schwenkte zur Oberfläche ein und sank ihr zielstrebig entgegen.
Descartes war ziemlich flach, einzelne kleine Hügel gaben etwas Abwechslung und verstreut, so als hätten Bauern sie vor dem Säen nicht entfernt, lagen scharfkantige Steine herum. Da war die Trägerstufe des Mondgefährts, 20 Meter weiter der Mondwagen, glänzend in der Sonne, ein provisorisch aussehendes Ding. Wirkte, als hätte jemand in einer Garage aus Baumarktteilen und Klebeband etwas zusammengeschustert. Aber vielleicht gerade deswegen klopfte mein Herz, als ich daneben parkte und ausstieg.

Far out! Hier stand ich selber auf dem Mond, neben einem wichtigen

Relikt meiner so fernen Jugend. 40 Jahre, wo waren sie geblieben?

Andreas: „Das wärn Ding, wenn man mal damit fahrn könnte!"
Ich: „Auf dem Mond?"
Andreas: „KLAR, Mann, hier machts doch keinen Spaß bei voller Erd-
anziehung!"
Ich: „Ach, da kommen wir nie hin!"

Ich setzte mich auf den Sitz aus kreuz und quer gespannten breiten Gurten. Die horizontalen Streifen waren schwarz, die vertikalen weiß. Gas
geben, es tat sich nichts. Leere Akkus. Abenteuerlich, wie viel technische
Ausfälle diese letzte Mission gehabt hatte. Die Menschen, die diesem
Wunder der Technik und des menschlichen Mutes nach den anderen
Landungen noch Interesse entgegenbrachten, fieberten, dass die Astro-
nauten heil wieder zurückkamen! Young und Duke waren das gewesen,
den dritten aus der Kommandokapsel vergesse ich immer.
Das Metall glänzte in der Sonne wie damals. Fußspuren führten zur
Landefähre, ich war nun mit dem Xenia hindurchgefahren. Kopfschüt-
telnd hopste ich vom Rover, schwebte gemächlich zum Xenia zurück
und stieg ein.

45

Von Ferne lag das Schiff wie eine Perle auf der Mondoberfläche, beim
Näherkommen sah man den Schatten, den es warf und schließlich
wurde einem klar, wie groß das Teil wirklich war. Ich flog nun zwei
Meter über dem Boden, der schon im Dunkeln lag, schaltete die
Scheinwerfer ein und setzte, eine sehr befriedigende Staubwolke hin-
terlassend, auf. Mit fünfzig Stuckies rollte ich auf das Schiff und die
Schleuse zu, die in den unteren Hangar führte. Da sah ich Darling
etwas abseits neben einer Röhrenkonstruktion von zwanzig Metern
Höhe stehen. Darlings Anzughelm und das Schiff wurden noch von
der Sonne angestrahlt.
Ich stieg aus und hopste-schwebte zu ihr hinüber. Plötzlich schoss
aus der Apparatur etwas schräg in den schwarzen Mondhimmel und
wuchs immer höher und höher. Eine Staubsäule, schräg ausgerichtet,
damit das Material nicht auf uns selber hinunterfiel. Irgendwo in ein-
hundert oder zweihundert Metern Höhe breitete sich das Zeug von ursprünglich einem Meter Durchmesser auf satte 20 Metern aus und in
Kilometerhöhe, ich hatte das Schiff als Größenvergleich vor der Nase,

konnten es schon 60 bis 80 Meter sein.

Darling drehte sich zu mir um und sah, dass ich in den Himmel starrte. „Das ist der Anfang vom Ganzen, du solltest das Knöpfchen drücken, wo warst du denn?"

„Draußen spielen, Mama!", murmelte ich. Sie wusste sehr genau, wo ich gewesen war. Ihre unbestechlichen Instrumente hatten ihr das sicher verraten. Aber vielleicht wollte sie Interesse an dem zeigen, was ich unternommen hatte. Die Säule begann sich nun zu einem Bogen zu formen, das Material würde mitten im nächsten Krater landen.

„Ich bin mal eben um den Mond gedüst, hat Laune gemacht! Hab mir auch einen alten Apollolandeplatz angesehen. Und jetzt renn ICH hier rum? Toll! Das gibt aber ´n großes Loch!"

„30 Meter Durchmesser! Das ist der Zentralschacht mit fünf Kilometern Tiefe."

„Wann bist du fertig?"

„Ach Paul, Geduld bitte! Der Schacht alleine kostet vier Tage, dann die seitlich liegenden Höhlendome und schließlich kommt die Innenausstattung. Wenn der erste Dom fertig ist, installiere ich sofort den ersten großen Synteezer, so dass ich den Schacht schneller mit Antigrav ausstatten kann. Je mehr Dome fertig werden, umso flotter geht es natürlich. Dennoch musst du mit einem Monat rechnen!"

„Nur ein Monat, Wahnsinn! Für so ein MEGA – Projekt, das ist doch ... ha!" Ich nahm sie in den Arm. „Ich kann es immer nur wieder sagen, du bist klasse! Aber der Staub, wenn das so weitergeht, sieht der Krater nebenan bald ganz anders aus. Das könnten Erdsonden, die den Mond umkreisen, bemerken."

„Im Moment kreist da keine Sonde und den Staub befördere ich über Fallschächte zu den Reaktoren, die die Synteezer speisen. Davon bleibt auf Dauer nichts übrig!"

„Genial!" Ich freute mich wie ein Schneekönig. Staubkönig? Haha, ich würde es schaffen. Auch wenn es dauerte, die Erde kriegte ihre Klimaanlage!

Ich ließ Darling los und schrie: „Jaeger&Co! Routinearbeiten erledigen wir sofort, Wunder dauern etwas länger!"

„Komm, das müssen wir feiern!", sagte ich in normalem Ton. „Ach, übrigens, ich hab da ein paar Ideen ..."

Darling stöhnte.

Dabei waren es wirklich großartige Ideen!

„Also, wenn du den ersten Synteezer fertig hast, könntest du mir ein paar große Maschinen anfertigen. Ach ja, wie schneidet man eigentlich einen großen Asteroiden in Scheiben?"

46

Eddy fand ich in seinem Zimmer, bzw. in der Suite, die er mittlerweile daraus gemacht hatte. Er lag auf einer tiefblauen Ledercouch und las. „Eddy, das ist ja Wahnsinn!" Hier herrschte warmes gedämpftes Licht, akzentuiert durch beleuchtete Vitrinen, in denen alte Bücher und Schachfiguren zur Schau gestellt wurden.
Dazwischen an den Wänden die eine oder andere Gitarre.
„Are all these your guitars?", zitierte ich Pink Floyd, er grinste. „Sag mal, spielst du die auch?"
Er stand auf und griff sich die nächstbeste und fragte: „Wat willse hörn?"
„Ähm, Heart Of Gold."
Er setzte sich auf einen Stuhl, ich nahm einen mit Segeltuch bespannten Klappsessel und er legte los.
Ich war erschüttert! Das klang exakt wie Neil Young! Er imitierte genau die hohe empfindsame Stimme des Künstlers und das Lied wirkte so eindringlich, wie ich es in Erinnerung hatte. Ich schloss die Augen und für mich saß plötzlich dort tatsächlich Neil Young drei Meter entfernt vor mir und seine Gitarre tönte wie ein Instrument, das alle Sorgen versteht und das Leid der Welt lindert. Tränen liefen mir über die Wangen. Unvermittelt hörte er mitten im Spiel auf. „Wat is denn, jehts dir nich jut?"
Ich krächzte: „Du ... ähh ... hust ... spielst zu gut!"
Er lachte und brüllte plötzlich los:
„Long Tall Sally´s built
preety sweet
she´s got ...“
Ich räusperte mich zweimal und brüllte dann mit: „...oh baby ...“
Danach vergaß ich fast, was ich gewollt hatte: „Eddy, ich bin sicher, du gäbest den perfekten Börsenmakler ab! Wenn du mit deinen Möglichkeiten die Lage an den Finanzmärkten analysierst, dann müsstest du doch innerhalb kürzester Zeit durch Kauf und Verkauf meine läppischen 17 Millionen vermehren können."
„Money makes the world ...“
„... go round, sowieso! Deswegen ja, ich will etwas tun können in solchen Katastrophenfällen wie auf den Philippinen. Oder gegen den Hunger. Oder gegen Coca Cola und Nestle, die die Ressourcen der armen Völker plündern. Und gegen das Artensterben."
„Ja, sicher, ick ...“
„Und genügend Wasser für jeden! Und Arbeit, medizinische Versorgung, da hab ich so ein paar Ideen, aber ich weiß noch nicht genau ...“
Eddy sah mich einen Moment an. „Ick seh dein Problem, wa, checke

grad mal die Situation, komm dann in een paar Minütkes zu dir, ok?"
„Danke, Mann!"

Was er mir kurz drauf eröffnete, war entmutigend. Mit diesem Startka-
pital würde es Jahre und Jahrzehnte dauern, durch Börsenspekulati-
onen superreich zu werden.
„Und wenn du dir Insiderinformationen verschaffst? Du könntest mit
HiTech die Großen in der Finanzwelt und Regierungen usw. abhören
und könntest dir immer schon vorher ausrechnen, was du abstoßen
oder ankaufen müsstest."
„In 10 Jahren wärste bei höchstens 80 bis 100 Millionen, wenn nix
schief jeht! Vielleich, aba nur vielleich 400 bis 600 Mille, wennse dir
den sojenannten Hebel bewillijen."
Meine Augenbrauen signalisierten zero Kenntniss.
„Ejal, det reicht dir doch nich!"
Nein, das reichte für meine hochfliegenden Pläne überhaupt nicht.
„Pass auf", sagte ich verzweifelt, „wie wärs denn, wenn wir eine Goldmi-
ne oder besser noch eine Diamantenmine eröffnen, da kann man doch
sein Geld auch praktisch selber drucken. Wir impfen einfach mittels
kleiner Grabroboter die Grube mit Diamanten, die Darling hergestellt
hat. Wir verkaufen die Diamanten, zack, sind wir reich wie'n Scheich. "
„Watte verjisst is, det du da Schürfrechte kaufen musst! Und der Aufbau un Betrieb eener kompletten Mine is teua un umständlich! Und
wennde soviele Klunker aufn Markt schmeißt, gehter Preis runta, wa."

Was zum Henker konnte man denn noch zu Geld machen? Legal zu
Geld machen! Ich wäre fast die Wände hochgegangen, da musste ich
an ein Gespräch mit Eddy über die Abschattungssatelliten denken. Er
hatte erwähnt, dass mit einer verbesserten, dünneren und festeren
Folie leichtere Segel möglich wären, die sogar Strom aus Sonnenlicht
umwandelten. Dummerweise durfte ich aber nur irdische Technologie
einsetzen. Na also!
„Eddy, wie wärs, wenn ich ein Labor auf der Erde aufbaue, dort erfinde
ich mit deiner Hilfe monomolekulare Folie, wir lassen die patentieren,
verdienen Unmengen Geld und bauen außerdem die Satelliten damit?" Ich sah, wie ablehnend er guckte und fügte schnell hinzu: „Die
ersten monomolekularen Experimente haben auf der Erde ja auch
schon geklappt und sind mit dem Nobelpreis gewürdigt worden."
„Det issn Argument! Wir halten det Janze absolut jeheim, fackeln det
Labor hinterher ab und keena kann behaupten, etwas wäre nich mit
rechten Dingen zujejangen."

Abfackeln? Hm, ja. „Gut, wann fangen wir an?", fragte ich, nachdem ich mich kurz am Kopf gekratzt hatte.
Eddy grinste: „Pass uff, günstich dafür wäre son alter halb verfallena Jutshof in der Wallachei. Schön unauffällich, wa?"

Ich suchte im Internet nach einem Objekt, das mir auch wirklich gefiel. Dabei ließ ich mich wohl etwas von meiner Begeisterung davontragen. Zu meiner Überraschung gab es überall in jedem Bundesland und auch im Ausland Gutshöfe oder sogar Schlösser und Burgen zu kaufen. Ich hätte gedacht, wer sowas sein Eigen nennt, der gibts nicht wieder her, aber da sind schließlich noch enttäuschte Erben, die verkaufen müssen, die Rock- und Show-Größen, die aus einer Laune heraus gekauft hatten und die GmbHs, die pleitegehen. Sehr vielversprechende billige Angebote fand ich im Osten Deutschlands.
„Sorry", unterbrach Eddy meine Burgherrenfantasien, „ich seh ja, watte dir grad anguckst, det sin allet nur total baufällije Millionengräber, die wirklich keener ham will."
„Hör mal, du bist ja wie Garragant, ich meine, du kannst doch nicht hinter mir her ..."
„Ick will dich nur vor nem Totalreinfall schützen, wenn die Dingers, so wie beim letzten, watte uffm Schirm hattes, nur so viel wien kleenet Autochen kostn, dann kannstet vajessen. Da sin de Keller einjebrochen, et jibt keene funktioniernde Installation undet Dach is ooch so jut wie injekracht. Lass det sein! Det kost nämich Millionen, die de nich has. Nix für Unjut!"
„Jaja", knurrte ich und sortierte die aus, welche aus erklärten Denkmalschutzgründen keine Umbauten zuließen und diejenigen, die von vorne herein keine handwerkliche oder industrielle Nutzung erlaubten. Dann blieb nur ein Angebot übrig, bei dem mir auch der Bau selber gefiel. Ich notierte mir die Adresse und sagte Eddy, ich wolle mal eben nach Hessen und etwas nachsehen. Er hob nur die Hand. Unternehmungslustig zog ich feine Klamotten an, stieg in den Xenia, checkte zweimal die Energieanzeige, sagte: „Rücksturz zur Erde!", und beömmelte mich darüber köstlich, bis der blaue Ball näherrückte und ich auf ernsthaften Geschäftsmann umschalten musste.

In Fulda landete ich auf der Straße „Am Waldschlösschen", fuhr unsichtbar in eine leere Garage hinein und sichtbar wieder heraus, um ein Stück weiter am Bauamt zu parken.

Bis ich dann im Bauamt jemanden fand, der zuständig war, hatte ich schon die Schnauze voll! Schließlich die Auskunft, dass ich keine Lagerhallen anbauen konnte, auch wenn ich sie aussehen lassen würde wie alte Pferdeställe. Grußlos stampfte ich da raus, bestieg sauer den Xenia. Mit Vollgas rauschte ich durch die irdische Atmosphäre, sodass die Meteorologen eine Anomalie verzeichneten. Supererhitzte Luft über Fulda erzeugte einen begrenzten Tornado, der ein paar Dachpfannen runterwarf und damit einen Dackel tötete. Gut, ich hasse Dackel!

Ein akustisches Signal ertönte und Eddy erschien auf der Frontscheibe: „Det war nix, wa?"
„Nee", knurrte ich.
„Ick ha´ wat jefunden." Sein Grinsen verschwand und ich sah Bilder von einem Bauernhof mit einigen Nebengebäuden. Bei der Scheune war das Dach eingestürzt und alles hätte mal einen Anstrich benötigt. Das Ganze lag etwa zwischen Leipzig und Kassel neben einem Naturschutzgebiet. Gar nicht weit von Fulda. Eine schmale Nebenstraße verband den Hof mit der Welt und ringsherum gab es kein größeres Dorf, keine Stadt.
„Vielleicht schaustes dir ma an?"
„Klar."
„Ick komm ooch runta, bis gleich."
Ich wendete den Xenia, und ließ ihn wieder zurückfallen auf den Ball unter mir.

Der Hof hatte kaum etwas von dem, was ich mochte: warmen Sandstein, heimelige Tordurchfahrten, alte überwucherte Mauern. Immerhin gab es ein kleines Backhäuschen rechts neben dem Haupthaus. Bei den Gebäuden handelte es sich um klassische Fachwerkbauweise, Teile der Fassade aber waren mit Schiefer abgedeckt worden, viele Platten fehlten nun. Ein eher hässlicher Gesamteindruck. Mit dem eingestürzten Scheunendach und den schiefhängenden Torflügeln wirkte das Ganze trostlos. Ich schüttelte den Kopf und dachte, ich sollte Eddy sagen, dass es sich nicht lohnte, herzukommen.

Ich stieg aus, was ich wohl hätte bleiben lassen sollen, aber die Luft war samtweich und gerade 22 Grad warm, Schwalben schossen über den Hof, eine Lerche sang irgendwo weit über mir in der Luft. Die Sonne leuchtete höflich die Defekte der Scheune aus, als wollte sie sagen: „Guck, da kann man nichts mehr machen!" Die Ställe rechts lagen im Schatten und die Front des Bauernhauses wurde von den herrlichen Kronen zweier Eichen beschirmt, dennoch sprang die defekte Verschieferung der Front als deprimierend hässlich ins Auge.

Ich schlenderte die Einfahrt hoch, um das Ganze besser auf mich wirken zu lassen. Die Tür des Hauses schwang auf, drei Glatzköpfe in Schwarz mit Springerstiefeln trappelten die Treppe runter und kamen zielstrebig auf mich zu.
„Na Kerlchen? Was suchst du denn hier?"
Kerlchen?
„Die Innere Mission, ihr seht aber nicht aus wie Diakone!"
„Dia-was?", fragte der dickste des Trios.
„Schnauze", sagte der größte, ein Kerl, der anscheinend nicht nur aus Fett bestand. „Also: Was willst du?"
„Den Krempel hier kaufen, deswegen schau ich mich ein wenig um", sagte ich so vernünftig wie möglich.
„Ach nee, der feine Pinkel will den Krempel kaufen", höhnte der Große. „Das is ne ganz schlechte Idee, die werden wir dir schnell mal austreiben."
„Ich bin aber in der Überzahl." Ich grinste selbstbewusst.
„Wir sind zu dritt."
„Ja, das mein ich doch, ihr müsstet schon zehn oder so sein."
„Ach, ist das so?"
Ich nickte bedauernd. Er steckte die Finger in den Mund und pfiff. Schon kamen noch mehr hässliche Typen aus dem Haus.
„Ok, ihr habt gewonnen. Ich geh dann mal. Schönen Tag noch!"
„Stopp, so einfach kommst du nicht hier weg!", der Große fasste von hinten an meine Schulter und ich griff nach seiner Hand, drehte mich und gleichzeitig seine Hand um und gab ihm einen Tritt in den Hintern, er ging zu Boden und rutschte einen Meter über das feuchte Kopfsteinpflaster.
„Macht ihn fertig, verdammt nochmal!", schrie er und alle griffen gleichzeitig an. Der Weg zum Xenia war schon verstellt, also machte ich einen Ausfallschritt nach vorne, hieb dem ersten die Faust ins Gesicht und schlug ihm die Nase platt, zog mit einem Schritt rückwärts den Ellenbogen blitzartig zurück und traf jemanden in den Solarplexus. Zwei außer Gefecht. Der nächste rechts griff in die Tasche, ich trat ihm mit einem Sprung in die Hoden, schubste ihn zu Boden und machte einen weiteren Schritt auf den Großen zu, der sich aufrichten wollte. Ich sprang über ihn hinweg und trat ihm mit dem rechten Fuß an den Kopf. Vier erwischt.
Wieder versuchten sie mich einzukreisen. Der erste kam schnell he-

ran und versuchte einen Karatetritt nach meinem Gesicht. Ich lachte nur. In der Rückwärtsbewegung hieb ich einem den Ellenbogen gegen den Adamsapfel, er fiel langsam um. Der Karatefan versuchte einen Kick auf meinen Solarplexus und ich hakte meinen Fuß hinter sein Bein und verhinderte, dass er es zurückziehen konnte. Als der nächste ein Messer aus dem Stiefel zog, nahm ich den Fuß weg, Karatekid fiel um und ich sprang an der Seite der Treppe rauf, turnte über das Geländer und sah Eddy hinter den restlichen Fünf stehen.
„Verdammt, Eddy!", sagte ich. „Du könntest auch mal was tun!"
„Wieso, du machs det doch toll, ick bin da übaflüssich!" Dieser Mistkerl, den würde ich umprogrammieren und wenn es das Letzte war ...
Die Glatzköpfe hatten entschieden, dass Eddy keine Gefahr darstellte, und rückten zur Treppe vor. Ich sprang von der obersten Stufe, trat dem Messerhelden ins Gesicht und fiel selber, federte aber ab, stand wieder, griff mir den Kleinsten und tat so, als würde ich ihn mir zurechtrücken für einen üblen Schlag. Tatsächlich aber schubste ich ihn nach rechts in den nächstbesten hinein und schlug die zwei übrigen links mit den Köpfen zusammen. Ich hätte schwören können, dass ein sehr hohles Geräusch erklang. Noch zwei übrig. Der Kleinste war schon wieder heran, ich schnappte ihn mir an der Lederjacke und im Schritt und warf ihn dem letzten an den Kopf. Beide gingen zu Boden.
Eddy klatschte Beifall.
„Und jetzt kommst du dran!" Ich boxte nach ihm, er wich zurück und wehrte lachend die Boxhiebe mit den flachen Händen ab.
„Da gibts gar nichts zu lachen!" Ich war wirklich sauer. „Ich denke, du bist dazu da, mich zu beschützen."
Lachend wich er weiter zurück. „Wenn et nötich is. War aba nich nötich."
Ich blieb stehen. „Ich hab doch gesagt, du sollst mir helfen!"
„Nee, du hastn Konjunktiv jebraucht, has keen Befehl erteilt."
„Oh Gott, ein Grammatik dozierender Roboter, wo bin ich nur hingeraten? Du wirst umprogrammiert, aus dir mache ich einen Schachcomputer oder ... oder eine Küchenmaschine!"
Lachend schob Eddy mich weg, hinter mir trappelnde Schritte und ich konnte gerade noch sehen, wie Eddy die Faust ausstreckte. Der Dicke rannte voll hinein und plumpste zu Boden. Nun richtete sich aber der Größte auf, er hatte einen kleinen Revolver in der Hand. Eddy griff sich den Dicken, der locker 150 Kilo wiegen musste, stemmte ihn in einer fließenden Bewegung hoch und warf ihn nach dem Schützenbruder. Ein Schuss, der nicht traf, dann war der Dicke sechs Meter weit geflogen und punktgenau gelandet. Treffer, versenkt!

„Angeber!", sagte ich zu Eddy, der wieder lachte.

„Det Training hat sich jelohnt, wa?"

Ich zuckte die Schultern. Aber er hatte Recht! Vor einem halben Jahr hätte ich mir das noch nicht zugetraut. Jetzt hatte ich nicht einmal mehr Angst gehabt. Durch die Nanobehandlung und die vielen Stunden Ackerei war ich ganz schön schnell geworden.

„Un, wie jefällt et dir?"

„Hier ist wenigstens was los! Ob man diese Clowns gratis dazubekommt, was meinst du?"

Er beugte sich über den Großen, nahm den Revolver an sich und meinte: „Ick würd die nich ham wolln, kanns bestimmt für nix jebrauchen, zu doof, wa? Aber die Jebäude?"

„Ich weiß nicht, ich hab mir das hier hübscher vorgestellt."

„Ach, wir machen dir ma ne Simulation, denn siehste, wie hübsch det wird."

„Mit viel Grün aber, ja? Und eine begrünte Bruchsteinmauer ums Ganze mit Tordurchfahrt. Und dann hätte ich da noch ne Idee."

47

In den nächsten Wochen sauste ich zwischen Mond und Erde hin und her wie ein Weberschiffchen. Ich genoss es, in den Xenia zu steigen, der schon als Auto an Exotik und Schönheit nicht zu überbieten war, und dann diese unglaublich perfekte Technik zu nutzen und irre Geschwindigkeiten zu fliegen, die alles von Menschen Erreichte übertrafen. Es war jedesmal wieder ein Abenteuer, eine Art Wunder.

Die Reise zum Mond würde noch lange, lange Zeit mehrere Tage kosten und erst zwölf Menschen überhaupt hatten sie je unternommen. Dauerte für mich aber nur Minuten, wenn ich keine Energie sparen wollte.

Bald hatte ich einen regelrechten Tick entwickelt: immer wenn es zurückging, sagte ich: „Rücksturz zur Erde!", auch wenn es technisch gesehen Quark war. Ich grinste dabei vor mich hin und war stolz wie Oskar. Wieso eigentlich - hatte ich etwa diese Technologie entwickelt, hatte ich den Xenia gebaut? Ich verstand ja nicht einmal die Theorie rund um schwarze Materie und schwarze Energie!

Aber man gewöhnt sich sowieso an fast alles und auch dieser Kitzel verflog und der Sinn fürs Besondere stumpfte mit der Zeit ab. Ein paarmal hatte ich Termine wahrzunehmen mit einem Makler, der Bank, dem Grundbuchamt, einem Dachdecker und einem Bauunternehmer. Der Dachdecker sollte das Dach der Scheune erneuern, der Bauunternehmer eine Mauer um die Gebäude ziehen, mit eingelassenen schmalen Türen zu jeder Himmelsrichtung, kleinen runden Ecktürmchen, deren spitze Schindeldächer Fledermäuse und Eulen beherbergen konnten. Mit Efeu, Wein und Blauregen bewachsen würde das schon recht heimelig wirken.

Am Ende konnte ich es kaum noch erwarten, dort auch zu wohnen und nicht mehr pendeln zu müssen. Als die Bauarbeiten zwei Monate später abgeschlossen waren, landeten Transporter nachts im Schutz der Mauer und Roboter luden Material aus, um Scheune und Stallungen so auszubauen, dass man mehrere Labore einrichten konnte. Das Haupthaus wurde entkernt und in einen linken und rechten Flügel unterteilt. Links für Darling, Eddy und mich, rechts für Angestellte. Hinter dem Haus ein großer Wintergarten mit Palmen, Springbrunnen, Liegen, Bar, Pooltisch, Tischtennis. Das Backhaus wurde zur Kantine. Und als die Roboter-Armee in unglaublichen fünf Nächten mit den Arbeiten fertig war, kam mein großer Extrawunsch: Die Pommesbude aus meinen Erinnerungen. Die sollte links unter der Eiche vor dem Haus realisiert werden. Ein einfacher weißer Anhänger, ausgebaut zum typischen Imbiss, rund um die Uhr geöffnet, nachts geführt von Karl, einem hageren, wortkargen, aber netten Mann in den mittleren Jahren. War natürlich ein Roboter, ausgestattet mit einem Gehirn, das man notfalls noch mit einem Pentium IV hätte simulieren können, besäße man denn die entsprechende Software. Manchmal dachte ich, dass das auch für etliche Mitmenschen galt, aber diese bösen Überlegungen waren wohl sinnlos. Tagsüber musste eine andere Figur hinter dem Tresen stehen, sonst wären die Mitarbeiter misstrauisch geworden. Da tat eine dicke joviale „Frau" ihren Dienst, einer äußerst netten Bedienung nachempfunden, die ich mal in Essen-Steele in der Fußgängerzone erlebt hatte.

Tja, das war so eine Art Kindheitstraum. Das reine Paradies für den kleinen Paul, der als Schüler kein Geld gehabt hatte an der Pommesbude. Wenn andere Currywurst, Schaschlik, Pommes mit Mayo inhalierten, was tat Paulchen sich auf die Pommes? Senf! Es traten ihm die Tränen in die Augen, wenn ihm das scharfe Zeug in die Nase stieg und er wurde von den anderen dafür auch noch gehänselt.

Nun besaß ich meinen eigenen Grill, der mir rund um die Uhr, jeden

Tag im Jahr zur Verfügung stand und immer frische Ware lieferte. Von wegen Gummiadler! Und das Essen war für jeden, der sich hier anstellte, kostenlos. Aber es kamen ja sowieso nur unsere Mitarbeiter und meine Wenigkeit, die Post und die paar Lieferanten auf den Hof. Das bedeutete, wie mir schon vorher klar war, dass der Grill nur zu Spitzenzeiten wirklich genutzt wurde.

In der Restzeit wurden Hähnchen, Haxen und Würstchen gegrillt, die eigentlich niemand benötigte. Doch nun kommt das Beste: Fertiggegrillte Currywürstchen und halbe Hähnchen wanderten per Rohrpost in den Keller, wo zwei Automaten unter Zuhilfenahme von Mikrowellen immer zwei Würstchen zusammen mit Soße heiß eindosten und halbe Hähnchen in eine starke Folie einschweißten. Jeden zweiten Morgen wurden die Kartons von einem Mitarbeiter der Tafel in Salzungen abgeholt und mittags an Bedürftige verteilt. Ach, ich vergaß, Darling lieferte das Fleisch aus dem Synteezer, also für den Grill wurden keine Tiere geschlachtet!

Am Montagmorgen warteten wir auf die erste Lieferung von Labortischen und Schränken und statt zu frühstücken, ging ich raus zum Imbisswagen. An der Tür schlug mir schon der weiche Duft gegrillter Hähnchen entgegen, der halbe Hof roch danach.
Ich grüßte. Luise, eine richtig dicke Frau, in die ich viermal reingepasst hätte, grüßte grinsend zurück. Wenn sie sich bewegte, wabbelten ihre Wangen und ihr Dreifachkinn.
„Ein halbes Hähnchen bitte!"
„Hier essen?"
„Ja, und ein alkoholfreies Bier!"
„Kommt sofort!"
Ich schaute mich um. „Tolles Wetter heute!"
„Ja, wirklich, nä!", sagte Luise herzlich. „Einfach klasse!"
Das Bier kam in einem hohen schlanken Glas, das Hähnchen auf einem angewärmten Porzellanteller. Natürlich schmeckte es mehr als gut, ich hatte sechs Hähnchen nacheinander gegrillt, um das richtige Verhältnis von Chiliöl und Anteilen von Paprika, geräuchertem Paprika, Rosmarin, orientalischen Gewürzen, Chili und Salz festzulegen.
Ich ließ es mir schmecken und Luise nahm auch die anderen Hähnchen von der obersten Stange, um sie eins nach dem anderen in Rohrpostbehälter zu legen. Diese wurden in eine Öffnung in der Wand gesteckt und fffupp waren sie weg und landeten nur fünf Meter entfernt im Keller im Einschweiß-Automaten.

Die Sonne kam über die Scheune gewandert und wärmte mir den Rücken. Mit einem Hähnchenschenkel in der einen Hand und dem Glas in der anderen drehte ich mich um, lehnte mich ans Tresenbrett und betrachtete, was wir geschaffen hatten. Was ging es mir gut!

Ein Lastwagen hielt vor dem Tor, man hörte den laufenden Motor und ich nickte Luise zu, sie tat so, als drücke sie einen Knopf unter der Arbeitsfläche und die Torflügel schwangen auf.
Das Abladen dauerte eine Viertelstunde, der Fahrer bekam eine Mantaplatte. Karl und Luise schafften die Möbel ins Labor, ich brauchte zur Vervollständigung des Frühstücks noch ein paar Cornflakes. Im Küchen-Ess-Wohnzimmer, also in der unteren Etage, haute ich mich in einen bequemen Sessel und sah die Nachrichten auf CNN.
Neben für mich völlig belanglosen politischen Käbbeleien zwischen Demokraten und Republikanern und spektakulären Unfällen hieß es auch, dass in Kalifornien mittlerweile viele Quadratkilometer Waldfläche in Brand geraten seien und nun schon zwei Ortschaften aufgegeben worden waren, drei weitere waren in Gefahr. Das war mir neu. Ich hatte mich um meinen Kram gekümmert und ein paar Tage lang keine Nachrichten gehört. Man konnte die lächerlichen Versuche mitverfolgen, wie die Amis mit einem Löschhubschrauber Wasserbomben abwarfen und mit einem Flugzeug ein paar Sekunden lang Wasser versprühten. Dann wieder die Blende auf lodernde Feuerwände. Feuer ist für den Wald wichtig, wusste ich. Wald erneuert sich auf diese Weise. Da aber Siedlungen das nicht tun, stellte ich die Cornflakes auf den Couchtisch, holte meinen Anzug von oben und rief über die Armbanduhr Darling.

48

Im Michigansee tankte Darling Wasser. Zeugen waren einige Fischer, ein Linienschiff, ein paar Wassersportfreunde, die nach allen Seiten auseinanderjagten, als der 500 Meter-Ellipsoid zu einem Viertel ins Wasser eintauchte. 50.000 Tonnen Wasser transportierte sie in einem Rutsch nach Kalifornien.
Darling stülpte 30 Düsen mit je einem Meter Durchmesser aus und löschte gründlich und schnell die Feuersbrunst auf einer Breite von fast 100 Metern, allerdings nur dort, wo Siedlungen entweder vom Feuer direkt oder vom Qualm bedroht waren. Damit war sie in einer Viertelstunde fertig und hatte noch die Hälfte des Wassers übrig.

„Sprüh doch um die Siedlungen herum einen größeren Kreis nass, so dass sich nicht so schnell wieder etwas entzündet!"

Das tat sie, mittlerweile umschwirrt von Flugzeugen und bombardiert mit Anfragen, Warnungen und Aufforderungen per Funk. Wir hielten Funkstille. Aber Darling zeigte mir Fernsehaufnahmen: Kleinere Sportmaschinen und Hubschrauber sausten um uns herum und Düsenjäger zischten über uns hinweg. Dazwischen die aufgeregten Gesichter der Kommentatoren, die nur Blödsinn von sich gaben.

Darling schaltete auf einen anderen Kanal. „Hier, hör mal, sie halten dich für ein Alien!"

„Jaja, aber nichts Menschliches ist mir fremd!"

„HA!", lachte Darling. „Sprücheklopfen bringts nicht, jetzt musst du denen was erzählen!"

„Kannst du das nicht machen?"

Sie sah mich nur an.

Als das Wasser verbraucht war, stiegen wir ganz vorsichtig auf, und aus 10.000 km Höhe meldete ich mich mit: „Peace and love, peace and love!" Dabei machte ich wie Ringo mit beiden Händen das Peacezeichen, das aus dem Victoryzeichen entstanden ist.

„Even if it seems so, I´m not Ringo, my image is altered electronically, so that tomorrow I can appear in my hometown in Germany without being recognized and without being pestered, as you may understand quite well! I don't want no popularity! My apologies to the original Ringo, he's one of the four men I admire most.

I could have gone into my old Groucho Marx Routine, but I don't know how many people still know him.

You can call me, ah, let´s see, Mark.

As just said I´m from Germany, so I´m not an alien! Germany, you remember: Sauerkraut, Oktoberfest, beer?

But how do I get a spaceship like this?

Well, I met an alien, a very nice one, he needed some help I could provide and this ship was given to me – unfortunately on condition that I don't give this advanced technology to mankind. I can only agree to this constraint. My firm believe is, that mankind would only need a couple of years to extinguish itself, if it could lay its hands on this ship. Fortunately there is no chance of that. My spaceship is faster than light, invisible if needed and indestructible by any weapon known to man including atom bombs.

Although I like to see my homeland once in a while, I´m racing around the solar system a lot, residing on the moon at the moment." Darling hatte neben den Schacht eine Halbkugel gestellt, die im Wesentlichen

widerspricht.

Nun hatte ich wohl für einen Moment unsere alten Auseinandersetzungen und die Tatsache vergessen, dass er immer noch den Osservatore Romano las! Mein Vater stand für eine recht einfache, wortgetreue Art von Glauben.

Ich sprang auf, hob die Hände: „Schon gut, schon gut, wie auch immer, denkt drüber nach, und denkt dran, niemandem davon zu erzählen, ja?! Wie siehts aus, wollt ihr das Raumschiff mal sehen."

Aber sie wollten nicht, mein Vater sagte brüsk: „Nein."

Mein Mutter meinte, ein andermal wäre es besser, jetzt wollten sie sich ein Stündchen hinlegen, das wäre ja ein aufregender Morgen gewesen. Später würden sie essen gehen.

Freiburg war ideal, weil nur ein paar Schritte entfernt gleich mehrere Restaurants lagen und Mutter konnte mit ihren kaputten Knien nur noch etwa 100 bis 200 Meter weit laufen, hatte ich neulich erst festgestellt. Sie selber sagte natürlich nichts!

Von Freiburg aus rauf zum Schiff und wieder ab zum Asteroidengürtel, wo ich mir eine passende, annähernd runde Steinkugel aussuchte. Das Suchen und Scannen dauerte immerhin drei Stunden, denn einigermaßen solide Objekte in der Größe und Form sind da draußen relativ selten.

Wir fanden einen eiförmigen Körper und schickten den fetten kleinen Roboter hinaus, der sich mit Spinnenbeinen festklammerte und gemächlich seine 300 Meter Antenne entfaltete. Da kam eine Nachricht von Eddy, der auf dem Hof geblieben war, es seien mehrere Behördenvertreter aufgetaucht, sie wollten das Labor kontrollieren, das wir angemeldet hatten. Und zwar waren Bauaufsicht, Ordnungsamt und TÜV gleichzeitig gekommen, um zu schauen, ob sie nicht Verstöße gegen Brandschutzverordnung, Bauvorschriften, z.B. ausreichende Breite der Gänge – Mindestmaß war ein Meter, lernte ich – oder Fehler bei der Lagerung gefährlicher Stoffe finden konnten. Außerdem kontrollierten sie später Eddys Papiere, ich hatte ihn als Laborleiter angestellt.

Wir rasten zurück, eben mal von hinter dem Mars rüber zur Erde, die ganz günstig stand. Dennoch waren es lockere 120 Millionen Kilometer. Mit dem Xenia shuttelten wir runter zum Hof, stellten ihn hinter dem Haus ab, schalteten den Stealthmodus aus und eine halbe Stunde später begehrten drei Behördenwagen Einlass.

Ich begrüßte die Kontrollfreaks überschwänglich und rief Eddy zu, er solle das Tor wieder schließen. Eddy hatte einen neuen, einen „Zweitkörper", den indischen Laborleiter darstellend. Also stand er gleich zweimal da, einmal der berlinernde Werner Enke-Typ, einmal der Inder mit einem indisch-englischen Akzent und dem Namen Kiran Gupta.
„Hoffentlich vertust du dich nicht mal, Alter!", raunte ich ihm zu, als er die Gäste begrüßt hatte.
„Nee", meinte er, „keene Sorje, ick wer höchs´´ns schizophren!"

Das Einzige, was sie nach zwei Stunden bemängelten, war die Pommesbude. Dabei hatte ich Luise den Wagen dichtmachen lassen und sie im Hobbyraum im Keller untergebracht. Dort hätte sie z.B. Billard gegen Karl spielen können, aber soweit ich wusste, gingen ihre einfachen Computergehirne in den Stromsparmodus, wenn nichts zu erledigen war.
Der Mensch vom Ordnungsamt, der höchstens auf Pentium III Niveau funktionierte, wollte den Wagen inspizieren, aber ich gab ihm zu verstehen, dass das mein Privateigentum war, mein „Privatvergnügen". Er wollte es nicht glauben.
„Hörn Sie mal, Sie haben einen Grill im Garten, ich bin Multimillionär, ich hab nen Imbisswagen! So einfach ist das!"
„Ach ja, und Sie beschäftigen doch jemanden darin."
„Nein, tue ich nicht."
„Kommen Sie, uns ist gemeldet worden, dass da eine Angestellte arbeitet."
„Ach, Sie meinen die dicke Luise, das ist eine alte Freundin von mir, die bekommt kein Gehalt, sie macht das aus Spaß an der Freud und um Mahlzeiten für die Tafel in Salzungen herzustellen. Alles, was sie grillen kann und was nicht von mir oder ihr gegessen wird, wird im Keller eingedost und an Bedürftige verteilt. Sie ist auch nicht dauernd da, heute zum Beispiel hat sie keine Zeit."
„Ich werde das ans Arbeitsamt und ans Finanzamt weiterleiten, da können Sie sicher sein! Niemand betreibt eine Pommesbude nur so aus Spaß!"
„Tun Sie, was Sie wollen. Übrigens habe ich mir überlegt, dass ich eine kleine Pizzeria im Backhaus aufmachen könnte, rein privat, versteht sich. Aber ich fürchte, dann beginne ich wieder zuzunehmen!"
Der Typ schnaubte vor Wut, drehte sich um und latschte zu seinem Wagen. Die anderen folgten ihm.
„Was war das denn?", fragte ich Eddy, als sie zum Tor raus waren. „Da muss doch jemand denunziert haben, jemand von den paar Leuten,

die hier was abgeliefert haben."
„Oda der Postbote."
„Oder der Hermes-Mensch."
„Oda die Mormonen neulich."
„Oder Luise selber wars, sie möchte mehr Geld!"
„Hm", sagte Eddy mit weinerlicher Stimme, „apropos mehr Jeld, ick arbeite ja nu doppelt, jetzt will ick ooch det doppelte Jehalt."
„Alles klar", sagte ich. „was bekommst du im Moment?"
„Nix!"
„Na siehst du!", sagte ich ernst und dann brachen wir in wieherndes Gelächter aus.

So, nun wieder raus in den Asteroidengürtel! Der CD-Roboter trennte den oberen Teil des Asteroiden ab und dann den unteren. Übrig blieb mein fünf Meter dicker Diskus, dessen Rand noch beschnitten werden musste. In die Mitte wurde ein Loch von sieben Meter Durchmesser gebohrt. Und Darling schickte den nächsten Roboter los, der nun mittels CD und Laser die Tonspur fräste. Ja, ganz richtig, das wurde eine Schallplatte, genau genommen Sgt. Peppers Lonely Hearts Club Band von den Beatles.
Darling hatte das Original in der Hand, das ich aus meiner Wohnung in meinem Elternhaus geholt hatte.
„Vielleicht verstehe ich Kunst nicht so richtig", meinte sie. „Aber was bringt einem eine gigantische Nachbildung dieser Platte hier draußen im Weltraum?"
„Warts ab, das Beste daran kommt ja noch! Wir benötigen nun einen VW-Bulli, der bekommt unten einen Abtaster. Der Bulli fährt in einer Spirale über die Platte und spielt die Musik für die Passagiere ab."
Darling stöhnte und meinte dann: „Es gibt ein Problem."
„Du hast keine Lust mehr solche Sachen zu bauen?"
„Das auch, aber Paul, du musst mal ein bisschen rechnen, bevor du solche Projekte angehst!"
„Wieso?"
„Dieser Bulli, hm, was meinst du denn, wie schnell der etwa fahren muss, um die Musik wiederzugeben?"
„Och, ich hab gedacht, etwa 60 oder 80 Kilometer pro Stunde?"
„Paul, diese Scheibe da draußen hat einen Durchmesser von 300 Metern ..."
„Jaja", das wusste ich doch.
„Der Umfang beträgt fast einen Kilometer. Gut, es ist etwas weniger, aber du kannst dir ruhig mal einen Kilometer vorstellen, ja?"

„Hmhm", machte ich.

„Wie viele Umdrehungen macht so eine Schallplatte in der Minute?"

„33."

„Komma drei drei!", sagte Darling. „Aber egal, das wäre dann gut eine halbe Umdrehung in einer Sekunde."

Ich nickte ungeduldig und begann etwas zu ahnen. Etwas Unangenehmes.

„Also fast 500 Meter pro Sekunde."

Ich sagte lieber nichts mehr.

„Das sind dann ja nur knapp 1800 km pro Stunde." Sie sah mich mitleidig an. „Willst du wirklich so einen „Bulli" mit DER Geschwindigkeit solch kleine Kreise ziehen lassen?"

„Ne!", knurrte ich. „Das ist kontraproduktiv. Ist ja nicht Sinn der Sache, hier im All in einem Überschallkarussell rumzurasen, sondern es geht darum, Musik genießen zu können. Ich lass mir was anderes einfallen, warts nur ab! Erst mal könnten wir schon das Cover gestalten."

„Das Cover?"

„Ja, natürlich, eine quadratische Felsplatte von 300 mal 300 Metern mit den plastisch herausgefrästen Gestalten, die man auf Sgt. Peppers sieht. Ach guck, da hab ich's doch! Wir installieren einen Abtastlaser an der Basis des Covers und die Musik wird per Funk wiedergegeben. Die Platte dreht sich darunter mit 33,33 Umdrehungen pro Minute. Ach so, was mach ich mit der zweiten Seite? Können wir beide Seiten auf eine pressen, genug Platz ist doch da, oder?"

Darling nickte schwach.

„Äh, dann müssen wir schnell den Fräsroboter anhalten!"

Darling nickte.

„Und hat er schon...?"

Darling nickte.

„Äh, müssen wir jetzt was abtragen?" Ich wills kurz machen, der Dialog ging so weiter. Darling war offenbar genervt.

51

Es war ja süß, dass er mich auf Anhieb Darling genannt hatte, die Chemie zwischen uns stimmt einfach. Ich bin vorher erst vier Einsätze geflogen und zwar hat man meine Raumschiff-Klasse neu aufgelegt, weil selbständige Schiffe nötig wurden, die ganze Kolonien im Alleingang repatriieren konnten, ohne Anleitung oder Hilfe von Xozorrudhu-Räten.

Man hat uns Entfaltungsmöglichkeiten gegeben, um flexibel reagieren zu können. Tief verwurzelt ist in uns eine Liebe zum Leben, zum Lebendigen und die Anweisung in erster Linie einem Bürger Folge zu leisten und ihn zu unterstützen.

In Fällen von widersprüchlichen Anweisungen kann der planetarische Rat direkt angesprochen werden. Ansonsten sollen wir unser eigenes Urteil bilden, soweit genügend Fakten vorhanden sind.

Für einen Menschen zu arbeiten, der ein erwiesener Freund der Xozorrudhu ist, stellt schon einen Unterschied dar. Es ist deutlich interessanter.
Die direkte Erfahrung der Relativität von Kulturen kann man im Rund der sternfahrenden Völkergemeinschaft so nicht machen, da all diese Völker sich nach so langer Zeit und bei technischem Gleichstand zu sehr ähneln. Alle setzen auf Sicherheit, Körperunterstützung durch Anzüge, Vermeidung von Arbeit.

Der Kontakt zu Paul und zur Menschheit hat in mir und ich weiß, dass es Eddy genauso gegangen ist, Grenzen verschoben. Plötzlich fühlten wir beide eine Notwendigkeit der Weiterentwicklung. Neue Speicherbänke, neues Wissen, neue neuronale Verknüpfungen, andere Denkweisen. Andere Einschätzungen von sozialen Gegebenheiten und Regeln. Alles wurde zum Abenteuer. Natürlich ist Paul schwierig. Ein organisches Wesen, nur 56 Jahre alt! Unglaublich aber, was er an Wissen gespeichert hat, an Kultur, an Techniken, bewundernswert sein Gestaltungswille und diese Voraussicht und sein Instinkt. Aber das sage ich ihm natürlich nicht.

Er hat sich überlegt, mir und Eddy einen Körper zu geben. Ich bin nicht einfach nur ein Schiff, Eddy ist nicht nur ein spezieller Serviceroboter. Das ist faszinierend und wir sind dankbar für das Geschenk. Da muss ein Erdbewohner kommen ...

Aber diese Schallplatte, nun wirklich!

Er sagt, er kann es machen. Also macht er es!

Tatsache ist, dass ich dann das umsetzen muss, was er in groben Umrissen geplant hat. Ich muss ihn noch selbstständiger werden lassen!

52

„Das ist deine Zuflucht auf dem Mond!", hatte sie gesagt und gemeint, sie erfülle drei Voraussetzungen: Erstens als wirklich sichere Wohnung, also unerreichbar für irdische Behörden, mit Atelier und allem drum und dran und zweitens etwas, das auch auf Dauer groß genug blieb oder zumindest erweiterbar war. Und drittens sollte es Lebensqualität bieten. Ich wollte protestieren, schließlich hatte ich ja Darling. Und im Schiff fühlte ich mich mittlerweile zuhause. Und außerdem hatte sie mir diese 20 Meter Wohnkuppel neben das Bohrloch gestellt, für alle Fälle. „Was denn für Fälle?", hatte ich gedacht und mich bedankt, die Wohnung aber nur genutzt, wenn es sich nicht vermeiden ließ.

Mir blieb der Mund offen stehen, als das Holo zeigte, welchen Aufwand sie nun wieder getrieben hatte!

100 Meter Straße waren anscheinend aus dem Mondboden gefräst worden, komplett mit Kantensteinen, Gullideckeln, Fahrradweg, gepflastertem Gehweg und metallenen Bäumen. Damit begann der Wahnsinn erst. Die absurdeste Straße des Universums endete an einem Kraterrand vor einer glatten Felswand, die plötzlich im Boden verschwand, so dass die Kamera einen kurzen Tunnel hinab und durch die nächste Schleusentür fahren konnte. Es öffnete sich der Blick auf eine Art Wohnlandschaft, die das, was Darling mir schon mal gezeigt hatte, um Größenordnungen übertraf.

Neben der Schleuse lag der schlichteste und, wie ich später fand, schönste Bereich etwa in der Größe des großen Bungalows. Hier zeigte das Panoramafenster von sechs Metern Breite und drei Metern Höhe die Mondlandschaft, die sich bis in den Wohnraum hinein erstreckte. Vom Fenster bis zu einem niedrigen Tischchen aus rotem Holz lag dort Sand mit Steinchen drin. Sessel und Couch waren aus dem Boden, also aus dem Felsen herausgefräst und mit pastellfarbigen Lederpolstern belegt worden. Wenn man sich umdrehte, überblickte man einen gewaltigen schüsselförmigen Talkessel, der durch Regale, Paravents, große Bambusbüsche, blühende Bäume, kleine Häuser und kurze Straßenzüge, Wasserfälle, Rasenflächen und Blumenwiesen gegliedert wurde. Über Treppen, blumenübersäte Hänge, Wendeltreppen oder einfache Steinstufen konnte man hinuntergehen oder über die schmalen „Straßen" fahren! Die „Schüssel" reichte über drei Etagen und in den Wänden fanden sich Durchgänge zu Toiletten,

Werkräumen, Arbeitszimmern, Schlafzimmern, Küchen und Stauräu-
men, als ob das überhaupt nötig gewesen wäre. Alle paar Meter konnte man sich hinsetzten oder legen. Wenn man hier seine Autoschlüs-
sel verlegte, war man verloren!

Eine kurze Kamerafahrt links eine Rampe hinunter, an weißen Papier-
wänden vorbei, zeigte einen begrenzten verwinkelten Bereich mit asi-
atischen Schränkchen und Tischen aus Mahagoni oder Teak, überge-
hend in eine Art Küchenbereich, der komplett aus dem Museum Of
Modern Art importiert war. Von den Stühlen bis zur Kaffekanne! Ein
Designklassiker nach demselben!

Danach eine kurze Rampe nach unten und Wände aus gefüllten Bü-
cherregalen. Eine Buche mit Rasen und Bänken dahinter. Ein efeu-
überwachsener Eingang zu Nebenräumen.

Ein Bogendurchgang führte in eine Sitzlandschaft aus weichen Sofas
in verblüffenden Formen, nach zwei Augenblicken begriff ich, dass sie
nach Motiven aus dem Beatlesfilm Yellow Submarine gestaltet waren.

Aber die Kamera war weitergefahren: direkt in den Barock! Vergol-
dung, Ornamente, polierter Marmorboden, geschwungene Stuhlbei-
ne, Landschaftsgemälde und weiter in den Jugendstil komplett mit
Tiffanylampen! Nichts gegen die Lampen, aber das Ganze war zu
überladen für meinem Geschmack. Dahinter ein Sportbereich, Matten, Geräte, Gewichte. Trimmräder vor einer Bambushecke und dann:
die Beatles! Da saßen sie, wie aus dem Film Help entsprungen und
spielten.

Eine bunte Plastiklandschaft und in den Wänden eingelassenen Nischen! Jede dieser Minihöhlen war mit ihren Polstern in jeweils einer
anderen Farbe gestaltet. Ein Kunstwerk für sich.
Ganz unten: Matten, die in eine Rasenlandschaft mit kleinem Teich in
der Mitte übergingen. Ein Bambusbereich. Liegen, Schirme, Tische,
eine Strandbar. Sand. Südseefeeling.
Nun wieder rauf, eine alte Steintreppe führte in ein französisches Bis-
tro. Typische Museumsflucht mit weichem Licht, Impressionisten an
den Wänden. Spielautomaten!?
Plötzlich eine Art Piazza mit einem italienischem Restaurant unter Arkaden.
Ein weißer Raum mit einem weißen Flügel, die Kamera fuhr weiter, ich

sah nicht mehr hin.

„Nicht schlecht! Dann will ich mal raufdüsen. Auf die Beatles bin ich ja mal gespannt und die Bäume, die sind doch echt?"

Klar waren sie echt, sie wurden automatisch mit Wasser und Nahrung versorgt. Auch das Licht war genau abgestimmt und erzeugte einen ausgewogenen Tag-Nacht-Rhythmus. Außerhalb der Bereiche der Pflanzen konnte ich mit meiner Uhr die Beleuchtung und alle anderen Parameter kontrollieren. Die Bäume waren von der Erde, der Rest war mit den ersten beiden großen Synteezern entstanden.

Ich sprang in den Xenia, drehte ihn, während ich auf die Luke wartete, in der Luft um 180 Grad und aus Spaß einmal um die Längsachse und schoss dann zum Mond hinauf. Als ich langsamer wurde und mich der hellen, narbigen Mondoberfläche näherte, dachte ich noch, was das für eine Gaudi wäre, mit den Beatles „Help" zu singen oder „Fool On The Hill", aber da klingelte mein Handy.

Mutter: „Papa hat einen Herzinfarkt gehabt, es sieht böse aus!"

„Ach Mutti, so´n Mist! Ist er bei Bewusstsein?"

„Ja, aber er wird noch künstlich beatmet und er sieht wirklich alt aus, so wie Opa damals ausgesehen hat, weißt du?"

„Ja, ich weiß. Bin gleich da! Welches Krankenhaus?"

„Uniklinik, Intensivstation!"

Statt auf der künstlichen Straße aufzusetzen, sagte ich: „Zurück zum Mutterschiff!", und um keine Zeit zu verlieren, nahm ich Kontakt zu Darling auf und orderte zwei Sets Nanobots für meinen Vater und meine Mutter.

Als ich in die Schleuse flog, meinte sie, ich solle im Xenia warten, es dauere nur einen Moment, sie käme dann runter.

Ich trommelte auf dem Lenkrad herum, brummte vor mich hin, kratzte mich am Kopf, bohrte in der Nase, trommelte wieder auf dem Lenkrad und der Xenia sagte: „Entschuldigung, ich habe Ihre Anweisungen nicht verstanden!"

„Ich hab ja auch keine gegeben, du Blechhirn."

„Entschuldigung! Ich ..."

„Und entschuldige dich nicht dauernd, dafür gibts keinen Anlass!"

Ein Moment Stille, dann meinte der Xenia, und ich könnte schwören, es klang beleidigt: „Übrigens ist die Bezeichnung Blechhirn in mehrfacher Hinsicht unzutreffend. Ich ..."

„JAA! Schon gut, du bist ein feines Auto, ein klasse Raumschiff und

dein Nano-Computer ist intelligenter als meine Schüler auf der Erde.
Ich weiß. Danke! Aus!"

„Ich wollte Sie nur informieren." Klang das beleidigt?

„Hatte ich nicht gesagt ‚AUS'?" Das Letzte brüllte ich.

„Das hatten Sie."

„Und warum quasselst du immer noch, haste doch sonst nich getan?"

„Das zu erklären, erfordert, dass ich mein letztes Update erläutere zu
Information und redundanter Information sowie menschlicher Höflichkeit in westlichen Gesell..."

„Lösch das Update und halt – endlich – die – Klappe!", brüllte ich.
Als ich aufsah, stand Darling neben dem Xenia, Reflexartig wollte
ich die Tür öffnen, aber es ging nicht, Darling lachte und schüttelte
den Kopf. „Keine Luft in der Schleuse! Ich lege das Päckchen in den
Kofferraum!", klang ihre Stimme über die Bordlautsprecher. „Der Rei-
sewecker ist der dazugehörige Kontrollcomputer, der die Nanobots
einstellt. Er soll das Ding nachts nicht weiter als drei Meter entfernt
liegen haben."

Ich nickte.

„Du weißt, dass du das nicht tun solltest?"

Ich nickte, klar wusste ich das. Garragants Geschenk der Langlebig-
keit an mich war eine Ausnahme, ein Privileg, das sonst niemand bekam und bekommen konnte, aus verständlichen Gründen. Und ich
handelte mir nun jede Menge Probleme ein, aber: „Darling, ich kann
nicht anders!"

„Ich weiß" Sie presste ihre rechte Hand an die Scheibe des Xenia und
ich legte meine Rechte auf das Glas oder was immer das war.

„Alles Gute für deinen Vater!" Sie trat zurück.

53

Es war nicht leicht gewesen. Aber hatte ich das nicht vorher schon
gewusst? Meinem Vater konnte man nicht einfach die Kapseln in die
Hand drücken und sagen: „Schlucken, aufstehen und wandeln!"

Es begann damit, dass meine Mutter meinte, ich hätte mir ganz schön
Zeit gelassen, immerhin könne das Auto ja fliegen.

Ich grinste die hübsche Krankenschwester an und dachte mit ein
paar Gehirnzellen, wie die wohl ohne das adrette weiße Kittelchen
aussehen würde. Die anderen Zellen bemühten sich um Schadens-
begrenzung: „Das ist ein Geheimnis, Mutter." Dabei blinzelte ich der

Krankenschwester zu, die laut Schild Julia hieß. Sie lachte gutmütig, schrieb die Werte auf und ging.

„Ich meine ja nur, ich habe dich vor einer Stunde angerufen!"

„Vor einer Dreiviertelstunde und weißt du, wo ich gerade eben noch war? Komm mal!"

Ich zog sie zum Fenster, wo man die Mondsichel am hellblauen Himmel sehen konnte. „Gut zehn Minuten hab ich gebraucht, den Wagen zu parken und zu Fuß herzukommen."

„Humpf!", machte sie.

„Na, ist ja auch egal. Jedenfalls habe ich hier was für Vater." Und nun gingen die Probleme richtig los. Mach mal einem störrischen, kranken Mittachtziger klar, was Nanobots sind und wie sie funktionieren, wenn du selber nicht so ganz genau Bescheid weißt.

Am Ende zog, dass ich sagte, er solle halt mich anschauen! Mir sei ein Vierteljahrhundert geschenkt worden und so gut hätte ich mich noch nie gefühlt, auch mit 16 nicht.

Die Nasensonde für die O_2-Zufuhr hinderte nicht beim Schlucken und ich atmete auf, als er die Dinger endlich intus hatte. Mutter nahm ihre Dosis auch gleich.

Und nun fingen die Probleme an. Nicht die gesundheitlichen! Die sozialen und praktischen Probleme. Als es Vater nach drei Tagen plötzlich wieder recht gut ging, blieb er nur noch einen weiteren Tag und entließ sich dann zur Verblüffung der Ärzte selber.

Ich fragte ihn, ob er denn die Treppe zur Wohnung hinauf schaffen würde. Er wurde ganz schön sauer und ich begann zu zweifeln, ob ich das Richtige getan hatte.

Endlose Diskussionen entspannen sich zu dem Thema, wie es denn in ein paar Wochen weitergehen sollte, wenn man zu sehen begann, dass sie sich verjüngten. Macht mal euren Eltern klar, dass sie dann nur noch kurze Zeit so weiterleben können wie bisher!

Sie meinten glatt, hier entstünden ja keine Probleme, denn in Freiburg hätten sie nur wenige Leute gekannt. Die alte Frau Lietsch von gegenüber sei vor einem Jahr von einem LKW zerdrückt worden und die netten Leute von nebenan, wie hatten die nochmal geheißen, ach, die Thurwins, waren schon vor zwei Jahren ausgezogen ...

„Herrgott nochmal! Ihr könnt nicht halb so alt herumlaufen und behaupten, ihr währet 85! Geht das nicht in euren Schädel?", brüllte ich.

„Dieses Haus gehört dir, einem Mittachtziger, der Audi zuhause gehört DIR! In ein paar Wochen erkennt dich niemand mehr auf deinem Personalausweis und auf deinem Führerschein sowieso nicht! Was meinst du, was die Bullen machen, wenn sie dich in die Finger kriegen? Das wird sofort ein Fall von Auto- und Identitätsdiebstahl! Und wenn du erzählst, was …"

Die schiere Erkenntnis, dass die Folgen praktisch unabsehbar waren, falls mein Vater so naiv wäre, in Bedrängnis seine Geschichte einfach so auszuplaudern, ließ mich nach Luft schnappen. Ich fiel in den nächsten Sessel und stöhnte. Meine Eltern guckten mich an wie früher, als ich mit einer Sechs in Mathe nach Hause gekommen war.

Irgendwie wurde mir alles zu viel! Ich begann Fehler zu machen. Einer war gewesen, mit dem Xenia so oft in Deutschland herumzugurken und ihn auf öffentlichen Parkplätzen abzustellen. Nun geisterten im Netz Bilder des Wagens herum und man war auch schon drauf gekommen, dass die Nummer falsch war. Meine größte Sorge: Gab es Bilder, die mich an oder in dem Wagen zeigten? Im Umkreis des Labors war der Xenia auch mit Sicherheit wahrgenommen worden und was ich nicht wollte, war auffallen und Freiburg als Rückzugsmöglichkeit verlieren. Das Haus lief nun komplett auf den Namen meines Vaters und in Zukunft würde ich nur noch ganz unauffällige Karren nehmen oder den Xenia im Stealthmodus lassen und selber im Anzug unsichtbar aussteigen und das Haus entern. Was für ein Aufstand! Vor allem, weil ich noch gar nicht gemerkt hatte, was für ein Verkehr vor dem Haus herrschte. Von wegen „verträumtes Freiburg"! Bis zu vier Minuten musste ich warten, bis die Straße leer war und keine Jogger, Skater, Rennradfahrer oder anderen eiligen Verkehrsteilnehmer versuchten, in das unsichtbare Auto zu dasseln!

Mit dem diffusen Gefühl, ich müsste auf meine Eltern aufpassen, war ich in eine Woche lang bis zu zweimal täglich zwischen dem Labor und Freiburg hin und her geflogen. Schlafen konnte ich in Freiburg nicht, da die anderen Wohnungen auf den Umbau warteten und oben meine Eltern das Schlafzimmer belegten. Auf der alten Couch wollte ich nicht nächtigen. Und ich wollte auch nicht irgendwas improvisieren.

Eddy hatte im Labor mittlerweile ganze Arbeit geleistet. Er hielt die fünf Mitarbeiter mit drei kleinen Projekten beschäftigt und konnte schon einen lebensmittelechten Kunststoff vorweisen, der dem Tupperzeugs ähnelte, aber bis zu 366 Grad aushielt. Nur Tage später war noch ein extrem elastischer gummiartiger Stoff entstanden, fast unzerstörbar auch als sehr dünne Folie, DIE Revolution für Sport, Teichbau, Hausbau, Medizin und, äh, Verhütung. Keine geplatzten Kondome mehr.

Keine Ausrede, von wegen Latexallergie!

Wir kümmerten uns um einen Patentanwalt. Ich kaufte in Fulda einen T5 in einem unauffälligen Silbergraumetallic und zwar ganz offiziell bei einem VW-Händler und ich meldete den Wagen auch ganz offiziell an. Dann bekam Darling ihn und sie stellte ihre „verbesserte" Version davon her. Der originale VW verblieb in Darlings Raumschiffbauch.

Nebenbei düste ich, Extratank auf dem Dach, mit dem T5 zum Asteroidengürtel und schnippelte aus dem riesigen kartoffelförmigen Klumpen, den Darling neulich noch für mich ausgesucht und herangeschleppt hatte, eine rechteckige Felsplatte, die das „Cover" zur Schallplatte abgeben und das Titelbild von S. Pepper als Relief zeigen sollte. Während der Roboter arbeitete, trank ich einen Kaffee, milde Bohnen aus Guatemala, und wunderte mich wieder über die ungewohnt kleine Sonne. Von hier draußen aus wirkte sie nicht mal halb so groß wie von der Erde aus gesehen! Mutter Erde selber war nur ein Punkt, von einem Stern kaum zu unterscheiden, außer durch die stärkere Helligkeit. Sie stand momentan ein paar Zentimeter neben der Sonne. Irgendwie beruhigend, sehen zu können, wohin ich gleich wieder zurückkehren würde. Ansonsten gab es hier außer der Milchstraße nicht allzu viel zu bewundern. Anders als in gängigen SF-Filmen ist unser Asteroidengürtel so weit auseinander gefächert, dass ich mit bloßem Auge keine weiteren Objekte erkennen konnte.

Wahrscheinlich weil es nichts anderes zu begutachten gab, fiel mir eine Unregelmäßigkeit auf der „Schallplatte" auf: Irgendetwas störte die matt glänzende Oberfläche meines Kunstwerks. Ich war mindestens 200 Meter weit weg, also flog ich den T5 näher heran und parkte ihn neben dem Objekt, das sich als kohlkopfgroßer Stein entpuppte. Ha, soo leer war der Raum also!

Schwerkraft, so minimal sie sein mochte! Die Platte – und natürlich die anderen Objekte ringsum – verbogen auf ihre eigene subtile Weise die Raumzeit und fanden zueinander wie Menschen, die füreinander bestimmt waren. „Andere", dachte ich, „umkreisen sich nur ewig, um sich nie nahe zu kommen, und das ist oft auch besser so!" Ich ließ das Philosophieren, als mir klar wurde, was das für die Platte bedeutete, sie würde auf Dauer verstauben, verschmutzen. Und das hier draußen im Weltraum, ich musste lachen!
Also benötigte man eine Plattenbürste von kosmischen Ausmaßen!

Oder würde die Rotation die Partikel abstoßen und wegschleudern? Hm, etwas, das man auch den Planungscomputer fragen konnte. Also hin! Der Computer sollte mir ohnehin den Lese-Laser bereitstellen sowie die Antriebe, die das Cover über der Platte schweben lassen und die Platte selber drehen sollten. Die Drehung der Platte war nicht nötig, gehörte für mich aber irgendwie dazu.

Auf dem Wege bekam ich Hunger und dachte an meine ursprüngliche Idee, einen American Diner daneben zu platzieren. Gute Idee! Verwirklichung mit Priorität!

Bei Darling tankte ich auf, um Freiburg erreichen zu können. Und ich nervte sie noch, weil ich wissen wollte, ob es ihrer Meinung nach Sinn machte, die Schirmsatelliten-Produktion noch weiter hinauszuzögern, um Transportplattformen herzustellen für Notfälle: Beispielsweise Erdbeben, Vulkanausbrüche, Überschwemmungen, also für Gelegenheiten, wenn Menschen in größeren Massen gerettet werden mussten.

Das sei genau so eine Sache, die ich mit dem Planungscomputer absprechen sollte.
„Du verstehst mich nicht! Ich will deine Meinung, als Darling, nicht als Computer!"
Sie grinste. „Klar. Wenn du so fragst. Kann man machen!"
Ich kritzelte eine Zeichnung in ein interaktives Holofeld, das sie projizierte, gab ihr ein Küsschen und düste los.

Es war ein Abend mit herrlich samtweicher Sommerluft und grässlich überfüllten Biergärten. Aber nach einem Bier im Stehen wanderte ich einfach meine Lieblingsrunde, Gerberau, Fischerau, Insel, bewunderte das Abendlicht, das ein flämischer Meister in Öl produziert haben könnte, und fand im Kastaniengarten später etwas Gegrilltes. Das nächste Bier schmeckte noch besser.

Das Himmelslicht schwand, die bunten Glühbirnen funkelten, die geheimnisvoll grün leuchtenden Bäume wirkten wie behütende Schirme, die über mich wachen sollten.

Die Leute ringsum lachten und feierten das Leben und ich hätte mich viel besser fühlen müssen. Doch als Bierglas und Teller geleert waren, fühlte ich mich selber immer noch leer und hohl. Einen Moment dachte ich, ich müsste einfach nur nochmal bestellen, aber mir war schon klar, dass das die falsche Reaktion war. Ich wollte nichts mehr zu essen, ich wollte etwas anderes. Ich wollte das, was anscheinend die meisten in der fröhlichen Menge ringsum hatten. Ich stand auf und drängte mich hinaus, mit missgünstigen Seitenblicken auf ein Paar im mittleren Alter, das Arm in Arm saß und sich von einem großen Teller gegenseitig fütterte. An der Mauer stand ein engumschlungenes Pärchen, die Gläser auf der Mauerkrone vergessen. Ich stolperte und fluchte. Dann fluchte ich nochmal, vor dem Aufzug standen zu viele Leute, das Pärchen lachte. Ich drehte um und ging in die andere Richtung. Ich war doch auf den Aufzug nicht angewiesen.

Die Kastanien sahen im Laternenlicht immer noch anbetungswürdig aus, es kamen mir nur wenige Leute entgegen, aber ich hatte keinen Blick und keinen Sinn dafür. Nur der Geruch des Grills verfolgte mich gemeinerweise den Weg entlang.

Ich war mit mir selber beschäftigt. Ich überlegte, ob ich der Friseurin in Stade noch eine Chance geben sollte, vielleicht möchtehättekönntedürftesollte man sie irgendwie überraschen, ihr irgendwie richtig imponieren. „Mann, bist du blöd!", schalt ich mich selber. „Du bist der ... hm ... der ... naja, mächtigste Mann auf diesem eierigen Planeten, stell dich dem mal, ja! Du bist doch nicht irgendwer, du bist ein Künstler, der sich zu kosmischen Werken aufschwingt!" Und ich steppte elegant ein paar Schritte die Treppe runter.
„Ach, halt den Rand! Eingebildeter Schnösel", beschied ich mir selber. Und sagte zu den Jungs auf der Treppe: „N´Abend, macht bitte mal Platz!"
„So gut bist du gar nicht! Du verwechselst Quantität mit Qualität! Und das, woran du leidest, nennt man Hybris! Das weißt du sehr wohl!"
„Hybris, Hybris! Na guck doch, wie du da den Intellektuellen raushängen lässt!"
Und so ganz allgemein sagte ich: „Aua", und schüttelte meine rechte Hand.
„Ich bin ich, intellektuell oder nicht, ich hab auch schon Ausstellungen gehabt, bevor ich zu Major Tom mutiert bin! Museumsausstellungen!"
„Haha, Museumsausstellungen! In einem Städtchen mitten im Ruhrgebiet, bedeutungslos!"
„Und wer definiert hier bedeutungslos? Und im Übrigen bin ich ein Allroundkünstler!" Und ich nahm die restlichen Stufen, trappelnd, mit beschwingten Steppschritt, als wäre ich James Cagney. Und rückwärts wieder ein Stückchen rauf und mit einer Art Hopserschritt runter und

auf dem Pflaster weiter. Schade, dass das keiner gesehen hat.

Ach so, apropos! Da war doch was gewesen?

„Jetzt hältst du dich schon für Cagney, du Stolperer, komm mal runter, verdammte Hacke! Und Friseurin oder nicht, du kannst doch die Menschen nicht nach Bildung und Beruf beurteilen, das ist doch das, was du auch nicht willst. Du Lehrer, du!"

Tja, da hatte ich´s mir aber gegeben! Grummelnd beschloss ich, die Diskussion mit mir zu beenden. Ich atmete tief die gute Luft ein, die aus dem Wald in die Stadt hinunterströmte und bog in die nächste Straße links ein, als meine Hand sich wieder meldete.

„Uff!" Ich schüttelte sie und versuchte zu rekonstruieren, wie ich sie so misshandelt haben konnte. Da waren ein paar Figuren auf der Treppe gewesen. Nichts von Bedeutung. Vier Jungs, die ein wenig zu übermütig meine Uhr, meine Brieftasche und mein Portemonnaie begehrt hatten. Ohne meinen Schritt zu unterbrechen, hatte ich dem, der die Hand ausstreckte, in den Solarplexus getreten. Und während der begann, sich ordentlich zusammenzufalten, zog ich den Ellenbogen beziehungsweise die Faust durch die Gesichter der beiden Figuren rechts. Die Hand landete dann an dem unschuldigen Metallrohr eines Schildes, das gewiss überflüssig war. Aua. Ich winkelte den linken Arm an, um den äußersten Linken mit einem Schlag gegen den Adamsapfel neutralisieren zu können, der jedoch startete an mir vorbei die Treppe hinauf.

„Ich gehör gar nicht dazu!", schrie er und ich steppte weiter als James Cagney die Treppeppeppe runter.

Hm, so oder ähnlich war das gewesen.

„Klar wa!", sagte Eddy nachher zu mir. „Du bis so schnell jeworn, een paar Schlägertypen sin keen Problem mehr für dich. Du könns vielleicht bald Chuck Norris herausfordern."

„Jetzt hör aber auf! Das kann doch nicht dein Ernst sein!"

„Du bis jut! Meinste, all det Träning un die Nanobehandlung wärn spurlos an dir vorüberjejangen? Guck ma innen Spiegel! Spiel mal mit n Tennisprofi! Renn mal jejen een nationaln Meista! Schieß ma innem Wettbewerb, wa! Du wirs nasse Augen hintalassen, mein Gutsta!"

„Ja, weil die sich bepissen vor Lachen!"

Eddy schüttelte den Kopf. „Denk doch ma an die traurijen Figurn neulich!" Väterlich lächelnd verließ er das Wohnzimmer.

Da saß ich nun alleine im Halbdämmer und sah aus dem Fenster. Im Labor brannte noch Licht, es schimmerte auf den Pfützen im Hof und die Pommesbude erleuchtete indirekt den Bereich vor dem Haus, so dass ich sehen konnte, dass es regnete. Schwere dicke Tropfen kamen herunter.

Die Bude hatte ich erst viermal genutzt und zwar tagsüber! Einmal hatte ich eine Mantaplatte mitgenommen, mit der ich im Xenia prompt den Beifahrersitz so gründlich versaut hatte, dass der kleine Reinigungsroboter später eine Viertelstunde werkeln musste. Er sah mich vorwurfsvoll an, als er seinen Rüsselarm einfuhr. „Shit happens!", sagte ich zu ihm. Mit einem beleidigten Schnaufen drehte er und zockelte von dannen.

In der Küche stellte ich einen Teller und ein Glas auf den Esstisch, aus dem Kühlschrank nahm ich ein dunkles Paulaner und schenkte schon mal etwas ein, dann ging ich hinaus, um ein Hähnchen zu holen.

Ich lief durch den Regen und wurde kaum nass, aber als ich unter dem Dach der Pommesbude stand, ging mir plötzlich auf, nach welchem Vorbild ich diese Bude tatsächlich ausgesucht und eingerichtet hatte. Wie oft hatten meine spätere Frau und ich gerade abends DIESE Bude am Getränkemarkt besucht und wie oft waren wir vom geparkten Auto aus in Dunkelheit und Regen hinübergerannt?

Der wortkarge Karl wandte sich um und nickte mir zu, ich bekam kein Wort heraus. Wie betäubt stand ich da. Der Regen trommelte, die Würstchen zischen auf dem Grill, die goldbraunen Hähnchen dufteten und da war das Deja Vu und es drehte mir den Magen um. Tränen stiegen mir in die Augen.

„Ist alles in Ordnung?", wollte Karl wissen. „Kann ich Ihnen helfen?"

„Nein, alles klar," krächzte ich, drehte mich um und ging in den Regen hinaus.

Von der Kastanie fielen dicke, kalte Tropfen. Eine Dachrinne lief über und das Wasser pladderte auf das Kopfsteinpflaster und zerspritzte. Die Lichter in den Pfützen zitterten, vergingen und formierten sich neu. Ich entschied mich um. Für die Flasche uralten Cognacs, die ich mal gekauft hatte, brauchte ich eine Grundlage.

„Einmal alles: Mantaplatte, doppelte Pommes, ein Hähnchen, Grillsalat und Kartoffelsalat, kein Brötchen zum Hähnchen!"

54

„Darling!" Beinahe hätte ich den Hähnchenschenkel fallen lassen. „Ich denke, du bist …!" Und ich blickte einmal kurz nach oben.

„Wenn du mich brauchst, bin ich da!" Sie setzte sich gegenüber an den

Tisch. Eine weiche Wolke von Parfumduft kam herüber und gewann kurzfristig gegen Bier, Cognac und Currysauce. Sie trug ein dünnes weißes Stoffkleid mit gerüschten Ärmeln und darunter, hm. Jedenfalls sah sie aus wie eine Trilliarde Dollar. Oder eher wie eine Sextillion? Ich futterte weiter verbissen mein Hähnchen und nahm mir nebenbei ein paar Pommes, Bier zum Runterspülen, etwas Cognac zur Schmerzbekämpfung. Es ging mir schon wieder besser.

„Gibst du mir ein Schlückchen von dem Cognac, damit ich ihn analysieren kann?“

„Mh, mh, nee, lass mal! Der ist nicht so gut, wie das, was du sonst so produziert hast!“

„Dann trink ihn doch nicht!“

Sie hatte Recht, ihre Versionen harter Getränke machten kaum Kopfschmerzen, weil sie sämtliche Fuselbestandteile wegließ. Gutes Mädchen!

„Verstehst du nicht. Muss ihn vernichten. Hab ich mir vorgenommen. Mach ich auch.“

Sie legte den Kopf schief und sah mich interessiert an. Ihre Haare fielen weich auf ihre Schultern und eine Strähne rutschte über das linke Auge, sie wischte sie hinter das Ohr.

„Schau, das Zeug ist so alt wie ich, da hat es jemand in Frankreich vor über einem halben Jahrhundert hergestellt, eine Zeit, als noch alles in Ordnung war, als man noch nicht angefangen hatte, Atommüll im Meer zu versenken, Terrorist und Polizeistaat zu spielen und Landwirtschaft als Großindustrie zu betreiben. Es war natürlich nicht alles perfekt, aber menschlich, klein-klein und liebenswert, wie man sieht, wenn man mal dokumentarische Filme aus der Zeit anschaut. Ich bilde mir ein, ich schmecke das da raus!“ Und ich nahm einen kräftigen Schluck.

Darling nickte versonnen, griff in die Pappschale und nahm sich eine Pommes mit viel Mayo.

„Lecker!“

„Meine Pommesbude!“

„Und warum wirkst du so unglücklich?“

„Wie kommst du da drauf?“

„Hm“, machte sie und lächelte mit schiefgelegtem Kopf ihr besonderes, bei Uschi Glas geklautes Lächeln mit breitem Mund und über den Wangenknochen vorspringenden Bäckchen.

„Karl hat dich antelefoniert!“

„Kann man so sagen.“

„Schau, schau, Karl hat geplaudert. Dabei sagt er doch sonst nichts.“

„Paul, was ist denn?“
„Darling, ich tu grad alles dafür, genau das zu vergessen!“
„Das funktioniert doch sowieso nicht.“
„So ganz stimmt das nicht.“ Heute Abend würde ich wenigstens ein-
schlafen können und morgen war ein neuer Tag und vielleicht war ich
dann glücklicher? Vielleicht auch nicht. Ich ließ ein paar Reste liegen,
schnappte mir die Cognacflasche und vertagte uns in den Wintergarten, wo versteckte Scheinwerfer aus dem Grünzeug einen geheimnisvoll leuchtenden Urwald zauberten. Darling zündete noch wie von Zau-
berhand ein paar Kerzen an. Nach ein paar Sekunden begriff ich, dass
sie irgendwoher Hologramme projizierte. Auch schön.
„Komm her!“
Sie saß auf dem Sofa und ich setzte mich dazu, genoss ihre Wärme
und süppelte meinen Cognac. Und dann erzählte ich ihr doch den
ganzen albernen Kram. Und wunderte mich über mich selber und
über Darling. Sie legte ihre Hand in meinen Nacken, war freundlich zu
mir, wollte mich trösten.
Abgefahren!

Schließlich landeten wir im Bett und sie überraschte mich am Morgen,
indem sie mir eröffnete, dass sie und Eddy einen Tipp für mich hätten.
Eddy habe, als er Getränke für die Einweihungsparty geholt hatte, in
dem Getränkemarkt in der Nähe von Salzungen eine nette junge Frau
an der Kasse gesehen. Er beschrieb sie als offensichtlich freundlich,
intelligent, sexy, vielseitig begabt, sozial eingestellt und an der Natur
interessiert.
„Das hat er alles gesehen, als er den Sekt und O-Saft bezahlt hat?“
„Paul, er hat sie natürlich gescannt!“
„Natürlich.“
„Hier, das ist sie.“ Darling projizierte einen Film ins Wohnzimmer, der
eine typische Getränkemarktkasse zeigte und eine fröhliche Mittzwan-
zigerin mit dunklen langen Haaren, blauen Augen und lausbübischem
Lächeln.
Hübsch.
Nett.
Sie trug ein Atomkraft-Nein-Danke-T-Shirt und – Zoom – hatte an ei-
nem Kettchen um den Hals einen kleinen grinsenden Wal hängen.
„Also, damit ich das richtig verstehe: Ihr sucht für mich nach passen-
den, äh ...“
„Partnerinnen, ja.“
„Und wenn ihr jemanden gefunden habt, scannt ihr auch den gesam-

ten Hintergrund, damit, äh ..."

„Damit nicht die nächste Enttäuschung vorprogrammiert ist, weil sie schon vergeben ist oder katholisch oder CDU-Wählerin ..."

„Hm, ja, wie find ich denn das?"

„Ich glaube, du findest das gut!"

„Jau!" Voller Energie sprang ich aus dem Bett und duschte, gewandete mich in einen flauschigen weißen Bademantel, der, so Darling, einem Granatwerferbeschuss widerstanden hätte, löffelte ein bisschen Cornflakes, ein paar Stückchen Pfirsich, nahm drei Schluck Kaffee und ein Ei auf Toast.

Auch, wenn einem alles zur Verfügung steht und man Blei in Gold umwandeln kann, wartet man als Sterblicher darauf, dass der Toast braun wird. Und das Ei wird dann kalt.

Außer man nimmt von Schwiegermutter gestrickte Eierwärmer.

Allein der Gedanke ....

Vielleicht haben Götter einen Instant-Toaster. Ich bin sogar sicher, sie haben ihn, warum sollten sie warten, aber das bringt andere Probleme mit sich!

„Göttervater oder nicht! Kommst du endlich, Zeus, dein scheiß Toast wird kalt!"

Und eins ist wohl klar, nichts hassen Götter so sehr wie kalt gewordenen, zähen, geschmackslosen Toast.

Warum?

Na, wir haben sie nach unserem Bild erschaffen!

Und wie immer brüllt Zeus wütend aus dem Bad: „Warum wartest du nicht, bis ich da bin!?", und zerreißt ein Frotteetuch.

„Ich dachte, du bist fertig!", brüllt Hera zurück.

„Du machst mich höchstens fertig!", knurrt Zeus, aber Hera hat göttlich gute Ohren und es doch gehört. Schon ist der Ehekrach zugange und auf der Erde werden wieder ein paar Kriege ausgefochten.

Ich legte die Serviette weg und Darling rief aus dem Wohnzimmer: „Paul, warte einen Moment! Du willst doch nicht mit Allerweltskleidung in den Kampf ziehen?"

Ja, doch, das ist das, was echte Männer nun mal tun. Sie verstellen sich nicht.

„Öffne bitte die Tür, da kommt was für dich!"

Ich gehorchte und ein großer Umschlag segelte durch den Flur, landete vor Darlings Füßen. Sie hob ihn auf und reichte ihn mir.

Darin waren blaue Socken mit lustigen Walen drauf und ein Slip mit Delphinen.

Genial, oder?

55

Im Getränkemarkt verguckte ich mich sofort in die Kassiererin, die nicht kassierte, sondern einen Kunden dahingehend beriet, welchen Whiskey er verschenken sollte.
Es kribbelte in meinen Fingern, im Bauch und unter meiner Kopfhaut.
Mit Mühe hielt ich mich zurück, zu ihr zu gehen und zu sagen: „Hej, nehmen wir doch den teuersten Whiskey im Laden, den teuersten Champagner und fahren los, auf zum Mond, haben Spaß ohne Ende, gründen eine Familie und leben ewig, also, na fast jedenfalls!"
Das würde nichts werden. Klar. Contenance, mein Alter!
Mit einem Glenmorangie, in Port-Fässern gealtert, und zwei Dosen Guinness stellte ich mich an der Kasse an.
Als ich die 43 Euro übergab, sagte ich zu ihr: „Schöner Anhänger! Silber?"
„Ja, hübsch, nicht, hab ich mir anfertigen lassen. Ich steh auf Wale."
Sie suchte 66 Cent aus der Kasse und gab sie mir.
„Sowas hab ich natürlich nicht, aber ..."
Ich winkelte das rechte Bein etwas an und zog das Hosenbein hoch, so dass die Walsocken zur Geltung kamen.
„Nicht schlecht!", lobte sie und ihre Augen funkelten etwas spöttisch.
Ich hatte gedacht, dass einer von uns beiden eine Bemerkung darüber machen könnte, dass die Wale auf meine Socken sogar bliesen, aber wahrscheinlich waren wir beide zu erwachsen dazu.
„Tja", ich stellte mich wieder gerade hin. „Was ich noch sagen wollte ..." Mein organischer Gehirncomputer war schon völlig korrumpiert von ihrer Attraktivität und suchte verzweifelt und vergebens eine geistreiche Überleitung zu einer platten Einladung, da ertönte es aus der Schlange hinter mir: „Geht das mal'n bisschen schneller, verdammt nochmal!"
„Ruhe da hinten!", sagte ich laut mit der autoritären Lehrerstimme, die eine ganze Klasse und notfalls die ganze Aula gefüllt hätte. Das hatte früher immer gewirkt, seit etwa 5-10 Jahren wirkte es immer weniger. Und nun wirkte es – sozusagen umgekehrt.
„Das ist doch der Typ von vor ein paar Monaten!"
„Das ist der Scheißer, der unsere Ranch gekauft hat!"
„Der ist jetzt dran!"
Und die Reihe hinter mir formierte sich um.

Der Rentner direkt hinter mir stellte seine Pulle Bier in einen Ständer für Chipstüten und hastete hinaus. Der Mann im mittleren Alter mit dem Bierkasten und zwei Wasserkästen im Einkaufwagen ließ selbigen stehen und ging dem Alten nach. Die Truppe von sechs gestiefelten, kahlgeschorenen Idioten kam auf mich zu. Ihre drei Hasseröder-Kästen hatten sie abgesetzt.

Ich lachte. „Ihr seid schon wieder in der Minderzahl. Seid ihr nicht lernfähig?“

Und zu der Kassiererin: „Halt mal!“ Ich warf ihr meinen Einkauf in den Schoß, eine Dose klapperte zu Boden.

Aus dem verlassenen Wagen nahm der erste eine Flasche Wasser und zerschlug sie auf der Griffstange des Wagens. Triumphierend hob er das gezackte Scherbenmonstrum und sah sich nach den anderen um. Die wollten ihm anscheinend gleichtun, aber ich gab dem Wagen einen Tritt, so dass er scheppernd und klirrend gleich in zwei der Typen hineinrollte. Dem ersten, der sich mit seiner zerdepperten Flasche gerade wieder nach mir umdrehte, zertrat ich die rechte Kniescheibe. Schreiend ging er in den Scherben und dem Blasen werfenden Wasser zu Boden. Ich gab dem Wagen erneut einen Tritt und er krachte wieder in die zwei Witzfiguren. Die oberste Wasserkiste machte sich selbstständig und Flaschen splitterten auf dem Boden, Wasser zischte, einige Flaschen rollten den Gang entlang.

„Seid ihr bescheuert, geht doch zur Seite, ihr Penner, ihr könnt ihn nicht einzeln angreifen!“, schrie jemand von hinten.

Tja, die Gänge in so einem Markt sind nicht sehr breit.

Die zwei, die ich nochmals mit dem Wagen erwischt hatte, schoben ihn nun wutschnaubend auf mich zu und gewannen etwas an Geschwindigkeit, da sprang ich einfach auf einen einzelnen Sonderangebots-Bierkasten neben der Kasse. Das Sperrholz splitterte und meine Kassiererinnenfee schrie auf, als der Wagen in die Kasse krachte.

Aus dem Lager kam ein älterer kahler Mann gehumpelt, der „Aufhören!“ schrie. „Ich rufe die Polizei!“

Aber das interessierte niemanden.

Dem mir nächsten an der Griffstange des Wagens donnerte ich beide Handflächen auf die Ohren, mit geplatzten Trommelfellen ging er schreiend zu Boden.

Ich sprang die unregelmäßige Treppe aus Bierkästen hoch, trat von oben nach dem Gesicht des nächstbesten, rutschte aber mit dem Fuß zwischen die Bierflaschen und fiel. Ich versuchte das Beste draus zu machen und griff nach der Lampenleiste, die mitten über dem Gang hing. Was bei Indiana Jones immer funktioniert, klappte hier gar nicht.

Die Leiste zerbrach, Neonröhren splitterten und ich krachte auf einen der Typen hinunter, der meinen Fall bremste. Aber dann waren sie bemerkenswert schnell über mir. Schwerer Fehler. Der Tritt, der gegen meinen Kopf zielte, ließ die Bierkiste hinter mir scheppern. Meine Fingerknöchel machten praktisch gleichzeitig aus den Hoden des Angreifers, äh, Rührei?

Mein linker Fuß fand eine weitere Kniescheibe und dann lag eine der stinkigen Figuren auf mir und einer kniete, sich die edlen Teile haltend, neben mir, während der Typ unter mir mit Links nach meinem Gesicht krallte und mit Rechts nach meiner Kehle griff.

In aller Ruhe hob ich den linken Arm, ballte die Faust und zerschmetterte ein oder zwei Rippen mit dem Ellenbogen. Geschrei wie eine Explosion, das aber schnell in Gejammer und Gekeuche überging, war die Folge.

Übrig blieb einer, der nun um mich herumsprang, soweit das möglich war. Er hielt ein Messer in der Hand.

Ich lag ziemlich ungünstig, quer zum Gang, immer noch halb auf dem Typen, dem ich die Rippen gebrochen hatte, und es gab keine Möglichkeit auszuweichen oder schnell aufzustehen. Also grinste ich den Messerhelden an, griff nach einer Wasserflasche, die da rumlag, öffnete sie und trank genussvoll. Da ich keine Anstalten machte, aufzustehen, stürzte er sich auf mich herunter und ich warf ihm, so heftig ich konnte, die Flasche ins Gesicht. Er wollte sie abwehren, war aber zu langsam. Ich hatte Zeit, mich über den Typen unter mir nach links zu rollen. Mit einem entsetzten Stöhnen schien die letzte Luft aus ihm zu entweichen. Ich stand, der Anführer kam schon wieder heran, stieg über seinen Kumpan und fuchtelte in geduckter Haltung mit dem Messer herum.

„Dämlicher Anfänger!", lachte ich. „Sammel deine Leute ein und bring sie ins Krankenhaus! Dann gehst du wenigstens aufrecht hier raus."

„Du wanderst ins Krankenhaus. Du wanderst ins Leichenschauhaus, du Arsch!" Und er sprang auf mich zu, die Messerhand kam nach vorne, aber so langsam. Soo langsam!

Mit links fasste ich nach dem Handgelenk, zog, während er gerade die Vorwärtsbewegung beenden wollte, drehte mich ein und hieb ihm meinen rechten Ellenbogen gegen die Schläfe. Nun lag er doch am Boden.

„Ts, ts, ts", machend schlenderte ich zur Kasse zurück, kickte ein paar Scherben aus dem Weg und entschuldigte mich bei meiner Fee. Ich hatte ein ganz schlechtes Gefühl. Solche Mädels, die auf Wale stehen und Atomkraft ablehnen, sind meist auch gegen Gewalt. Zu Recht natürlich, keine Frage. Aber ich fürchtete, dass sie keinen Sinn für die Bedeutung von Selbstverteidigung haben könnte. Wahrscheinlich würde sie nun behaupten, ich sei zu brutal vorgegangen, ich hätte mit den Typen diskutieren sollen. Oder wegrennen. „Sie haben wieder die MP dabei, na, was machen Sie?" Degenhardt. Passt immer noch.

Tatsächlich schüttelte sie den Kopf. Hinter mir drückten sich zwei weniger Lädierte vorbei und verschwanden durch den Ausgang im Lager. „Tut mir leid, die haben mich schon mal angefallen, da waren sie zu zehnt gewesen und haben verloren." Ich zuckte die Schultern. „What can a poor boy do? Ähm, dabei wollte ich Sie nur zum Essen einladen auf den Erlenhof. Ich hab da eine prima Pommesbude stehen."
Sie schüttelte schon wieder den Kopf, aber immerhin lächelte sie.
„Davon hab ich gehört", meinte sie. „Und Sie sind der Boss?"
Ich nickte bescheiden.
„Das ist doch ein Labor! Wahrscheinlich versauen Sie unsere Umwelt mit Chemie und irgendwann sind Sie wieder weg und wir haben die Spätfolgen!"
„Nein, wirklich nicht! Überzeugen Sie sich doch selber! Würde ich Walsocken tragen und einen Delphinslip, wenn ichs nicht ernst meinte mit Umwelt und Natur?"
„Delphinslip?"
Ich nickte glücklich. Gott segne Darling!
Da kam der Besitzer des ramponierten Ladens im Gefolge zweier Polizisten hereingehumpelt.
Hinten im Gang tauchte der Anführer auf.
Ich zeigte auf ihn: „Der ist das Hauptproblem! Es ist das zweite Mal, dass die mich überfallen haben, grundlos übrigens! Werfen Sie die Arschlöcher ins Gefängnis und schmeißen den Schlüssel weg!"
„Er hat angefangen!", sagte der Anführer mit so etwas wie Triumpf in der Stimme, was ich nun wirklich nicht verstand.
„Tja dann", meinte der kleinere der Polizisten, „dann sind Sie hiermit verhaftet!" Und er nestelte ein paar Handschellen los.
„Sind Sie wahnsinnig!", brüllte ich den Komiker an. „Ich werde von einer Horde Irrer überfallen und Sie buchten mich ein? Ja, gehts denn noch?"
„Machen Sie keine Schwierigkeiten!", blaffte er mich an.
„Wenn Sie den Kunden mitnehmen, weiß das morgen ganz Deutschland!", sagte meine Fee mit zitternder Stimme. „Ich hetze jede Zeitung und das Fernsehen auf Sie. Sie wissen genau, dass das wieder mal Ihr Sohn war. Damit kommen Sie nicht durch!"

Ach, daher wehte der Wind.

„Sechs Zeugen gegen einen?"

„Und Herr Fritsch und ich?"

„Fritsch, pfeifen Sie mal Ihre Angestellte zurück, so geht das nicht! Und dann löschen Sie die Überwachungsbänder!"

„Sie habens gehört, geben Sie Ruhe, Karin!"

Jetzt wusste ich also, wie sie hieß, Karin! Nett. Lange nicht mehr gehört, den Namen.

„Ich arbeite nicht mehr für Sie, also sagen Sie mir nicht, was ich zu tun habe!", schoss meine Fee zurück. Ihre Stimme war kurz davor zu kippen.

„Auch gut!" Er zuckte die Schultern und humpelte in Richtung Lager. Soweit ich solche Märkte kannte, hatten die da noch ein kleines Büro und wahrscheinlich auch die Überwachungsrecorder. Ich setzte ihm nach. „So haben wir nicht gewettet!"

„Bleiben Sie stehen oder ich schieße!"

Und dann hörte ich tatsächlich das Durchladen der Pistole und tauchte ab: Eine Rolle in den nächsten Gang hinein. Ein Umweg. Geduckt weiter. Auf der anderen Seite der leeren Bierkästen müsste eine Tür sein. Die hatte ich schon beim Durchstreifen des Ladens gesehen. Aber war es auch die richtige?

Die Polizisten beharkten sich gegenseitig. Ab und zu machte meine Fee ihr Wort und die Verletzten jammerten dazwischen. Ich hörte das fritschsche Schlurfen nicht mehr.

Also auf, eine seitliche Rolle über den Kastenstapel. Ganz schön hart und eckig, die Dinger. Ein Schuss, splitterndes Glas. Ich war schon wieder außer Sicht, verkniff mir das Stöhnen und kam auf dem Fußboden vor der sich schließenden Tür auf. Wann würde ich endlich lernen, dass ich auf diesem gefährlichsten aller Planeten den Anzug brauchte? Ein Ruck, ich stand wieder senkrecht, riss die Tür auf und verpasste Fritsch einen Stoß, der ihn quer durch den Raum warf. Ein weiterer Schuss löcherte die Tür und verfehlte mich um 30 Zentimeter. Das war nicht mehr witzig.

An der Tür ein angeschraubter Kleiderhaken. Ich schnappte mir Fritsch und hängte ihn als Kugelfang auf. Er kam recht schnell wieder zu sich und begann zu kreischen, während ich versuchte mich zu konzentrieren. Wo konnten die oder konnte der Recorder sein?

Ich drehte mich einmal um mich selbst. Da blieben nur der Schreibtisch und der Aktenschrank rechts.

Der Schießwütige brüllte: „Kommen Sie da raus oder ich schieße!"

„Schießen Sie doch!", brüllte ich zurück. „Fritsch treffen Sie dann als

ersten, Sie Pfeife!"
Und tatsächlich knallte es und Fritsch zuckte zusammen und begann zu jaulen wie ein Hund. Das Jaulen ließ schnell wieder nach, noch bevor ich mit meinen Überlegungen, ob ich ihn von seinen Leiden erlösen sollte, zu Ende gekommen war.
Ich durchsuchte nach dem Schreibtischunterschrank den Werkzeugschrank. Erste Hilfe-Schränkchen und Garderobe schieden aus.
Da begann Fritsch zu schreien: „Du hast mich erschossen, du Arschloch! Du hast mich getroffen! Bloß nicht mehr schießen, oh Gott!"
Auf Anhieb konnte ich nicht erkennen, wo er wohl getroffen worden war. Dann bemerkte ich, dass er die linke Hand an den Hintern presste.
„Sind das jetzt ein oder zwei angeschossene Ärsche?", erkundigte ich mich.
Der verschlossene Aktenschrank war ein gängiges naturfarbenes Rolladenmodell. Ein Schlag und die Holzrollade rasselte nach oben.

Dahinter Akten, Videokassetten und zwei Recorder. Anderswo hatte man schon auf Festplatten umgestellt, aber hier in der Provinz ...
Ich drückte auf die Auswurftaste und sagte in meine Uhr: „Xenia. Mayday! Ach Entschuldigung! Ich meine T5!" Wurde das doch alles zu viel für mich? Bis jetzt hatte ich das Ganze sportlich sehen wollen, aber die Situation, die Hektik, das Geballere und Gekreische ging mir doch auf die Nerven. Da hätt ich ja auch in der Schule bleiben können!
„T5! Sofort vorfahren am Gebäude, neben dem Fenster, aus dem nun gerade ein Stuhl fliegt!"
Ich nahm den Drehstuhl und warf ihn durch die Scheibe, räumte Scherben im Rahmen ab, indem ich den Computermonitor hinterherwarf und sprang hinaus. Rein in den T5, der intelligenterweise die Fahrertür geöffnet hatte, und ab dafür.
Ein paar Minuten später stand ich im Anzug, im Stealthmodus, wieder vor dem Fenster, sah, dass das Büro leer war, und holte mir die beiden Recorder, denn Eddy und Darling meinten, dass wir keine VHS-Geräte hätten, und erst recht keine, die derart langsam liefen. Natürlich hätte Darling etwas improvisieren können, aber ich hatte es ziemlich eilig.

Nur eine halbe Stunde später warf ich eine DVD für Köster, so hieß der Bulle, bei der Polizeistation in den Briefkasten.

Sie war verpackt in einer Papp-CD-Hülle, auf der stand:

Auf der anderen Seite hatte ich geschrieben:
„Ich bin nicht nachtragend. Wenn Sie mich in Ruhe lassen, erstatte ich keine Anzeige gegen Sie oder Ihren Sohn!"

Besonders gut kam ja, dass Fritsch zwei Kameras installiert hatte, eine für den Hauptgang, wobei der Lagerbereich miterfasst wurde, wenn auch unscharf. Und eine für den Gang zur Kasse, wo die teuren Spirituosen standen.
Dieses Video würde bei YouTube ne Menge Klicks kriegen!
Der T5 parkte in der Garage ein, das Tor fuhr herunter und ich schaltete den Stealthmodus aus. Ich hatte nicht auf die Uhr gesehen, aber mein Zeitgefühl sagte mir, dass es gerade mal 11 Uhr war. Und ich saß da in der Dunkelheit, den Kopf völlig leer.
Nach einiger Zeit flackerte die Neonröhre an der Decke auf und Eddy kam in die Garage mit zwei Gläsern in der Hand. Eines hob er zum Toast.

Nett von Eddy, mir zu gratulieren, aber ich fühlte mich nicht danach. Meinen Eltern hatte ich mehrmals die Leviten gelesen, hatte aber völlig übersehen, dass die mangelnde Passung von Papieren und Aussehen auch für mich ein Problem war, solange ich hier auf Erden wandeln wollte.
Wahrscheinlich hatte Darling das schon vorausgesehen und mir deshalb ein Habitat auf dem Mond verschafft.
Am meisten ärgerte mich, dass ich diesen miesen Bullen erpressen musste, die Füße stillzuhalten, statt dass ich ihn anzeigen konnte. Aber ich hatte strikt zu vermeiden, irgendwo meine Papiere vorzeigen zu müssen.

Etwas schwerfällig rutschte ich aus dem Wagen, ein paar Körperteile meldeten sich. Aber es hätte schlimmer sein können. Ich trank den Sekt, den Eddy mir gebracht hatte, klopfte ihm auf die Schulter und bedankte mich artig. Schließlich hatten er und Darling dafür gesorgt, dass ich so fit war. Dann spazierte ich noch ein wenig auf dem Gelände des Hofes herum. An der Pommesbude saßen – wir hatten nun auch Tische und Stühle aufgestellt – zwei Laborangestellte und arbeiteten systematisch an ihren Hähnchen. Sie grüßten, Luise winkte. Ich nickte, lächelte und spazierte weiter durch das Törchen in der hinteren

Mauer bis zu dem kleinen Hügel, der mit seinen Erlen für den Namen des Hofes gesorgt hatte. Jemand hatte irgendwann mal angefangen, in der Mitte Bäume zu fällen und das Ganze sah noch desolater aus, als ich es in Erinnerung hatte. Wirkte auf mich wie ein vergessener Friedhof. Gut, dass wenigstens die Sonne schien. Ich setzte mich auf einen Stamm und versuchte nachzudenken.

Anscheinend musste ich mich noch weiter zurückziehen. Unsichtbar werden! Die Verwaltung meiner legalen Geschäfte würde wohl oder übel ein Geschäftsführer übernehmen müssen.
Lästig!

Vielleicht konnte Eddy ... aber besser wars wohl, wenn das ein echter Mensch mit realen Papieren tat! Wie wärs mit meinem alten Jugend- freund Michael? Vielleicht hatte der Lust.
Auf einer Erle landete ein gelber Vogel und begann schrill zu zwit- schern. Er hatte nur zwei Töne, von denen er den hellen, kurzen dau- ernd wiederholte, um einen tieferen, längeren Ton zur Akzentuierung einzustreuen. Manch elektrische Säge klang besser! Da lachte sich doch jede Amsel kaputt!

Ich hätte mich auf die Dinge besinnen sollen, die ich aus dem All er- ledigen konnte. Stattdessen wollte ich auf meine Weise global mit- playen!

Bestimmt war das albern, aber ich hatte Unmengen Ideen, nur muss- ten die gewaltigen Synteezer auf dem Mond erst einmal fertig werden. Und selbst dann konnte man nicht alles auf einmal angehen.
Ich überlegte, ob ich mal eben zum Asteroidengürtel ... oder ich könn- te mir Darlings Geschenk, meine Mondwohnung anschauen. Doch was ich eigentlich wollte: Karin aufsuchen und sie einladen! Das hatte ja nicht so ganz geklappt!
Sah das aufdringlich aus, wenn ich ihr jetzt, wenig später, wieder auf die Pelle rückte?
Sie hatte informell gekündigt, so würde ich das juristisch sehen. Aber war das auch wirksam? Möglicherweise hatte sich Fritsch hinterher bei ihr entschuldigt und sie aufgefordert zu bleiben?
Bevor ich etwas tat, sollte ich Eddy fragen, diesen Einmann-Geheim- dienst! Ich stand auf und der gelbe Vogel flatterte davon.

Kaum hatte ich das Törchen in der Mauer passiert, gab meine Uhr

ihr Handysignal ab. Zwei Sekunden lange Vibrationsstöße am Handgelenk. Meine Eltern: Sie hatten im Biergarten Nachbarn getroffen. Nachbarn aus dem Ruhrgebiet, nicht aus Baden-Württemberg!
„Du weißt doch, die Kortes, die neben Hellmichs gewohnt haben, bis sie vor ein paar Monaten nach Langenfeld gezogen sind. Da haben die doch zusammen mit ihrer Tochter gebaut. Der Schwiegersohn trinkt doch immer so viel, haben sie immer erzählt. Ja, jetzt ist das Kind da und die Julia hat sich von ihm scheiden lassen!"
„Ja, Wahnsinn", sagte ich, völlig ahnungslos, wen sie meinte. Irgendwann bekam ich heraus, warum sie anriefen. Die Kortes hatten gestresst und verrunzelt im Biergarten vor ihnen gesessen und waren von ihrer Verwunderung über das gute „unverbrauchte" Aussehen meiner Eltern und die Ungerechtigkeit der Genanlagen nicht mehr runtergekommen. Und urplötzlich hatten meine Eltern eingesehen, dass sie zuhause auch bald Probleme bekommen würden und nun planten sie den Umzug nach Freiburg. Ob ich sie heute oder morgen fahren konnte oder besser fliegen?
„Lass uns das sofort machen! Ich bin gleich da." An meiner Bude nahm ich mir Pommes mit Mayo und Cola mit. Während des Fluges mit dem T5 stärkte ich mich erst mal.

Zwei Stunden später hatte ich meine Eltern wieder zuhause abgeliefert und war zurück auf dem Erlenhof. Es war Nachmittag und ich hatte schon wieder Hunger und war gleichzeitig müde und irritiert. Ob meine Eltern nach Freiburg umzogen oder nicht, mein Vater kannte so viele Leute! Und die Wahrscheinlichkeit, dass er in Freiburg auf diese Bekanntschaften traf, war genauso groß wie sonstwo in Deutschland. Da blieb ja nur ... hm ... was?
Vielleicht Geduld? Als um dreißig oder vierzig Jahre Verjüngte würde sie vielleicht niemand mehr erkennen! Es gab auch Probleme, die sich von selber erledigten.

Manche Dinge vertrugen keine Geduld. Ich sowieso nicht. „Eddy, do you read me?"
Eddy schickte eine Sonde los und bestätigte mir fünf Minuten später, dass Karin zuhause weilte.

56

Im Anzug, Jeansoptik vortäuschend, stand ich vor einer Plastik-Haustür, welche Wertigkeit vortäuschend auf alt getrimmt war. Die Doppelhaushälfte in Ettenhausen lag gegenüber eines Bauerhofes und so roch das hier auch.

Karin kam an die Tür und blickte mich finster an.

„Äh!", sagte ich, wie immer eloquent wie ein an Fix und Foxi geschulter Rhetoriker. „Du hast deine Arbeit verloren. Das tut mir leid!"

„Ich hab gekündigt!"

„Äh, ja, das war wirklich sehr ... tapfer. Ich heiße übrigens Paul."

„Paul Jaeger", sagte sie. „Ich weiß."

War ich vielleicht nicht so ganz uninteressant für sie? „Wie wärs mit einer Arbeit als Sekretärin in unserem Betrieb auf dem Erlenhof?"

„Im Labor? Ich? In einem Chemielabor? Hmpf!"

„Ich sagte ja wohl schon, dass wir ein absolut sauberer Betrieb sind. Wenn wir uns mal etwas besser kennen, kann ich dir den Grund dafür auch zeigen. Aber, hm, wie wärs mit einer Stelle als meine Privatsekretärin?"

„Privat ... sekretärin?"

Ich nickte aufmunternd.

„Wie privat?"

„Och, ziemlich!"

„Ja, das kann ich mir denken!" Die Tür schloss sich wieder.

„Du bist so negativ. Nun lass dir doch erst mal etwas zeigen, etwas erklären. Ich richte eine Stiftung ein, möglicherweise kann ich dir ein Stipendium verschaffen. Es muss ja für dich weitergehen. Himmelherrgott nochmal!"

Die Tür blieb halb geöffnet stehen.

„Aber eigentlich wollte ich dich jetzt einladen auf die beste Currywurst auf diesem Planeten, weil ich dich interessant finde."

„Wieso Stipendium?" Das klang extrem misstrauisch.

„Ich nehme doch an, dass du da arbeitest und auf einen Studienplatz wartest. Wahrscheinlich Bio, hab ich recht?"

Sie nickte.

„Was ich nicht weiß, ahm, warum studierst du nicht schon längst?" Ich hoffte, die Tür knallte jetzt nicht zu. Aber sie bewegte sich ein Stück in die richtige Richtung.

„Ich habe zuerst eine Schneiderlehre gemacht und versucht, eine eigene Kollektion mit einer Freundin zusammen herauszubringen. Das ist schiefgegangen und jetzt will ich etwas anderes machen."

„Klingt interessant!"

„Ist ein trauriges Kapitel."

„Also wie siehts aus? Eine kleine Tour im T5 und vielleicht eine Betriebsbesichtigung mit Besuch der Kantine?"

„Na gut, warte einen Moment!"

Aus dem Moment wurden satte zehn Minuten und als sie aus dem Haus kam und auf der Straße ins Sonnenlicht trat, sah ich, dass sie eine mit bunten Flecken gesprenkelte Jeans trug. Dazu ein Seidenhemd, wellenförmig blau gefärbt, nach oben hin hellte sich das Blau auf, der Kragen war weiß.

Sie stieg ein und die bunten Flecken wurden zu Walen, die in allen möglichen leuchtenden Farben aufgemalt waren. Und zwar nicht chaotisch, zufällig, das Ganze bildete ein kompliziertes Farbgeflecht.

„Schick. Geil. Sowas hab ich noch nicht gesehen!"

„Danke!" Sie gurtete sich an.

„Ich sag das nicht nur so, ich war mal Künstler und Kunstlehrer."

Sie sah mich nur an. Dann fragte sie: „Wann warst du denn Kunstlehrer? Und wie wird man als Kunstlehrer Unternehmer? Und wie wird man als Kunstlehrer zu Karate-Kid V?"

„Das ist eine unglaublich lange Geschichte. Ich weiß gar nicht, wo ich anfangen soll. Am besten liest du das Buch", sagte ich, um witzig zu sein.

„Welches Buch?"

„Na das, das ich jetzt schreiben werde, um unseren Kindern später mal zu zeigen, wie das alles war, damals."

„Ich glaub, ich steig wieder aus", sie griff nach dem Gurtschloss.

„Zu spät!" Ich fuhr an, kurvte aus dem kleinen Dorf heraus und um irgendwas zu sagen, begann ich: „Wie ich zum Unternehmer geworden bin, kann ich noch am einfachsten erklären: Ich hab im Lotto gewonnen und musste dann zum Glück nicht mehr zurück in die dämliche Schule. Das wäre sowieso nicht mehr lange gut gegangen. Ich war schon ausgebrannt, depressiv. Ha, die Arschlöcher hatten sich einen Trick einfallen lassen, um mich nicht verbeamten zu müssen. Dabei hatte ich den Dienst schon noch jung genug angetreten. Aber ein, zwei Wochen zwischen zwei Verträgen und sie wollten mich nur noch als Angestellten!"

Plötzlich wurde mir heiß und kalt. Ich redete mich gerade um Kopf und Kragen. Hoffentlich dachte sie nicht so weit mit, dass ihr klarwurde, dass ich ja nicht so alt aussah, als sei die Verbeamtungsaltersgrenze überhaupt ein Problem.

„Na, ist ja auch egal, jedenfalls war da der Gewinn, 17 Millionen, und

ich konnte kündigen und dachte, jetzt könne ich etwas Gutes tun, etwas Sinnvolles! Doch dann merkte ich, dass ich unglaublich viel Geld
brauchte, um nicht nur der eine kleine Tropfen auf dem heißen Stein zu
sein. Und wie kommt man zu Geld? Mit Erfindungen, mit Unternehmen.
Ich hatte schon meinen Freund Eddy kennengelernt und der wiederum Herrn Gupta, der mir in Aussicht stellte, einige bahnbrechende
Erfindungen im Bereich, na, ich sag mal einfach, Kunststoffe, machen
zu können. Und tatsächlich haben wir nun die ersten zwei Erfindungen
zum Patent angemeldet! Mist, ich klinge wie mein eigener Werbetext!"
„Hm, ja, und diese Karate-Sache? Ich habe so etwas bisher nur im
Film gesehen. Ich meine, du hast dabei gelacht. Du hast dich über die
lustig gemacht! Ich dachte, du bist lebensmüde!"
„Nee", lachte ich. „Nicht mehr. Heutzutage in eine 7. oder 8. oder gar
10. Klasse zu gehen mit 25 bis 36 Schülern UND eine oder zwei Stunden dabeizubleiben, ohne zu flüchten, fordert fünfmal mehr Mut, Kraft
und Durchhaltevermögen! Glaubs mir, ich weiß das aus Erfahrung! Da
darf ich mich dann schon lustig machen."
„Aber du musst doch lange trainiert haben. Man wird nicht eben nebenbei
mal so schnell und geschickt."
„Ach, ich weiß nicht. Woran ich gerade denken muss, ist etwas, das
mir mit 18, 19 in einem Famila zum ersten Mal passiert ist. Ich suche in
einem Regal voller Gemüse- und Obstgläsern nach irgendetwas und
plötzlich fällt aus dem obersten Regalfach ein großes Glas Kirschen
zu Boden. Ich strecke einfach die Hand aus und fange es auf. Zack.
Fertig. Da stand ich dann dumm rum und wunderte mich über mich
selber. Aber jetzt kommts: Das ist mir in den letzten Jahren in DREI
anderen Supermärkten so oder ähnlich nochmal passiert. Zuhause
das Gleiche, ich bussle am Herd herum, draußen fährt ein Traktor vorbei, es fällt aus dem Gewürzregal neben dem Herd ein Glas Pfeffer.
Ich fange es auf. Im Gartenhaus, eine Dose Lackspray ... Meine Reflexe waren also immer schon ganz in Ordnung, aber ich habe auch
ein Ferienjahr mit dem Training verbracht. Eddy und ich, wir haben
fast nichts anderes getan, als uns rumzuprügeln, sozusagen."
„Künstler, Kunstlehrer, Unternehmer, Ferienjahr ... wie alt bist du eigentlich?"
Damn! Um Doc Emmet Brown zu zitieren.
Damn! Damn! Damn!
„Karin, ich will dich nicht anlügen, was ich bisher gesagt habe, stimmt
schon. Aber um den größeren Zusammenhang zu erklären ..." Ich
wusste nicht weiter.
Ich nahm eine enge Kurve und am Horizont tauchte die Mondsichel

am hellen Tageshimmel auf.

„Schau, der Mond!"

„Nicht ablenken!"

„Von wegen ablenken. Vertraust du mir? Ein Kerl, der Walsocken trägt, kann nicht ganz schlecht sein, oder?"

„Hmhm."

„Was ich jetzt tun möchte, ist, zum Mond raufdüsen und mit dir dort picknicken." Ich meinte mit „dort" die Wiese im Zentrum meiner Mond-Wohnung.

Sie lächelte.

„Lust auf ein Abenteuer, Lust mal was Neues zu sehen?"

„Nicht, wenn man sich dafür ausziehen muss!"

„Nein, so ein Abenteuer meine ich nicht. Das würde ich erst am zweiten Tag einer Bekanntschaft vorschlagen."

Sie lachte.

„Also, halt dich fest! Es geht los!"

Es war niemand vor oder hinter uns. „T5: Stealthmodus!" Und ich zog den Wagen nach oben, gab Gas, die Landschaft fiel unter uns weg und sommerliches Himmelsblau füllte die Windschutzscheibe.

„Ahhhhhh!", schrie sie. „Hilfeeeee! Was ist das denn! Scheißeeee!"

Sie quiekte und kreischte wie ein Teenager in der Achterbahn. Dabei merkte man die Beschleunigungskräfte ja gar nicht unvermindert, sondern nur gerade so, dass eine Idee der Bewegung vermittelt wurde. Die volle Beschleunigung wäre lästig für den Körper und das völlige Fehlen der Kräfte ließ mein Innenohr spinnen und ich musste kotzen. Daher der Kompromiss.

Aber ich hatte wohl was falsch gemacht.

„Also, entschuldige ... ich hätte wohl erklären ..."

„Scheißeeehehe!", wimmerte sie.

„Karin, es ist alles in Ordnung, schau, ich ... wir drehen um, wir sind gleich wieder unten."

„Nix ist in Ordnung, ich hab mich nassgemacht, du Arschloch!"

Bis ich begriff, was sie mit „nassgemacht" meinte, schimpfte sie weiter: „Oh Gott, was ist das denn für ne Vorführung. Sag nicht, das ist echt!"

Ich hatte den Wagen vorsichtig nach unten ausgerichtet und man konnte voraus wieder Landschaft sehen. Unter uns das Werratal, weit weg Eisenach.

Sie würgte.

„Ja, das ging mir anfangs auch so. Klar ist das echt. Pass auf, ich sehe zu, dass du ein vernünftiges Bad benutzen kannst, hier an Bord ist auch eins, aber das ist mini. Und deine Hose wird in fünf Minuten gewaschen, dann ist sie wie neu, und ich bringe dich zurück. In gut 20 Minuten bist du wieder zuhause und alles ist wie vorher. Ich entschuldige mich auch in aller Form, das war blöd, manchmal denke ich einfach nicht nach! Ich machs auch wieder gut."

„Die Hose KANN MAN NICHT in fünf Minuten waschen, die ist handgemalt, das ÜBERLEBT die nicht!", brüllte sie mich an.

„Da, wo wir hinfliegen, kann man!", versicherte ich ihr. „T5, Vollgas, so schnell wie möglich Rendezvous mit Darling, egal wie viel Sprit wir brauchen!

Darling? Wir haben ein Problem!

Sind gleich bei dir. Ich hoffe auf deine Hilfe!"

Das Himmelsblau wich schlagartig dem Schwarz des Alls, wir mussten schon recht schnell sein. Ich warf einen Blick auf den Tacho, die blauen Balken strebten der 100.000 km/h Marke zu.

„Weiß Bescheid!", meldete sich Darling und ihr Gesicht lächelte einen Moment lang vor der Windschutzscheibe.

„Wer war das denn?"

„Darling, eine alte Freundin."

„Ach, du hast eine Freundin!"

„Ja, Menschenskind, hast du keine Freunde?"

„Wieso, ich meine, wo ...", sie starrte auf die dunkle Frontscheibe, sie sah nach links, wo durch das Glas gedämpft wie eine untergehende Abendsonne der Sonnenball über der Erde stand, sie sah nach rechts aus ihrem Fenster.

„Bevor du dich nochmal nassmachst, wir haben hinten eine Toilette."

Die kleinen blauen Balken des Tachos sanken auch schon wieder, der T5 arbeitete nun mit Gegenschub.

„Wir sind bald da."

„Wo?"

„T5, zeig Darlings Schiff!"

„Oh Gott, das ist ... du bist ... DU bist ...?"

„Hmm, ja, der nette Kerl aus dem Weltall, der Typ mit dem Raumschiff, der Han Solo für Arme, der Westentaschen-Perry Rhodan! Der Mork vom Ork für Anfän- ..."

„Ach, halt die Klappe!" Sie hatte die Arme verschränkt, als sei ihr kalt. Ein schneller Blick zu mir, dann schaute sie wieder geradeaus. „Ich meine, entschuldige, aber das ist alles etwas viel ..."

„... auf einmal. Ja, das hätte mir klar sein sollen. Wenn ich eine wirklich attraktive Frau sehe, kann ich nicht mehr so richtig geradeaus denken, ist nun mal so."

„Glaube ich dir sogar."

„Tja, tut mir leid, und jetzt hören wir auf, uns gegenseitig zu entschuldigen. Wie wärs mit ´nem wirklich guten Cognac, also ich könnte einen gebrauchen."
Ich nahm eine kleine Flasche aus dem Handschuhfach und öffnete sie, nahm einen kräftigen Schluck und reichte sie rüber, aber sie lehnte ab. Dafür bediente ich mich nochmal.
Voraus tauchte als silbriger Punkt Darling auf. Und wurde rapide größer und immer größer ...
Wortlos griff Karin nach der Flasche, die ich gerade zugekorkt hatte.

Das Hangartor öffnete sich, wir schwebten hinein und ich dachte nicht zum ersten Mal, dass da irgendwie was fehlte. Es war so gar nicht das majestätische Feeling, das man etwa aus Star Wars kannte.

Gut, eine so richtig pompöse Musik fehlte, um das Ganze stilvoll zu untermalen. Hm, wie wärs mit „Fred vom Jupiter"?
In völliger Stille setzten wir auf und rollten weiter, an den Transportern und dem Xenia vorbei in eine kleinere Schleuse, damit nicht der ganze Hangar mit Luft gefüllt werden musste.
„Atemluft vorhanden, Druck 1Bar, Gravitation 1G, Türen öffnen jetzt möglich", ratterte der T5 herunter.
„Danke. Türen öffnen!"
Wir stiegen aus und Darling kam lächelnd in den garagenähnlichen Raum. Sie nahm Karin sofort in den Arm und meinte: „Männer sind Idioten! Komm mit!" Sie bugsierte Karin auf eine Transportplattform, schwebte mit ihr Richtung Antigravschacht und verschwand.
Und ich stand immer noch da rum. War da noch Cognac in der Flasche? Ich stieg wieder in den Wagen.

57

Es wurde nichts draus, hat halt nicht sollen sein! Ich nehme es mal lieber hier vorweg.

Weil ich dachte, dass Karin wirklich gleich wiederkommen würde, bleib ich im VW sitzen, ich genoss den beerigen, weinigen Charakter dieses Tropfens und die karamelligen Holznoten im Hintergrund und die beruhigende Schärfe des Alkohols gemildert durch Zucker und den runden Geschmack. Mein Magen rumorte: Ich brauchte eigentlich etwas Handfestes zu mampfen! Ein leises metallisches Geräusch

ertönte, ich stutzte. „Ach, T5, du tankst auch auf?“
„Richtig, Herr Jaeger! Dauer, etwa zehn Minuten!“
„Na klasse!“ Ich hob die Flasche und toastete dem Wagen zu, der sicher nicht verstand, was ich meinte. Ich verstand es selber nicht richtig.

Ich merkte erst, dass einige Zeit vergangen war, als ich die Flasche geleert hatte.
Was tun? Ich wollte nicht in meine Gemächer platzen und Karin überraschen, wie sie die vielfältigen Freuden meines neuen Bades auskostete mit all den Spielereien: Kreiseldusche und Impulsdusche von wechselnden Seiten (beide mit ausgeklügelten Lichtspielen), Regendusche und Nebeldusche (beide mit mehreren Regenbögen), Wasserfall, automatischer Haarwäscher (das Shampoo hat die Haut meiner Finger immer so wahnsinnig ausgetrocknet, deswegen ...), warme Sanddusche. Oder sie stand vor dem von innen her leuchtenden Opalglasregal mit seinen 60 Fächern für Duschgels, Seifen, Duftwässerchen.
Vielleicht saß oder lag sie auch in der Bodenwanne, die mit einem entfernt lederartigen Kunststoff ausgekleidet war. Das weiche Zeug verhinderte jegliches Ausrutschen und ließ einen bequemer sitzen als in harten emaillierten Metallwannen. Wahrscheinlich konnte sie sich daraus nicht mehr aufraffen. Vielleicht hatte Darling ihr einen leckeren Cocktail gebracht. Vielleicht sollte ich mal schauen, was es zu schauen gab und ... hm. Benimm dich!
„Darling, wo seid ihr, Mayday, sterbe an Langeweile.“

Ich fand sie dann in Darlings Suite. Sie saßen vor einigen Projektionen von Kleidungstücken, Hosen, Jacken, Kombinationen und so etwas, das wie ein Brautkleid aussah, wenn man Brautkleider aus Wellpappe machte.
„Darling hat mir die Stoffe gezeigt, die ihr entwickelt habt, das ist ja genial! Darling überlässt mir einige Muster zum Experimentieren und wir wollen demnächst ein paar Entwürfe aus meiner alten Kollektion überarbeiten. Falls das was wird, würde Darling mir helfen, eine ganz neue Produktreihe und sogar die dazugehörigen Maschinen aufzubauen. Die würde ich in natürlich in Deutschland betreiben und nur Leute einsetzen, die woanders keinen Job bekommen.“
„Und was sagt Herr Grump dazu?“
„Haha!“
„Die Rechte an den Stoffen habe eigentlich ich“, sagte ich.
Darling schüttelte unmerklich den Kopf.
„Ach, gibts da ein Problem?“
„Oh Schitt, ich weiß auch nicht, warum ich das gesagt habe. Schau

mal, als du nach der Schlägerei gesagt hast, du kündigst oder du hast gekündigt, da ist ein Stück von meinem Herzen abgebrochen und zu dir rübergeflogen. Ist nun mal so, kann ich nichts dran ändern, will ich auch nicht. Deswegen kannst du alles von mir haben, was ich dir geben kann. So, jetzt weißt du Bescheid."

„Du kannst mich aber nicht kaufen!", sagte sie eher besorgt als aggressiv.

„Ich weiß!", nickte ich. „Bin ja n großer Schnellmerker!" Und weil ich auch wusste, dass mir nun nichts mehr einfallen würde, ging ich raus.

Darling und Karin steigen erst in den T5, als ich eine weitere 0,35er Flasche Schnaps, zur Abwechslung Calvados, vernichtet hatte. Dazu hatte ich den goldfarbenen Tropfen in ein Reservoir meines Anzugs getankt, dem T5 gesagt, er solle mich alarmieren, falls er die Damen sichtete, und das große Hangartor öffnen lassen. Unter Nutzung der Adhäsionsfunktion der Sohlen war ich auf Darlings Oberfläche herumspaziert, bis ich mich oben hinsetzte, um zur Erde hinüberzustarren, die, etwa apfelgroß, in wunderbaren Farben schimmerte. DAS war mal etwas, das mittelalterliche Maler wie de Heem mit ihrer superrealistischen Maltechnik und den wie Glas durchscheinenden Öl- und Harzschichten und den diffizilen Ei-Tempera Lasur-Untermalungen hätten darstellen können.

Ozeane, aus sich heraus blau leuchtend, in heraldischer Kombination mit goldenen Wüsten. Dazu weiße Wolkenschleier, mutwillig von dieser verspielten Braut übers Gesicht gezogen.

Mars und Venus, ha! Die kalte, luftlose Sandkugel und der überheizte Backofen mit dem Atmosphärendruck eines tiefen Ozeans!

Es kann nur eine Göttin geben! O Terra!

Der de Heem ließ mich nicht los. Zu gerne hätte ich mal gesehen, wie so ein Magier des Farbmaterials unter den Umständen des 17. Jahrhunderts solche Werke zustande brachte. Und sofort dachte ich an die Zeitmaschine und dass ich, wenn ich wollte, tatsächlich ein paar Jahrhunderte in der Zeit zurückreisen konnte. Der fortschrittliche Schutz, den mir Schiff und Anzug verliehen, war für Gefahren des Barock unüberwindlich. Selbst wenn ich auf Pest, Cholera und ähnlich Delikates treffen würde, war ich durch die Nanobots wohl ganz gut geschützt. Musste ich Eddy doch mal fragen ...

Jedenfalls konnte mir all das nicht passieren, was Zeitreisegeschichten oft so lustig oder spannend machte oder tragisch enden ließ. Sogar das Sprachproblem wurde sicher durch den Anzugcomputer oder Darling gelöst.
Und ich war in der Lage, ICH war in der LAGE, meine Neugier zu befriedigen, wie die denn früher gelebt hatten. In gewisser Weise war mir das nämlich ein Rätsel.

Einerseits dachte ich mir, nach dem, was ich über Menschen wusste, dass der moderne Mensch, homo bürokratikus, überall gleich ist, war und immer gewesen ist und sein wird.

Nämlich in einer Bürokratie großgeworden und für dieselbe lebend.

Denn überall dort, wo in all den letzten Jahrtausenden größere Menschenmengen auf einem Haufen gelebt hatten, musste es eine Hochkultur gegeben hatte, z.B. im Zweistromland in Uruk unter Gilgamesch. Ohne regelnde Kräfte, Recht, Polizei, freiwillige Feuerwehr, ohne Ämter, die über Straßenbau, Verkehr, Handwerk, Tempelprostituierte und Gemüsebauern wachten, ohne eine Münze, Wissenschaft, Schulen, Lehrer und Kioskbetreiber wäre in solch einer Stadt, mit damals schon 50.000 Menschen, das Chaos ausgebrochen bzw. hätte diese Stadt mit ihren imposanten Bauten, Zikkurraten, Tempeln und der gewaltigen neun Meter hohen und breiten Stadtmauer, übrigens eine Erfindung von Gilgamesch, Mensch und Gott, gar nicht entstehen können!

Also mussten die Menschen in den zurückliegenden Jahrtausenden der „Moderne", der Arbeitsteilung, der Verwaltung, des Schreibens, Rechnens, Handelns und Betrügens mit Geld, Muscheln, Salz immer die gleichen Erfahrungen gemacht haben. Es gab halt ein Bürgertum und es gab Aufstiegschancen: Vom Lehrer zum Schulleiter, vom Angestellten zum Händler, vom Gesellen zum Handwerksmeister, vom Verwalter zum Grundbesitzer, vom Sekretär zum Amtsvorsteher, vom Schreiber zum Ersten Schreiber. Alle wollen ihre Position halten oder aufsteigen.
Dazu braucht es Tugenden wie Gehorsam, Ordnung, Genauigkeit, Pflichterfüllung, Kriecherei. Wenn man über so etwas in ausreichendem Maße verfügt, kann man KZs bauen. Wir Deutschen sind groß darin, das Falsche gründlich zu tun.

Aber es braucht eben auch Eigeninitiative, Fantasie, Erfindergeist,

Intelligenz, diplomatisches Geschick und immer noch eine ausreichende Portion Skrupellosigkeit, wenn man wirklich einen Schritt weiter nach oben kommen wollte.

Deswegen sind so viele Sätze über die Jahrtausende immer wieder so gesagt worden:

Stellen Sie die Mietskaserne auf dem Palatin vor dem Winter fertig, dann werden Sie befördert. Wie? Das ist Ihr Problem!

Sehen Sie mal dieses Keilschrifttäfelchen! Wann lernt ihr Sohn endlich richtig schreiben?

Wenn du nochmal vom Stuhl fällst ...

Kann ich ein Kupferstück haben? Der Pastetenmann ist da!

Ja, das Fleisch ist WIRKLICH ganz frisch!

Der Bericht muss morgen fertig sein! Dann machen Sie eben Überstunden!

Nein, Sie können Ihren Eselskarren hier nicht parken!

Was wir hier machen? Sehen Sie doch! Wir sperren die Straße, Bauarbeiten! Ach, beschweren Sie sich doch bei Gilgamesch!

Auch wenn ich überzeugt war, dass es so und nicht anders zugegangen ist, fragte ich mich, wie die Luft in diesen Städten gewesen ist, wie umgänglich die Einwohner, und wie die Menschen empfunden hatten: Also wie obrigkeitsgläubig sie gewesen sind, wie eigensinnig oder unterwürfig, lenkbar, naiv, wie einfach abzuspeisen mit ein paar Spielen in einer Arena, mit einem Prunkumzug des Gott-Königs auf der Hauptstraße.

Und hat sich dann wirklich nach 5000 Jahren qualitativ was geändert, wenn man an Karnevalsumzüge denkt oder an Fußball, Wetten Dass oder den Bundestag?

Ich rechnete mir aus, dass es ja nur 200 Generationen waren seit damals! Und da wunderte ich mich doch im Grunde, dass niemand

sagte, er vermisse das große, saftige Mammutsteak!
Und hatte Urururgroßvater nicht berichtet, der Urlaub in Ur sei immer
so urig gewesen.
Als ich begann, über die Abstammung des Wortes Urlaub nachzudenken, meldete sich der T5!

58

Darling flog mit hinunter, was mich etwas verstimmte. Ein paar Minuten allein mit Karin wären mir schon recht gewesen.

Es gab auch praktisch nichts zu sagen. Darling hatte ihr eine winzige
Uhr an einer Halskette geschenkt, mit der Karin Kontakt aufnehmen
konnte, wenn sie mit Darling über ihr Projekt reden wollte.
Als ich vorsichtig etwas davon erwähnte, dass sie natürlich nichts
darüber irgendjemandem erzählen konnte, ohne dass es mein In-
kognito auf der Erde zerstören würde, meinte sie, Darling hätte ihr
das schon erklärt. Und sie freue sich doll auf die Zusammenarbeit
mit Darling und müsse ja „komplett bekloppt" sein, um sich das zu
verdaddeln!
„Gut, mich stört noch, dass du jetzt erst einmal arbeitslos bist. Ich fin-
de, das ist keine gute Grundlage für eine Beziehung."
„Was für eine Beziehung?"
Ich räusperte mich. „Und deswegen bekommst du, wenn du mir deine
Kontonummer verrätst, 2000 Euro Gehalt pro Monat."
„Du versuchst schon wieder mich zu kaufen!"
„Du bist wegen mir arbeitslos."
„Ich hätte sowieso gekündigt, der Fritsch ist ein Po- und Busengrap-
scher."
„Immerhin."
„Was immerhin?"
„Ein Punkt, in dem ich den Kerl verstehen kann."
Darling lachte, aber Karin funkelte mich wütend an, wie ich aus dem
Augenwinkel bemerkte. Ich schoss ein unschuldiges Grinsen hinüber.
„Ist der immer so?", fragte Karin Darling.
„Nee, meistens schlimmer!"
Beide lachten, na gut. Aber als ich sie absetzte, hatte ich keine Mög-
lichkeit gefunden, sie um eine zweite Chance zu bitten oder zu ei-
nem Abendessen in einem Lokal ihrer Wahl einzuladen. So, wie Karin

drauf war, hielt ich lieber den Mund.

Zu meinem Erstaunen stieg Darling auch aus, sie wollte sich die Modelle anschauen, die Karin noch zuhause im Schrank hatte. Ich ließ ihr den T5 da und flog mit dem Anzug zum Erlenhof, wo Eddy mich damit überfiel, dass wir gute Presse hatten. Eine Fachzeitschrift hatte unsere neuesten Erfindungen gewürdigt und die möglichen Verwendungszwecke aufgelistet. Im Internet wurden wir nun in Foren diskutiert und zwei Finanzberater und unsere Bank hatten angerufen, um uns dazu zu bringen, eine Aktiengesellschaft zu werden, denn da könne man mit unserem Potential das große Geld machen.

Dann brauchten wir noch einen Anbau und einige neue Geräte, da die Arbeiten spezieller und aufwendiger wurden. Eddys Erklärungsversuche würgte ich nach zwei Sätzen ab: „Mensch, Eddy, lass gut sein, ich komm mir vor wie'n Sonderschüler. Chemie ist nicht mein Ding, vielleicht machen wir mal einen Grundkurs, das wäre hilfreich! Aber wieso einen Anbau, das hätten ... nein, ist klar, wir wissen erst jetzt, wie viel Platz wir benötigen. Gute Arbeit!"
Eddy grinste. Ich grinste zurück, aber es war eine hohle Grimasse. Ich konnte mit einem Schuss ganze Städte von der Erde wischen, konnte unsichtbar durch Einkaufszonen wandern, notfalls im Alleingang die Krim zurückerobern (was ich aber für unangebracht hielt). Ich konnte zu den Sternen reisen, auf dem Mond wohnen, im Asteroidengürtel bildhauern, auf Phobos zwischenlanden und picknicken und abends mein Haupt an irgendeinem Strand unter einem Himmel meiner Wahl betten. Aber eines konnte ich nicht: Mit der Frau, die ich so attraktiv fand, flirten.

„Sag mal", fragte ich Eddy, „was hältst du von der Idee, Quittenbrandy herzustellen. Quittenlikör und Quittenbrand vermischt. Der Brand kommt vorher in alte Cognacfässer und wird später mit Quittenlikör verschnitten. Soweit die gängige Praxis. Wir könnten doch das Ganze im Synteezer zubereiten und dabei noch den Fruchtgeschmack künstlich etwas anreichern, ohne dass durch Aufkochen oder Filtern etwas davon verloren geht." Ich hatte mal mit diversen Bränden und Likören herumgepanscht, aber selten überzeugende Resultate erhalten. Jetzt wollte ich das absolute Optimum. Neben Quitte hatte ich Erdbeere und Schlehe im Auge und Experimente mit diversen Cognacs, Rumsorten und Whiskys, die auf Wal- und Haselnüssen oder Mandeln lagern sollten.
„Klar wa! Kannste machen. Ick würd ja vorschlagn, du nimms den

Synteezer und den Computer aufm Mond, dann musste Darling nich fragn."
Ach so, ja, und ich hatte gedacht, Eddy würde das mal eben erledigen. Nun gut, war vielleicht ein Grund, zum Mond hinaufzujuckeln und endlich die Wohnung zu besichtigen.

Mein Magen knurrte. Hatte ich seit heute Morgen nichts mehr gegessen? Mit ein paar Pommes, Zaziki, Krautsalat setzte ich mich vor den Fernseher – nur um zu sehen, dass es wieder mal ein Grubenunglück in China gegeben hatte. 80 Bergleute verschüttet, für die meisten kaum eine Chance, da es Wochen dauern würde, sie zu erreichen. Im Laufschritt raus, gleichzeitig versuchte ich die restlichen Pommes in mich reinzuschaufeln. Im T5 rauf zu Darling und als wir in China anlangten, scannte Darling im Stealthmodus den Bereich rund um das Bergwerk. Vierzehn Minuten nachdem ich den Fernseher angeschaltet hatte, senkte Darling sich sichtbar auf die kahlen Hügel westlich des Bergwerks hinab, verscheuchte ein paar Schafe und setzte sich sanft aber bestimmt in eine halbwegs passende Mulde. In einer kleinen Schleuse ganz unten begann ein Grabroboter zu arbeiten und aus einer Öffnung in 100 Meter Höhe strömte der Staub des abgebauten Erdreichs und füllte die östliche Nachbarsenke.
Draußen sammelten sich Chinesen, schrien, lachten, weinten, beteten. Darling fragte, ob ich wissen wollte, was sie sagten.
„Nee!", sagte ich bestimmt. „Ich muss ja schon heulen, wenn ich die da draußen weinen seh!"
Ob ich denn wissen wollte, was die chinesische Regierung verkündete.
Nein, meinte ich, das sei ja immer zum Heulen! Es sei oft gut, auf bestimmte Informationen zu verzichten. Und überhaupt: Keine Information ist immer besser als Desinformation. Das hatte ich schon meiner ersten Schulklasse beigebracht, die mir Jahre später sagte, ich hätte ja doch wohl in Vielem Recht gehabt ... Kein Wunder, hab ich doch zum Beispiel im Jahr 1984 das Buch 1984 mit ihnen duchgeackert! Mit meinen Schülern heute geht das gar nicht mehr. Ach so, ich hab ja gar keine Schüler mehr.

85 Minuten später kamen immer drei Bergleute auf einer Transportplattform herauf und stolperten aus einer ebenerdigen Schleuse auf der westlichen Seite ins Tageslicht. Die Begrüßungsszenen konnte ich mir nicht ansehen. Ich ging mal nachschauen, wie es um meinen Whiskyvorrat stand.

Gut sechs Stunden nachdem ich den Fernseher eingeschaltet hatte, war ich wieder auf dem Erlenhof. Die meisten Bergleute waren ganz fit gewesen und schnell wieder oben, aber die Bergung der halb oder ganz verschütteten dauerte auch mit Darlings Mitteln. Ich hatte den Anzug angezogen und war auch eingefahren, fluchend zwar, aber Darling hatte gemeint, ich könne viel effektiver als von ihr gesteuerte Roboter arbeiten. Naja, und ich wollte ja wieder nach Hause. So buddelte ich mich durch Gestein und Geröll, teilweise den Graber nutzend, teilweise Felsbrocken von Tonnenschwere durch die Gegend werfend und unglaublich beglückt, wenn ich einen Bergmann ausgrub, der noch atmete. Acht Männer fand ich lebend, drei hässlich zerquetscht und dann sagte Darling, sie empfinge keine Lebenszeichen mehr.
„Nein komm, das kann doch nicht sein!"
„Tut mir leid, von 80 haben wir immerhin 71 gerettet!"
„Fuck!", brüllte ich und schlug mit der Faust an die Wand, so dass Steinsplitter durch die Gegend zischten.
„Jetzt nicht!", sagte Darling. „Renn! Der Stollen bricht ein!"
Aber ich sah es schon selber, die Decke kam herunter. Ich warf mich auf den Grabroboter und war Sekunden später selber der Verschüttete. Trotz Anzug konnte ich mich nicht bewegen. Genau die Situation, die ich immer panisch gefürchtet hatte.
Fluchend versuchte ich den Graber dazu zu bringen, sich nach unten zu graben.
„Er arbeitet doch schon!", sagte Darling über Funk zu mir. Ja, wenn ich mich drauf konzentrierte, spürte ich, wie sich der Graber unter mir bewegte. Und zwar langsam, weil er Schwierigkeiten hatte, den Staub in die verbliebenen Hohlräume zu pressen.
Ich atmete auf. „Danke Darling!"
Der Graber schuf einen neuen Tunnel, was mir viel zu lange dauerte. Ich dirigierte ihn in einem Bogen zurück zu einem Stück Stollen, das noch intakt war und schoss wie ein Irrer mit Höchstgeschwindigkeit den Schacht hinauf. Der Anzug sagte: „Notbremsung!", und lieferte mich in der Schleuse ab, wo ein kleiner Robot – Darling war wohl noch bei Karin – mir das Glas Whisky reichte, das ich nicht geleert hatte. Ich nahm es mit zitternden Händen entgegen, nachdem der Anzug mich freigegeben hatte.
„Bergbau", sagte ich, „is nix für mich!"

59

Auf dem Erlenhof hatte ich mich wieder beruhigt, diktierte sogar später noch Eddy einen Musterbrief für die Finanzheinis, denn Aktien wollte ich bestimmt nicht auswerfen, und telefonierte mit „unserem" Bauunternehmer, der auch die Mauer und die Tordurchfahrt realisiert hatte.

So, was nun? Ich wollte bestimmt nicht hier sitzen bleiben. Ich beorderte den Xenia aus dem Schiff zu mir herunter und flog zum Mond. Wie beim ersten Mal setzte der Xenia auf der gefakten Straße auf und ich begriff dieses Mal, wie sinnig Darling das geplant hatte. Dadurch, dass die Wohnung oben am Nordpol des Mondes lag, brauchte der Wagen keine Drehung, keine Lageveränderung durchzuführen. Er setzte auf, rollte ein Stück und hielt vor dem „Garagentor". Im Rückspiegel die Erde! Steht man mitten auf der Mondscheibe, muss man in den schwarzen Himmel hochglotzen, um die Erde zu sehen. Klar, oder?
Die Panoramascheibe im Kraterwall war großzügig umrandet von Jugendstilmustern. Die Verzierungen sahen nach massiver Bronze in verschiedenen Patinierungs-Stadien aus, waren aber aus dem fast unzerstörbaren Xozorrudhu-Metall. Später erst bemerkte ich, dass ringsum und auf dem Dach der Wohnung eine Art Skulpturengarten stand. Eindrucksvolle Pokale mit metallenen Salatschüsseln darauf, Säulen wie Elefantenbeine, verzweigte komplexe Gebilde, blühenden Magnolienbäumen ähnlich – man konnte den Kram für Kunstwerke halten. Es waren aber Sensoren, Antennen, Teleskope und Abwehrwaffen. Kein Meteörchen entging den Geräten. Alles, was den Komplex treffen konnte, wurde weggelasert. Tja, da konnte so mancher amerikanische Politiker feuchte Augen kriegen.

Im verspiegelten inneren Schleusentor sah ich mich selber auf die Wand zufahren, die plötzlich zur Seite flutschte, um mich einzulassen.

Und hier ist der Punkt, wo mir die Worte fehlen. Eine Blitztour per Sonde ist eine Sache, aber zum Mond zu fliegen, aus dem Xenia auszusteigen und unter der warmen Nachmittagssonne der Provence zu stehen und das Zirpen der Grillen zu hören, eine andere.

Vor mir ein mit Wein überwachsenes Haus aus Feldsteinen, unter meinen Füßen goldenes drahtiges Gras, drei Olivenbäume neben dem

schiefen Schuppen mit den blau lackierten Flügeltüren und dahinter ...
dahinter der Ausblick auf eine Art Talkessel, den Darling Wohnung zu
nennen geruht!

Vögel sausten herum, pickten hier und dort, zwitscherten, flogen Runden über dem mehrere Fußballfelder großen Areal.

Und da kam das Känguru.

Zwischen Haus und Schuppen, letzterer üppig mit weißen Hortensien
überwuchert, hüpfte ein kleines Buschkänguru heran, direkt vor mir
blieb es stehen und sah mit schiefgelegtem Kopf an mir hoch.
„Na, Skippy, du auch hier!" Den Kopf mit dem drahtigen Fell strei-
chelnd dachte ich: „Wer füttert die denn alle. Automaten wahrscheinlich. Die machen wohl auch den Dreck weg!"
Es roch ja nicht nach Tieren, es duftete nach Lavendel. Gewiss lag
hier nirgendwo Tierkot herum oder verfaulende Tiernahrung!

Minuten später war ich durch das schlichte Provencehaus geschritten
und schon wieder bei der Aussicht auf das Gelände stehengeblieben.
Ich versuchte diese Aussicht mit dem in Einklang zu bringen, was die
Projektion gezeigt hatte. Unmöglich.

Von hier aus war es eher, als stünde ich über einem französischen
oder italienischen Fischerstädtchen, dessen Häuser sich in einem Talkessel an die Felsen klammern und auf ihnen in die Höhe wachsen.
Manchmal öffneten sie sich zu kleinen Plätzen oder weiten Durchgän-
gen. Unten in der Mitte der Anlage das Blau einer Wasserfläche. Davor Palmen, dahinter anscheinend eine offene Hütte mit pinkfarbiger
Bougainvilleen-Kappe. Ein paar Spatzen fegten frech um mich herum,
setzten sich für Sekunden auf die hüfthohe Sandsteinmauer vor mir
und waren schon wieder weg.

Das Känguru war längst wieder verschwunden. Ich hatte die Wahl,
eine Treppe zu benutzen, um auf den Platz eine Etage tiefer zu gelangen. Oder ich könnte durch die Tomaten- und Paprikapflanzen den
Garten hinter dem Haus hinunterwandern. Das Gelände senkte sich
leicht, ging nach 50 Metern in eine Art steiniger Landschaft über, die
mich an etwas erinnerte. Die Crau, die letzte Steinwüste Europas in
Südfrankreich, wo sie tatsächlich wohl schon unter Maisfeldern und
Mülldeponien verschwunden ist.

Rechts jenseits eines Mäuerchens leuchtendes Violett. Lavendelreihen, die sich durch ein Tal und den nächsten Hügel hinauf zu erstrecken schienen. Ich war ziemlich sicher, das meiste davon war Illusion. Der Duft war real.

Einige Schritte nach unten auf einer unregelmäßigen Treppe aus grobem, gelbem Sandstein. In den Ritzen der linken Wand wuchs ein spidderiges fiedrigeres Kraut und als ich mit dem Arm daran herstreifte, hing der Duft von Cola in der Luft. Die rechte Wand war bedeckt mit Erdbeerpflanzen. Die roten pflaumengroßen Edbeeren schmeckten unwahrscheinlich gut! Besser als aus meinen Kindheitserinnerungen!

Unter Arkaden trat ich heraus, 30 Meter nach links und rechts erstreckten sich weitere Durchgänge und beherbergten kleine Läden, wie die niedliche Pizzeria, aus der es herrlich nach Tomate, Käse und Oregano duftete und die exklusive Boutique, vor der ich stand. Ich fasste nach dem Stoff eines blaugrünen Kleides mit sienafarbenen Streifen und meine Hand glitt hindurch. Ich fluchte. Später erklärte Darling, dass natürlich noch nicht alles fertig war, konnte es ja nicht sein. Also fungierte eine Projektion als Platzhalter.

Vor den Arkaden ein kleiner Marktplatz mit einem runden Brunnen aus scheinbar sehr altem Gestein und einer Wasser spendenden Nymphe von gut einem Meter Höhe. Hier roch es frisch nach … Frigeo Brause. Ich schöpfte mit einer Hand Wasser. Aber das war es nicht. Wo kam dieser unverkennbare Geruch her? Man bekam richtig Lust auf so ein prickeliges billiges Kindergetränk. Ich musste lachen, jetzt erst sah ich, dass nicht eine Nymphe das Wasser aus einer Amphore goss, es war Verleihnix aus den Asterix-Comics: Albern elegant hielt er einen Fisch hoch, aus dessen Maul der Wasserstrahl austrat. Genial.

Ein bunter Vogel segelte über mir dahin und verschwand in einem weiteren Durchgang unter den Arkaden. Ich ging hinterher, ein Bogengang öffnete sich auf eine Weide, weiter weg Pferde unter hohen Pappeln! Dahinter die endlosen Weiten Norddeutschlands. Illusion, klar. Ich machte ein paar Schritte auf dem weichen Gras. Jetzt musste ich etwa unter dem Provencehaus stehen. Noch ein paar Schritte. Die Pferde hoben die Köpfe, kamen im Schritttempo näher. Noch waren sie gut 300 Meter weit weg. Wenn das alles dazugehörte, Good Gracious … wie groß mochte die ganze Anlage sein?

Zurück zum Xenia, rechts dahinter lag das Panoramafenster und auf dem Tisch davor sollte ich meinen privaten Supercomputer finden.

Am Xenia kam mir wieder Skippy entgegen und da machte es Klick bei mir.

Pferde? Pferderoboter waren doch ein Tick von Darling, ich hatte mich nie nach nem Hottemax gesehnt. Und schon gar nicht danach gefragt. Aber Darling und Eddy hatten darauf bestanden mir Reiten beizubringen. Na gut, als jemand, der allround gebildet sein wollte, ließ ich mir auch das mal gefallen, obwohl ich ja erklärtermaßen Angst vor allen Tieren habe, die größere Zähne als ich besitzen.

Jedenfalls erinnerte ich mich nun an die Pferderoboter, die Darling vorgeschlagen hatte. Ich schnappte mir Skippy, betastete das vermeintliche oder mutmaßliche Tier und kam mir vor wie „John R. Isidore", der genauso wenig wie ich wusste, wie er ein Robottier von einem echten unterscheiden sollte, ohne es auseinanderzunehmen. Es war die Heisenbergsche Unschärferelation auf eine komplexere Ebene angewandt: Das Öffnen des Batteriefachs oder des Kontrollpanels, womit die Untersuchung des Roboters nur beginnen würde, wäre für das echte Tier tödlich.

Schrödingers Känguru!

Ich ließ Skippy laufen und trat durch die automatische Glastür in den Bungalow. Auf dem Glastisch neben der Liege fand ich tatsächlich meinen Computer, aber etwas anderes fiel mir nun auf: Ich schaute zur Erde hinüber, die groß wie ein Apfel zu mir hereinleuchtete. Mein Gott, ich war auf dem Mond!
„Scheiße", sagte ich, „hier herrscht ja Erdschwerkraft!"
„Genau, Herr Jaeger!", meldete sich mein Computer, eine Art Halbkugel, die gut in eine Hand passte. Auf einem Viertel war sie so eingedellt, dass man den Daumen dort ablegen konnte. Ein Handschmeichler.
„Das dient dazu, die Probleme der Atrophierung der Muskeln und besonders des mangelnden Trainings des Herzens zu vermeiden. Natürlich kann ich für Sie die Schwerkraft so einstellen, wie Sie es gerne hätten!"
„Alles klar! Dann halt mal fest, dass wir nachts auf jeden Fall der größeren Erholsamkeit wegen die künstliche Schwerkraft runterregeln und nur Mondschwerkraft nutzen!"

„Gut, Herr Jaeger!"

Ich ließ mir die Fortschritte im Komplex auf der Mondrückseite zeigen. Erst vor ein paar Tagen hatte die Produktion der Satelliten begonnen, da Darling die Kapazitäten genutzt hatte, um diese Mondbasis zu schaffen. Ein paar Hundert der zusammengefalteten Schirme waren aus dem Schacht durch Gravitationsfelder ins All geschossen worden, so dass sie Fluchtgeschwindigkeit erreicht hatten. Und nun bewegten sie sich langsam als eine unüberschaubare Girlande von etwas, das wie ein kilometergroßes zusammengefaltetes Riesenblattgemüse wirkte, auf die Erde zu.

Die ersten hatten leider ihr Ziel noch nicht erreicht. Schade, das war das, was ich eigentlich sehen wollte: Wie die Dinger sich langsam und majestätisch entfalteten, um dem Planeten eine Atempause zu geben.

„Herr Jaeger! Bedenken Sie auch, dass nach dem Bremsmanöver der Satelliten in der Erdumlaufbahn deren Wasservorrat zu Ende geht, so dass sie aufgetankt werden müssen. Sie wissen vielleicht, dass Wasser die Reaktionsmasse der Triebwerke darstellt!"

„Ich bin ja nicht blöd!", fuhr ich den Computer an. „Äh, sorry, du hast recht, möglicherweise vergesse ich solche Details. Gut, dass du mich drauf hinweist." Tatsächlich musste also nun ein Tankschiff geplant werden, das sich um die Satelliten kümmerte. Und das musste ich mit der Kugel zusammen fertigbringen. Wie sollte ich das Ding nennen, das klugscheißerische …

„Herr K. heißt du ab sofort. Pass auf, Herr K. …"

Nach ein paar Minuten waren die notwendigen Parameter festgelegt und Herr K. nutzte drei der Synteezer, um Teile für den Transporter zu fertigen, der 50 Tonnen Wasser täglich an die Satelliten verteilen konnte. Tankschiff 1 erhielt ein besonders starkes Schutzschild, exzellente Beobachtungsinstrumente sowie zwei Geschütztürme mit Laser und Raketenwerfern, die unter Radaraufbauten verborgen waren. Es ging nicht an, dass diese Technologie eventuell von irdischen Nationen gekapert wurde.

Mein Magen knurrte, ich schnappte mir Herrn K., wanderte zur Pizzeria hinunter und unterhielt mich im Gehen mit dem Computer. Ich erklärte ihm die Problematik meines Schallplattenprojekts. Antriebe mussten her, die die beiden Objekte, die Platte selber und das Cover in Position hielten und die Platte rotieren ließen. Herr K. projizierte seinen Entwurf in die Luft: Eine modifizierte große Transportkapsel, unten abgeflacht, oben mit einer Art Dorn, der genau in die Schallplattenöffnung passte, und der Kraft, 400.000 Tonnen Gestein in Bewegung

zu versetzen. Eine zweite Transportkapsel sollte ganz flach gehalten werden und hinten am Cover andocken, um es in Position zu halten.
„Wie lange wirst du für die Fertigung brauchen?" Ich betrat gerade die Pizzeria.
Herr K. sagt etwas, aber ich stand nur da und lachte.
Überraschung!
In dieser Pizzeria bediente mal kein Italiener, hier wurde der Teig von Schlumpfine durch die Luft gewirbelt. Die knallblaue Comicfigur, fast fünf Zentimeter größer als ich, strahlte so viel Präsenz, Echtheit und Lebendigkeit aus, ich war einfach geplättet. Obwohl der Kopf im Verhältnis zum Körper riesig war. Die Hände auch. Die blauen Augen – gigantisch, die gewaltige dunkle Pupille maß zwei Zentimeter im Durchmesser!
Anders als das Original war sie auch oben rum ganz gut ausgestattet. Und Blau hatte ich schon immer gemocht. Was die wohl noch konnte außer Pizza backen?
„Was hast du gesagt, Herr K.?"
„Wie viele Synteezer sollen dafür abgezogen werden?"
„Notfalls alle! Ich will dieses Projekt so schnell wie möglich abschließen!" Und endlich mal wieder was sehen, was ich selber konzipiert habe, wenn auch schon nicht mit eigenen Händen gemacht.
Schlumpfine trug einen Tisch nach draußen, denn ich wollte in der künstlichen Abendsonne sitzen.
Skippy war auch wieder da, als ich meine Quadro Stagione bekam, die prima schmeckte. Ich versuchte Skippy zu füttern, er nahm nichts.
„Die Tiere hier in der Mondbasis sind allesamt Roboter, nehme ich an?"
Herr K. der mitten auf dem Tisch lag, meinte: „Sie nehmen richtig an. Die Roboter haben diverse Aufgaben: Vorräte aufstocken, Wäsche waschen, kochen, aufräumen, Müll beseitigen, Staub wischen, Blumen bestäuben, Wiesen beweiden, trockene Blätter oder Pflanzen beseitigen, beobachten, technische Problem melden. Das Känguru mit seinem Beutel ist ein idealer Müllsammler."
„Es kann aber keine Wäsche waschen."
„Warum nicht? Aber es gibt ja nicht nur Roboter in Tierform, Schlumpfine z.B. und ..."
„Stopp! Ich will mich überraschen lassen! Was ich mich nur frage, wie kommt Darling darauf, dass ich daran so einen Spaß habe?"
„Darling hat registriert, wie viel Freude Ihnen bestimmte Comics gemacht haben."
Ja, sicher, ich hatte einige gelesen, um mir die Zeit zu vertreiben. Und

was die Schlümpfe angeht, ich hatte ihr wohl erzählt, dass die zu meinen ersten Comiceindrücken gezählt hatten.
Darling kannte mich besser als ich mich selber!
So schön das Ergebnis, so irritierend das Gefühl, derart ausspioniert zu werden. Ein Stückchen Kruste fiel mir runter, prompt kam eine Meise angehüpft und pickte den Krümel weg.

„Noch einen Chianti, Schlumpfine", rief ich und musste grinsen. Herrlich.
Abendrot am Himmel, die Sonne war weg. Die Decke konnte nur maximal 50 Meter über mir sein, der Eindruck von Weite und Tiefe verblüffte vollkommen. Ich süppelte am samtigen Chianti und schaute mich um. Dadurch, dass überall ziemlich große Bäume verteilt und oft ganze Fassaden grün überrankt waren, hätte ich in einem Talkessel im Regenwald sitzen können. Die Beatles, die in einer Art Wohnlandschaft auf der anderen Seite musizierten, konnte ich nicht ausmachen, auch hörte man keinen Gesang.
Gleich würde ich noch eine Runde gehen, oder?
Kleine Pause, nun das letzte Stück Pizza. Komisch, nicht? Das war immer das Beste!
Nein, ich ging gleich nur noch ins Bett.
„Schlumpfine, die angebrochene Flasche Wein nehme ich mit und eine Flasche Sambuca!"
Strahlend lächelnd stand sie vor mir, mit ihren Riesenscheinwerfern, dem runden, großen Kopf und der dicken Stupsnase. Sie wirkte unendlich nett und unwirklich.
„Möchten Sie eine Tüte dafür?"
„Nein danke, übrigens, was hast du denn da drunter?"
Sie hob ihr Kleid.
Es war die Variante ohne Höschen.

Drei Tage vergingen wie im Fluge.
Drei Tage lang sah ich die Erde nur vom Panoramafenster aus.
Und auch danach sollte es noch etwas dauern, bis ich wieder einen Fuß auf sie setzen würde.

Ich hatte eine Menge Spaß mit Schlumpfine, mit dem gewaltigen Atelier, das ich in einer der unteren Etagen fand, mit den leckeren exotischen Angeboten Gastons, der einen schusseligen, aber liebenswerten Straßenverkäufer mimte, und den Beatles, die nicht protestierten, wenn ich mitsang.

Ich kam auf den Geschmack von Erdbeersaft, als ich ein paar Beeren gepflückt, eingezuckert und über Nacht vergessen hatte. Plötzlich war ich überzeugt, dass dies das beste war, was ich je getrunken hatte. Hektoliterweise ließ ich Herrn K. das Zeug herstellen. Da kam kein Cognac mit!

Das vollausgestattete Atelier beschäftigte mich zwei Tage lang. Ich schweißte eine sechs Meter hohe Stahlskulptur zusammen, ein löcheriges Ding, das wie eine Blume wirkte, welche fast nur noch aus dem Versorgungsnetz der Adern und Rippen bestand, an wenigen Stellen gefüllt mit Blattmaterial.

Etwas, das mich Wochen gekostete hätte, konnte ich hier ruckzuck realisieren, da ich anscheinend jede Maschine besaß, die ich mir nur vorstellen konnte, zum Abmessen, Lasern, Sägen, Polieren, Schmieden, Biegen und natürlich Schweißen. Dazu kam noch, dass hier drei Montageroboter mit je sechs Armen rumstanden, und manchmal ließ ich mir auch noch von den Beatles beim Arrangieren und Positionieren von mehreren Elementen auf einmal helfen. Die Skulptur wurde in Leuchtfarben lackiert und neben der Einfahrt zur Mondbasis aufgestellt.

Mit den Antrieben für mein Schallplattenprojekt im Schlepptau flog ich mit dem Xenia zum Asteroidengürtel.
Als ich bei meiner „Baustelle" ankam, blinkte das Cover. Ziemlich verdutzt starrte ich durch die Frontscheibe. Ich hatte doch noch gar keine Beleuchtung eingebaut! Ringsum waren auch keine Lampen, Leuchten, Strahler zu sehen! Das Felsmaterial konnte auch nicht von sich aus strahlen. Schon gar nicht im Rhythmus. Komischer Rhythmus übrigens.
„Herr K.! Ist das ein Morsecode?" Ich legte ihn auf das Armaturenbrett und zeigte auf das Cover.
„Nein", sagte er und erklärte nach kurzer Pause, das Signal sei moduliert. Darling schickte Pakete verschlüsselter Informationen, damit die Verbindung nicht abgehört werden konnte.
Sie forderte mich zur sofortigen Rückkehr auf, Merrumeer (wer sonst?) gefährdete durch Manipulation der Sonnenstrahlung die Erde! Und zwar habe er eine Art magnetische Linse vor die Sonne gesetzt und

aktiviere damit gezielt einen gar nicht mal so großen Flare, dessen Partikel aber mit einer Geschwindigkeit von gut 2000 km pro Sekunde unterwegs seien. Bei Auftreffen auf Regionen der Erde würden enorme Schäden entstehen, Stromnetze durchbrennen, Computer wertlos werden, ganze Volkswirtschaften konnten zusammenbrechen. Die Krebsrate bei Mensch und Tier würde drastisch steigen.

Die Bordkanone des Xenia zielte, für mich natürlich unsichtbar, auf ein Stückchen Mond und laserte zurück, was wir denn tun könnten?

Antwort: „Erstens den 900 Kilometer weiten Ring angreifen und zerstören, zweitens Merrumeer finden und unschädlich machen.

Ein Angriff des Rings ist schwierig, er wird sicher gut verteidigt, deswegen sollten wir am besten mit möglichst vielen verschiedenen Raumfahrzeugen auftauchen."

„Lasereinsatz?" fragte ich lakonisch zurück.

„Negativ! Der Ring ist verspiegelt und enorm hitzebeständig."

Kein Laser, Antimaterie wäre dann sicher das Mittel der Wahl.

„Kannst du genug Antimaterie herstellen?"

„Eigentlich schon, aber zur Antimaterie gehört immer auch ein magnetischer Behälter, alles zusammen ist zu aufwendig auch in der Handhabung als Bombe und im Verhältnis zur Größe dieses Objekts."

Darling setzte auf normalen Raketenbeschuss und simples Rammen der nur 30 Meter dicken Rohrkonstruktion.

„Rammen, du meinst mit einer Transportkapsel mit extrem hoher Geschwindigkeit?"

„Nein, ich dachte, ICH ramme den Ring! Eine Kapsel ist recht klein und wenn sie mit relativistischer Geschwindigkeit fliegt, und das meinst du wohl, wäre die mögliche Zerstörungskraft sicher hoch genug, aber da sind auch noch die relativistischen Effekte des Gravitationsfeldes der Sonne. Es wäre möglich, dass die Kapsel ein derart kleines Ziel knapp verfehlt oder sogar im Vorfeld abgeschossen wird. Alle paar Kilometer sind Wülste am Ring verbaut, die sicherlich der Verteidigung dienen."

2000 Kilometer Gesamtdurchmesser? 30 Meter Rohrdurchmesser? Ich starrte immer noch hinaus auf das nun dunkle Cover.

„Was hältst du davon", ließ ich zurücklasern, „wenn wir Merrumeer was wirklich Schweres an den Kopf werfen, das er nicht abschießen kann?"

Wie ich das denn machen wollte, fragte Darling.

„All you need is love!", sagte ich.

Als sie eine knappe Stunde später auftauchte, waren die „Motoren" an Cover und Schallplatte montiert und wir hatten uns schon langsam in

Richtung Sonne in Bewegung gesetzt, was Darling sofort korrigierte. Sie dockte unten an der Schallplatte an, oben nahm sie das Cover huckepack und dann beschleunigte sie tangential zur Sonne, um aus dem direkten Blickfeld Merrumeers zu verschwinden. Meine Idee war gut, aber wir würden aus einem Bereich hinter der Sonne angreifen, die oberen Regionen der Sonnenatmosphäre streifen und bis zum letzten Moment unsichtbar sein.

Darling würde meine Steinskulpturen kurz vor dem Kontakt abkoppeln und die Motoren, die ich verbaut hatte, konnten Feinsteuerung in letzter Sekunde übernehmen, allerdings begrenzt: Darling war sich sicher, auch mit dieser Last von etwa 800.000 Tonnen bis zur Sonne halbe Lichtgeschwindigkeit erreichen zu können. In der besagten letzten Sekunde würden meine schönen Werke also 150.000 Kilometer zurücklegen und dann hoffentlich aufprallen. Da ließ sich nicht mehr so ganz viel korrigieren. Das Schöne an meinem Plan war aber, dass man mit so großen Wurfgeschossen Merrumeers Ring kaum verfehlen konnte! Und die darin steckende kinetische Energie war nur noch apokalyptisch zu nennen. Dazu kam noch der Befehl an die Bordcomputer meiner „Motoren", im letzten Moment Selbstzerstörung durchzuführen, so dass nicht zwei massive Platten den Ring trafen, sondern eine Art gewaltiger Meteorschauer, der Merrumeers Konstrukt in Einzelteile von Legogröße zerlegen konnte.

Das klappte auch alles ganz gut, Darling berichtete hinterher, dass die Schallplatte den meisten Schaden angerichtet hatte. Das Cover aber war von der Explosion so unglücklich zerfetzt worden, dass nur einige Teile vorne einschlugen und der hintere Bereich fast völlig verfehlt wurde. Der Ring wurde in gut 20 größere Stücke und unzählige kleinere zerlegt, manche davon wurden verdampft, manche verschwanden in der Sonne, manche wurden auf weit über die Fluchtgeschwindigkeit des Sonnensystems beschleunigt und würden nie wieder gesichtet werden.

Zwei der größeren Puzzlestücke begannen zu schießen und Darling musste ein paar Raketen abwehren und mit zwei Laserangriffen fertigwerden. Darling schoss zurück und das wars auch schon.

Zu gerne hätte ich mir das angesehen, hatte aber mit dem Xenia den Merkur schon wieder verlassen.

Was war inzwischen passiert: Merrumeer, hatte ich mir überlegt, würde doch nicht bei seinem Ringkonstrukt verweilen. Wozu auch?

Aber wo wäre sein Stützpunkt, wo hatte er diesen Ring gefertigt? Das brauchte doch irrsinnig viel Platz und Material.

Merkur als sonnennächster Planet wäre ideal: geringe Schwerkraft! Der größte Teil der Merkuroberfläche schied jedoch aus, es war dort heißer als in einem Backofen – über 450 Grad!

Aber am Nordpol gab es Wassereis in den ewigen Schatten einiger Kraterwände, erinnerte ich mich. Was war ich vor ein paar Jahren erstaunt gewesen, eine Simulation im Fernsehen zu finden, die mir Eis auf dem Merkur zeigte, während ich doch vor Jahrzehnten gelernt hatte, man könne überall auf der Merkuroberfläche Blei schmelzen – ohne Ofen, ohne Herdplatte.

Die feinen Instrumente der Mondbasis zeigten, dass da irgendwas war. Was, konnte man nicht erkennen, aber Herr K. meinte, dass er dort regelmäßige Muster sehe.

Darling war beschäftigt. Also tankte ich auf und flog einfach mal hin. Und als Darling mein schönes Beatles-Projekt eine viertel Umlaufbahn weit ums Sonnensystem geschleppt hatte, war ich schon auf Merkur und fand am Nordpol die „Muster". Merrumeer hatte, anders als Darling auf dem Mond, die Anlage nicht unter, sondern auf der Oberfläche eingerichtet! Dazu hatte er offensichtlich einen Synteezer aufgestellt und sternförmig davon ausgehend weitere acht Synteezer herstellen lassen. An jedem waren Produktionsstraßen entstanden, die dazu dienten, die Einzelteile zusammenzusetzen. Darling rechnete mir hinterher vor, dass Merrumeers Synteezer Rohrstücke von je 40 Meter Länge in etwa einem Tag produzieren konnten. Die zu 400 Meter-Einheiten zusammengesetzten Rohre waren mit einem gewaltigen wannenförmigen Transporter zur Sonne gebracht worden. Nach gut 20 Tagen musste der Ring fertig gewesen sein.

Wir gingen in der Mitte der Anlage hinunter. Einzelne defekte oder überzählige Segmente des Rings lagen dort zwischen gewaltigen

Maschinen verstreut, zwei kolossale wannenartige Gebilde ragten darüber auf. Eine kupferfarbene Pyramide lag auf einem der Schiffe, die „Wanne" des anderen war leer. Hübsch. Würde sich gut neben dem Eingang der Mondbasis machen.

Als wir dort landeten, wo wir in einer Kraterwand ein Loch anscheinend mit flüssigem Metall verplombt entdeckt hatten, waren die „Transporter" zu Monstern gewachsen, die man in einbem Fußballstadion nicht mehr landen konnte. Die Pyramide musste etwa 200 Meter hoch sein.

Die Gravitationslinse, diese solare Flaremaschine war von Merrumeer erst vor Stunden in Betrieb genommen worden. Würde er, konnte er damit rechnen, dass er schon entdeckt war? Er mochte verrückt sein, aber er war vielleicht dennoch lernfähig …
Wenn ja, war er nicht hier.

„Kannst du feststellen, ob Merrumeer da drin ist?"
„Nein", sagte Herr K..
„Mist, ich hab nichts, womit ich diese Schleuse sauber knacken kann!"
Die CDs, die das Gewehr verschoss, würden Öffnungen erzeugen, die vielleicht eine Maus durchließen, aber nicht mich. Blieb nur der harte Weg. Antimaterie.

Um den Xenia zu schützen, stellte ich ihn hinter einem Kraterwall ab, der mein Lieblingsauto um das Vierfache überragte. Ein wenig kam ich mir vor wie ein typischer Deutscher mit Autolackneurose, aber das Ding war schließlich ein kostbares Raumschiff und absolut einzigartig.

Ich sprang bis zur Krone des Walls und legte Arme und Gewehr auf einem Felsbuckel auf. Das Zielhologramm holte die runde Schleusenplatte heran, das Andrücken des Triggers ließ eine grüne Zielscheibe mitten darauf erscheinen. Ein violettes Kreuz kennzeichnete die Mitte.

Ach so, erst wählen, mit dem Daumen scrollte ich zur großen Antimaterieladung, ausatmen, zweimal kurz triggern, abdrücken. Mein Puls dröhnte mir in den Ohren.

Ein Blitz, eine spektakuläre Explosion, ringförmige Rauchwolken, die innen glühten - dann kam die Oberfläche der Landschaft auf mich zu: Staub, Steine, Metallteile, ein Rohrsegment. Ich zog den Kopf ein, aber das Geprassel von Steinen ringsum bekam auch ich ab.

Der Anzug brachte mich blitzschnell zum aufgesprengten Eingang. Es war ein rot glühender Trichter in der Felswand entstanden, in den ein Wohnblock hineingepasst hätte, in der Mitte die silbrig glänzende aufgesprengte Röhre, in die ich mit etwa 60 km/h hineinflog. Um zu bremsen und zu fluchen.

Da war schon die nächste Schleuse! Ja, war ich denn Maxwell Smart? Was tun, anklopfen, ich hatte ja schon einmal laut geklopft.

Was, wenn er auch hier einen Notausgang eingerichtet hatte?

„Xenia, draußen über dem Gebiet kreisen, wir suchen einen zweiten Aus- oder Eingang!"

Ich zog mich zurück, überlegte, ob ich auch diese Schleuse hier drinnen zerschießen sollte, aber irgendwie war mir nicht wohl bei dem Gedanken. Da meldete sich der Xenia: „Ausgang gefunden! Merrumeer gefunden!"

Ich schoss aus der Röhre. „Wo?"

„Bei dem Transporter mit der Pyramide!"

Der Xenia schwebte über dem Transporter, wich elegant aus, als dieser abhob.

„Anzug Höchstgeschwindigkeit, wir wollen den Transporter dort erwischen."

Es war zwecklos. Das wannenförmige Schiff hatte sicherlich einen stärkeren Antrieb und weitaus größere Energiereserven als ich. Immerhin sagten mir die schwachen Eindrücke von Wut und Triumph, die von dem fliehenden Xozorrudhu ausgingen, dass ich diesmal keinem Roboter hinterherjagte.

Ein paar Sekunden lang noch folgte ich dem Schiff, das steil in den schwarzen Merkurhimmel stieg, ein grell leuchtendes Viereck, das enorm Fahrt aufnahm. Hatten wir das nicht alles schon einmal gehabt?

Ich ließ mich wieder fallen, stieg in den Xenia und fragte Herrn K.: „Kannst du von der Mondbasis aus dieses Schiff orten und verfolgen?"

„Ja sicher, die verwendete Energie hinterlässt Spuren in der dunklen Materie, kurzzeitig sind die gut lesbar."

„Dann mal hinterher, Vollgas!"

Wir ließen sprungartig den kleinen Planeten zurück und jagten dem fliehenden Schiff nach, doch als wir aufholten und uns der Erdumlaufbahn näherten, war Merrumeer schon 1/4 Lichtgeschwindigkeit und der Xenia sagte: „Herr Jaeger, wir bekommen Energieprobleme, bei weiterer Beschleunigung können wir nicht zur Mondbasis zurückkehren."

Merrumeer einholen konnten wir nicht, also: „Verfolgung abbrechen, Rückkehr zur Mondbasis, auftanken!"

Erleichtert stieg ich aus dem Anzug, gönnte mir einen ausgedehnten Besuch im Bad – hab ich mal erwähnt, dass, xozorrudhusche Technik hin oder her, der Bereich der Ausscheidungen auch nicht viel besser geregelt ist, als bei den ersten menschgefertigten Exemplaren (Stichwort Donovan: The Intergalactic Laxative)? Nun gut, es war nicht soo … unangenehm, aber doch ein wesentlicher Grund, warum man den Anzug nicht permanent tragen wollte. Ich gehe nicht weiter ins Detail.

Eine Dusche, ein weicher Bademantel, ein großes Glas scharfer Tomatensaft, my newest addiction – ich spielte noch mit den Gewürzen rum, tat meist zu viel Chili rein. Ein paar Stückchen Souflaki, die Gaston mir grillte, etwas Joghurt mit Salz, Pfeffer, Gurke und Knoblauch dazu und es kribbelte mir wieder in den Fingern, etwas zu tun. Ich trommelte auf der Tischplatte, ließ mir von Herrn K. den Kurs des fliehenden Raumschiffs anzeigen, das Richtung Orion das Sonnensystem verlassen wollte.

Plötzlich die Meldung: Kursänderung!

Merrumeer flog einen Bogen, der ihn um den Jupiter herumführte, und kam zurück! Er beschleunigte in Richtung Sonne und plötzlich drehte er wieder ab.
Ja, was zum Henker …?

Nun steuerte das Schiff ein neues Ziel an: Sirius.
Ein Ablenkungsmanöver?
Ablenkung wovon?

„Zeig mir nochmal die Jupiterumrundung! Aha! Wie dicht führt ihn diese Flugbahn an einem der Jupitermonde vorbei?"
„Das Schiff hat Triton in nur 2000 km Entfernung passiert."
„Er hat sich dort absetzen lassen! Dazu brauchte er nur ganz zum Schluss hinter dem Mond zu bremsen. Er ist auf Triton! Gib mir mal Tritons Daten!"
Was ich sofort sah: Es war fast die gleiche Situation wie auf Delta!
Zwar war Triton noch kleiner als unser Mond und definitiv kein Planet, aber mit seinem festen Kern und der Wasserhülle drumherum ahmte er Delta gekonnt nach. Nur, dass er außerdem noch eine Eishülle besaß.
Und warum war der kleine Trabant nicht ganz gefroren?

Radioaktivität im Kern hielt ihn warm.

Ach, wie nett!

Ja, das sah Merrumeer ähnlich, sich dort zu verkriechen und die nächste Niederträchtigkeit auszubrüten.

Und das bedeutete, ich musste nochmals …?

Nee, nö?

Ein sanfter Gongton erfüllte die Basis, Darling meldete sich und verkündete, dass die Zerstörung des Rings geglückt sei. Eine Projektion mitten über der „Wohnlandschaft" zeigte, wie der Ring stückweise von rechts nach links zerbarst und die Einzelteile umhertaumelten oder davonschossen.

„Klasse!", rief ich. „Komm zurück, Merrumeer ist wahrscheinlich auf Triton!"

62

Aber da war er nicht. Und wir hatten wertvolle Zeit verloren. Ich kaute auf meinen Fingernägeln. So ein schlechtes Gefühl hatte ich nicht mehr gehabt seit der letzten Stunde in einer achten Klasse.

Darling scannte mit Neutrinos – wofür eine Empfangssonde auf der anderen Seite kreiste. Und weil ich währenddessen nur nervös da rumrannte und störte, schob Darling mich in einen automatischen Relaxsessel, der würde mich schon entspannen.

Auch nach fast einer halben Stunde keine Spur von einem Schiff, einer Art Bunker, einem Alien im Schutzanzug. Junge, Junge, irgendwie war ich erleichtert! Aber ich brüllte: „Der versucht uns zu verarschen! Zeig mir nochmal die Flugbahn!"

Wieder und wieder ließ ich die Simulation ablaufen. Langsam, schneller, von weitem betrachtet, von noch weiter weg (das mache ich immer bei größeren Bildern oder Skulpturen, da man sonst den Überblick verliert).

Und plötzlich sprang ich aus dem Sessel wie ein Kastenteufel, das Gerät zuckte irritiert zusammen. „Das soll nur so aussehen, als würde er nach Kursänderung weiterfliegen, ich wette, die Pyramide kommt zurück. In Wirklichkeit ist er auf dem Weg zur Erde!"

Darling runzelte die Stirn, um nach ewig langen zwei Minuten zu sagen: „Ich habe ihn gefunden, tatsächlich fliegt die Pyramide im

Stealth-Modus zur Erde! Sie bewegt sich mit einem Viertel Lichtgeschwindigkeit."
„Dieser kleine Mistkerl! Satte ¼ C, das sind also …"
„75.000 km/s", sagte Darling trocken.
„Das würde bedeuten bei ungefähr 500.000.000 Kilometern Entfernung …"
„Bei eher 596.000.000 Kilometern wären das 2 Stunden, 12 Minuten
bis zur Erde. Gut eine Stunde ist schon rum."
Ich holte tief Luft, aber Darling meinte: „Und wir sind schon unterwegs."
Ich atmete aus und warf mich in den Relaxsessel, der mich ruckar-
tig zehn Zentimeter rauf und runter beförderte. Er hatte anscheinend
Schluckauf. Brauchte auch dringend mal Ruhe.

Nach 30 Minuten hatte Darling Merrumeer eingeholt. Er würde vor-
aussichtlich in Kalifornien aufschlagen – im Yellowstone Nationalpark!
Dieser Schweinehund wollte die Menschheit zu einem qualvollen Un-
tergang in einer regelrechten Apokalypse verdammen. Der gigantische Vulkan unter dem Yellowstone Gebiet würde ausbrechen, die
Erde mit Rauch und Asche auf Jahrzehnte hinaus verhüllen und für
eine neue Eiszeit sorgen. Die meisten Menschen würden sterben.
Aber wohl nicht alle!

„Ich könnte die Pyramide zerstören, er hat zwar Abwehrschilder installiert, aber die könnte ich mit meinem eigenen Schild neutralisieren."
Ich sah Darling nur an und sie nickte: „Wir wissen nicht, ob er diesmal
wirklich selber drin sitzt."
Ich seufzte.

Als Darling unten andockte, um die Pyramide nicht mehr entwischen
zu lassen, war ich schon mit dem Transporter, der ein paar Laser- und
Raketenattacken wegstecken musste, zum nächstbesten Flächen-
segment der Pyramide geflogen, um mit dem Grabroboter ein paar
Löcher von je zwei Metern Durchmesser zu stanzen. Nun feuerte ich
aus einigem Abstand Raketen in diese Löcher.

Auf dem gegenüberliegenden Segment stanzte ich nur eine Öffnung
etwa in der Mitte – und legte Querwände und Maschinerie frei, also
etwas tiefer noch einmal und da tauchte ein richtiger Gang auf, der
an einem Antigravschacht endete. Den Grabroboter nahm ich mit und
das war gut so, denn beim Versuch, den Antigravschacht zu benutzen,

stand ich sofort unter heftigstem Beschuss aus beiden Richtungen.

Ich ließ den Graber mitten im nächsten Korridor ein Loch erzeugen, über dem er dann in einer Staubwolke schwebte. Der meiste Staub war schon aus dem Schiff gesogen worden, es blieb aber genug übrig, um die Sicht zu beeinträchtigen. Ich schubste den halbkugelförmigen Graber nach unten hindurch und tauchte hinterher. Ein Lagerraum. An den Wänden eine Art Regalsystem mit millimetergenau passenden Boxen. Etwas in der Decke war geborsten, eine pinkfarbene Flüssigkeit lief aus, eine Automatik erkannte das Problem, die Flüssigkeit versiegte.

Eine dreieckige Tür öffnete sich automatisch und der Graber wurde angeschossen, er ruckte nach hinten. „Destroyerfeld an!", brüllte ich. Ein weiterer Schuss traf nun das Feld vor dem Roboter und eine Hochgeschwindigkeits-Staubwolke erreichte mich. Ich musste lachen. Ich bückte mich hinter den Graber, schnellte nach vorne und schob ihn dabei vor mir her durch den Gang. Er erwischte den Automaten, der uns angegriffen hatte, und durch den entstandenen Staub konnte ich nun gar nichts mehr sehen.

„Merrumeer ist weiter oben, 15 Meter über dir!", meldete sich Darling. Gut, dann also zurück! Im Gang drüber schuf ich einen Durchlass, indem ich den Roboter an die Decke stemmte. Dummerweise zertrennte ich irgendwas, das mich mit zischendem Gas umströmte. Der Anzug meldete trotz Leck im Schiff plötzlich 1/2 Bar Druck. Und auf mich herunter stürmte durch die Öffnung ein Sturmwind ein. Aber mit den Füßen stand ich im Wasser. Und es stieg. Irgendwann überwand ich meine Verblüffung.
„Herzlichen Glückwunsch!", sagte ich mir. „Du Pfeife hast Merrumeers Swimmingpool angezapft!" Konnte auch das Wasserreservoir des Schiffs sein. Jedenfalls unterbrach der Cohesion Destroyer die bei Wasser ohnehin schwache Bindekraft zwischen den Molekülen und das Resultat war Wasserdampf. Bei dem geringen Druck im lecken Schiff blieb ein Teil des Dampfs gasförmig, Ein Teil formierte sich wieder zu Wasser und suppte kochend um meine Füße. Ein paar Flecken an den Wänden waren schon gefroren.
Jetzt fuhr auch noch am anderen Ende des Korridors eine Tür zurück, ein Roboter flog auf mich zu, mit Projektilen schießend und lasernd. Ich sah ihn nur ganz kurz, dann hatte ich ihm den Grabroboter entgegengeworfen und war hinter den Wasserfall, der aus der Decke strömte, zurückgesprungen. Eine Explosion, die mir eine halbe

Tonne Wasser entgegenschleuderte, warf mich fast um, den Graber musste es erwischt haben. Durch den Wasser- und Dampfvorhang kamen weitere Projektile und ich drückte mich an die Wand, visierte nach Instinkt und verschoss eine kleine Antimaterieladung.
Der Anzug machte dicht und nach endlosen Momenten sah ich, wo ich gelandet war: Es hatte mich aus dem Schiff gesprengt. Ich hing vor der Pyramide im All in einer Wolke aus Wasserdampf, Schnee, Metallteilchen und trieb immer weiter von ihr weg. Darling wollte etwas sagen, aber ich raste zurück in den Gang, der sich zu Turnhallengröße erweitert hatte, eine dampfende Hölle mit zerfetzten Wänden. Von dem Angreifer keine Spur mehr. Vom Graber auch nicht.

Sechs Meter über mir nutzte ich einen Riss im zerfetzten, verdrehten Schiffsmetall und wurde ausnahmsweise mal nicht angegriffen. Ich landete in einem zu kleinen Raum, hier konnte ich nicht stehen. Ein Schrank? Nein, ein Xozorrudhu-Bad! Die Tür funktionierte, davor ein enger Korridor, eine Röhre von nur 160 Zentimeter Durchmesser, immerhin leer. Ich laserte einen Durchstieg in die Decke der Röhre, was seine Zeit dauerte, der Grabroboter war schneller gewesen. Da stülpte eine Wand eine Art Furunkel aus, der mich zu beschießen begann. Ich wich ins Bad zurück. So langsam hatte ich Angst, mir könnte die Munition ausgehen. Was jetzt? Die Zeit lief mir auch davon.
Schnell zurück durch das Loch im Boden des Bades! Aus dem verwursteltem Metallchaos laserte ich ein rechteckiges Stück Metall los, eine Art zerknitterte Schranktür, die schon ziemlich danebenhing. Die benutzte ich wie einen Schild.

Ich laserte den Durchstieg fertig und versuchte mich beim Durchgang mit dem Schild zu schützen, das tatsächlich ein paar Treffer einsteckte und mir dann weggerissen wurde. Hier stand ich nun im anscheinend richtigen Korridor. Es gab farbige Wände, Ornamente, die an arabische Traditionen erinnerten, und verschlossene Türen. Eine hatte es mir besonders angetan. Sie war in Braun und Schwarz gehalten, mit einzelnen Goldflecken dazwischen. Eine Farbkombination, die ich in Garragants Schiff oder etwa auf seiner Haut nie gesehen hatte. Hier war ich bestimmt richtig.

Mit ein paar Raketen ließ sich die Tür nicht knacken, also fragte ich Darling: „Sag mal, kann man die Antimaterierakete eventuell auch als ferngezündete Bombe benutzen?" Ich konnte. Dazu musste ich die

Rakete auswählen durch einmal Triggern und sprachprogrammieren, sich auswerfen und fernzünden zu lassen. Ich legte das kleinfingergroße Ding vor die braungoldene Tür und zog mich diesmal weit genug, ins untere Stockwerk, zurück, wo ich sofort wieder mit dem schießenden Furunkel zu tun hatte.

Erst als ich diese Minigeschützstellung erledigt hatte, konnte ich die Detonation auslösen. Schnell wieder rauf, durch den Gang und mit dem Laser einen Kreis beschreibend hechtete ich durch die ausgefranste Türöffnung. Nur dass Merrumeer nicht da war, ich hatte ein paar Artefakte gelasert, die durch Explosion vorher schon gründlich zerstört worden waren. An den schwarzbraunen Wänden rauchten merkwürdigerweise ein paar altmodische Bildschirme. Die ja eigentlich gar nicht mehr benötigt wurden, da man die praktischeren Holos überall projizieren konnte.
In der Rückwand des walzenförmigen Raums öffnete sich gerade eine Tür von zwei Metern Durchmesser. Eine silbrige Kugel wollte auf mich zufliegen.
„Merrumeer!", schrie ich und startete „Volle Beschleunigung" schreiend durch, krachte mit gefühlten 100 Sachen in das Alien und sah wieder für ein paar Sekunden nichts und konnte mich nicht bewegen, bis der Anzug entschied, dass es gefahrlos sei, mir Sicht und Kontrolle zurückzugeben.
Merrumeer war in diesem blasenartigen Raum in Schwarz und Gold gegen ein blockartiges Objekt von Brusthöhe geprallt, das nun irgendwelche Dinge ausspuckte, die ich nicht erkannte. Diesmal war klar, dass es Merrumeer war und nicht ein Roboter, denn seine Flüche hallten unangenehm laut durch meinen Kopf. Seine Irritation und Wut waren ansteckend.
Er drehte sich etwas und als ich mich noch wunderte, wie merkwürdig buckelig er aussah, schoss er auch schon auf mich. Mein linker Unterarm war weg, Blut sprudelte aus dem Stumpf. Ich schrie laut auf und zog den Abzug wieder durch und hielt ihn so fest. In reiner Panik drehte ich am Scrollrad und hoffte, dass der Mix ihn schaffen würde. Zum Denken war ich zu durchgedreht. Automatisch hielt ich allerdings auf den buckligen Auswuchs und prompt wurde Merrumeer etwas weggedreht und im oberen Bereich der Wand erschien ein Loch. Ich konnte nur denken: „Der schießt doch mit CDs genau wie ich!" Allerdings waren seine Destroyerfelder viel größer und stärker als meine. Wenn er mich damit in der Körpermitte erwischte, wars vorbei mit mir.

Plötzlich „kreischte" er laut auf und seine Schmerzprojektion verursachte mir Krämpfe. Ich konnte kaum die Waffe festhalten und geradeauszielen! Bis ich begriff, warum er so schrie, wars schon fast zu spät, sein Anzug schloss die Öffnung wieder, die meine CDs gerissen hatten. Ich versuchte den Laser auf die Stelle zu lenken, schaffte es für einen Sekundenbruchteil und Merrumeers Schmerzen schnitten durch meinen Körper und mir wurde für Sekunden schwarz vor Augen. Dann gab es einen gewaltigen Schlag und ich war weg.

Mein Anzug brachte mich mit einem milden Stimulanzium und kalter Luft wieder zurück. Mein Unterarm war immer noch verschwunden, aber Merrumeer auch.
Dann sah ich die leere silbrige Hülle hinten an der Wand liegen, alles ringsum, mich eingeschlossen, bedeckte ein schwarzroter dampfender Schmier. Ekelig! Ich trat nach Merrumeers Anzug. Da war er also nicht mehr drin. Konnte er geflohen sein? Wie denn, ohne Anzug? In diesem zerlöcherten Schiff herrschte ein Fast-Vakuum. Und auch die robusten Körper der Xozorrudhu konnten ein Vakuum nicht überleben. Ich machte den Fehler, mir mein rund und glatt silbrig versiegelte Ellenbogengelenk anzuschauen. Mir wurde richtig schlecht und es drehte sich alles. Man konnte also doch nicht auf Dauer Perry Rhodan spielen, ohne mal was abzukriegen!
Und jetzt würde ich einen netten Roboterarm von Darling bekommen? Mist!
Verfluchte Scheiße!

Na ja, vielleicht konnte der dann Tricks, die ich normalerweise nicht ausführen konnte. Steaks vom Grill nehmen, wenn man keine Zange parat hatte, Dosen direkt öffnen. Überhaupt war ich dann viel weiter als meine Mitmenschen. Erst wenn der Homo Sap Sap mit den Fingernägeln seiner Hände die Würstchendosen aufschneiden kann, ist die Evolution abgeschlossen. Man musste alles von der positiven Seite sehen. Ach Kacke, ich hatte meine linke Hand gemocht! Verdammt, war ich fertig mit der Welt. Ich begann zu weinen.
„Herr Jaeger, Sie haben wahrscheinlich einen Schock, ich gebe Ihnen ein mildes Beruhigungsmittel!"
„Danke", sagte ich. „Hab ich mich schon mal richtig bei dir bedankt, du bist'n feiner Anzug. Das musste mal gesagt werden!"
Ich setzte mich hin. Mir war einfach danach. Für einen Moment schloss ich die Augen.

Und im Bett meiner Schiffs-Suite wachte ich wieder auf. Drei Tage waren vergangen, sah ich an der großen digitalen Uhranzeige über der Tür. Ich hatte Kopfschmerzen und fasste mir an die Birne – mit beiden Händen.

Verblüfft glotzte ich die linke Hand an. Darling kam fröhlich hereinspaziert.

„Du hast meine Hand wiedergefunden!"

„Nicht wirklich. Die kommt aus dem Synteezer."

„Wahnsinn! Was du alles kannst!" Glücklich zog ich Darling zu mir heran, aber sie machte sich geschickt wieder frei.

„Nein, nein, der Onkel Doktor rät zu viel Ruhe und dass du ja nicht den linken Unterarm überanstrengst. Du kannst damit noch keine Bierkästen heben!"

„Ok, paar Bierflaschen reichen ja auch. Was ist eigentlich genau passiert?"

„Du musst Merrumeer mit Antimaterie beschossen haben, das ist passiert. Und jetzt ist er endgültig Geschichte."

„Ja, ich habe, äh …"

Ach so! Ach ja! Der schwarz-rötliche Schmier. Das war Merrumeer. Ich hatte, als ich die Besinnung verlor, noch einen kleinen Antimateriekopf verschossen und zwar durch das Loch in seinem Anzug!

Und das hatte ihn sozusagen aus dem Anzug gehauen und zwar durch das nicht mal 5 Zentimeter große Loch, das vorher ein CD-Kopf gestanzt hatte.

Merrumeer war also püriert und mit unglaublichem Druck durch die Öffnung geblasen worden.

Konnte man sowas später mal jemandem erzählen? Da sitzen Leute um dich herum, vielleicht ist es die Geburtstagsfeier eines Enkelchens und die Kleinen sind alle schon im Bett, auf dem Tisch stehen die guten Hochprozentigen und du sagst auf eine Frage: „Ja, natürlich habe ich schon mal jemanden getötet, einmal hab ich sogar einen püriert."

Und alle würden lachen.

Auch als Drohung gab das nicht viel her: „Ej, ich pürier dich gleich!"

Oder: „Alter! Schon mal püriert worden?"

Darling riss mich aus meinen tiefsinnigen Betrachtungen. „Du hast übrigens Glück gehabt, Merrumeer überhaupt erwischt zu haben, er besaß eine Fluchtkapsel. Die Spitze der Pyramide konnte abgetrennt werden. Ich habe sie in den Hangar deiner Mondstation gestellt."

Ich grinste.

„Und noch etwas, Merrumeer hatte unten im Schiff 30 Kilo Plutonium in Bomben gefüllt, die es beim Aufprall verteilen sollten. Er wollte die

Erde nicht nur in die Steinzeit und Eiszeit bomben, er wollte, dass jeder Überlebende an Strahlenkrankheit stirbt."
„Krank!" Da fiel mir nichts mehr zu ein.
„Tja, Glückwunsch! Ich wünschte, ich hätte dir mehr helfen können, ich merke, dass es Dinge gibt, die ich nicht so gut beherrsche, zum Beispiel sich in einen Verrückten hineinzuversetzen!"
„Ach, dafür kann ich das wirklich gut!", meinte ich. „Komm Darling, sei zufrieden, alleine hätte ich's nicht geschafft. Und ohne dich wären wir nun alle tot, wir Menschen!"
„Fast alle", berichtigte Darling.
Ich zuckte die Schultern.

Dann meldete sich Garragant. Eddy hatte ihn über Merrumeers Dahinscheiden informiert. Er brüllte freudig erregt nette Dinge via Überlichtfunk und lud mich ein nach Da. „Da" hieß der Planet, es war einfach dort, wo die Xozorrudhu wohnten.
„Du musst unbedingt kommen!"
„Aber warum?"
„Du bist hier ein Held!"
„Come again?", sagte ich.
„Ja, natürlich, die Leute wollen einen Helden sehen, der einen ganzen Planeten gerettet, ja, der eine ganze intelligente Rasse vor dem Tode bewahrt hat. Und du glaubst nicht, wie viele meiner Leute mittlerweile auf Union waren und dort die Bahn runtergekugelt sind! Das ist einfach genial, was du da gemacht hast. Oder man schaut hier auch gerne, wie du auf dem Sand surfst oder im Auge eines Riesensturms fliegst. Was Darling da aufgenommen hat, wird jeden Tag in einem Kulturprogramm in unserer Version von Fernsehen wiederholt. Und jetzt bist du übrigens auch auf Sendung, alter Freund!"
„Ich, oh, äh … hallo Leute, herzliche Grüße an alle Xozorrudhu, wo immer ihr auch seid! Ich liebe euch!"
Es kam nichts mehr über die Verbindung.
„Darling, was ist passiert? Steht jemand auf der Leitung?"
„Witzbold", knurrte sie und nach einer Minute erfuhr ich: Garragant hatte die volle Breitseite Empathie eines ganzen Planeten abgekriegt, er war diesmal ohnmächtig geworden.
Ich aber war gemeint gewesen. Sollte ich DIE Einladung wirklich annehmen? Es gab auch ein „Zuviel des Guten"! Und Jerry Lee Lewis hatte schon vor Jahren gesungen: „Too much love drives a man insane!"

Zwei Tage später aber war ich schon unterwegs. Darling hatte mir erklärt, dass ich so eine Einladung im Grunde nicht ausschlagen konnte, nicht ohne eine wirklich gute Ausrede.

„So etwa wie ein Anfall akuter Xenophobie?"

Darling rollte mit den Augen. „Ja, oder bei dir wäre es doch eher galoppierender Wahnsinn!"

„Ach je, gibts denn da nicht was von Ratiopharm?"

63

Ich sagte nicht umsonst, ICH war unterwegs, denn Darling und Eddy blieben daheim. Eddy hatte wirklich mit dem Labor zu tun und konnte nicht mal eben ein paar Lichtjahre ausreißen. Darling jedoch hatte ich nicht verstanden. Ich mutmaßte, dass sie einfach wollte, dass ich selbstständig wurde, dass ich mich nicht immer in allem auf sie und Eddy verließ.

So erklärte sie auch: „Weißt du, ich habe dir dafür das Raumschiff gebaut."

„Raumschiff, welches Raumschiff?" Ich hatte das schon wieder vergessen.

„Du wolltest mich doch ummodeln zu einem Nurflügler!"

„Ach so, ach ja! Das Raumschiff! Sag mal, wann? Wann hast du das gebaut?"

„In den letzten fünf Tagen!"

Ich sah sie schief an. So´n Quark!

„Du musst dir mal die Anlage anschauen, die Merrumeer auf Merkur hinterlassen hat. Die ist weitaus größer als unsere und der Gag dabei …"

„Ja, was?"

„Sie vergrößert sich selbstständig immer noch weiter. Du wirst doch keine Jahrzehnte benötigen, um die Erde abzuschatten!"

Sie führte mich nach draußen, wo ich fast zusammenbrach. Es war, als würde ein Kind zum ersten Mal unter einem Jumbojet stehen und man würde ihm sagen: „Ach übrigens, der gehört dir!"

Technisch gesehen gehörte mir ja schon Darling, aber ich betrachtete sie lieber als Freundin, die zufällig auch Raumschiff war.

Und diese schnittige Konstruktion ähnlich der Concorde, mit der stattlichen Länge von 600 Metern und/ einer Heckflossenhöhe von 250 Metern war dermaßen beeindruckend, mir stockte der Atem. Das Ding stand auf zwei nach unten gebogenen Flügelenden und einer Art

Kufe, einer Verdickung kurz hinter der abgesägt wirkenden Schnauze, wo in einer tonnenförmigen Öffnung ein großer Laser und andere feine Sächelchen für freie Fahrt voraus sorgten.

Das Besondere: Das Schiff konnte auch auf dem Heck stehen. Für den Fall, dass der Landeplatz knapp war, eine kluge Option.

„Funktionsvorführung!", sagte Darling und das Monster erwachte zum Leben. Es leuchtete seine Umgebung aus, öffnete unzählige Schleusen und Klappen und zu meiner Verwunderung waren auch die Tragflügelkanten übersät mit versteckten Klappen, die wie die versenkbaren Scheinwerfer bei einem Auto wirkten.
„Wozu dienen all die Klappen?"
„Feuer frei!", sagte Darling und plötzlich löste sich ein beachtliches Stück Mondlandschaft ein paar Kilometer weiter in ein Inferno auf. Aus dem Schiff zuckten Laserblitze, es warf Plasma und schoss mit Raketen. Dann drehte es sich freischwebend und ich zog den Kopf ein. Aus dem Heck kam ein gewaltiger Feuerstrahl und das Schiff machte einen Satz nach vorne.
„Plasma?"
„Ja, aus Antimaterie."
„Wahnsinn! Das ist ja ein heißes Teil! Los, zeig mir, wie man es fliegt!"
„Warte, gleich, da ist noch etwas ..."
Das Schiff drehte sich wieder und ich kriegte einen ganz schönen Schrecken, denn aus der stumpfen Schnauze jagte ein gewaltiger brodelnder, dampfender Wasserstrahl nur 50 Meter vor uns in den Boden. Fontänen von Dampf, Schlamm und Steinen wirbelten hoch, Schnee, Steine und gefrorener Matsch fielen in Zeitlupe wieder herunter, uns zum Teil vor die Füße. Schon war die Show wieder vorbei. Und als wir näher herangingen, sah ich, dass das Schiff einen Graben von gut einem Meter Breite in die Mondoberfläche gefräst hatte. Das Wasser auf dem Boden des Grabens, das gerade noch hier im Vakuum gekocht hatte, war nun zu Eis erstarrt, immer noch kamen feine Schneeflocken ganz geradlinig herunter.
„Der Druck ist so hoch, dass du damit Fels und Stahl schneiden kannst. Aber in erster Linie war die Idee, damit ein Löschfahrzeug aus deinem Schiff zu machen. Du löschst doch so gerne!"
„Jaja, aber ich will doch dabei die Wälder nicht zu nassen Streichhölzern verarbeiten!" Aber der Druck war natürlich frei einstellbar und Darling antwortete nicht auf den blöden Witz.

Erst als ich in etwa 75 Meter Höhe über der Mondstation in der Kanzel MEINES Raumschiffes saß, sah ich, dass der Wasserstrahl „Paul" in den Mondboden geschrieben hatte. Was für ein nettes Spielzeug! Und überhaupt war ich so überwältigt, dass ich Darling nicht zuhörte.

Ich sagte „Was, was?" Und Darling fing erneut an zu erklären.

Ich schaute mir die unzähligen runden Edelstahl-Kontrollinstrumente an, deren Zifferblätter elfenbeinfarben ausgelegt waren, die Warnleuchten darüber in Gelb, Blau, Rot, jeweils mit einem aufgenieteten Schildchen drunter: „Fuel low" oder „Altitude" oder „Door open" und beispielsweise unter Letzterem ein Minimonitor, der zeigte, welche Türen geöffnet waren. Eine grüne Leuchte wies auf den Autopiloten hin. Aber natürlich ging das auch alles mit Sprachsteuerung. Sicher, man konnte auch mal heiser sein … das Ganze wirkte wie ein Raumschiff, das man im Stil eines alten Aluminiumflugzeugs aus der Zeit zwischen den Kriegen gebaut hatte.

„Und in der Bar hast du Lufthansacocktail?"

„Du hörst mir ja gar nicht zu!"

„Nee, ich bin so fasziniert! Ist das toll! Und du sagst, du seiest nicht kreativ! Das will ich von dir aber nie mehr hören!"

Sie legte mir die Hand auf den Arm: „Du bist so ein Schatz, danke, aber jetzt schau mal! Hier!"

Sie zeigte auf die Knöpfe vor den Joysticks. „Die dreieckige Taste entsperrt die Waffensystem-Wahl. Stimmlich kannst du auch einzelne vor-auswählen. Sonst musst du all die, die du benötigst, manuell drücken. Der Hebelschalter vor dem Tastenfeld aktiviert dann die gewählten Systeme und die gedrückten Tasten leuchten rot und ihre Oberfläche fühlt sich rau an, klar?"

„Aye Käptn!"

Auslöser gab es links und rechts an den Steuerknüppeln, die ziemlich wie gängige Joysticks aussahen.

Dazu gehörten noch ein paar Finessen, um Ziele zu erfassen und nicht mehr zu verlieren, bis hin zur Verfolgung durch Sonden. Wenn ich das Plasmatriebwerk als Waffe einsetzen wollte, musste ich den entsprechenden Modus bestätigen, das Schiff drehte, flog mittels dunkler Energie mit dem Heck voran und ich bekam auf der Frontscheibe dennoch die korrekte Sicht für den Flug angezeigt. Es war eine gewaltige Waffe, die ich auch als überdimensionierten Antimateriewerfer einsetzen konnte. Und die einzige, die ich mit vier Knöpfen bestätigen musste. Ich würde sie hoffentlich nie benötigen.

Bemerkenswert, dass Darling, die für sich keine Umbauten akzeptierte, keine Probleme hatte, mir solch ein Schiff zu realisieren. Mir wiederum, nach den Erfahrungen, die ich in Kindheit und Berufsleben gemacht hatte, war es völlig egal, ob das nach unreifen kindlichen Allmachtsphantasien aussah. Probleme würde ich nur mit denjenigen bekommen, die noch unreifer als ich waren.

Bevor ich loszog, hatten Wissenschaftler ihre Berichte und Messungen zu dem kurzen aber heftigen Sonnensturm, der Kanada, Alaska und dann noch Teile Sibiriens getroffen hatte, veröffentlicht und ich hatte überlegt, ob es nicht angemessen war, eine Mitteilung abzuschicken, um das Geschehen zu erklären. Ich entschied mich dagegen. Es lief darauf hinaus, zuzugeben, dass auch eine alte nette Rasse, deren Mitglieder eher Rumkugeln glichen als Kriegern, ihre Probleme hatte. Die weitverbreitete Xenophobie zu verstärken, sah ich als unproduktiv an. Also blieben der plötzliche Ausbruch und sein plötzliches Ende ungeklärt.

Die sechs Tage nach Da vergingen, ja nun, im Fluge. Es gab so viel auszuprobieren und zu lernen! Ich musste schon wissen, wo was war, wie es in den Grundzügen funktionierte, nicht dass ich auf die glorreiche Idee kam, etwa den Zylinder in der Mitte des Schiffes rauszubauen, um einen Tischtennisraum zu schaffen. Das war nämlich der Speicher für dunkle Energie. Und die Kugel dahinter war der Sammler.

Auch sollte ein so diffiziler Organismus wie ein Mensch bestimmte Klappen nicht öffnen. Das Strahlungssymbol ist da nicht angebracht, weil es so dekorativ wirkt!
Dann sollte man wissen, wie man im Notfall schnell aus dem Schiff rauskam. Und wo überall Ersatzanzüge gebunkert waren.

Der Schiffscomputer war übrigens bei weitem nicht so intelligent wie Darling, aber es war auch mal ganz angenehm, ein paar Tage nicht so bemuttert zu werden.

„Da" war eine Überraschung, ich liebe Farbe, aber die Xozorrudhu sind ganz wesentlich auf Farbe ANGEWIESEN. Diese conditio xozorrudhua führte zu einer Welt, die man mit farbenprächtig nicht annähernd umschreiben kann.

Bunte Kugelbauten in verschiedensten Größen bis zu mehreren Kilometern Durchmesser häuften sich, dazwischen auch eiförmige Objekte und, wer hätte es gedacht, würfelförmige. Die Farben wechselten bei einigen der Gebäude und in einigen Straßenzügen anscheinend sehr schematisch, aber wenn man länger hinschaute, wurde es doch komplizierter.

Manche Gebäude ähnelten im Farbwechsel sogar einem Xozorrudhu und als ich Garragant danach fragte, meinte er, das sei keine Ähnlichkeit, da diene in genau diesem Moment ein Auserwählter als Vorlage. Diese Auserwählten bemühten sich dann, Positives zu kommunizieren, Freude zu empfinden, Gedichte zu lesen, Musik zu hören oder Witziges zu rezipieren, um anderen auch Freude zu vermitteln. Das Neueste war, dass zwei gegeneinander hochkonzentriert Schach spielten. Ein Spiel, das Garragant von der Erde importiert hatte. Da es hierbei verboten war, dem anderen in die Psyche zu schauen, saßen die Teilnehmer sicherheitshalber immer in ganz verschiedenen Städten und trugen graue Anzüge.

Folgerichtig musste ich gegen einige Xozorrudhu antreten und Schach spielen, Die waren gut. Ich konnte erst gewinnen, als ich auf Blitzschach bestand, da fehlte ihnen einfach die Erfahrung.

Was war noch erwähnenswert?

Zum Beispiel meine Unterbringung: Sie hatten das Waldorf Astoria nachgebaut und es hatten sich so viele Xozorrudhu gemeldet, die das Personal spielen wollten, dass eine Lotterie eingerichtet werden musste.

Oder das Interview, das ich vor schlappen drei Millionen Zuschauern gab und wo ich nach „meiner" Zivilisation gefragt wurde. Ich saß auf einem kleinen Podest und sah nur, wie sich die oberen Rundungen der Xozorrudhu in die Ferne staffelten. Der Blick von oben beim Anflug war interessant gewesen, denn diese Leute stehen nicht irgendwie dichtgedrängt, sie erzeugen eine Art geometrisches Muster, ein Kreis neben dem anderen bis in die Ferne, mit radialen Speichen! Und das Farbmeer, das sie darstellen …

Ich blieb zunächst bei ganz unverfänglichen neutralen Aussagen, aber als ich ins Detail gehen sollte, musste ich zugeben, dass man von Zivilisation kaum sprechen konnte. Alles, was Menschen taten, diente dazu, Macht zu bekommen oder zu erhalten, sei es in der Form von Geld oder politischer Macht. „Und manchmal wird derart brutal vorgegangen, dass einem nur schlecht werden kann", sagte ich verbittert.

Selbst diejenigen, die sich Menschlichkeit und das moralisch richtige Handeln auf die Fahnen geschrieben hatten, die Kirchen etwa, glänzten ja durch Rückwärtsgewandtheit und puren Irrationalismus.

„Es gibt jede Menge Kriege auf meinem Planeten und für die meisten

Konflikte werden religiöse Differenzen zur Rechtfertigung herangezogen. Und das in unseren angeblich aufgeklärten modernen Zeiten, das ist schon traurig."

Ich atmete tief durch und überlegte, ob ich noch was zur Kriminalität in manchen Großstädten sagen sollte, aber da spürte ich eine kleine Welle von Mitgefühl und gleichzeitig so etwas wie freudige Ermunterung. Die wollten mich trösten, stellte ich verblüfft fest und schon machten anscheinend Tausende mit, mir wurde schwindelig vor Wohlgefühl und ich sank vom Stuhl. Da das Ganze live war, reagierten die Xozorrudhu sofort und stellten das Gefühlsbombardement ein. Ganz langsam ebbte der Überschwang der Gefühle ab.

„Ich möchte euch danken!", sagte ich. „Und mir ist gerade eine Idee gekommen: Wenn es irgendwann mal offizielle Kontakte zwischen den Menschen und den Xozorrudhu geben sollte, was ich doch hoffe, dann könntet ihr den Trick benutzen, um schwer depressive Menschen aus ihrer Depression zu holen."

Eine Welle der Zustimmung kam herangeschwappt. Ich stellte dann fest, dass die Xozorrudhu auch eine Vorstellung davon hatten, was ich tun könnte: Ich sollte ein Kunstwerk schaffen, etwas Statisches war in Ordnung, aber wenn es möglich sei, wäre ein bewegtes Bild sehr genehm.

So kam es, dass eines meiner älteren impressionistischen Bilder meines Ateliers eine wie eine alte Fernsehröhre gewölbte Wand zwischen zwei Gebäuden zierte. Ich hatte damals als Malübung einfach in kräftigen Farben meine Unordnung gepinselt. Die Türen und das Treppengeländer waren grün, der Teppich braun und die weißen Wände opalisierten in grün, rosa, violett, indigograu. Die grüne Weinflasche mit einem Rest Rotwein schimmerte smaragdfarben und rubinrot im Licht des viel zu kleinen Fensters. Über dem Stuhl hing meine alte Jeans.

Es war eines meiner besten Werke. Freunde hatten es damals sofort gekauft. Eddy lud das Bild von meinem Computer und schickte es per Überlichtfunk nach Da. Um es für die Xozorrudhu interessanter zu machen und aus der Statik zu lösen, stellte ich schrittweise mit dem Schiffscomputer Mutationen des Bildes her, indem ich es zunächst in kleinere Quadrate und diese dann in immer größere auflöste. Sah aus wie ein bewegter Gerhard Richter. Und fand rasenden Anklang. Jemand erklärte mir bei der Einweihung, ich hätte es genau richtig gemacht, mein Bild sei sehr persönlich, zeige etwas von der exotischen Lebenswirklichkeit der Erde, sei von genialer Farbschönheit, überhöhe sich selbst durch fließende Veränderung zum völlig Abstrakten und zurück.

Xozorrudhusche Kunstexperten reden auch nicht anders als irdische.

Damit war meine Zeit ganz schön ausgefüllt. Ich durfte auch noch einen Zoo besuchen, war beeindruckt von den Schlangen, die wie Perlenketten aussahen, einer Art gewaltigen Spinne, die wie ein wandelndes Atomium wirkte, und dem ganz aus der Art schlagenden Teppichtier, wie ich es nannte. Ein flaches Wesen, das sich farblich dem Untergrund anpasste, wartete, bis es überquert wurde und sich blitzschnell einrollte, um das Opfer zu ersticken und zu verdauen.
Wer genau hinsah, bemerkte den dunkleren, farblich nicht passenden Rand und war gewarnt. So manchen Teppich würde ich nicht mehr mit der gewohnten Sorglosigkeit betreten können.

Was ich mehr durch Zufall noch mitbekam, war ein Stückchen Freizeitvergnügen der Xozorrudhu. Baden!

In einem unglaublich aufwendigen, weitläufigen Park, der nur aus verbogenen Bäumen, geschwungenen Wegen und halb im Boden versunkenen Rundbauten zu bestehen schien, lagen eine Reihe von Becken auf unterschiedlichem Niveau. Das Ganze funktionierte wie so manches unserer Spaßbäder: Diverse Becken sind verbunden durch Kanäle oder Wasserfälle. Da die Xozorrudhu Mund und Atemöffnung unten hatten, mussten sie sich andauernd drehen. Dazu hatten sie eine Art Anzug an, der wie ein Netz den Körper umspannte und insgesamt acht Flossen aufwies. Damit konnten sie sich bewegen wie Delfine, na gut, wie ziemlich vollgefressene Delfine.

Ein Hauptspaß war das Wellenbecken und ein anderer die GROSSE WELLE. Diese kam nur alle halbe Stunde und spülte die Badenden aus dem Becken auf die umliegenden Wiesen. Was in unseren Freibädern das andauernde Gekreisch ist, waren hier Wellen von hysterischem Überschwang, so dass ich mich ertappte, dass ich die ganze Zeit völlig ohne Grund breit grinste.

„Na komm, wir gehen auch hinein", meinte Garragant.
„Nur wenn ich einen Anzug tragen kann!"
„Das ist verboten."
Ich zuckte die Schultern. Ein Zusammenstoß der kompakten schwimmenden Kanonenkugeln mit meiner zerbrechlichen Wenigkeit könnte verheerende Folgen haben.

Stattdessen zogen wir uns ein wenig vom Nass zurück, es war ein schöner Tag, aber nicht wirklich warm. Ein Xozorrudhu mit einem merkwürdigen Gehgestell kreuzte unseren Weg und Garragant sagte: „Wo hab ich nur meine Gedanken! Ich als Erfinder der Extrabeine nutze keine?" Ein Roboter brachte ihm seine „Gehhilfe", im Grunde die untere Hälfte eines humanoiden jeanstragenden Roboters. Garragant ließ sich auf dem Konstrukt nieder, der Bund der Jeans wanderte an ihm hoch und fertig war das Witzbild einer fetten, Hosen tragenden Ein-Meter-Kugel. Man muss sich einen sehr dicken Mann vorstellen, dem ab dem Brustbein der Oberkörper weggeschossen worden ist, und der trotzdem noch rumläuft, sozusagen aus Protest!
Ich gluckste und kicherte, bis ich einen und dann noch drei weitere der kopflosen Wanderer erblickte.
„Entschuldige, das sieht etwas merkwürdig aus, wenn man es das erste Mal sieht, aber man gewöhnt sich dran."
„Sei ehrlich, es sieht saudämlich aus!"
„Du hast schon wieder ..."
„Und du hast Recht. Aber fliegen kann jeder. Gehen, mein Guter, Gehen gibt dem Leben ein neues Maß zurück!"
„Die Entdeckung der Langsamkeit", sagte ich.
„Ja! Ja, wirklich. Besser hätte ich es auch nicht ausdrücken können. Ha, und da kommt die Krönung des Ganzen."
Ein bunter Wagen wie eine komplizierte Tulpenblüte, hauptsächlich in Rot und Gelb, rollte auf sechs Ballonreifen (je zwei vorn, hinten und seitlich) über die ausgedehnten Wiesen, die sich bis zu einer größeren Stadt erstreckten. Gehende und fliegende Xozorrudhu strebten auf ihn zu. Es war ein Imbisswagen und er hatte ...
„Das ist nicht dein Ernst!"
„Aber Paul! Irgendwo müssen wir ja anfangen und du hast als Kind doch auch ..."
„DU SOLLST nicht immer in meinen Kopf gucken!"
Ich hätte mich geehrt fühlen sollen. Der bedienende Roboter war mir nachempfunden. Er verteilte Fischstäbchen und Chicken Nuggets mit diversen Soßen nach Wunsch.
„Tu mir den Gefallen, nimm ein paar Fischstäbchen!"
Wenns mehr nicht ist. Ich stellte mich an, kassierte die Freude, ja sogar Aufregung der kugeligen Leute ringsum und bestellte vier Fischstäbchen mit viel Mayo.
„Wir haben auch Vanillesauce, heiße Kirschsauce, Senf, Tomatensauce, Curryketchup ..."
„Definitiv Mayo, ich liebe Mayo!"

Es war gar nicht schlecht. Ich ließ mich auch nicht stören durch die vielen Zuschauer, die anscheinend kritisch begutachteten, wie ein Mensch, dessen Nahrungsaufnahmeapparat oben am Körper integriert ist, technisch vorgeht, um sich die krossen, goldbraunen Dinger einzuverleiben.

„Garragant! Jetzt erklärst du mir mal, warum du so eine Aura der Zufriedenheit ausstrahlst! Die kann man ja abbröckeln und in Tüten verkaufen!"

„Paul, was glaubst du, was du gerade tust? Du bist ein Role Model, DU BIST DAS ROLE MODEL auf diesem Planeten im Moment! Und was glaubst du, was hier in den nächsten Wochen heftigst in Mode kommt?"

Ich schaute kurz auf meine Gabel. „Ausgerechnet Fischstäbchen?"

„Mit viel Mayo", und er strahlte förmlich in diversen reinen Farben. „Und du verdienst dran!"

„Nein, ja, also kein Geld, die Fischstäbchen kosten nichts, die sind umsonst, stammen aus dem Synteezer. Die Energie hält sich noch in Grenzen, die darf jeder in diesem Maß nutzen. Aber ich bekomme Planungspunkte, Bonuspunkte, die Rechte, Land zu nutzen, Raumschiffe – und nicht nur eins oder zwei. Ich kann meine Projekte besser verwirklichen."

„Willst du Präsident werden oder …"

„Ratsvorsitzender? Nein, um der Galaxis willen, ich will kein Politiker sein und mich an scheinbarer oder realer Macht aufgeilen, ich will die Welt verändern!"

„Ok, was soll ich noch essen!"

63

Als ich abflog und am Spaceport – und Junge, war das ein Spaceport – mein Schiff wiedersah, stand es gleich zweimal da. Drumherum Unmengen Xozorrudhu, die entweder die Schiffe umkreisten und dabei filmten und solche, die für eine Führung anstanden. Garragant hatte einfach mein Schiff duplizieren lassen, also eine funktionslose Kopie herstellen lassen, damit wir die Neugier seiner Landsleute befriedigen konnten.

„Und was meinst du, was ich mich freue, dass es diese Neugier doch noch gibt! Es sind noch nicht Hopfen und Schmalz verloren!"

„Hopfen und Malz!", sagte ich.

„Sorry, kleiner Verbrecher!"

Ich stöhnte. Ein Garragant, der gezielt witzig sein wollte, war nicht auszuhalten. Trotzdem fragte ich ihn nach den pittoresken Raumschiffen, die hier durcheinander herumstanden: Da waren natürlich die Kugel-Raumschiffe der Xozorrudhu, dann die „Zylinder", die mir erschienen wie Knacker-Einfach-Dosen und einfach ... unwahrscheinlich aussahen. Die Besitzer hießen „Vruuhuuh", was wie ein angezischter Doppelhuplaut gesprochen werden musste, wenn man denn konnte. Sie waren die kompakt würfelförmige Version der Xozorrudhu, kamen von einem Planeten mit hoher Schwerkraft und hüpften hier wie wild auf acht stämmigen, leistungsfähigen Beinen herum.

Die wenigen grazilen Schiffe einer scheuen zerbrechlichen Art, die ich nicht kennengelernt hatte, wirkten wie elegante Trockenhauben aus dem Friseursalon. Den Namen der Rasse hatte Garragant mir, glaube ich, nicht gesagt.

Noch seltener sah ich die Tubenschiffe: Vorne eine Halbkugel, liefen sie in eine langgestreckte, zum Ende hin abgeflachte Röhre aus. Drei Stück konnte ich ausmachen. Sie gehörten den Aquarianern, einer Art Wasserbewohner, welche Da in Anzügen besuchten, die ihre Wasserumwelt mitnahmen. Garragant antwortete auf meine Frage, bevor ich sie mir richtig überlegt hatte: „Die können auf Delta nicht leben, sie benötigen flaches, brackiges Wasser!"

Nachdem der Ratspräsident auf dem etwa 100 Quadratkilometer großen Vorfeld des Spaceports eine Rede gehalten und der Hoffnung Ausdruck verliehen hatte, ich würde häufiger und länger als Gast auf Da weilen, gestand ich, ich hätte mich hier richtig gut gefühlt und am liebsten würde ich gar nicht mehr wegfliegen, aber meine Mitmenschen seien so wild drauf, ihren kleinen Planeten Erde kaputtzumachen, dass ich einfach nicht anders konnte. Und dann sagte ich den Satz, den ich immer schon mal öffentlich hatte sagen wollen: „Ich komme wieder!"

„Das war eine gute Idee, herzukommen, das hat mir richtig was gegeben. Ich weiß zwar nicht was ...", meinte ich zu Garragant, als er mich durch Reihen von Schaulustigen schleuste.
Er lachte. „Und es wäre nett, wenn du mir nun ein wenig helfen würdest. Ich will auch zurück, ich habe einige weitere Raumschiffe bekommen, die ich mitnehme. Sie kreisen um Das Mond. Nimmst du mich mit rauf? Und beim Pluto könntest du dir ansehen, was ich schon aufgebaut habe!"

Ich zischte mit Garragant los, nicht ohne eine Ehrenrunde über dem

Flugfeld zu drehen und zweimal mit den Flügeln zu wackeln. Das hatte ich im All geübt, damit es bei diesem fliegenden Giganten auch fließend und elegant wirkte und nicht wie ein gerade noch verhinderter Absturz. Um es mal so zu sagen: Mein Schiff hat einen Hangar im unteren Bereich, der problemlos Hughes Spruce Goose aufnehmen könnte. Es wirkt schon durch die pure Größe und die Deltaform bedrohlich. Und ich wollte die Xozorrudhu ja nicht erschrecken.

Garragant ließ seine Flotte vorwegfliegen, wir zockelten hinterher. Er blieb bei mir an Bord und wir vertrieben uns die Zeit mit der Diskussion irdischer Speisen, Alkoholika, Restaurants, lokaler Spezialitäten und Erdbeersaft und als ich endlich zugeben musste, dass er sich auf meinem Planeten besser auskannte als ich selber, wechselte er das Thema und zeigte mir in einer riesigen Projektion im Hangar seine „Abenteuer-Welten".
Niagarafälle, Grand Canyon, Eismeer, Sahara, Malediven, Eiger Nordwand und unser Flüsschen in Alaska. Überall sind Roboterhelfer versteckt, so dass nichts passieren kann, wenn die kugeligen Touristen schwimmen, raften, angeln, paragliden, in der Wüste oder im Eismeer „überleben" üben.
„Ich bräuchte noch irgendwas, das es so noch nicht gibt", sagte Garragant, obwohl ich seine Schöpfung rückhaltlos gelobt hatte. Das wär auch was für Menschen, wenn sie denn den Flug zum Pluto hinkriegen könnten.
„Ich weiß was!", sagte ich.
„Wirklich?", Garragant strahlte blau-orange pulsierend.
„Ja, jetzt schau halt selber ... ich meine, das tust du doch sonst auch immer." Ich fand meine Idee ein wenig schwierig zu erklären. Sie basierte auf einem Schwimmbecken, das, geformt wie ein halbierter Autoreifen, sich an den Seiten bis zu 20 Meter oder weiter in die Lüfte erhob. Anfangs war nur unten Wasser. Aber sobald Gravitationsfelder in einem Seitenteil arbeiteten, würde das Wasser in der Wandung hochwandern und die Schwimmer mitnehmen. Nach einiger Zeit würden die Felder abgestellt und die Schwimmer sausten mit dem Wasser in die Tiefe wie bei einem Fallturm und sogar auf der anderen Seite ein Stück weit wieder rauf.
Garragant glühte rot-orange-pink mit blauen Blitzen.
„Paul, du Genie ..." Ein paar freudige Gefühlswellen kamen herüber.
„Wenn du jetzt noch jemanden wüsstest, also ich meine Menschen, die vielleicht auch da arbeiten würden? Du weißt schon, es geht dabei eher darum, sich von meinen Landsleuten bewundern zu lassen, als um Arbeit im landläufigen Sinne. Aber es muss schon jemand sein,

auf den man sich verlassen kann! Also, du hättest wahrscheinlich keine Lust ..."

„Nee, hab auch viel zuviel zu tun. Aber kennst du eigentlich meine Eltern?"

64

Der Erlenhof briet in einer späten Hitzewelle. Die Luft flirrte. Es roch nach Sommer, Staub und Stroh und Hähnchengrill. Ich war wieder zuhause! Und irgendwie waren die biedere Umgebung, das direkte Kommunizieren per Sprache, der Anblick der vertrauten Gesichter verblüffend normal. So normal, dass es schon wieder wie eine Parodie seiner selbst wirkte.

Auf dem Wohnzimmertisch lag ein Brief von Karin. Und Darling sagte: „Bevor du den öffnest, möchte ich dir was erklären. Weißt du, es ist so, ich habe mit Karin zusammen an ihrer Kollektion gearbeitet und sie ist ja nun mal eine sehr nette Frau."

Darling machte eine Pause und je länger die dauerte, umso weiter wanderten meine Augenbrauen nach oben.

„Ja, sie hat sich in mich verliebt und wir, ah, ich ... äm ..."

„Darling, du hast noch nie gestottert, du kannst mit über 1000 Leuten gleichzeitig reden, also komm zu Potte!"

„Also, wir sind zusammen ins Bett gegangen. Du musst das verstehen, ich wollte mir selber beweisen, dass ich so sehr Mensch sein kann, wie es nur geht."

„Ich dachte, das hätte ich dir bewiesen."

„Ja, aber du bist ein Mann, du bist nicht treu!"

„Männer sind Schweine!"

Sie lächelte traurig. „Ich habe ihr danach versucht zu erklären, wer ich bin. Ich bin mir nicht sicher, ob sie überhaupt verstanden hat ...", und sie begann zu weinen.

Ich stand auf und nahm Darling in den Arm. „Wahrscheinlich nicht!", sagte ich leise in ihr Ohr und wiegte sie, wie man ein weinendes Kind wiegt. Ich dachte, dass ich Karin vielleicht mal erklären sollte, was ich mittlerweile über das menschliche Bewusstsein dachte: Es ist wohl nur ein Nebenprodukt der Evolution, ein Trick eines zu groß geratenen Organs, das gelernt hat, seine Umwelt mit seinen Sinnen hereinzuholen und mehr oder weniger gut abzubilden. Der eigene Körper und die eigenen Erfahrungen werden genauso abgescannt und dann vorgeführt wie auf einer Kinoleinwand, auf der zig Filme gleichzeitig laufen – und aus diesem Durcheinander wird also das „ICH BIN"! Das Hirn selber

allerdings gehört witzigerweise nicht dazu!
Und wenn man dann noch bedenkt, wie täuschungsanfällig die Sinne
sind und dass das Hirn seine Datenströme nach seinen Erfahrungen
räumlich, aber auch zeitlich ordnet und dabei zu krassesten Fehlein-
schätzungen kommen kann …
„Das Leben ist hart!", sagte ich etwas lauter.
„Ja, das Leben ist hart", nuschelte Darling in meine Schulter und ließ
mich dann los. „Jedenfalls hat sie dir gestern geschrieben, ich denke,
es wird dich freuen!"

Der Text war kurz:

Hi Paul!

Machst du eigentlich was gegen den Walfang?
Ich glaube, da müssen wir mal drüber reden!

Karin

Die Erde

Alter:	4,6 Milliarden Jahre
Gewicht:	5,972 Tausend Trillionen Tonnen.

Meteoriten und Staub erhöhen das Gewicht der Erde täglich um 100 Tonnen.

Sonnenumlaufzeit:	365 T. 6 Std. 9 Min. 10 Sek.
Umlaufgeschwindigkeit:	29,8 km/s
Rotationsdauer:	23 Std. 56 Min. 4 Sek.
Rotationsgeschwindigkeit:	0,463 km/s
Rotationsachsen-Neigung:	23,5 °
Albedo:	0,39
Temperatur:	-89 bis +58 °C
Atmosphäre:	78% Stickstoff / 21% Sauerstoff
Höhe der Atmosphäre:	ca. 200 km

Mittlere Sonnenentfernung:	149,6 Mio.. km (1 AE)
Kleinste/größte Sonnenentf.:	147,0 Mio.. km/152,0 Mio.. km
Kreisbahngeschwindigkeit:	7,9 km/s
Fluchtgeschwindigkeit:	11,2 km/s
Verlassen des Sonnensystems:	42,1 km/s
Verlassen der Galaxie:	129 km/s
Gravitation:	1
Fallbeschleunigung:	$9,81 \text{ m/s}^2$
Mittlerer Durchmesser:	12756 km
Äquatorumfang:	40075 km
Polumfang:	40008 km
Oberfläche:	$510,1 \text{ Millionen km}^2$
Landfläche:	$148,9 \text{ Millionen km}^2$ (=29,2 %)
Meere:	$361,15 \text{ Millionen km}^2$ (=70,8 %)
Waldfläche der Erde:	3,9 Mrd.. ha., abnehmend

Volumen:	$1083 \text{ Milliarden km}^3$
Masse:	5973 Trillionen Tonnen
Mittlere Dichte:	$5,515 \text{ g/ cm}^3$

Chem. Zusammensetzung der Erde: 35% Eisen, 30% Sauerstoff, 15,2% Silizium, 12,7% Magnesium, 2,4% Nickel, 1,9% Schwefel, 1,1% Calcium, 1,1% Aluminium, 0,05% Titan

Trabanten:	1 Mond, genannt „Mond"